经典解码：20世纪中国文学与电影

黄万华　刘方政　马兵　等 著

北京大学出版社
PEKING UNIVERSITY PRESS

图书在版编目(CIP)数据

经典解码:20世纪中国文学与电影/黄万华,刘方政,马兵等著.—北京：北京大学出版社,2012.5
ISBN 978-7-301-20562-4

Ⅰ.①经… Ⅱ.①黄…②刘…③马… Ⅲ.①中国文学-文学评论-20世纪-高等学校-教材②电影评论-中国-20世纪-高等学校-教材 Ⅳ.①I209.91②J905.2

中国版本图书馆 CIP 数据核字(2012)第 076590 号

书　　　名：经典解码：20 世纪中国文学与电影
著作责任者：黄万华　刘方政　马　兵　等著
责　任　编　辑：张雅秋
封　面　设　计：奇文云海
标　准　书　号：ISBN 978-7-301-20562-4/I·2455
出　版　发　行：北京大学出版社
地　　　址：北京市海淀区成府路 205 号　100871
网　　　址：http://www.pup.cn　电子邮箱：pkuwsz@yahoo.com.cn
电　　　话：邮购部 62752015　发行部 62750672　出版部 62754962
　　　　　　编辑部 62752022
印　刷　者：北京世知印务有限公司
经　销　者：新华书店
　　　　　　650mm×980mm　16 开本　18 印张　305 千字
　　　　　　2012 年 5 月第 1 版　2012 年 5 月第 1 次印刷
定　　价：32.00 元

未经许可,不得以任何方式复制或抄袭本书之部分或全部内容。
版权所有,侵权必究
举报电话：010-62752024；电子邮箱：fd@pup.pku.edu.cn

序　言

山东大学文学院黄万华教授和他的同事编写了这本通识课教材《经典解码:20世纪中国文学和电影》,嘱我写序,我想借此机会谈谈对通识教育的看法。

近年来,很多大学都开始注重通识教育,纷纷开设这方面课程,编写相关的教材。这是我国高等教育发展的一个新趋势。但为何要进行通识教育?怎样开展?和专业教育什么关系?教学效果如何?都值得认真检讨。现今所谓通识教育的做法大致有三种。一是有些学校把通识教育等同于公共课,以前只有政治课是公选的,现在加上一些诸如文学艺术、琴棋书画、文化讲座之类,并没有通盘的考虑,多是因人设课,学生也只凭兴趣选。二是有些大学规定文科生都要读点简易的数理化,理科生要学点传统文化等等,希望就此"跨学科",文理打通,可是就那么几种课程拼盘,打通并不容易。三是部分大学一二年级不分专业,可以任意到各个院系选择上喜欢的课,到了高年级才决定上哪个专业,这样容易满天星斗,到了专业阶段,底子并不厚实。三种办法各有得失,还得多试验才能决定是否合适。但无论哪种办法,和通识教育都还有些距离,可能是对通识教育这种新事物的认识有偏误。

现在为何提倡通识教育?有两种代表性的认识。一种认为这些年扩招,学生数量大增,精英教育势必转为平民教育,不得不适当降低水平,搞通识教育。这种看法反映了高校的实际,有些道理,但其所理解的通识教育,就等同于降低水平的一般教育了。第二种看法认为现在专业分工太细,学生过早进入专业训练不利于发展,想通过通识教育,让学生多一点跨学科的知识积累,为创新人才的培养打基础。

这些看法虽然不无道理,却又过于"实际",未免短视,并不符合通识教育的本义。纵观世界上一流大学的教育经验,通识教育应当包含这么几层涵义:这是面对所有大学生的教育;又是相对专业教育而言,属于非专业、非职业性的教育,与专业教育可以互相补充;还有,这是全人教育或博雅教育,通过接触人类文化的精粹,在人文、社会、自然科学等领域获取通识,培养有教养、有能力、有责任的公民,最好是那种有通融识见、博雅精神和优美情感的人。这样来定位的通识教育,就不只是课程的调整补充,更不是来些拼盘点缀,而是实行一种更利于培养健全人格和博雅精神的教育理念。

事实上,这些年提倡通识教育,很大程度上是由于对教育效能的失望。多年来,我们的教育被赋予太多政治、经济的功能,过分重视专业训练,大学校园里缺少自由宽松的精神,加上拜金主义的干扰,更急功近利,学风浮躁,人格教育和人生教育都是短板,别说出人才,就连培养正常的有道德的公民都有些困难了。正是这种残酷的现实,迫使我们对大学教育进行反思,希望能通过通识教育探寻一条新路。但这是新事物,还得认真领会其先进的理念,克服急功近利的思想,让改革的路子比较正,不是花样翻新,不是立竿见影的"工程",而是有长远考虑的教育大计。

如果承认通识教育是面对所有大学生的全人教育或博雅教育,那么课程设置就要往这方面靠拢。其实许多著名的大学在通识教育方面都有好的做法,值得借鉴。例如,美国哈佛大学设立通识核心课程,注重文理交叉,包括外国文化、历史、文学与艺术、道德修养、自然科学、社会分析等6个领域,要求选课所占学分达到毕业要求总学分的1/4。北京师范大学把通识教育分解成哲学社会科学、人文、自然科学与技术、美学艺术、实践能力等五大类。北京大学也在建立一个相对稳定的文理科互选的课程系统,课程按学科大类分若干板块,规定学生必须在规定的不同板块(一般为人文科学、社会科学、自然科学)至少各修习一定门数或学分的课程。为此,我也曾邀集全国一些拔尖的学者编写"名家通识讲座书系",即"十五讲"系列教材,已出版七十多种。各个大学的做法有一共同点,那就是试图把"全人类的文明经典"介绍给学生,拓展学生视野,使学生兼备人文素养与科学素养,把学生培养成全面发展的人。

通识教育是一种进步,可能从一方面活化大学办学的思维。长期以来,我们都习惯于以政治权威和意识形态为标准,对文化、科学的尊重仅限于工具与实证的领域,如今又几乎全受制于市场经济,所以办大学也眼界狭小,是工具性思维,这样的大学,难于起到为社会发展不断提供灵感和动力的效能。工具性思维指导下,所培养的人才也是视野褊狭、缺少创新能力的。中国经济这二三十年有飞速的发展,可是我们的大学所培养的在科技方面顶尖的人才,是极少的,人文社科方面那就更惨,在国际上没有什么话语权。换一个思路,无论什么大学,都注重全人教育,博雅教育,然后才是专业教育,而且专业教育过程仍然不忘通识教育,让专业教育和通识教育水乳交融结合起来,那才有可能摆脱教育之困境,全面提升高校的教育质量,也有可能给"钱学森之问"交上答卷。

基于上面的认识,我对《经典解码:20世纪中国文学和电影》这本通识教材是看好的,认为黄万华教授和他们团队做了一件大好事,编了一本可用的教材。这本教材介绍给同学们的是20世纪中国优秀的文学与电影,那些已经或者可能成为经典的作品。这些作品记载一个多世纪以来中国的命运,积淀有我们民族的感情,是宝贵的传统。不要一讲传统就是理解为三皇五典、百宋千元,应当还有最近百年我们民族的智慧与精神。现代传统相对于古典传统可能不太为人所留意,但有可能更贴近当代的精神结构,弥漫于整个社会日常生活。看看这本教材所提供的那些丰沛的作品,就会感到现代文化传统多么值得珍惜,就会意识到目前社会上流行的所谓五四以来造成传统断裂文化虚空的说法,是毫无根据的。无论几千年的传统还是近百年的传统,其根须都伸展到我们每个人的血脉之中,接触和学习经典,可以让我们的心安放,精神飞扬,更坚实而有力地面对未来。

这本教材让我赞赏,还因为编者的用心阐释,深入浅出,让普通大学生进入作品艺术世界,领略各种艺术风格与境界,得到审美愉悦,提升文学艺术鉴赏分析的能力。这也正合通识教育的要义。

前不久,我为参加自学考试的学员编过一本《中外文学作品导读》(中国人民大学出版社即出),自然有些心得,由于那本书和这本教材有些类同之处,所以我想就怎样学习文学鉴赏性课程讲点意见,供同学们参考。

学会鉴赏优美的文学艺术作品,可以让自己具备博雅的气质。这个"博"可以理解为眼光与气度的开通博大,"雅"就是品味的高雅。专业不同,同学们不一定都要成为通晓文艺的专家,但气质风范必定是面向博雅的,这会让你们感到人生的充实。在当今趋向物质化、功利化、粗鄙化的氛围中,提倡博雅是有现实意义的。开设这样一门现代文学电影欣赏课,也有这方面的考虑:以这门课来激发学生阅读的兴趣,养成读书的习惯,化育博雅的气质,文学素养有所提高,整体素质也可以逐步得到提升。

学习这门课,要把读作品放到最重要位置,在这方面多花点功夫。教材的解读,也就是"解码",是让大家大致知道可以从什么角度或者以什么方法去进入作品,可以提供一些阅读的思路和方式,但这些"解码"只是为了打开思路,大家不一定去细读和死记硬背。这门课定位在"读",主要功夫就是读作品。

如何去读?"第一印象"很重要,要获取整体感受,相信和珍惜自己的印象,不急于分析寻找什么意义主题之类。"解码"所点拨的意见不能代替自己的阅读感受,但可以给自己提示、启发,最好和自己的阅读感受做些比较,看是否吻合,并从中引发某些思考。读完作品,再展开一些探究,将阅读的感受、体验上升到理性层面思考,这就是鉴赏与评论。无论是教师教学,还是学生阅读,都要注意结合阅读印象和问题来分析作品,处处强调发掘与培育对文学的想象力、感受力和分析评判能力。

要重视和相信自己的阅读感受,注意积累不同的阅读体验,善于对不同的艺术风格做比较;对经典作品思想内涵的领会,要有一定的历史感,善于体验那种古今中外可能相通的情思与价值;不要"直奔主题",也不要什么都用某个固定的概念与思维模式去简单"套解";不能把鲜活的作品全都做冷冰冰的模式化的"分析",然后简单而反复地套用某形容词去解释,必须在阅读作品有了自己的艺术感受的基础上去思考分析,把握每篇作品的艺术个性,把思路放开。

阅读作品时放松一点,不要一门心思总想着考试,想着问题和答案。文学属于精神生产,而精神现象是非常复杂的,文学分析也有多种可能性,不一定非得掌握什么"标准答案",也不要求读一部作品全都能"通透理解"。我想此书所设计的各种"解码",不过是示范某些方法,也并非要求大家"就此办理"。读过一篇作品只记得几条干巴巴的主题意义之类,最没有味道了。感受、体验与思考,在不断阅读中不断积累,也不断提升文学素养,这比什么都重要。

文学艺术鉴赏类课程所需要的是个性化的阅读和浸润式的学习,要发挥自己学习的自主性。在应试教育覆盖下的那种一切指向"标准答案"的学习,在这类课程中是要努力避免的。学了这门课,初步接触了现代文学与电影的经典,引发了阅读的兴趣,提升了自己的文学素养,思维能力、感受能力也长进了,何乐而不为呢?

阅读经典是一个涵养过程,需要沉下心来,"磨性子"。现在颠覆经典成了时髦,人们失去传统的尊严感,颠覆之下的"文化快餐"和垃圾太多,包围了青少年,他们不再有良好的阅读习惯。许多学生除了应对考试,读书其实很少,对经典作品阅读相当有限,即使有所接触,也不见得是经典原作,可能也就是上网读一些好玩的轻松的东西,包括"恶搞"的文字,这很容易受到那种价值消解、相对主义甚至游戏人生的思想影响,而且把阅读品味也败坏了,这真有"终生受损"的危险。我们读经典,可以养成好的阅读习惯,要多读书,读好书,好读书,读整本的书。所以学习这门课是很有现实意义的,这不只是阅读经典的课,也是精神成长的课。

温儒敏
2011 年 12 月 1 日于济南

目 录

序　言 /1

第一章　文学的经典性阅读 /1
第一节　经典性阅读和治学 /1
第二节　经典解码的多种方法 /13

第二章　20世纪中国文学经典的生成与建构 /26
第一节　现代中国转型中的20世纪中国文学经典 /26
第二节　20世纪中国文学经典的基本类型 /30

第三章　百年中国电影 /46
第一节　中国电影的诞生与第一代影人的探索 /47
第二节　左翼电影运动与1930年代电影的繁荣 /50
第三节　战时中国电影的多元格局 /57
第四节　"十七年"与"文革"时期的红色电影 /61
第五节　代际更迭与新时期的电影景观 /66

第四章　文本个案与解码实践 /75
第一节　小说经典解读 /75
《阿Q正传》/75
《竹林的故事》/80
《啼笑因缘》/83
《边城》/87
《迟桂花》/93
《小城三月》/94
《金锁记》/97
《铁木前传》/103
《酒徒》/107
《游园惊梦》/112
《棋王》/115
《平凡的世界》/121

目录

《现实一种》/126
《白鹿原》/131
《长恨歌》/137

第二节 诗歌经典解读/143

《死水》/143
《雨巷》/145
《再别康桥》/148
《我爱这土地》/151
《金黄的稻束》/153
《相信未来》/156
《回答》/159
《会唱歌的鸢尾花》/161
《山民》/164
《面朝大海,春暖花开》/166

第三节 散文经典解读/168

《故乡的野菜》/168
《秋夜》/170
《钓台的春昼》/173
《论西装》/177
《爱尔克的灯光》/180
《雅舍》/183
《水心》/186
《我与地坛》/189
《清洁的精神》/192
《风雨天一阁》/197

第四节 戏剧经典解读/201

《雷雨》/201
《上海屋檐下》/206
《茶馆》/212
《关汉卿》/217
《狗儿爷涅槃》/222
《天下第一楼》/227

目录

第五节　电影经典解读/232

《马路天使》/232

《小城之春》/236

《早春二月》/241

《芙蓉镇》/246

《红高粱》/251

《悲情城市》/255

《阿飞正传》/261

《霸王别姬》/266

《站台》/271

后　记/277

第一章 文学的经典性阅读

第一节 经典性阅读和治学

一 经典性累积或消解:经典离我们有多远

"经典性阅读"既指阅读要选择好经典性著作,也指要用"经典解码"的方法认真展开阅读活动。

在所有的人文经典中,构成其核心的应是文学经典。2004年,在美国有"最为精细的细读者"之誉的范德勒,在极负盛誉的"杰佛逊讲演"上作题为《大洋、鸟和学者》的演讲,他指出,人文学科的核心教材,不应该是历史学家或是哲学家的文本,而应当是人类审美的努力的产物——文学和艺术,这是因为,人们通常记住任何一种文化,主要是通过这种文化里的文学艺术作品达成的。① 因此,解读、传承文学经典,是我们每个人应该具备的最重要的人文素质。然而,现实中却不断发生着经典价值迷失的情况。例如,当一些人狂热而随意地把"当代鲁迅"的"桂冠"抛向一个与鲁迅精神根本风马牛不相及的"媒体人"时,我们看到了鲁迅价值的当代迷失。

20世纪中国文学经典性作品的筛选、确认,不同于过去"儒家中国"传统中典律的建构。过去典籍的形成在很大程度上受到国家权力的影响,国家权力的权威性时而要通过典籍的无可怀疑性来体现,而科举制度又将在典籍认定过程中起重要作用的教育系统置于国家权力直接而有力的影响之下。文学经典的认定大致也未摆脱上述因素的影响。或者可以说,文学经典的形成有着较大的非民间性。但中国现当代文学经典的形成,已经并将

---

① 叶扬:《文学教育还有没有办法补救》,《上海文化》2010年6期。

继续呈现根本的差异性。

20世纪中国文学的经典性作品,大致是由三类作家提供的。第一类是已在目前的文学史著述中基本形成共识的文学大师,如鲁迅、茅盾、老舍、曹禺、巴金、郭沫若等创作的代表作;第二类是目前尚未被公认为20世纪中国文学大师,但其创作已明确指向经典地位的作家,如钱锺书、冯至、沈从文、张爱玲、穆旦、余光中、白先勇、金庸等,他们的创作也会提供经典性文本;第三类是一些重要作家提供的经典性或潜经典性文本,如海子、舒婷、北岛等的诗歌,他们最重要的作品,往往由于代表或引导了一个时代文学审美趣味的变化(而非失落),而在判断那个时代的审美标准及其价值时具有了重要的参照价值。

稍微留意一下第二、第三类经典性作品,我们就会发现,在它们产生的过程中,不仅已不存在过去历史上"强行"颁定经典的政治或宗教的势力,而且政治意识形态的灌输、控制也大大减弱了。经典性作品的形成越来越多地获得自身的自由,或者说,经典性作品的确认越来越成为文学民间的行为。而随着电子网络的普及,一般读者也越来越多地直接参与到文学经典的筛选中来,他们的评判往往直接左右着经典性作品的确认。

"经典性不是整个过程某一二个突出因素的结果……实际上经典化产生在一个累积形成的模式里"[①],在文学作品经典性累积的过程中,选辑、论述、改编构成最重要的环节。而一般读者在这三个环节上的参与也越来越明显。

选辑就是运用一定的选择原则,在某段时间里从众多作品中编选一套文本提供给读者,除了大系(包括文库、选集等)和文学教学课本等具有传统影响力的选辑外,文学评奖、评选、排行榜等选辑行为也日益具有影响力。而后者往往采用读者直接投票的方式。如香港《亚洲周刊》1999年的"20世纪中文小说100强"、新浪网2005年的"中国文学60家"等有影响的评选都采用专家评审和读者投票决定入选作家、作品的方式,两者往往在"妥协"中决定了"经典名单"。例如"中国文学60家"的评选中,出现了不少专家和读者评价差异很大的作家最终入选的情况,如顾城,专家评分29分,读者评分却高达95分;三毛,专家评分仅22分,读者则给了85分。反之,李劼人,读者评分只有22分,但专家给了78分;赵树理的专家评分(高)和读者评分(低)的差异也高达30分。而即便有专家参与评审,读者的影响力

---

① 斯蒂文·托托西:《文学研究的合法化》,北京大学出版社1997年,44页。

也越来越大,如2010年设立的"郁达夫小说奖",评委的评奖机制采用"实名投票,评语公开"的方式,网友跟帖评论,媒体全程参加。这些都说明,在选辑这一环节,读者的直接影响力正越来越大,甚至决定了一个作家、一部作品是否会从文学史视野中消失。

选辑认可的一套文本在提供给一般读者阅读、教学讲授、文学批评、翻译流通的过程中,还需要给主要由大学教师、文学批评者、文学史研究者等组成的诠释群体,通过各种形式的论述,包括各种评论、序跋、作家传记、文学争鸣、论战、文学史写作等,来逐步呈现作品的经典性内容,强化作品的经典性意义。论述这一环节过去专业性很强,但现在也开始出现某种"世俗化"倾向,尤其是文学、影视等争鸣,读者直接参与的影响力是显而易见的,专业研究者的论述也越来越多地注意和广大读者的对话。

改编是指一部文学作品被改编成其他艺术形式(翻译不妨可以看成一种特殊的改编)。在这种形式的转换中,文学作品的经典性价值会得到丰富,原先被忽视,甚至被遮蔽的内容会得到揭示。因为改编往往有一种大众化趋势,文学作品被改编成更普及的形式,如画本、影视等;即便是"故事新编"一类改编,也往往是出于更易为当下读者观众所接受的目的,所以改编这一经典性因素累积的重要环节也有着民众的广泛参与。

这种对文学经典化的参与有着世界范围内"经典修正"的文化背景。20世纪70年代以来,美国学界对于文学经典的形成、内容及意义就有种种挑战与修正,主要从过去被忽略的女性文学、少数族裔文学等角度,在课程设置与内容、文学史、文学作品选集等方面,把早先被认为是边缘的文本强化到文学教育、阅读中,使多样性、复杂性和矛盾性成为经典化的结构原则,目的是使经典建立于更开放的基础上,更广泛地进入大众文化消费、流通的领域。这种背景也影响到我们的文学阅读对于文学经典形成的参与。

总之,我们每个人都越来越广泛、直接地参与着文学作品经典化的进程,或者说,我们每个人对于中国现当代文学将为后世留下什么都负有责任,都需要回答"经典离我们有多远"这个问题。

然而,当文学经典的形成越来越成为文学民间的行为时,经典的权威性也遭到挑战。文本的典律化本来就属于一种选取性、排他性的文学评价运作,由于包括文学观念在内的意识形态的歧见和审美参照系的差异,任何一种文学典律的构建都很难被各方都认同,任何一套文学经典都难免遭受当代其他次群体或不同时代文化人的非议责难。当文学经典确认的民间操作性日益增强,"众声喧哗"的局面、"一个人的经典"的理论都可能将经典的个人化行为推向极致,以致落入相对主义的泥淖,造成消解经典的结果。而大众文化及其研究的当代活力往往指向非精英化,大大削弱了知识精英对于文学经典的影响力,但同时也为重构经典准备了条件。所以,我们每个人都必须认真思考、回答"什么是经典"这一问题,让文学民间的行为推动文学经典性的累积,而不是造成经典性的消解。

二 开放的"经典性累积"思路:什么是文学经典

何为经典?经典最原初的意义是指某一文明体系中居于权威地位的宗教典籍,例如西方基督教文明的《旧约全书》和《新约全书》,阿拉伯伊斯兰教文明的《古兰经》,中国儒教文明的"十三经"或"四书五经"。随着近代社会世俗化进程的展开,文学逐渐与宗教道统相脱离,文学经典也由附庸而蔚为大国。一般而言,所谓文学经典是指那些经过精心遴选或经过历史检验的、具有权威性和典范性的文学文本。普遍永久价值是理想的文学经典必须具备的首要条件:尽管任何文学经典都产生于特定的民族,但其普遍价值决定了它必将超越民族的疆界而成为全世界共享的文化财富;尽管任何文学经典都产生于特定的时代,但其永久价值决定了它的魅力决不会因时间的推移而黯然失色。必须指出,"应该如此"并不等于"本来如此"。作为"应该如此"的文学经典相当于一个先验范畴,而作为"本来如此"的文学经典则立足于经验,因而所涉及的问题也要具体复杂得多。

20世纪中国文学作为刚过去的文学时空,其广泛被承认的"恒态经典"并不多,甚至没有。我们接触到的多是经典累积形成过程中可视之为"动态经典"的文学存在。20世纪中国文学研究就是要抓住那些已较清楚地指向经典地位的作家作品,在一定的文学价值体系中,予以初步的带有历史定位的呈现,为日后的经典性累积乃至确认提供重要基础。但文学经典的筛选、建构的重要内容并非单个文本的逐个确认,而是对整个经典价值体系的把握,因此,开放的"经典性累积"思路是重要的。

按照著名学者哈罗德·布卢姆的看法,世界性经典性生成的历史可以用"经典诞生于古代"、"经典辉煌于近代"、"经典衰亡于当代"来概括。[①] 古典人文主义宇宙观、人生观将自然生态规律与社会人文性予以合理协调,理智思辨和感性张扬这两翼俱在,甚至得到完美统一。于是产生了包括孔孟老庄、荷马史诗等在内的经典。近代人道主义张扬个性,解放人的主体

---

① 参阅哈罗德·布卢姆:《西方正典:伟大作家与不朽作品》,江康宁译,译林出版社 2005 年。

性,但同时,人的欲望膨胀也产生了种种危机;文学正是在正视这一现实中,在高扬个性自由的同时,深广地展现了物质满足与精神提升之间复杂而激烈的社会、心灵冲突,赢得了堪与古典人文作品相比的经典地位。当代经典衰亡的危机则源自围绕考试、文凭建立的现代教育制度,急功近利的学术评价机制和商业化、恶俗化的大众媒介对经典文化的冲击。这些显然能启发我们,保持深邃思辨的理性与生动活泼的感性,直面物质追求与精神提升的巨大矛盾,抵制现实对于经典文化积累的种种侵蚀,才能延续、丰富人类经典的生命。

20世纪人类文化的重要特征是随着人类社会空前的复杂,人对于自身的认识也前所未有地深化,文学表达的复杂性恰恰是与这两方面同步的。20世纪世纪文学的经典,比如《百年孤独》、《追忆逝水年华》、《尤利西斯》、《儿子与情人》、《古拉格群岛》等,都深化了人类对于自身本性的认识,在社会批判、心理探索中凸现了艺术光辉的永恒。20世纪中国文学是在跟世界文学对话的过程中展开其自身经典化的进程的,因此,是否深化了人类对于自身的认识,是否增强了人类表达自身的复杂性,也成为我们考察20世纪中国文学经典化进程最重要的参照系。

20世纪经典化的理论主要有两种:本质主义经典化理论将经典的构成条件限定于文学作品内部,强调经典的美学特质作为一种潜能客观存在于经典文本自身,读者的审美天性、性情与之相遇而将其激活,它坚决捍卫经典的审美价值的独立自主性和自律;建构主义经典化则认为并无普遍有效的美学原则,经典化在于建构,在于经典化的文化资本被谁占有,关注文化资本在历史演进中对作家、作品价值判断所起的作用,认为从女性、少数族裔如黑人或其他后殖民立场出发,会有不同的经典化结果。这两种经典化理论其实可以构成互补,正如马克思在论及古希腊艺术经典时所说:"困难不在于理解希腊艺术和史诗同一定社会发展形式结合在一起。困难的是,它们何以仍然能够给我们以艺术享受,而且就某方面说还是一种规范和高不可及的范本。"①无论是本质主义还是建构主义的理论,都会涉及文本的经典性因素的基本层面,一种无法同化的原创性,一种在不同的文学价值观的冲突、递变中的代表性,一种在历史传承中对后来者有巨大引导力的影响性等,都反映出文本的经典性累积倾向,是可以作为文本进入文学史的依

---

① 马克思:《〈政治经济学批判〉导言》,《马克思恩格斯选集》第2卷,人民出版社1972年,114页。

据的。

在上述背景下,我们可以展开对于20世纪中国文学经典的价值尺度的思考。

博尔赫斯这样说过:"经典是一个民族或几个民族长期以来决定阅读的书籍,是世世代代的人出于不同的理由,以先期的热情和神秘的忠诚阅读的书。"①这种"先期的热情和神秘的忠诚"正来自文学通过其自身的特性表现出来的民族认同感和文化凝聚力、感召力、感染力。

文学的自身特性即文学性主要是指文学通过情感性想象展示的生命之美。按照马克思主义的观点,这种艺术思维不同于以逻辑推理揭示事物之真的科学思维,不同于以价值尺度追求人类之善的伦理思维,也不同于以偶像崇拜求得灵魂之安的宗教思维,它以富有个性的情感性想象,在开阔、宽容的心灵视野中呈现具有丰富差异性的生命之美,其"真"、"善"也必须转化、升华为"美"才能被视之为文学的存在。正如米兰·昆德拉所强调:"发现唯有小说才能发现的东西,乃是小说存在的唯一理由。"②发现唯有文学才能发现的东西,也才是我们发现文学经典存在的唯一理由。文学应该是人类包容力最深刻的传达和表现,超越了现实功利。但20世纪中国文学往往粘滞于现实社会政治、经济变动和由此关联的文化消费意向、方式等,尤其是政治的掌控更常常造成文学的失落,因此,在文学的价值尺度上应适当容纳进文学的超越,这种超越应该表现为作家对文学的殉道精神,对人性、人的生存状态与命运的深切关怀,对文学形式繁复性的痴醉探索。而当典律建构一旦在文学的层面上展开,文学传统也就不会被割断。

文学和政治的关系是20世纪中国文学最重要的课题之一,法国著名学者布迪厄尔正是在研究了20世纪中国文学后,才在他的文学场域理论中将"政治资本"列为影响文学形态生成的重要因素。我们在20世纪中国文学经典化过程中处理文学和政治的关系时,既要承认政治对于文学的重大影响,更要强调文学对于政治意识形态、作家对于自我意识形态的超越。20世纪中国文学在不断走出社会政治化影响下的文学政治化中,积累了丰富的经验,如文学被政治化一定会伤害文学本身,但政治倾向并非一定损害艺术,当政治倾向成为作家整个人生体验的有机部分,并在作家心灵中与作家对宇宙、生命、世界的深挚感悟融为一体时,政治被艺术化了。又如政治期

---

① 吴晓东:《从卡夫卡到昆德拉》,三联书店2003年,3页。
② 米兰·昆德拉:《小说的艺术》,董强译,上海译文出版社2004年,6页。

待和文学创作往往会发生矛盾,政治期待是政党及其领袖直接的政治功利需求,它"招之即来,挥之即去",有着种种现实变动性;文学创作则是情感性想象的长期积累,需要十年磨一剑的努力。创作是作家实现其价值角色的唯一方式(当然作家本人还可以承担其他社会角色,但此时他扮演的就不是作家角色了),作家应该珍惜自己的艺术个性,多倾听自己内心的声音,少一些审时度势的政治智慧为宜。还有,政治并非时时以直接干预的方式进入文学领域,更多的时候,它是以政治文化的方式来影响文学。所谓政治文化是指"一个民族在特定时期流行的一套政治态度、信仰和感情"①。它作为一种社会文化心理的积淀,潜移默化地影响着人们的政治行为。政治权力的掌控者、政治规范正是"通过营造成某种流行的政治心理、政治态度、政治信仰和政治情感来影响文学创作"②。作家要关注的并非作为政党政策、利益等的政治,也无需通过作品来判定政治是非,而是要关注政治文化及其与社会现实的关系,从中开掘文学的资源。类似的处理文学和政治关系的经验,都可以成为我们考察20世纪中国文学经典化进程的重要内容。

经典是一个或几个民族世世代代会阅读的书籍,文学又是通过情感性想象展示生命之美的形式,所以文学经典必然具有"历史逻辑修正中的丰富解读性",就是说,一部作品具有诞生它那个年代的时代兼容性,又会在以后时代语境的不断变化中提供新的诠释的可能性,不同时代的读者都有可能对它展开新的解读。而对于20世纪中国文学而言,这种"历史逻辑修正"首先是由生活于中国大陆、台湾、港澳、海外等不同"历史时空"的中国人/华人提供的。换言之,一部首先打动了海峡两岸数地的中国人的作品才可能为世界所关注,才可能被后世一代代人所阅读,也才有可能被称之为20世纪中国文学的经典。这种"打动人"会筛选掉作品的表层光环,留下文学史应该传承的东西。反之,如果一部作品只在某种特定时期、某个特定社会环境引起关注,获得赞扬,对其所谓经典地位,我们是需要认真再思考的。这是文学常识,但常被忽视。

20世纪中国文学打破了儒家中国自足生存的文化生态,开始了跟外部

---

① 阿尔蒙德:《比较政治学:体系、过程、政策》,曹沛霖等译,上海译文出版社1987年,29页。
② 朱晓进等:《非文学的世纪:20世纪中国文学与政治文化关系史论》,南京师范大学出版社2004年,7页。

世界频繁广泛的文化交流,而"文学经典作为盛行的价值观的对照物"①,必然会与浪漫主义、现实主义、现代主义、后现代主义等世界范围内盛行的文学价值观展开多层面的对话。也正由于20世纪中国文学与世界文学的密切关系,中西、新旧、雅俗三大关系的处理成为20世纪中国文学最重要的课题。因此,围绕传统与现代、本土与外来、雅与俗这些重要课题,梳理清20世纪中国文学在浪漫主义、现实主义、现代主义、后现代主义之间的递变、冲突,集中于不同文学价值观之间的对照来筛选、确认文学经典是从整体上来审视20世纪中国文学经典构成的重要途径。要弄清楚浪漫主义、现实主义、现代主义、后现代主义等不同文学价值观的核心(现在,这方面的误解还是不少的)及其关系,弄清楚一种新的文学价值观如何挑战于原有价值观,在展开传统与现代、本土与外来、雅与俗之间的对话时不同文学价值观的流变及其产生的文学创新。这其中自然包括传统价值的再发现,就如张爱玲阅读《红楼梦》时称其是"高峰而成悬崖",《红楼梦》继承发展的往往是民族传统中具有人类性价值而以往又被遮蔽的文学内容。总之,文学经典应该是在其自身创新的过程中较集中地体现了某种文学价值观或较完美地融汇了几种文学价值观。

文学经典的语言典范性显然也是我们考察经典的最重要的内容之一,20世纪中国文学尤其应该凸显出汉语强盛、丰富的衍生力,凸显出语言比领土、矿藏更重要的民族资源性。20世纪认识哲学向语言哲学转变的背景使得人们越来越深刻地认识到,语言对于民族、人类生存的重要。"所谓传统,主要是指通过语言传下来的传统,即用文字写出来的传统"②,语言的萎缩或消亡就是民族传统的萎缩或消亡;"每种语言中都包含着属于某个人类群体的概念和想象方式的完整体系"③,只有语言才隐藏着一个民族根本性的智慧、思维、秘密等;语言在深层次层面上决定着一个民族思维的方式,因此,"一个民族的精神特性和语言这两个方面的关系极为密切……民族的语言即民族的精神,民族的精神即民族的语言,二者的同一程度超过了任何想象"④。而只有语言才能使文学真正回归自身,也构成文学经典化最重要的基石。五四后产生的现代白话文,开始了中华民族语言的根本性变革,

---

① 佛克马、蚁布思:《文学研究与文化参与》,俞国强译,北京大学出版社1997年,63页。
② 涂纪亮:《伽达默尔》,《当代西方著名哲学家评传》,山东人民出版社1996年,418页。
③ 洪堡特:《论人类语言结构的差异及其对人类精神发展的影响》,商务印书馆1997年,70页。
④ 同上书,50页。

但在其自身发展、丰富的过程中,也遭受种种语言暴力的侵袭,即种种非语言的力量凭借其强大的强制性破坏语言的稳定、清新、丰富,使语言受到严重污染,例如僵化的政治意识形态的钳制使语言在套话、空话、谎话的腐蚀下失去张力,变得单一、僵硬;工商模式的冲击使语言消费在"精神快餐"中变得平庸芜杂,语言在频繁、疾速的替换中失去理应具有的清新感、稳定性……文学史要关注的正是作家对于语言暴力的抵抗。正是那些优秀的作家用自己的作品突围出思想高压、商品消费等陷阱,用诗性语言抵御暴力对语言的生命意味、生命质地的侵蚀、剥夺。例如在1949年后中国文学的转型中,战争思维、战争体制的延续,政治高压形成的集体无意识谎语症构成意识形态的表达方式,套话、空话的种种窒息使语言的个人空间不断萎缩,新闻语言中强制性的暴力阴影也不断渗透于民众的日常生活。这种情况在海峡两岸都严重存在。而在香港,又多了一种为人们熟知的因素,即商业消费形态在战后城市发展中开始极度扩张,加剧了语言的暴力倾向,语言快餐的蔓延剥夺着人们的想象力。然而,恰恰是在战后至1960年代,当大陆开始形成后来在"文革"中登峰造极的"暴力语言"时,香港的汉语在作家的努力下却保留了其纯正并获得了丰富发展。只要看一下金庸的语言,就可以明白作家们在语言的自由度上作出的努力。在那个政治高压造成语言僵化的年代,金庸的小说语言既继承了从张恨水、刘云若那里流传下来的自然、流畅,更多吸收了民间社会清新的语言活力,又发挥了文人传统语言的筛选作用,去掉了市井语言的芜杂性,也没有欧化腔、启蒙腔,在优美而传神中沟通雅俗。当僵化的政治意识形态教条无孔不入,民族语文遭到严重侵蚀之时,金庸这种语言上的努力实际上保持了文学的自由精神。而这种语言上的努力是大量存在的。海外的鹿桥、熊秉明、程抱一等,台湾的於梨华、王鼎钧、白先勇等,香港的刘以鬯、徐訏等,甚至大陆的孙犁、赵树理、丰子恺、穆旦等,此时期的语言都有着文学"突围"的意义,他们个性化的努力中更包含诗性语言对于暴力语言的有力抗衡,才使得这一时期的文学不至于出现"经典空白"。百年中国文学的经典化一定要凸现作家在现代汉语的丰富发展中的贡献,凸现语言这一诗性栖息地的价值和意义。

三　经典性阅读的关键在于创造性阅读

在大致了解了什么是经典和我们每个人的阅读都与经典的产生息息相关后,我们该做一个什么样的读者呢?

20世纪前的文学阅读、研究基本上是以作家为中心的,努力去还原作家的创作意图、创作内容。作家对于自己作品的任何言论,其权威性都会在任何读者的见解之上。自从米·巴赫金1926年提出艺术作品"都是说者(作者)、听众(读者)和被议论者或事件(主角)这三者社会的相互作用的表现和产物"①这一重要观念后,艺术品"凭观众的再创造而得以完成"②的审美交往性被揭示,读者在艺术存在中的重要作用也日益被关注。文学作品正是在作者与读者的文学沟通中得以实现其价值,文学批评也转向对读者、作者、作品三者关系的关注。同时,形式主义批评,尤其是"新批评"方法的兴起,强调了文本的自主自足性,读者可以越过作者的意图,直接经由作品的语言探寻作品的意义。尽管"新批评"对于文本的封闭性阅读有其缺陷,但它确实把作品从作家手中"解放"出来,给读者的阅读提供了开阔的领域。正是在这一背景上,接受美学或读者反应批评得以产生,其中尤以德国康斯坦斯大学的姚斯(Hans Robert Jauss)等的学说影响为大。姚斯强调作品的意义并非独立自主的存在,而是由读者"具体化"(concretized)的结果,读者作为文本观照的主体,统合历史的、美学的等内容,在阅读的过程中,将自己阅读的瞬间与作者创作的瞬间连接,是读者的阅读决定了作品的意义。

　　读者反应批评理论也提出了许多种类的"读者",如"意图性读者"(the intended reader,作者心目中的理想读者)、"假想性读者"(mock reader,阅读时会扮演作品中角色的读者)、"超级读者"(the super reader,有超凡的语言认知能力,能检视作品风格的读者)等等。读者反应批评理论还提出了关于阅读时读者意识活动的种种看法。有的强调读者与作品的独处认同,认为在阅读的瞬间,读者的心灵没有额外的空间可以容纳其他文字或事物,而读者原来的"我"也会抽离,而代之以另一个心灵的"我",这种完全的自我释放会在主客融通中仔细倾听"他者"的声音。有的认为作品,尤其是现代文学作品,富有"空隙",阅读能让读者借由"空隙"发挥想象力,甚至与作者的想象力展开竞技。而不同的读者会面对不同的"空隙",甚至同一个读者,每一次阅读也会面对不同的"空隙",用不同的方法填补,于是,每一次阅读都是独一无二的阅读。有的更认为"阅读的事件就是意义",阅读的意义就是阅读过程中的感受与体验,精读的重点不是文本的繁复,而是读者心灵的纤细。不管哪一种看法,都包含着阅读是一种创造性活动的要求。对

---

① 巴赫金:《生活话语与艺术话语》,《巴赫金文集》第2卷,河北教育出版社1998年,92页。
② 同上书,83页。

经典的阅读更要强调创造性阅读。

经典的阅读首先是人文的阅读。经典的阅读自然是文学的阅读,对种种非文学的阅读,例如从图解政治的角度去阅读文学作品等,我们要自觉避免,因为这种阅读会在僵化、狭隘中扼杀文学的生命。但文学的阅读也有人文和非人文之分。例如只从文本的形式、语言等去解读作品,无形中消解了"人"的主体性,就是一种非人文的阅读。文本的形式、语言等解读非常重要,但我们必须理解,文学作品"是属于人、为了人、关注人"[①]的,任何对作品的解读、批评,都不能离开对人的理解和关怀,自然不能只限于作品的形式等结构性因素分析。

对经典的阅读必须要有必要的知识、修养等准备。按照读者反应批评理论,阅读是读者已有认知与多重语意的文本互相开放、辩证互动的过程,既不是原有认知的重复,也不可能与既有认知完全背道而驰。一个文本,对读者既有新鲜感和挑战性,又不会让读者感到过分陌生、阅读困难,这样一种"适度性"最有利于读者具有创造性的想象力的展开。对于读者而言,就需要为这种"适度性"做好知识、修养等准备。平时开卷有益,多做积累,尤其要有大历史的视野,多读些关于民族的、历史的书籍。如果每年都会有几本自己喜爱的书,就会为经典阅读创造、积累更多有利条件。例如,经典阅读时产生的相关联想越多,越有利于产生创造性思维,而平时阅读积累越多,促成经典阅读时联想发生的因素也就越多。

直面作品,避免种种先入为主情况的发生。要相信自己与作品直接对话一定会有收获,要先读作品,不要先读理论,尤其不要先看相关评论,不要让文学理论和作品评论遮蔽了读者个人对作品的心灵感受;并非要拒绝理论,而是暂时"悬置",让自己的心灵与作品直接交流。也要将自己原先习以为常的态度、观念暂时"悬置",尽量开放自我去倾听,"走出了自己的城堡而进入了另外一个人的领地","思考着我自己的、但并非完全属于我自己的想法"[②],从而进入对自己难免陌生的文本世界。阅读经典,"就应该准备,至少是暂时的,成为与本来的自己不同的另一个自己"[③]。在这样的阅

[①] 〔美〕艾布拉姆斯:《以文行事——艾布拉姆斯精选集》,赵毅衡等译,译林出版社2010年,3页。

[②] 〔俄〕塔吉雅娜·维涅蒂克莫娃:《阅读经典与我们自身》,林精华等编《文学经典化问题研究》,人民文学出版社2010年,11页。

[③] 〔美〕迈克尔·莱恩:《文学作品的多种解读·序言》,赵炎秋译,北京大学出版社2006年,1页。

读过程中,读者会意识到以前并未意识到的自我,或者说,发现了隐藏的"真我",也就是发现了自己解读、诠释作品的能力。要特别珍惜自己阅读作品的第一感受,尤其是自己心灵与作品发生的冲撞。还要理解,任何批评理论都属于文学本身,属于作品本身,而不是让作品服从理论。在此基础上,再让相关理论介入与作品的对话。

作为一个中国读者,在展开与经典的心灵对话的过程中,应该珍惜中华民族的良好品格,保持中国人的美好性情。1920年代,英国著名哲学家罗素登上泰山时,让他最感动的不是泰山的雄奇,而是中国挑夫谦和的神情、幸福的微笑。他说,他由此领略到中国文化的魅力、中国人的性格,从而去反省人生与幸福的真谛。泰山挑夫所体现的中国人的性情、品格当初感动了英国人罗素,今天也能促使我们更好地进入经典。当今社会滋长着种种戾气、霸气、俗气,扭曲心灵,遮蔽经典,所以我们更要以谦和、平等、质朴的心态去阅读经典,体悟人类博大的心怀、美好的情感,不要让经典淹没在政治的霸气、民族的戾气、金钱的俗气中。

对经典的阅读需要运用多种方法进行解码。作家写作是一种文学编码的行为,其作品往往包含多重含义,阅读自然需要相应的解码方法。但我们从小所接受的教育,缺乏"怎样理解诗歌"、"怎样阅读小说"等方面的学习,以至我们对文学的解读趋于单一,文体意识薄弱,分析停留于所谓的主题思想等表层。文学内容形式的繁复和人类认识世界、自身的深入是同构的。20世纪人类社会的变动、人类对于自身认识的深化都是前所未有的,从现实主义到后现代主义,文学表达的复杂也是空前的,由此产生的创作方法、理论学说也丰富多样。创作、理论与阅读的互动关系很密切,而"每一种理论流派似乎都偏爱某些类型的文本。比如,解构主义批评家喜欢象征主义诗歌,而马克思主义批评则青睐现实主义小说","每种理论阐述文学作品的一个不同的方面",[①]而经典内涵的丰沛使读者的阅读承受力强,各种理论和方法可以在对同一部作品的解读中都充分发挥其作用。因此对20世纪中国文学经典也要有多种专门的方法去解读,这样才能为后世留下诠释经典的开阔空间。

"我们把阅读活动理解为一种占据现代文化中心地位的现象,一种与人类主体性密切相关的现象,一种彻底的社会性的、历史性的现象。"[②]在互

[①] 〔美〕迈克尔·莱恩:《文学作品的多种解读·序言》,赵炎秋译,北京大学出版社2006年,1页。
[②] 〔俄〕塔吉雅娜·维涅蒂克多娃:《阅读经典与我们自身》,《文学经典化问题研究》,3页。

联网搜索功能日益强大的今天,人们阅读能力的萎缩应该引起高度关注。对搜索引擎的过分依赖,使人们在极快获得所需答案的同时,也失去了对知识进行过滤、反思、整合的过程;阅读的主体性在丧失,经典被简单化地掏空或仪式化(游戏化)地膜拜。这种情况在学生中也严重存在,其危害不言而喻。德里达在《文学行动》一书中主张以文学阅读来理解文学,以此取代以文学定义来理解文学。这个主张凸现了文学阅读的个人体验性和理解多样性的积极意义。在文学阅读越来越多地显示出重要性时,其危机也日益严重,因为不是任何阅读都会产生理解,尤其是独特性的理解。在互联网时代,模仿性、依附性阅读和理解严重冲击着批判性、创造性阅读和理解。所以,我们更要呼吁,每个人都要直面经典,以自己的独立思考、创造性阅读去走近文学经典。阅读经典,最重要的问题是不要让人云亦云淹没了自己的心灵。

第二节 经典解码的多种方法

经典解码的多种方法,关注了不同方法之间的互补,体现了解读经典的深入。例如,结构主义的解读方式只考察作品的文本结构,忽视文本与社会、个人主体之间的联系,而传统的社会学批评则关注文本与时代、社会事件的对应关系,无视文本自身的思想、艺术整体性;二者的结合就可以取长补短。不同方法之间的互补得以实现,背后其实是文学批评方法自身演变的历史,也是文学经典的内涵不断丰富的结果。文学最初的发生并非要影响人类社会的发展,更多的是满足人的情感想象、审美愉悦,但它产生后又确实对人类的社会生活发生了重大影响,这使得文学批评时而侧重关注作为个人性的作品本身,时而侧重关注影响作品产生的外部世界,由此形成的文学批评方法的历史演变正是这种对作品的不同关注的结果。今天我们阅读经典,要尽可能地针对阅读对象,把不同的文学批评方法结合在一起,从不同侧面进入经典文学世界。

一 综合运用传统解码方法

经典解码是将文学作品的批评方法用于对经典的阅读。阅读、评论文学作品的传统方法在西方主要是文艺美学、作家传记研究、社会历史研究等,在中国则主要是经验性的评述方法。这些传统解码方法要综合使用。"现在是综合使用各种方法的时代……现代文艺理论研究,从方法论观点看,正走向综合……综合是一个总的倾向"①,托多洛夫1960年代作出的这一判断,更是当今发展趋势。在如今的文学教育、阅读中,单一的传统格局还是没有得到根本性改变,更需要强调"综合使用"。

以中国古代文论为代表的经验方法是指读者从自己的审美经验出发,对作品作个人经验性的描述。这应该成为我们阅读经典的基础,因为它强调了读者的审美主体性,希望通过不同审美主体千差万别的经验结构从不同方面去接近经典,使经典的丰富内涵得以全面呈现。经验方法在语言上又习惯用生动形象的个性化语言对作品展开基于整体性把握的描述(中国古代甚至有"以诗评诗"的形式),非常有利于对作品进行文学性的解读。前面强调过的"直面作品"主要就是发生在这个过程中,是需要格外予以关注的。

经验方法要和文艺美学的方法(它是以康德、黑格尔为代表的德国古典美学为源头的)结合起来。文艺美学所强调的关于文艺审美本质的哲理思辨,所建立的诸如"形象"、"典型"、"风格"、"个性"、"象征"、"叙事"等审美范畴,对于个人经验性感受的提升从而更深进入作品的审美世界极为重要。文学有其终极追求,而文艺美学从对宇宙、世界的整体看法出发把握文学的本质、规律的做法有利于对于文学理解的终极性追求。例如康德所揭示的人类审美过程中深刻的内在矛盾性,即美学意义上的"二律背反",有利于我们理解人类审美活动的原动力,从而把握文学的终极性追求。有意义的是经验方法和文艺美学方法的结合,是强调直观感悟、浑整把握的东方思维与看重哲理思辨、分解性论析的西方思维之间的对话、沟通。

作家传记研究方法实际上是依据"文如其人"的传统文学观,认为作家生平经历和作品之间存在着某种直接关系,例如认为作品中的"我"或主角、叙事者是作家的化身(尤其是如郁达夫那样的"自叙传"作家),作品的内容与作家所处时代、作家经历有密切关联;作品不是独立的,而是被作家创作时的生活经验、心理情感及其历史、政治、社会、宗教等背景所包围。所以,读者必须对种种影响作家创作的因素拥有丰富的文学背景知识,并善于与作品进行对照,这样有利于对作品进一步地解读,使作品的含义更丰富。但读者也要充分认识到,作家自身是复杂的,他和作品的关系更是复杂的,作家所拥有的生活经验、心理情感往往是以种种隐藏、转移、浓缩、变形,乃至粉饰等方式表现在作品中,不可将作家和作品的关系作一一对应的简化。

---

① 转引自钱中文:《法国文艺理论流派印象谈》,《文艺理论研究》1985年4期。

至于作家创作与作家所处时代的关系也不可简单化。"真正同时代的人，真正属于其时代的人，是那些既不完美地与时代契合，也不调整自己以适应时代要求的人。"①文学尤为如此，身处时代之中而又超越时代性，也许正是文学的价值所在。诗人必须凝视时代，透过喧嚣的时代而真正感知文学的价值，就如古奥乔·阿甘本所言："同时代人""意味着不但有能力保持对时代黑暗的凝视，还要有能力在此黑暗中感知那种尽管朝向我们却又无限地与我们拉开距离的光"。② 总之，"文如其人"不能简单化、庸俗化。

把作家看做社会的人，把文学现象看做社会的历史的现象，是19世纪以来影响很大的文学的社会学研究方法。这一方法关注文学与社会的政治、经济等的互动关系及文学的社会功能、社会作用，与现实主义的创作主张很契合，所以，五四以后，这一方法在中国文学研究中占主导地位，对我们的经典阅读影响最大。

在社会学批评方法中，马克思主义是最有影响的，其开展文学批评主要有两种方法："第一种试图把在其所产生的社会、经济和历史的语境中，去理解文学作品表现的观念是如何同那一时期社会通行的理想与价值观联系起来的"；"第二种主要形式由意识形态批评组成。它试图理解意识形态在文学作品中是如何运作，以遮掩诸如不同的经济集团之间的社会矛盾的"，而"所有的意识形态的内部都包含着裂痕或断层"，正是这些"裂痕或断层"显现出对于意识形态的"顽强抵抗"。③ 一部作品总是产生于具体的历史与社会、时间与空间之中，因此对它的解读不可能不顾及它所受时代、社会诸种因素，尤其是意识形态因素的影响。但即便在马克思那个年代，马克思主义文学批评在强调经济基础对于文艺的制约作用的同时，也注意到了"文艺的超越时代、超越民族、超越阶级的普遍性因素的存在"④，他从人类思维和文明进化的历史的角度，强调了文学作为以情感性想象展示生命之美的艺术思维，不同于以逻辑推理揭示事物之真的科学思维，不同于以价值尺度追求人类之善的伦理思维，也不同于以偶像崇拜求得灵魂之安的宗教思维，文学正是从其自身的这一本质出发呈现出其生命历程。在文学与意识形态的关系问题上，马克思主义在不断丰富发展，使其理论更具周延性和说服

---

① 〔意〕古奥乔·阿甘本：《何为同时代》，王立秋译，《上海文化》2010年4期。
② 同上书，7页。
③ 〔美〕迈克尔·莱恩：《文学作品的多种解读》，赵炎秋译，北京大学出版社2006年，66页。
④ 吴元迈：《文艺与意识形态》，《外国文学评论》1990年2期。

力。意识形态作为人想象自我与他人、个人与社会间关系的认知模式,影响着作家的创作,即便在看似唯美的作品中也会有意识形态性(例如詹姆逊所说的"政治无意识")。特殊性的意识形态,即一定历史时期、阶段的具有具体内容的意识形态,如某一阶级、政党、群体的意识形态,透过社会教育、传播等,往往成为社会的某种"真实",也会随着时代变迁而受到质疑、挑战,而有正确与错误之分;一般性的意识形态,即意识形态的抽象形式,如男女由于性别差异形成的关系都会产生认知或想象的结构或形式,并不一定有正确与错误之分。文学作品中纠缠着一般性和特殊性的意识形态。在文学和社会的关系问题上,马克思主义强调文学要凸现社会矛盾冲突,尤其要站在人民大众立场揭示社会矛盾,不可用完整、和谐的假象粉饰社会,欺骗大众。在对社会矛盾的揭示上,马克思主义强调人的物化和异化,包括自我异化,都是社会的真实存在,文学必须予以深刻的表现、批判。所有这些理论,在解读包括现实主义、现代主义文学在内的作品时都有用武之地,能深化人们对于文学作品丰富内涵的认识。

从社会学角度阅读经典时,重要的是要避免庸俗的社会学倾向,即将文学和社会的关系简单化、狭隘化、意识形态化,例如过去倡导过的文学为政治服务、为工农兵写作等。社会和文学,并非线性的因果关系。文学表现社会,并非直接描写社会政治、经济等变革,而往往关注习俗风尚、情感意向等蕴藏于民间、民众中,更持久、深入地反映社会变革的精神状态,即便这些精神状态是自发的、非自觉的,作家也能通过它细微深入地反映社会的变化。文学的社会性,应该首先是艺术的、审美的社会性。要警惕现实功利性太多的侵入,尤其是强调文学对现实的关注、对人生的启迪时,更要有开阔的视野去审视文学和社会的关系。

正是出于从更开阔的社会视野去研究文学、解读经典的要求,文学的文化研究也为人所关注。在社会的文化生态背景上,从文学的传播、文学的社会管理和生产等方面研究文学,考察社会的文化因素(如出版文化、性别文化、校园文化、族群文化、城市文化等)对于文学经典性累积的影响,这样就凸现了影响文学及其经典形成的社会文化因素。文化研究者往往将自己置于边缘位置,以为民间及弱势群体发出声音为己任,在这种立场背后的是文化研究坚持的独立思考和现实批判。这些显然都有利于文学研究、经典解读的深入。但在展开文学的文化研究时,我们必须注意,文化研究仍是社会科学的研究,它与文学研究作为人文学科更关注丰富的差异性不同,其方法还是关注社会的普遍性。所以,当我们从文化角度展开文学研究、经典阅读时,仍要充分尊重文学对象的个性差异,从差异性中开掘经典丰富的文化内涵。

二 重视文学本体的解码

20世纪对经典的解读方法更多样,层面更丰富。其中强调文学本体存在的理论成为经典解读的最重要基础。本体论一般指哲学中关于存在的本质及其基本特征的研究,本体关系到世界的本源或本性。本体论的文学理论把文学作品视为文学活动的本源,关注的是文学之所以成为文学的问题。这种理论将文学语言看做文学之所以存在的本体,首先倡导的是文学的形式主义批评。正如美国当代文学理论家迈克尔·莱恩所言:"在任何对于文学的研究中,形式主义也许都可以被称为必要的第一步",因为我们不管从哪一种立场(历史主义的,女性主义的,或是现代主义、后现代主义的等等)出发探讨作品,都必须先了解作品"意义是如何通过一定的文学技巧与程式的运用展开的,如叙事视角、对于地点的隐喻性使用、人物塑造、象征,等等","要知道这部小说意味着什么,就要走进它的形式,走进把它联成一个整体的方式"。①

看重艺术形式的历来有之,例如19世纪奥地利著名音乐美学家爱德华·汉斯立克在《论音乐的美》(1854)中就论断"音乐的内容就是乐音的运动形式",乐音之间的对抗和协调、流动和遇合、升降和飞跃等构成音乐艺术的全部内容,音乐就是旋律、节奏、和声三者之间的相互呼应组成的"图画",因此音乐存在于并且只存在于被人视为表现形式的音响组合中。20世纪前叶,认识哲学向语言哲学转换的背景大大促进了作家对语言重要性的认识,人们越来越侧重从语言的存在来看待文学的本质,文学的形式主义批评应运而生。其代表就是20世纪20年代前后的俄国形式主义批评和三四十年代的美国新批评。

俄国形式主义批评最早提供了文学本体方法的模式:将形式作为文学的本体存在,从作品的形式出发,揭示作品的语言和内在结构的一般规律,从而发现作品的审美意义。雅格布森(Roman Jakobson)在《现代俄国诗歌》(1921)中就强调,"文学研究的对象不是文学,而是文学性,即使一部特定作品成为文学作品的那种东西",它就是作为作品的"存在现实"的文学形

---

① 〔美〕迈克尔·莱恩:《文学作品的多种解读》,赵炎秋译,北京大学出版社2006年,2页。

式,同时,形式的变化会导致新的文学内容的产生。①

形式主义批评,一是从考察作品的陌生化效果入手。俄国形式主义批评强调文学语言的特性,包括含蓄、传达言外之意、陌生化等,认为正是文学语言打破了日常机械化的感知模式,使文学得以区别于其他文字作品。而这其中陌生化是最根本的,只有文学才能采用奇特化的手法,让习以为常的世界、事物变得新颖、陌生,从而使人们从麻木不仁的日常感觉中解放出来,产生新鲜活泼的审美感受。二是分析、把握作品中使叙事得以完成、题旨得以呈现的文学程式。俄国形式主义批评研究了特定话语方式形成的各种文学类型,后来影响深远的巴赫金的小说复调理论就是继承了俄国形式主义批评传统的产物。形式主义的作品阅读方法就是要关注一部作品的程式和技巧如何传达文学内容,新的语言方式如何产生作品的意义等。

新批评源出于英国,艾·阿·瑞恰慈是其直接开拓者。瑞恰慈最有影响的是"有'最大量意识状态'理论的提出:认为艺术作品的意义与作用全在它对人生经验的推广加深,及最大可能量意识活动的获致,而不在舍此以外的任何虚构的(如艺术为艺术的学说)或具体的(如以艺术为政治工具的说法)目的的服役,因此在心理分析的科学事实之下,一切来自不同方向但同样属于限制艺术活动的企图都立地粉碎;艺术与宗教、道德、科学、政治都重新建立平行的密切关系,而否定任何主奴的隶属关系及相对而不相成的旧有观念",这是瑞恰慈文学理论的"要旨"。② 而创作则如瑞恰慈在《想象力》③一文中所说,人生价值的高低,完全由它协调不同质量的冲动的能力决定。冲动协调之后的状态,他称之为态度,实即是心神状态。能调和最大量、最优秀的冲动的心神状态,是人生至境,也就是他所谓创作要实现的"最大量的意识状态"。也就是说,好的文学应该涵容最丰富的人生经验与最错综的心理冲动。瑞恰慈的理论也是西方和东方文化的成功沟通,他早年与人合著的《美学原理》(1921)就"已经着意使用中国哲学来解决西方思想的传统命题",而他"成为30年代新批评派'包容诗论'、'张力论'、'不纯诗论'诸说的蓝本"的"真正的美感是综感"(synaesthesis)之说,也是他融汇朱熹对《中庸》的诠解的结果。④ 他的语义学、语境理论等既是新批评的

---

① 雅各布森:《现代俄国诗歌》,转引自鲍·艾亨鲍姆《"形式方法"的理论》,见托多罗夫《俄苏形式主义文论选》,中国社会科学出版社1989年,24页。
② 袁可嘉:《新诗现代化》,《大公报·星期文艺》,1947年3月30日,第25期。
③ 瑞恰慈:《想象力》,见瑞恰慈《文学批评原理》,杨自伍译,百花洲文艺出版社1992年,218页。
④ 赵毅衡:《对岸的诱惑》,知识出版社2003年,160页。

重要理论源头,也在中国现代文论的建设中有过良好影响(瑞恰慈曾七次来到中国,1930年代曾任教于清华大学)。1940年代,瑞恰慈从英国剑桥大学转到美国哈佛大学任教,促成了新批评在美国的兴起。

与俄国形式主义批评的侧重不同,新批评重视对作品的细读,通过对具体作品的语言、意象结构等的分析来揭示作品的意义,理解文学的本质,从而建立了文本中心式批评。运用新批评去解读文学作品,一是要把握新批评关于文学本质的一些基本概念,例如张力(文学语言的潜能与审美特征,它能调和各种对立的因素,诗的含义即张力)、反讽(任何词语进入文学作品,就会受到文学语境的压力,同时又给予语境以冲击,这种互相间的压力使词语意义、叙事指向都发生"扭曲",往往反向指向自身,便构成反讽。反讽使文本中各种对立因素结合而成审美对象的有机整体)、肌质(诗中不能用散文语言转述的为肌质,科学文体只有构架,文学则是肌质重要性超过构架,且是肌质与构架的统一,诗的本质在于肌质)等,这些概念都凸显作品的文学性。二是要有一定的阅读程式去展开阅读。新批评要求阅读摆脱关于作者的"意图谬见"和读者的"感受谬见",将文本想象成充满矛盾冲突和艺术张力的存在,对文本进行多重回溯性阅读,不断分析文本包含的隐喻、反讽、悖论、含混、象征等,把握不同乃至对立的复杂因素形成的整体结构,拓展文本的意义阐释空间,努力使自己的阅读成为"唯一真正的阅读"。三是要有文体意识。新批评认为文本不同的意义表层由一个共同的深层结构所控制,形成不同的文类。当年新批评就是以《诗通》(Understanding Poetry)、《小说通解》(Understanding Fiction)、《戏剧通解》(Understanding Drama)三书展开"怎样理解诗歌"、"怎样阅读小说"、"怎样欣赏戏剧"等凸现文体分析的教学,从而在美国大学文学系占有主导地位。阅读文学经典,是需要关注其文体创新的。四是要避免当初新批评细读把作品完全封闭的弊病,也要关注形式与其他更富有社会、政治、文化内涵的因素的联系。

直接延续俄国形式主义批评的是捷克布拉格学派在1930年代倡导的结构主义,他们"视文学为美学功能所支配的文字沟通形式,同时将文学素材区分为文字结构与主题结构两个层次,透过'形式'的美学构筑形成文学作品"[①],就是说,文学是由表层和深层构成的结构,深层结构决定着表层结构的组合。文学批评的结构主义在20世纪50年代后由法国风靡世界,成为西方继新批评之后又一占主导地位的批评模式。

---

① 张锦忠:《形式主义》,台北行政院文化建设委员会2010年,31页。

文学批评的结构主义从语言出发,强调文学性的研究。例如,布拉格学派最有影响的学者雅格布森在其著名的《结语:语言学与文学创作论》(1958)一文中指出,所有的语言都有六个层面:说话者、受话者、语境、语码、说话者与受话者的接触、语言讯息,以及六个相互搭配的功能属性:表达沟通、目的意念、物质参照与历史指涉、维系沟通气氛和媒介文艺美学功能。当语言中的某一功能被"置前",即得到了强调,语言就能达到某一效果。"当语言的文艺媒介层面加强到一个地步时,便产生美学的向度","文学、诗里面的话,其语言的美学层面必定被扩大",这就是"布拉格结构主义语言学的文学研究中,另一项扛鼎的洞见:'置前'"。① 文学语言和一般语言的组成元素、功能大同小异,但哪些部分被"置前"得到强调,哪些部分又被"置后",却有很大不同。这就从语言层面凸现了文学性。分析文学作品中对于隐喻、象征、反讽、背反、重复等语言技巧的运用方式,分析这些语言符码如何"置前"而彰显其文学作用,这种作用往往深化作品对于人生、人性的关怀,强化审美世界的呈现,显然有利于把握作品的文学性。

从结构主义角度去阅读作品,就要从作品结构整体上把握作品,充分关注作品各种艺术因素之间的关系。结构主义批评家"将注意力从文本与世界的关系或文本与意义的关系转到对文学系统的研究上来——文本是如何逻辑地或系统地运转的,意义产生的机制是什么,文本单独具有的结构和与其他文本共同具有的结构是什么,它们是怎样由互相联系的各个部分所组成的,以及诸如此类的问题"②,就是说,无论分析人物、情节、动作,还是分析其他艺术因素,都要仔细考察分析对象与文本系统的其他部分的关系,从中把握意义或意味,并进一步考察表层可感知的语言组成的文本要素是如何被隐藏在语言组织形式之下的深层结构组合起来的,而这种深层结构在其他类似文本中也存在,它就是使文学意义得以产生的模式。当我们把握了这种深层结构,我们阅读其他类似作品就有了一种进入作品深层世界的途径。

三 文化多元背景下的经典解读

20世纪后半叶,世界开始进入一个"文化多元主义"(cultural plural-

---

① 伍轩宏:《结构主义和后结构主义》,台北行政院文化建设委员会2010年,37页。
② 〔美〕迈克尔·莱恩:《文学作品的多种解读·结构主义》,赵炎秋译,北京大学出版社2006年,34页。

ism)的时代。近代以来,"现代国家"观念兴起,各国无不强调领土、人民、文化的完整性、统一性,这种追求同质的国家观念,加上集体无意识层面的"种族中心主义",往往会产生或隐或现的排他行为(如"非我族类,其心必异"所言),尤其造成对少数的、弱势的、边缘的文化的压抑。1970 年代前后,学界开始探讨"多样性"(diversity)、"差异"(difference)、"歧视"(discrimination)等议题,形成了关注多样、异质的"多元文化主义"(multiculturalism),之后又有了"文化多元主义"的说法,跟以往"多元文化主义"还会产生的以主流文化为主体的选择性接纳不同,"文化多元主义"倡导真正的文化包容,即"互为主体,文化多元"[①]。这一潮流的出现,使得经典解码的方法也更加多元,原先被遮蔽的很多角度、层面都可以进入经典解读的视野。

  产生于 20 世纪 60 年代的后结构主义对开启文化多元的时代有重要意义,后结构主义的"后"主要指的并不是时间上的"后",而是"离开"、"脱出"之意,具有颠覆、解构的倾向。当时聚集于法国《如是》杂志的一批作家、批评家如雅克·德里达、朱丽娅·克里斯蒂娃等受尼采批判理性思想、巴塔耶关于存在的物质性、异质性思想等影响,将对意义的研究与对现有社会程序的激进的政治批判结合起来,形成了从强调程序、结构和规则的结构主义中分离出来,"认为语言具有偶然性、不确定性、多种意义生成的可能性"[②]的后结构主义,其展开的文学批评关注的"是同一的偶然性、意义的非决定性和世界的不确定性"[③]。后结构主义之所以将注意力从结构主义关注的文学固定不变的结构转移到语言、心理与社会生活上来,也是因为后者具有偶然性、变动性、不确定性等。所以后结构主义关注的是能颠覆同一性的先锋派创作、女性书写等,同时揭示了现代媒介有力支配下的社会已被符号代码统治,虚拟与真实之间的区别消失,美、丑、善、恶、左、右,皆可互换,以往由经济事件、政治形式左右的社会也变得更加复杂。后结构主义并非解构一切,而是要颠覆占统治地位的工具理性等思维方式及二元对立的传统价值观,呈现"是"与"不是"的双重视野,在不断消解既有结构、又呈现一种瞬间存在的结构的过程中获得意义。所有这些都有利于将原先排除在人们视野之外的社会生活背后的东西纳入我们的探索之中,而这恰恰是文学

---

  ① 〔马来西亚〕温任平:《静中听雷》,(吉隆坡)大将出版社 2004 年,49 页。
  ② 〔美〕迈克尔·莱恩:《文学作品的多种解读·结构主义》,赵炎秋译,北京大学出版社 2006 年,83 页。
  ③ 同上。

所关注的。既然"人之为人就在于他的不可规定性和无限可能性。人就是、必然是、并且永远应是世界上从未有过的东西"①，那么，文学自然也是在其无限可能性的展开中表现自身的。后结构主义的出现，关注了文学叙事的无限可能性和不可确定性，有力推动了文学批评的深入。

后结构主义内部理论的差异很大，但代表性论述有两个相似之点：反体制的精神与异质性的释放。② 所以，后结构主义会衍生出多种反传统的立场和方法。后结构主义代表思想家德勒兹所著《反伊底帕斯》中的"伊底帕斯"就是佛洛伊德所谓进入正常、正规的通道，"反伊底帕斯"自然就是要打破传统体系、结构的束缚；他倡导的"游牧写作"也是强调写作和阅读的扩散性。德里达在 1989 年的一次访谈中认为文学是一个"允许人以所有/任何方式说所有/任何话的建制"③，给予文学包括文学阅读一个极开放的空间，让文本的无限多义的异质性，无阻隔地流泻出来，使读者能进入未知的领域。从后结构主义的角度理解阅读，就是希望文学作品能导引读者展开某种异质性的思想，看到一些以往被遮蔽的东西，从而打开思路，启发灵感。后结构主义也使得文学从"本质"的概念中释放，使文本富有多样性，文学研究不再限于诗歌、小说、散文、戏剧等文类，批评文章、广告词、视图说明书等也可以成为文学的研究对象。

从后结构主义的角度解读作品，可以分析作品内容包含的社会同质和异质之间的矛盾冲突，发现异质的价值，揭示社会危机。这就需要有"是"与"不是"的双重视野，在阅读中细致辨析文本的缝隙（"缝隙"往往是一般理念难以定论，增加各种可能性，甚至是自相矛盾的可能性的地方）以及在展现与掩饰间的差异，从而发现、感受异质。同时，缝隙显现的是意义的不确定性，意义是瞬间的存在和消失，处于流动之中，这种意义的发生对于一般读者文学阅读中本能的习惯的反应是一种消解中的突破。后结构主义引导读者去关注意义的流动性，发现文本的"另类价值、另类叙述发展、多重可能性"，实际上也是对文本的彻底解放。有些文本，如阿根廷作家赫尔博斯的著名小说《小径分岔的花园》、中国作家格非的小说《青黄》等就适合用后结构主义，即解构的方法来阅读。

---

① 邓晓芒：《新批判主义》，北京大学出版社 2007 年，167 页。
② 伍轩宏：《结构主义和后结构主义》，台北行政院文化建设委员会 2010 年，46 页。
③ 〔法〕Derek Attridge 编：*Act of Literature*（《文学行动》），转引自伍轩宏《结构主义和后结构主义》，52 页。

从后结构主义强调差异、变动等原则出发，自然产生了女性主义文学批评，即研究女性创作的文学怎样表达或表现女性生活及其体验，因为在传统价值体系中，男性往往与真理、理性和可把握性相联系，长期占主导地位，而女性则被贬斥，与谬误、非理性和不可捉摸性相联系，从而长期被遮蔽。20世纪"经典修正"的重要内容就是女性视野的"去蔽"，从女性立场出发去发现和充实经典。女性主义批评理论是由英国的弗吉尼亚·伍尔夫和法国的西蒙·德·波伏娃奠基的。伍尔夫批判了男权中心主义，探讨了女性独立写作空间和女性文学传统的形成，提出了"双性同体"（男性思维和女性思维在同一个个体身上存在）的创作思想。波伏娃从"一个人之为女人，与其说是'天生'的，不如说是'形成'的"①观念出发，揭示了女性失去人的独立自主性，沦为"第二性"的社会原因。女性主义文学批评倡导从女性读者视角重新审视文学作品中的女性形象，揭示以往男性话语的文学史对于女性形象的歪曲、对于女性作家的遮蔽；同时，它更关注女性写作与男性写作的根本性差异，通过对女性心理、女性语言、女性想象、女性经历等相关课题和特定的女性作家、女性文学作品的研究来探索女性创作的文学题旨、意象、类型、结构和文体风格等。所有这些，都力图构建颠覆传统的、主流的男性话语的女性写作模式。例如，西苏（法国）在其《美杜莎的笑声》②中提出"身体写作"的女性主义写作理论，就是要揭示"用自己的肉体表达自己的思想"的女性写作所包含的生命激情、想象力、体验力和创造力，揭示由女性感受力而产生的语言对于男性话语秩序的叛逆性、革命性。女性这一长期压抑的人的世界的资源一旦得到深入开掘，整个文学世界的面貌为之大变。女性文学批评理所当然成为我们解读经典的一个重要内容。

与女性主义文学批评有密切联系的是族裔批评，它主要指20世纪后半叶兴起的，一个国家散居环境中的少数民族，如美国的非洲族裔群体，在争取与居住国主要种族的平等权利中形成的文学批评，它注重从不同族群之间文学与文化的差异展开考察，关注族群关系、离散、放逐、祖国、民族等问题，从而揭示以往被忽视的少数族群的体验及其文学的重要性，并从一种跨种族的视角来重新审视以往主要种族的话语历史。与女性主义文学批评一样，它动摇了某种文化、文学中心论，恢复了被边缘化的族群文化的不可替代的重要性，也迫使主流文化思考自己与少数族裔文化的相交点。我们了

---

① 西蒙·德·波伏娃：《第二性》，湖南文艺出版社1986年，23页。
② 收入张京媛主编《当代女性主义文学批评》，北京大学出版社1992年。

解、把握了这些文学批评理论,就会自觉摆脱原先可能制约我们的种种文化中心论,将原先边缘化的一些视角也作为我们进入经典的路径,丰富我们对经典的解读。

在后结构主义理论的影响下,1980年代美国加州大学伯克莱分校的一批年轻学者在文学研究领域发动了一场"返回历史"的运动,由此产生了新历史主义文学批评。与传统的历史观不同,新历史主义更多地将历史看做偶然性与微观历史事件的领域,向着当代人开放,历史学家对于历史的修撰也不可避免地带上了当代人参与的种种"创造性"因素,历史成为了"诗学"的对象。因此,文学对于历史也不是一种单一展开的叙述或是可以真实反映的稳定状态,而是一种在"交流和协商"中得以完成的"再生产和循环",或者可以说,历史与文学之间存在着"往返叙事",传统的历史叙述被解构,文学与历史之间的话语界限被取消,其中自然存在着对于历史的颠覆性,在拓展历史叙事的多样性中指向了历史叙事的深度。

值得关注的还有巴赫金的文学批评理论,这位出生于俄罗斯的学者被当今人文学科的不同学派看重。他的"对话论"的核心"是反对权威体系,承认差异性与他性(otherness)的存在,强调文化、历史的多音(many-voicedness)意识,肯定不同的声音间的交流与对话"①,本身就是一种文化多元理论。他的"对话论"中极有文学批评影响的是"嘉年华"说。"巴赫金认为,中古节庆的狂欢带来了所谓'嘉年华'式的放纵。'嘉年华'盛会总是要求我们暂时抛弃或逆转平素的繁文缛节和礼教秩序,是故痴骏卑贱者得以一时一跃而为万人之上的圣王,而诸般身体器官与性的禁忌亦成嘲谑夸耀的目标。"②文学作品往往以"嘉年华"盛会的群众"笑闹"狂欢,展示民间的、大众的自由、反叛精神,挑战官方或精英话语。这种情况越来越多地出现在对当前现实和日常生活的描述上,形成"抗拒一切现成及完备之事物,排斥所有造成恒定不变的幻象"的"嘉年华"文学世界。了解这些,对于文学经典的解读也是非常有用的。

这里要强调的是,方法的多样是为了打开思路,从各种途径去走进作品。对各种方法、理论不能生搬硬套,而要认真思考其适用之处,甚至应该给予某种质疑。具体使用哪种方法,要视阅读对象而定。而不管用哪种方法,认真阅读作品,珍惜自己的阅读感受始终都是最重要的。

---

① 刘建基:《巴赫汀派》,台北行政院文化建设委员会2010年,29页。
② 王德威:《众声喧哗》,台北远流出版有限公司1988年,244页。

最后要提及的是,电影和文学的关系历来密切,在中国尤为如此。"五四时期(1917年至1927年)重要的文类是短篇小说,后十年(1927年至1937年)为长篇小说,中日战争时期(1937年至1945年)为话剧,战后时期(1945至1949年)则显然是电影。"①电影(剧本)被视为继短篇小说、长篇小说、戏剧以后最重要的叙事文体。而战后"中国现代电影的黄金时期"②的在艺术上的成功跟文学关系极为密切,"电影业雇用了文艺界第一流的人才张爱玲、阳翰笙、田汉、欧阳予和曹禺,他们写作原本的电影脚本;另一些戏剧家(如柯灵)是把文学作品改编为电影的专家。战争期间写得最好的一些剧作——尤其是《正气歌》和《清宫怨》——都拍成了精彩的电影。小说作品是改编的另一丰富源泉。在有些情况下,如老舍的中篇小说《我这一辈子》,电影剧本甚至超过了原著。为了促进这一新的艺术形式的发展,田汉和洪森充当了上海两家主要报纸《大公报》和《新闻报》的电影特刊的编辑;最后,刘琼、石挥、白杨及胡蝶(他们当中大多数人最初在剧团里得到锻炼)的演技,也达到了微妙老练的高超境地"③。虽然后来电影取得了越来越独立的艺术地位,但这些反映出文学与电影密切关系的艺术因素始终存在。正是出于这一原因,本课程也将中国百年电影纳入其中,将百年中国文学经典和电影一起予以考察。这种考察不仅是历史的梳理,也是对于前景的展望。

早年的鲁迅就曾告诫我们,"以艺文思理,足为人类荣华者是尚"乃真正的爱国,而"援甲兵剑戟之精锐",却可能陷入"兽性爱国"。这一告诫实有我们深思之意。加之"中国在昔,本尚物质",当今消费社会,更助长物欲之风,鲁迅的告诫也更有惊世之意。物质的富裕、兵力的强盛是重要的,但一味的追求却有着种种陷阱;而无论国家,还是个人,"艺文思理"越是丰沛,就越宽以待他者,世界也在丰富多元中获得健康发展。阅读经典,走近经典,正是我们对鲁迅告诫的回应。

---

① 李欧梵:《现代香港电影传统初探》,《文化批评与华语电影》,台北麦田出版社1995年,124页。
② 李欧梵:《文学趋势:通向革命之路,1927年—1949年》,〔美〕费正清、费维恺编《剑桥中华民国史(1921—1949年)》,刘敬坤等译,中国社会科学出版社1993年,558页。
③ 同上书,559页。

第二章 20世纪中国文学经典的生成与建构

第一节 现代中国转型中的20世纪中国文学经典

一 作为"民族寓言"的20世纪中国文学经典

近代中国是由传统社会向现代社会转型的时代。在西方列强咄咄逼人的侵蚀胺削之下,中国延续两千年之久的君主集权统治如大厦之将倾,国家主权沦丧几尽,政治局势动荡不安,自然经济濒临瓦解,社会矛盾日趋尖锐。影响所及,宗法社会秩序和传统生活方式岌岌可危,而在此基础上形成的传统儒家经典也陷入结构性失语的窘境。清朝末年,面对西方强势文明的严峻挑战,一场延续及今的现代化改革艰难而沉重地拉开了帷幕。改革呈现出由表及里、逐级递进的态势,从"器物"(工具层面)到"制度"(政治层面),再到"文化根本"(价值观念层面)。及至五四新文化运动,"文化根本"层面的革新臻于高潮,从而使中国文化乃至整个中国社会都发生了深刻变化。

从本质主义经典观的角度来看,20世纪中国文学经典的生成和演变或许是不尽如人意的,因为其原初动机并非纯粹的审美因素或普遍的人性因素,而是试图运用文学手段开展思想启蒙进而推动社会变革的功利因素。佛克马、蚁布思在论及经典的变化与"认知动机"的关系时指出:

> 如果在经典流传下来的知识和所需知识及非经典性文本中可得知识之间存在着巨大的差异,那么对经典的调整就会发生。不能满足社会和个人需要的经典一方和迎合了这些需要的非经典性文本一方之间的鸿沟从长远来看将不可避免地导致对经典的变革和调整,以达到把那些讨论相关主题的文本包容到新的经典中去的目的。从这一观点来

看,经典的功能之一就是提供解决问题的模式。①

作为 20 世纪中国文学具有实质意义的开端,五四文学革命正是肇源于"解决问题"这一关乎认知教化的现实诉求。面对中国"被现代化"的现实境遇以及前所未有的种种问题,传统经典业已无法从根本上提供纾解之道,这一状况使得经典的重新确认被提上议事日程,同时也决定了 20 世纪中国文学"非文学"的历史任务:通过参照和汲取西方现代价值观念来重审传统文化,改造国民精神,在人们心灵深处召唤出一个"想象的共同体"。这一历史任务包含如下逻辑前提:社会的现代化有赖于精神的现代化,而现实的共同体——现代民族国家——则脱胎于"想象的共同体"。因此可以说,20 世纪中国文学经典的建构与中国现代民族国家的建构是息息相关的,二者不仅同步展开,休戚与共,而且相互影响,相互作用。西方作为一个既具威胁性又令人敬慕的他者,在很大程度上塑造了 20 世纪中国文学的总体面貌,西方文学观念、方法和形式的引进固然是一个重要方面,但更不容忽置的是,西方霸权的压迫力量催化了 20 世纪中国文学的民族意识和政治潜能。这使它既不同于传统中国文学又有别于同期西方文学,它毋宁说是一种广义的"民族寓言"。正如西方马克思主义批评家詹姆逊在论及中国及第三世界国家文学的根本特征时所言:"第三世界的本文,甚至那些看起来好像是关于个人和力比多趋力的本文,总是以民族寓言的形式来投射一种政治:关于个人命运的故事包含着第三世界的大众文化和社会受到冲击的寓言。"②仅从纯粹的审美层面或私人领域来把握 20 世纪中国文学经典不啻于雾里观花。就其主流而言,20 世纪中国文学产生了一种别具一格的经典美学:民族的想象激发了个人的想象,政治的想象激发了审美的想象,由此分化出姿态各异的多种美学品格:或沉郁苍凉,或大气磅礴,或恬淡冲和,或怪诞乖张,进而构成了一幅极富美学张力的经典画卷。

二 20 世纪中国文学经典与现代性

20 世纪中国文学是一种具有现代性的文学形态。所谓现代性是在西方近代社会世俗化进程中逐渐形成的知识体系,其原初含义是一种与循环论和永恒观念大异其趣的线性时间意识,即认为时间是直线挺进、不可逆

---

① 佛克马、蚁布思:《文化研究与文化参与》,北京大学出版社 1996 年,49 页。
② 〔美〕弗雷德里克·詹姆逊:《处于跨国资本主义时代中的第三世界文学》,张京媛主编:《新历史主义与文学批评》,北京大学出版社 1993 年,235 页。

转、不可重复的。经过文艺复兴、宗教改革、启蒙运动等一系列世俗化事件的推动,现代性逐渐发展成为一种与宗教神学理念相对立的资产阶级世俗价值观。按照美国学者卡林内斯库的概括,其主要内容体现为以下方面:

> 进步的学说,相信科学技术造福人类的可能性,对时间的关切(可测度的时间,一种可以买卖从而像任何其他商品一样具有可计算价格的时间),对理性的崇拜,在抽象人文主义框架中得到界定的自由思想,还有实用主义和崇拜行动与成功的定向……①

由是观之,现代性首先是一种面向未来、相信进步的历史观——卡林内斯库又称之为"求新意志";其次它还意味着由科技进步、工业革命和资本主义经济开启的一个物质文明阶段;同时它还是一种特定的社会建构理念,即按照理性化和主体自由原则规划现代民族国家并组织社会文化生活,它在经济政治领域具体表现为一整套相互关联的制度模式,例如市场经济、产权制度、宪政民主、司法独立、科层化行政体系等等,而在文学艺术领域则表现为艺术自律和创作自由。随着近代西方殖民范围的拓展和世界霸权的确立,现代性逐渐越出西方文化的畛域而上升为具有普遍意义的知识体系。至于较晚出现的"现代化"一词,则往往针对非西方的"落后"国家,是指这些国家根据西方现代性理念改进或重组社会秩序的过程,相形之下更偏重于物质和工具层面,例如工业化、都市化、科学技术的运用等等,似乎更带有"放之四海而皆准"的普适色彩。然而究其实质,这一概念以价值中立或"淡出"的策略掩盖了它所固有的地缘特征和殖民主义意识形态影响。从这个意义上说,我们所说的文学现代化实际上更近乎一种"修辞借喻",其原因主要在于文学现代化不可能是一个纯文学的改进过程,它不可能不涉及价值观念、意识形态和民族传统,文学现代化也不能简单地等同于文学西方化,食洋不化、邯郸学步的结果必然是本民族主体性的丧失。

在五四文学革命过程中,现代性知识体系被文学革命先驱们化约为"科学"("赛先生")与"民主"("德先生")两大旗帜,二者作为思想文化启蒙的基本目标在整个社会尤其是青年知识群体中产生了广泛深远的影响。然而,文学革命先驱大多并未对现代性的内在矛盾给予足够关注,以至对中国社会和新文学的前景产生了一种"不可救药的乐观主义",并为此后聚讼

---

① 〔美〕马泰·卡林内斯库:《现代性的五副面孔》,顾爱彬、李瑞华译,商务印书馆2002年,48页。

纷纭的众多学案埋下了伏笔。如果我们把启蒙理性视为现代性的核心理念,那么现代化就意味着社会的合理化过程。合理化秩序作为启蒙的实现形式,它的确立极大促进了科学技术和物质文明的进步,但同时也导致了工具理性的无限扩张以至于无所不包。启蒙的目的在于将人从神话的桎梏中解放出来,以实现人的自主自由,而工具理性仅是达成这一目的的手段。然而社会演进的事实表明,手段最终战胜了目的,作为手段的工具理性上升为新的神话,作为目的的人则沦为这一神话的手段,以致与启蒙理性所承诺的主体自由以及现代性本身所包含的"求新意志"构成了严重背驰——这就是哲学上所谓的"异化"或"物化"现象。这一内在矛盾最终导致了现代性概念的分裂,早在19世纪前半期西方社会便形成了两种迥然相异的现代性——世俗现代性和美学现代性——兵戈相向的局面。后起的美学现代性既是世俗现代性的历史产物,又是世俗现代性"不共戴天的敌人"。[①] 世俗现代性被激进艺术家们具体化为日常生活中的资产阶级市侩心态——"庸俗世界观、功利主义成见、中庸随俗性格与低劣趣味",在二者激烈对抗的过程中产生了此后被统称为"现代主义"的诸多激进文学艺术流派。进入20世纪,西方现代主义潮流更是蔚为大观,沛然莫之能御,它以非理性的美学革命方式猛烈而顽强地反抗着资产阶级世俗现代性。尽管如此,现代主义仍然从属于现代性的题域,现代性的"求新意志"为这种美学现代性提供了内在理据和创造动力。作为一种反神学的价值观,现代性在西方社会的普遍确立导致了"神学的危机",但这并不意味着神学需求的消失。"神学的危机产生了危机神学","同基督教传统地位衰退直接相联系的是乌托邦主义的强力登场,这也许是现代西方思想史上独一无二的最重要事件"。[②] 在现代性语境下,乌托邦主义作为神学永恒观念的世俗替代者,为社会革命和基于某种超验目标的社会批判理论提供了广阔空间。席卷全球的社会主义运动和民族解放运动既是西方资本主义国家内外矛盾和殖民主义统治的必然结果,也是上述乌托邦主义及其理论的现实形式。与美学现代性相似的是,乌托邦主义和革命信念源于世俗现代性,但又以批判和反抗世俗现代性为旨归,从而在社会领域构成了另一种"反现代的现代性"。综上所述,现代性远非一个统一自足的概念,如果说现代性也构成了一种传统,那么它只能是一种悖论式的传统——"反传统的传统"或"反对自身的传统"。

[①] 〔美〕丹尼尔·贝尔:《资本主义文化矛盾》,三联书店1989年,33页。
[②] 卡林内斯库:《现代性的五副面孔》,第51、70、71页。

唯新是尚的现代性逻辑,现代化进程中不同的现代性方案,现代性与民族性的抵牾,美学现代性与世俗现代性的冲突以及现代性概念在中国语境中的种种变异,这些因素的交互作用最终导致了20世纪中国文学经典标准的频繁更迭,从而使20世纪中国文学经典的建构呈现出异常错综复杂的态势。在某些历史时期,譬如1980年代,这一特征甚至以极富喜剧色彩的形式呈现出来,所谓"江山代有才人出,各领风骚三五天",即是对当时文学状况的戏谑化描述。概而言之,20世纪中国文学经典的建构是借助两种方式展开的:"去经典化"和"再经典化",即破坏既有经典秩序和重建经典秩序。"再经典化"必然以"去经典化"为前提,而"去经典化"必然以"再经典化"为目标,二者呈现出互为因果、一体两面的关系。20世纪中国文学的诞生首先是针对传统文学——"旧文学"——"去经典化"的结果,而与之伴生的"再经典化"则为现代文学——"新文学"——的全面建构提供了价值坐标。此后每逢历史的转折时期,上述经典建构模式就会再度启动,而20世纪中国文学的经典秩序亦会再度面临整体重构的命运。甚至可以说,"去经典化"与"再经典化"这出双簧戏的反复上演构成了一部20世纪中国文学史。

第二节　20世纪中国文学经典的基本类型

20世纪中国文学仿佛是一座旌旗林立、路径错综的"八卦阵",各种文学观念、审美理想、创作方法、艺术风格、文学社团、文学流派纷然杂陈,往往令初涉此道者茫然不知所措。为了便于全面把握20世纪中国文学的来龙去脉,本书结合这一时期具有代表性的文学观念,根据相似合并,相斥区分的原则,采取"四加一"的方式将20世纪中国文学粗略地归纳为五种基本类型:启蒙文学、革命文学、自由主义文学、现代主义文学和通俗文学。必须指出的是,这种归纳侧重于不同文学观念的历史影响及其承传关系,因而所使用的标准不免失之芜杂。前四种类型虽然在诸多方面存在着巨大差异,但在认同五四新文学传统方面并无根本分歧——尽管认同的方式大相径庭,也就是说四者同属新文学的范畴。相形之下,通俗文学(主要是指在现代都市生产传播的、面向市民大众的通俗文学)则是一个较为特殊的文学类型。早在新文学诞生之初,"雅俗对立"的格局即已形成。新文学先驱们将通俗文学视为一种旨在迎合读者的"金钱主义"文学,因而将其贬入"非文学"的另册。在相当长的一个历史时期,这种否定通俗文学价值的观点掌握了话语权力,而作为独立类型的通俗文学则始终被排斥在经典建构和文学史秩序的大门之外。然而,通俗文学毕竟是一个文本数量和受众群体都极为庞大的文学类型,其流行程度远非新文学所能企及,无视这一事实显然是不符合历史主义原则的。1980年代以后,随着研究观念的更新和研究视野的拓展,20世纪中国通俗文学逐渐被纳入现当代文学研究的范围,但通俗文学与现代性的关系仍然是一个具有争议性的问题,这也就是本书为什么采取"四加一"分类方式的缘由所在。在20世纪中国文学的演进过程中,前四种新文学类型根据各自的文学理想分别建构出面目各异的经典文本,呈现出此起彼落,此消彼长,既相互竞争又相互补充的发展态势。从这个意义上说,20世纪中国文学经典乃是一个未完成的历史建构,而它的最终完成则将取决于一代又一代人基于自身经验的阅读和阐释。

一 启蒙文学

在以上四种新文学类型中形成最早的是启蒙文学,它勃兴于五四文学革命期间,在很短时间内即产生了巨大的社会反响,直至1940年代它始终作为中国新文学的主流正脉而备受推崇。启蒙文学最初的形态是"问题小说"和"社会问题剧",后经"文学研究会"(1921年成立于北京)的大力推动,发展成为以"为人生的艺术"而著称的"人生派"写实主义文学潮流。鲁迅作为启蒙文学的重要开创者,他在文学革命期间发表的一系列惊世骇俗的小说,以"表现的深切和格式的特别"为启蒙文学树立了典范,而其乡土题材小说则成为一批文学青年竞相效仿的对象,以至在20年代出现了一个乡土小说的创作热潮。在30—40年代,启蒙文学改造国民性的基本主题为风格殊异的众多后起作家所承袭,从而使启蒙文学呈现出多样化的面貌。启蒙文学拥有堪称壮观的创作阵容,其代表作家除鲁迅外,至少还包括冰心、叶圣陶、王统照、许地山、王鲁彦、彭家煌、李劼人、巴金、老舍、曹禺等。

深入阅读启蒙文学作品,不由使人产生关于"疾病"意象的联想:现实社会和芸芸众生如同患上了沉疴痼疾的病人,而作家在写作中所扮演的角色则往往是以望闻问切、悬壶济世为己任的医生。鲁迅关于创作动机的一番夫子自道颇可以概括启蒙作家的文学观:"说到'为什么'做小说罢,我仍抱着十多年前的'启蒙主义',以为必须是'为人生',而且要改良这人生。……所以我的取材,多采自病态社会的不幸的人们中,意思是在揭出病苦,引起疗救的注意。"①启蒙作家将文学视为一项关乎人生根本意义和民族前途命运的严肃事业,因此他们排斥文学的娱乐消遣性质,甚至"为艺术而艺术"的口号在他们看来也不过是前者的另一种表达。启蒙作家大多怀有强烈的使命感,写作对他们而言是"参与历史"的手段而非目的,例如巴金就曾多次声言,他写小说的动机不是为了当作家,而是为了推进他所致力于的社会改造事业。启蒙作家痛感于封建宗法观念禁锢下的奴性精神状态,他们试图按照西方近代启蒙主义关于合理人性的思想来重塑国民性格,从而为现代民族国家的建构创造不可或缺的精神前提。尽管启蒙作家并不措意于纯粹的形式美感,但不可否认的是,启蒙经典中发人深省的思想张力、冷静绵密的写实笔法、直面人生的勇猛姿态、痛切沉郁的道德情感以及博大宽广的承担意识,其本身就蕴含着直逼灵府的美学潜能,这在鲁迅的小说和散文中得到了最为集中的体现。总体来说,启蒙文学的思想艺术来源相当驳杂:在思想方面,19世纪末20世纪初西方主要的社会文化思潮几乎都对启蒙文学产生过影响,例如进化论、人道主义、民族主义、无政府主义、社会主义、尼采哲学、基督教博爱思想等等;在艺术方面,启蒙文学对19世纪欧洲——尤其是俄国——批判现实主义文学的借鉴尤为显著,而浪漫主义、现代主义艺术手法以及中国古典小说的讽刺艺术也在具体作品中留下了深浅不一的烙印。

在20世纪五六十年代,基于阶级论和文学统一战线的政治框架,现代时期(1917—1949)的启蒙文学被界定为具有"民主主义"性质的文学形态,其地位类似于俄国十月革命前后的"同路人"文学,关于其经典性的阐释则往往取决于作品思想内容与革命意识形态的相关程度。在这一背景下,以启蒙文学为主体的部分现代名家——即所谓"鲁郭茅巴老曹"(鲁迅、郭沫若、茅盾、巴金、老舍、曹禺)——的作品被树为中国现代文学的象征性经典。在十年"文革"时期,启蒙经典除了一个"被歪曲的鲁迅"之外,一概被斥为资产阶级文学而惨遭封禁。进入1980年代,启蒙文学因切合改革开放和现代化的历史趋势而被再度戴上经典的桂冠,关于其经典性的阐释则在"回到五四"口号的导引下突破了革命意识形态的逻辑架构,进而在"反封建"、"人道主义"、"思想现代化"等基点上实现了时代精神与启蒙经典"视界"的遇合。另外,现代时期的启蒙经典还成为1980年代前期文学创作的

---

① 鲁迅:《南腔北调集·我怎么做起小说来》,《鲁迅全集》第4卷,人民文学出版社2005年,526页。

一个重要参照,例如伤痕文学、反思文学、改革文学乃至寻根文学都不同程度地延续了启蒙文学的主题以表达对历史和现实的思考。

二 革命文学

革命文学肇始于1920年代后期,根据其演进脉络大致可分为前后两种形态:一是1930年代以"中国左翼作家联盟"(简称"左联",1930年成立于上海)为组织核心的左翼文学,其余波一直持续到1940年代;一是从1940年代延安文学发展而来,在50—70年代居于独尊地位的体制化社会主义文学。尽管二者具有不难辨别的历史承续关系和共同的理论资源——马克思主义意识形态与社会主义现实主义(或称"革命现实主义")创作方法,但由于生成环境和思维模式的差异,二者在诸多方面亦构成了严重龃龉。大致说来,20世纪三四十年代的左翼文学近乎一种"复调"结构:它既是一种以政治为本体的功利化文学,又是一种反抗任何压迫形式的充满道德激情的批判性文学;在艺术上,它受到近代西方浪漫主义文学、批判现实主义文学、五四启蒙文学、俄苏、欧美和日本无产阶级文学以及弱小国家民族文学的多重影响,甚至在部分左翼作家那里,现代主义手法也绝非不可触及的禁忌,例如被某些研究者称为"左翼现代主义者"的杰出诗人艾青;同时它也孕育了此后体制化社会主义文学的胚芽,其政党化的组织形式——"左联"——似可视为此后文学体制化的始作俑者,不过在1930年代的上海这个特殊的文化空间,"左联"的组织系统尚不能完全制约左翼作家的个人创作。相形之下,体制化社会主义文学更类似于一种"独白"式的文学形态。1942年延安文艺座谈会的召开和整风运动使革命文学运动发生了一个根本性的转折,二者标志着左翼文学的终结和体制化社会主义文学的开始。毛泽东的《在延安文艺座谈会上的讲话》在某种程度上消解了困扰革命文学运动的一个重要问题——"大众化"与"化大众"的矛盾,并促进了中国现代文学民族风格的形成,但同时它也强调了文艺服从于政治和革命作家改造世界观的重要性,从而为此后文艺领域峻急而频繁的政治干预提供了根本理据。1949年中华人民共和国成立后,经过"改造"的革命文学成为中国大陆"唯一的文学事实",其体制化趋向也益发彰明昭著。与高度组织化、一体化的社会秩序相适应,文学也演变为一个由国家意识形态全面掌控的领域,文学创作的观念、主题、题材、方法乃至风格、技巧都有相当严格的限定,作家创作个性的发挥空间日显逼仄,领袖的意志主宰了创作潮流。在"文革"时期,这一状态发展到无以复加的程度,政治意识形态被直接予以"美学化",

其代表性文艺形式即是这一时期精心打造的革命样板戏。"文革"一方面将革命文学实践推向意识形态"纯净化"的高峰,另一方面其"不断革命"的决绝姿态也导致革命文学赖以发展的文化资源濒临枯竭,从而以一种悖论的方式宣告了革命文学的终结。

革命文学是中国革命的产物,也是中国知识分子的乌托邦冲动和道德感情的集中反映。革命作家大多自命为"战士","文学是战斗的武器"则是他们频频援引的格言。丁玲在延安时期曾写过一篇名为《战斗是享受》的短文,在文中她将"战斗"视为个体生命实现自我超越的唯一方式:"只有在不断的战斗中,才会感到生活的意义,生命的存在,才会感到青春在生命内燃烧,才会感到光明和愉快啊!"①丁玲饱含激情的感悟或可视为一种"战斗"崇拜,而这一崇拜乃是一种特殊心理过程的产物:沉浸于理想世界的主体与现实世界呈现出一种极度紧张的对抗关系,一方面,"战斗"出于主体克服这种对抗关系的需要,另一方面,"战斗"的前景——理想世界的趋近——则使主体的物质生存状态与主观精神状态——非现实的理想——建立了有机联系,而个体生命亦借此实现了由物质向精神的超越。在1940年代,左翼批评家胡风将"战斗"崇拜提升到理论的层面,在他看来,"主观战斗精神"乃是革命文学永葆活力的根本保证。而按照列宁的观点,文学自身的解放同样有赖于"战斗":在阶级社会中超阶级的文学是不存在的,所有鼓吹文学的超阶级性或普遍人性的论调实际上都是统治阶级意识形态直接或变相、有意或无意的代言;因此在阶级社会中,文学是不自由的,文学唯有把自身交付给真正的历史道德主体——无产阶级及其他被压迫的人民大众,并致力于被压迫阶级的解放斗争,才能将自身从少数人的趣味和商品交换的奴役下解放出来,进而获得真正的自由。②"战斗"崇拜也导致了创作上的"战斗"美学,例如富有力度感的语言叙述,尖锐激烈的矛盾冲突,史诗般的宏大结构,崇高壮美的精神境界等,而在中国传统文学和同期其他新文学类型中,这种美学品质是极为稀薄罕见的。革命文学之所以在国民党文化"围剿"的险恶环境中以"毫无抵抗力"的弱者地位掌握了"文化领导权",其根本原因除了革命及其意识形态的道德感召力之外,还在于革命与知识分子个体生命需求的有机联系。必须指出的是,1980年代后革命文学

---

① 丁玲:《战斗是享受》,《丁玲全集》第7卷,河北人民出版社2011年,54页。
② 参见列宁《党的组织和党的出版物》,《列宁全集》第12卷,人民出版社1987年,92—97页。

"文化领导权"的名存实亡,固然是主流意识形态改弦更张的结果,但与此前相当长一个历史时期对这种个体生命需求的漠视与伤害不无关联。吊诡的是,这一切恰恰是在"革命"的名义下进行的。这种对文学的严重伤害是需要长久反省的。

1990年代中期以后,随着市场化进程的全面展开,中国社会在取得巨大经济成就的同时,分配不公、两极分化等社会弊端也渐次浮出水面,市场逻辑、消费主义日益上升为新的主宰性意识形态。进入新世纪以来,在文学界涌现出一股"底层写作"(或称"新左翼文学")的强劲潜流。这一创作路向突破了精英文学的狭小空间,基于底层弱势群体的生活经验直面当下隐患重重、危机四伏的社会现实,将平等正义的追求置于文本意义的核心地位。关于"底层写作"与革命文学传统的关系,学术界出现了判然不侔的两种观点:一种观点认为,"底层写作"的崛起标志着一度中断的革命文学传统的"复活","对于当下文坛弥漫着的中产阶级趣味具有某种特殊的启示意义";①另一种观点则认为,"底层写作"在题材取向和叙述立场上的变化不过是部分作家在"文学创新性压力"的作用下采取的美学策略,而革命文学所固有的历史目的论,在"底层写作"那里却是一个"没有谜底的哑谜"。②

三 自由主义文学

五四文学革命后期发生的"问题"与"主义"之争,标志着以《新青年》同人为核心的启蒙知识分子阵营开始分化。此后以胡适为代表的一部分倾向自由主义的启蒙知识分子别立门户,开启了一种与五四启蒙文学既有联系又相区别的文化和文学实践。自由主义文学作为一个文学类型,囊括了不同历史时期众多宣称"非政治"的松散文学群体,如1920年代的新月派、言志派和现代评论派,1930年代的京派、论语派等。

"自由主义"在这里并非一种自足的文学观念,也不能等同于一种具有明确政治诉求的社会文化理论——虽说并不是毫无关联,确切而言,它首先是一种崇尚个人自由且带有浓郁精英主义色彩的人生姿态或生活理念,其中也糅合了西方人文主义者和传统士大夫的某些精神气质,例如对自我修

---

① 刘继明:《我们怎样叙述底层?》,《天涯》2005年第5期。
② 陈晓明:《"人民性"与美学的脱身术——对当前艺术倾向的分析》,《文学评论》2005年第2期。

养和个人道德的重视。对于某些自由主义作家来说,文学即是上述以个人为本位的生活理念的审美显现,而非另有其个人以外的目的。周作人在批评"为人生而艺术"的启蒙文学观时,曾将文学比作"种花"以阐发自己的观点:"有些人种花聊以消遣,有些人种花志在卖钱,真种花者以种花为其生活,——而花亦未尝不美,未尝于人无益。"①周作人在这里提出了一种较为典型的自由主义文学观:如果文学是工具,那么它只能是自我表现的工具;文学或有其功利,但问题是文学的功利恰恰在于不问功利;文学是一方只求耕耘不计收获的"自己的园地",但正是在这样的"园地"里才能收获"独立的艺术美",也才能收获净化人心、洗刷灵魂的"无形的功利"。实际上,自由主义作家并不反对启蒙本身,他们与启蒙作家的分歧主要在于启蒙的方式,在他们看来,直奔主题未必能够真正地实现主题。他们显然倾向于一种"迂回"的启蒙方式,即将启蒙由一个社会命题转化为一个个人命题,进而强调知识分子个人化躬行践履的垂范意义。在文学与现实的关系上,自由主义作家也表现出超然物外的非功利态度,他们既反对政治之"功",又反对商业之"利",按照他们的观点,二者均对个人的独立性构成了严重侵犯,而在二者基础上形成的革命文学和海派文学则不啻是文学的歧途。用朱光潜的话来说,理想的文学应该与现实人生保持一种"不即不离"的关系——"一方面要从实际生活中跳出来,一方面又不能脱尽实际生活"。② 在这个问题上,周作人曾做过一个形象的比喻——在熙来攘往的"十字街头"筑起一座个人精神生活的"象牙塔"。自由主义作家在谈论人性和文学问题时,往往局限于其抽象意义,缺乏基于社会历史角度的自省意识,因此他们高自标置的观点不免成为某种新的教条,同时也导致了他们文化立场的保守性,这从他们对西方古典美学理想的推崇和对中国传统文化的追忆上即可略窥一斑。但无可否认的是,自由主义作家平和从容的心态显然有助于他们专心致志地从事文化和文学的创造。在如何看待传统文学的问题上,自由主义作家迥异于激烈反传统的启蒙作家,他们采取了一种理性辨析态度:一方面以现代观念来重新解读传统,发掘其隐含的现代基因;另一方面借用传统——尤其是非主流传统——来重塑现代文学,周作人将明末公安派视作中国新文学本土源头的论述即为著例。基于上述文化立场,中国乡土社会

---

① 周作人:《自己的园地》,《周作人自编文集·自己的园地》,河北教育出版社 2002 年,第 7 页。
② 朱光潜:《文艺心理学》,复旦大学出版社 2005 年,17 页。

也在自由主义文学中表现出完全不同的面貌。在废名、沈从文等人带有抒情色彩的乡土小说中,乡土生命形式充分展示出其健康、优美的一面,甚至成为批判现代文明的一个重要支点,从而与致力于挖掘民族精神创伤的启蒙乡土小说构成了鲜明的反差。在创造融汇中西的新文学形式方面,自由主义作家所取得的成就也是有目共睹的,举凡新格律诗、闲适小品、诗化小说、文化小说、印象式批评等等,无疑都是值得后人珍视的艺术遗产。

进入1950年代,自由主义文学因与主流文艺规范凿枘不投而被斥为宣扬唯心主义、个人主义的资产阶级文学,在中国大陆销声匿迹近三十年之久。及至1980年代,随着文化环境和社会风气的转变,自由主义文学代表作品的经典性才重新得到人们的认可,其影响在学院知识分子群体中尤为显著。1980年代中后期的"重写文学史"风潮似可视为自由主义文学观的回归,其内在理路对1990年代以至当下的文学史编撰及研究都起到了某种统摄全局的作用。在"寻根文学"潮流中,有相当一批作家受到沈从文的影响,将自身的文学创造植根于绵延恒久的非主流传统的精神沃土之中。自由主义文学对新时期文学的直接影响还见于散文领域。1990年代初,周作人、林语堂、梁实秋等自由主义作家的散文再度流行,其"闲适"格调令众多散文写手心驰神往,继而竞相踵武,以至掀起了一股持久不退的"散文热"。

四　现代主义文学

正如前文所述,西方现代主义文学(或称"现代派文学")体现了一种美学现代性,它作为资产阶级世俗现代性的对立面,在20世纪逐渐发展成为西方文学的主流。鉴于合理化秩序所导致的社会恶果,西方现代主义文学将批判的锋芒指向这一秩序的根本理据——启蒙理性,通过种种非理性的艺术形式来颠覆其至高无上的权威。由此形成了现代主义有别于传统文学的一系列特征,比如强调人对世界的主观感受,尤其注重对人的潜意识等非理性精神领域的开掘,以荒诞情境取代逻辑法则,以心理时间取代物理时间,以象征手法取代写实手法等等。然而在20世纪的中国,社会发展的"时差"导致了现代主义对立面的阙如:世俗现代性始终是一个有待完成的工程,启蒙理性始终在传统神话播下的荆棘中开辟道路。由此而论,较之作为"原本"的西方现代主义文学,中国现代主义文学似乎是一个早产的婴儿,与同期其他文学类型恰成对立的是,它所面临的问题不是形式如何适应内容,而是内容如何适应形式。长期以来,现代主义被视为一种怪诞晦涩的文学技巧或一种"向内转"的美学姿态,这种具有普遍性的误读导致了中国现代主义文学发展过程中的两种偏向:要么成为脱离现实人生的形而上玄思,要么成为无批判无内容的炫技主义。而较为成功的现代主义文学实践,往往并不拘泥于亦步亦趋的"形似",而是着重发掘现代主义内在精神的本土依据和本土资源。

早在五四文学革命期间,西方现代主义文学即被冠以"新浪漫主义"之名介绍到中国,所涉及的流派主要是一战后在欧洲盛行一时的象征主义、未来主义、表现主义、达达主义等。现代主义作为一种艺术技巧很早就为某些新文学作家所借鉴,例如鲁迅在五四时期的小说创作中就屡屡运用象征主义手法来增强作品的思想穿透力和艺术表现力。谈论20世纪中国现代主义文学的起源,不能不提到五四时期与文学研究会呈双峰并峙之势的创造社(1921年成立于日本东京)。在许多根本问题上,创造社与文学研究会都构成了尖锐对立。例如关于文学的目的,创造社主张文学应当忠实于"内心的要求",反对文学研究会"为人生而艺术"的观点。在创作方法上,创造社更为推崇西方浪漫主义和现代主义,而将文学研究会奉为圭臬的现实主义斥为"庸俗"。不过从前期创造社成员的创作实绩来看,他们对于现代主义思潮的接受大多限于理论层面,其内在精神和艺术形式更近于浪漫主义而非现代主义。及至后期创造社,真正具有现代主义特征的文学实践开始跃上前台。1920年代中期,穆木天针对五四以来新诗发展过程中的散文化、说理化倾向,提出了"纯诗"的概念。他认为诗的思维有别于散文的思维,诗应该发展出自己的"逻辑学",并提出了"潜意识"和"象征"之于诗的重要性。与此同时,号称"诗怪"的李金发也受到法国象征主义诗潮的启迪,开始了具有象征主义色彩的诗歌创作。中国现代主义文学的另一个发源地是上海震旦大学。在这所教会大学开设的法文特别班,戴望舒、刘呐鸥、施蛰存、苏汶(杜衡)等中国早期现代派的领军人物得以聚首,此后他们分别以个性独具的方式将中国现代主义文学推向了一个小小的高潮。以刘呐鸥、穆时英、施蛰存为代表的新感觉派是1930年代一支重要的现代主义流派。新感觉派作家受到日本新感觉主义文学的影响,主张根据主观感觉印象来表现客体,并在创作中大量运用电影镜头语言、蒙太奇和意识流手法来渲染殖民地都市光怪陆离的现实生活,都市人的潜意识和性心理也成为他们重点开掘的对象。由于新感觉派与海派消费性文学斩不断理还乱的亲缘关系,除少量作品具有批判意义之外,对于资本主义物质文明的崇拜和享乐态度成为它最具特征性的内在格调,其末流甚至沦为赤裸裸的欲望书写。对于新感觉派作家而言,现代主义更近乎一个刻画都市物质文明的"技巧仓库",而其革命性、批判性的内在精神却为他们有意无意地忽略了。1930年代中国现代主义的另一表现是以戴望舒、卞之琳为代表的现代主义诗歌探索。这派诗人一方面承袭了早期象征派诗歌的"纯诗"理论,另一方面又揭橥"散文化"的旗帜,向新月派的古典主义诗学发起了挑战,主张革除诗的音乐性和抒情性,以凸显其智性内质。进入 1940 年代,中国现代主义文学在中国新诗派(又称"九叶派")诗人那里完成了一个既是诗学的又是历史的"综合"。与 30 年代现代主义诗歌不同,他们非但不回避现实,而且主张在向现实"突进"的基础上,实现象征与玄学的综合。穆旦作为这一流派的桂冠诗人,他的诗歌创作成为 20 世纪上半期中国现代主义文学最辉煌的绝唱,"丰富的痛苦",既是他对现实荒谬性的诗意提炼,也是现代中国知识分子宿命的某种写照。

在 50—70 年代,社会主义现实主义创作方法获得了一元独尊的地位,现代主义则被视为资本主义没落期意识形态的表现而遭到禁绝。"文革"结束后,中国社会的理想主义情结趋于破灭,滥觞于"文革"后期的怀疑主义则成为一种带有普遍性的社会情绪,它所蕴含的历史爆发力淋漓尽致地体现在北岛广为流传的诗句之中:"告诉你吧,世界/我—不—相—信!"基于这种具有巨大解构能量的视角,历史与现实的荒谬性也日益彰显。与此同时,西方现代主义思潮再度风靡中国大陆,作为一个外在触媒导致了1980 年代蔚为壮观的现代主义文学潮流。朦胧诗的崛起标志着现代主义文学在中国大陆的复归,而 1980 年代后期先锋派小说的形式实验则将现代主义文学推向了一个前所未有的高度。要而言之,强调表现自我和凸显语言本体形式是 1980 年代现代主义文学潮流的两个主要特征,其潜在意图在于颠覆渗透在各种形式成规——尤其是现实主义——中的意识形态霸权。在这方面,1980 年代的现代主义文学潮流无疑是具有革命性和解放意义的,它使得个人的世俗化需求、个人的想象方式以及文学本身从意识形态桎梏中脱身而出成为可能。然而必须指出的是,这一潮流同时又走向另一个极端,即拒绝和排斥任何历史内容、社会承担和超越性追求,沉溺于"能指游戏"、"削平深度"、"本能呈现"等纯粹私人化、美学化状态。1990 年代文学因循了 1980 年代现代主义写作的形式惯性,在某些方面甚至有过之而无不及,不过后者的革命性作为一个潜在资源却丝毫没有得到继承。由此,在世纪末的中国出现了一个不无吊诡的现象:文学在获得空前"解放"的同时,也丧失了不可或缺的批判支点,并最终沦为消费主义意识形态机器中晶莹剔透的润滑剂。文学追求"自律"如果走向极端,主动斩断自身与历史的联系,就会如马尔库塞所说的那样,成为一种"空旷的自律",即"没有内容的形式","这种空旷的自律使艺术丧失掉它本身的具体生动性,即使以否定的形式,也是对现实存在的歌功颂德"。① 1990 年代文学之所以无法抵御市场大潮的侵蚀,继而沦落为欲望写作等,与 1980 年代现代主义文学对历史内容的彻底放逐不能说没有关系。

五 通俗文学

在中国古典小说的历史沿革中,文体类型对雅俗分流的格局有决定意义。近代以来,通俗小说以其教诲色彩和世俗倾向表现出其现代性,它跟新文学(纯文学)的分流并非审美等级上的,而更多的是文学价值判断的性质和艺术风格、文体种类的区分意义。雅、俗在中国现代文学的流变中也更多地表现为对举的范畴:俗看重文学消费,雅看重精神积累;俗侧重开掘本土的、传统的、民间的文化资源,雅强调接受外来的、知识的、现代的文化创新;俗始终要沟通世俗文化,雅则以追求高品位艺术素质为重;俗多采用浅显易懂的形式,雅则致力于形式的精致化和先锋性;俗以广大市民阶层乃至农民阶级作为主要读者群,希望对读者寓教于乐;雅则寻觅知音知己,希望读者知己一起参与作品的完成。尽管雅俗在中国现代文学史中互有渗透,造成了内雅外俗、小俗大雅、雅俗并存等诸多情况,但雅俗间的渗透还是基于雅俗的对举。

五四前后社会转型的巨大变革,使陈独秀、胡适等激进的文学革命主张成为历史必然,以书面文言为载体的古诗文在成为文学革命的对象时,也无法在民间阅读空间获得栖身之地。这使得传统的延续和开掘,基本上要由俗文学、俗文化来承担。层次复杂、内涵丰富的本土传统资源的开掘,几乎要由层次相对单一的俗文学来独力承担,是一种历史危机。俗文学本身的历史和创作姿态使它难以潜心于本土传统资源的细致梳理和深层开掘。不过,"能解决民生日用问题底就是那民族底文化了"②,俗文学正是从衣食住行的百姓日常生活层面入手,完成民族传统资源的某些开掘。夏济安曾谈及自己研读中国俗小说的两个基点,一是"把中国俗文学当作研究中国心

---

① 马尔库塞:《审美之维》,李小兵译,北京三联书店 1989 年,234 页。
② 许地山:《国粹与国学》,《许地山选集》,海峡文艺出版社 1985 年。

灵的材料看",一是"对小说艺术留心"。① 他曾以这两个基点去评价张恨水的创作。而俗文学正是以留摄中国民间心灵、提升小说叙事艺术等方面的努力显示了其价值,并和新文学同时构成了 20 世纪民族文学的重要源头。这就是五四前后雅俗文学的基本格局。

  1912 年至 1916 年俗文学第一个创作高潮的出现,在很大程度上是辛亥革命后,文学的政治所指、传统的载道文学观被否定后一时形成的"文学真空"造成的结果。这时期的俗文学既直承传统文学余绪,加以改良维新的道德观念和价值认同,又开始了小说体式、手法的某些变革,所以跟一般民众精神发展的程序方式较和谐,也就拥有了相当广泛的读者基础,甚至成为这一时期文学的主流。这一时期俗文学的代表者是鸳蝴派,其开山祖师是徐枕亚(1889—1937,江苏常熟人,南社成员)。他于 1912 年在《民权报》副刊连载十万字骈文的长篇小说《玉梨魂》,轰动一时。单行本几年内再版数十次,销量巨大。小说带有自叙传色彩,描写小学教师何梦霞和年青守寡的白梨影两情相悦,却又恪守古训的悲剧。"情"和"义理"冲突中的爱情悲剧、才情并茂的诗词酬答、哀怨缠绵的情感氛围,是典型的鸳蝴派模式,而以殉国之死完成殉情,更有其小说的新质。至于叙事技巧上对西方小说的借鉴,有论者甚至认为预示着鲁迅小说的来临。徐枕亚后来用日记体形式重写《玉梨魂》,诞生了中国小说史上第一部日记体长篇小说《雪鸿泪史》,也表明《玉梨魂》确实包含了叙事技巧的革新。

  1921 年至 1927 年,在新文学呈强盛势头之际,俗文学凭借对自身资源的开掘,以自身的成熟形态,直接抗衡于新文学,并反过来给新文学以压力。俗文学的三部成熟之作,都诞生在这一时期。一部是海上说梦人(朱瘦菊)的《歇浦潮》(1921 年 5 月),类似于系列短篇小说,洋洋洒洒数十篇,大多取姨太太的视角,来俯、仰、窥视民国初年上海滩上的人心世相。叙事中有对社会本相淋漓酣畅的揭露,也有对习俗风情的生动描写。这部小说在报上连载始于 1916 年,其白话叙事的功夫已有一定深度。另一部是包天笑近 60 万言的长篇《上海春秋》(1925 年 10 月)。夏济安读了此书的前 60 回(全书 80 回),就"佩服得五体投地"②,其中缘由他未详言。此书今天读来,让人感到颇有滋味的恐怕有这样两点:一是上海作为中国近代以来最大典

---

① 夏志清:《夏济安对中国俗文学的看法》,《爱情·社会·小说》,台湾纯文学出版社 1970 年。

② 同上。

型的都市,其世俗面貌、氛围第一次得到了广泛真切的呈现。二是小说结构的连缀式虽未免松散,但 80 回近 60 万字的篇幅、数十个故事还是紧紧围绕着从上海市民平庸而邪俗的生活中开掘"恶趣"而展开,在小说出版的 1924 年仍算得上对长篇的有效驾驭。

还有一部是平江不肖生(向恺然)的《江湖奇侠传》,1922 年开始连载于《红》(后改名《红玫瑰》)周刊。1926 年出版单行本,两年中销数达六十余万册(《呐喊》、《彷徨》是当时版次、销数都最多的新小说,到 1920 年代,《呐喊》9 版总印数 25500 册,《彷徨》8 版 16000 册),明末以来沉寂数百年的武侠小说在雅俗分流中重新扮演重要角色。当时,上海"东方图书馆,备有不肖生的江湖奇侠传,阅的人多,不久便书面破烂,不能再阅了,由馆中再备一部,但不久又破烂模糊了。所以直到一·二八之役,这部书已购到十有四次"①,这则记录足以说明不肖生激发人的阅读想象力的奇异结果。《江湖奇侠传》将湖南平江、浏阳交界地带农民争地械斗的现实世界和昆仑、崆峒两派剑侠争雄的恩怨结合在一起,引入对湖南民众富有生气的描写,穿插种种民间传说、历史轶事,让人长期压抑的弱者情感在武侠强者身上得到宣泄,这些都呈现了民国武侠小说的特点。

这一时期,新文学主要借助于异域学说,在意识形态、艺术话语系统、生活审美内容的取舍、对当代生活的影响层面等方面迅即建立起崭新的体系,而力图从本土传统文化资源中转换出新质来的俗文学在时差上显然处于难以招架的地步。因此,当新文学将俗文学视为阻碍自身发展的旧文学而予以驱逐时,俗文学便只有利用时尚流行、传媒优势来巩固自己在一般民众中的读者营垒,于是产生了一些新的小说类别。除了社会言情、武侠、历史演义小说外,还有以徐卓呆作品为代表的滑稽小说和以程小青作品为代表的侦探小说。至此,俗文学界主要类别都已被确认,通俗文学由此完成了自身在 20 世纪中国文学中的定位。

1930 年,可称得上是通俗文学的黄金年。当茅盾、老舍、巴金、沈从文这些后来成为新文学巨匠的小说家都未推出自己的长篇之作时,张恨水在上海《新闻报》上一气呵成连载完了其成名作《啼笑因缘》,并于年末出版了单行本(张恨水的《春明外史》此时在报纸连载也已过半)。可与《啼笑因缘》并称为通俗小说"双绝"的刘云若的长篇《春风回梦记》同年问世,使通俗小说时呈珠联璧合之势。这两部小说的连版畅销,加上根据平江不肖生

---

① 郑逸梅:《小品大观》,上海书店 1980 年。

的武侠小说《江湖奇侠传》改编的电影《火烧红莲寺》的上映,使1930年的通俗文学颇有走进每户寻常百姓家的强盛势头。

被誉为"民国通俗小说史领袖群伦的巨匠"的刘云若终生居于天津。《春风回梦记》问世,万众传阅,之后甚至被人称誉为"作品主题,无比明确;人物描写,形象鲜明;情节安排,紧凑细密。无论就思想性和艺术性哪方面说,都足以跻世界名著之林,而毫不逊色"①。如果此说允当,那么,通俗小说长篇名著的诞生,就早于新文学长篇名著的问世了。《春风回梦记》已具备了后人模仿的言情小说模式,也使整部小说对民间情理有了充分的开掘;借巧合、误会、忏悔等"蓄势"技巧,构筑起曲折的情节,这些手法被娴熟地用来驾驭长篇小说,这在1930年的中国文坛上绝对是罕见的,反映出通俗小说艺术的现代性。刘云若1940年代的长篇《红杏出墙记》被郑振铎评价为"这一类小说中最出色的作品"。② 小说以人物的至情至性相纠而成死结,又巧妙设置误会、巧合等,情节冲突波澜起伏,尤其是将传统小说的恩怨善恶叙事跟现代小说揭示人物两性心理、理智与欲望冲突、救赎题旨等结合在一起,极富探索性。人物人性层面的丰富,毫不逊色于新文学作品。郑振铎所言"他的造诣之深,远在张恨水之上"③,就是指《红杏出墙记》等小说表现出来的这些内容。

张恨水创作的小说多达三千万字。《金粉世家》是非常自觉地把社会言情和家族小说结合在一起,完成宗法家族社会文化的剖析这样一个新文学的主题;对日常生活场景从容而传神的叙述,则呈现出跟《红楼梦》、《金瓶梅》等世情小说的相通。《啼笑因缘》表达的中国现代都市生活与传统道德心理相冲突的主题,言情和侠义的结合,以及在传统叙事中融入的种种西方小说笔法,都表明张恨水面对海派文化语境所作创作调整的成功。《啼笑因缘》后来多次被改编成电影、戏剧和曲艺等形式,表明了其通俗文学的经典性地位。

张恨水创作的独特价值在于他始终使用章回体这样一种自五四时期就被视为旧文体而被新文学彻底抛弃的小说体式,并赋予这一传统文体表现现实世界的新的艺术魅力。张恨水对章回体的"改造"是全面的。在传统章回小说的线性叙事中,融入了交错叙事的多种形态。

---

① 刘叶秋:《忆刘云若》,中国现代文学馆编:《刘云若代表作》,华夏出版社1999年,3页。
② 张赣生:《民国通俗小说论稿》,重庆出版社1991年,227页。
③ 同上。

《啼笑因缘》中回叙、预叙的穿插,增加了叙事的变化。《八十一梦》更是在章回体的形式中,采用了意念化的小说结构,叙事时间古今错综交杂。《金粉世家》、《啼笑因缘》都采用了内心独白的方式来描写人物心理,表明了张恨水小说采用第一、三人称的限知叙事视角而实现了叙事视角的某种内化。表现手法上,张恨水不仅借鉴西方现代小说,而且借鉴电影、戏剧等艺术形式,"心理化"的细节描写,"情绪化"的景物描写,个性化的诗词、书信、日记的穿插,都有着传统手法和现代技巧的结合。人物命运的开放性安排、非鸳蝴式的结尾等,也都迥异于传统章回式。张恨水通过章回小说体制的现代化而推进了通俗小说的发展。

1932年,天津《天风报》开始连载还珠楼主(李寿民)的武侠小说《蜀山剑侠传》,开始了南北武侠小说并存的繁荣局面。这一时期的武侠小说,发展全了现代武侠小说的基本特征。一是小说通过对人体极限的想象开始形成一种"武学"。二是侠义的深化,在弘扬民族传统侠义精神的同时对"侠"有着多角度的现代性的阐释,如侠义的社会性、人性和"非英雄倾向"等。三是文化的渗透,棋琴书画、名山大川、风土人情、历史掌故、医卜星象、经史子集,都与武侠的表现相融通,在人物性格、环境气氛、事件渊源等方面起推动作用。四是武侠和其他因素的多种结合,拓展了武侠小说的种类,包括言情武侠小说、历史武侠小说、党会武侠小说等类型。南派武侠小说除平江不肖生的创作外,还有姚民哀的党会武侠小说和顾明道的言情武侠小说。北派武侠小说是由赵焕亭(1878—1951)开先河的,时有"南向北赵"之说。还珠楼主的《蜀山剑侠传》自1932年至1949年共出55集,篇幅之宏大,是中国小说中少有的,也由此开启了"仙魔派"武侠小说的创作,剑仙怪魔间的对峙、争斗既寓有抗争生命的意义,又有不同角度诠释着儒、道、佛思想。作品想象奇异,文笔天马行空,武侠完全成了作者对生命感受的表达,天地胜景的描绘也有着浓重的神幻色彩,这种毫不拘泥于现世武林恩怨的构思和表现,正是武侠小说新旧之间的一种转换。他开启了武侠小说内部风格各异的局面,逐步形成了他和郑证因、宫白羽、王度庐、朱贞木"北派五大家"的创作格局。

从清末到40年代,仅仅汇集在(海派)鸳蝴派这一歧视性称谓之下的就有八十余位作家、一百四十余种杂志和五十余种报纸。整个通俗文学创作队伍人数更多。这样一个庞大的创作、传播空间,吸引、容纳了数以百万计的读者,事实上,当以外来的激进的民主意识为价值取向的新文学吸引住了广大知识青年时,通俗文学却以它杂糅封建士大夫的趣味、平民生活情调和某些新文化观念的世俗性描述,容纳了以"小康"人物为主体,兼及贫民阶层、士大夫"残余"的民众生活。这一生活世界虽有些远离社会变革的现实,但在呈现民族历史、国民性格、传统积淀等方面更有启发性,能真切地揭示活的中国的灵魂。

第三章 百年中国电影

1911年,意大利电影先驱者乔托·卡努杜在一篇题为《第七艺术宣言》的论作中将电影命名为继建筑、音乐、绘画、雕塑、诗(文学)和舞蹈六种艺术之后的"第七种艺术",而电影不同于前六者的地方在于它"发生在其他艺术的交叉点上"①的复合性,一部电影的拍摄通常需要编剧、制片、导演、演员、摄像、录音、道具、化装、场记等诸多门类的通力合作。它融合了前六类艺术的特质,动静皆宜,兼顾视听;包蕴时空,浓缩人生;它高度依赖现代科学的技术保障,又时时闪耀电影大师的智慧光芒;它是本雅明定义的机械复制时代艺术的明证,是现代传媒工业的重要组成,却又是为人类驻留时光、制造幻梦的先锋。也正是借此,电影后来居上,成为20世纪最迷人、最具影响力的艺术门类之一。

电影与文学的亲缘性是很强的,这首先因为在电影艺术的发展中,一代代的电影人广泛地从文学中吸收滋养,无论是小说的叙事手法、诗歌跳跃性的意向组接抑或是散文内敛沉静的抒情品格,都被移用到电影之中,极大地丰富了影像语言的表达能力。而反过来,电影独有的剪辑技巧、它特别的叙述语法,如长镜头和蒙太奇等也对20世纪的文学施加了反影响,不少作家都是借由电影的启发而尝试扩大文学表现的畛域,如法国新小说的代表人物之一玛格丽特·杜拉斯,也是法国新浪潮电影的重要参与者,她既强化了电影的文学化风格,也将电影里的艺术探索用于小说。又如中国现代著名的女作家张爱玲,在她最好的小说《金锁记》《倾城之恋》中,对蒙太奇及通过空镜头来映衬人物内心情绪的电影技法的化用历历可见。其次,从古至今积淀的文学经典成为电影最为依赖的题库,几乎所有的世界名著都被改编成了电影,更有一些本来籍籍无名的文学作品因为被搬演到荧幕上获得

---

① 费雷里赫:《银幕的创作》,转引自陈旭光《影视鉴赏》,江苏教育出版社2008年,1页。

观众的认可,从而激发了人们阅读原作的好奇,进而发掘出其被掩映的光彩,以至于能否被改编成影像成为衡量文学作品是否具有经典蕴含的重要参照。在中国也是如此,比如八九十年代在世界影坛掀起旋风的第五代导演的代表作品如《黄土地》、《红高粱》、《一个和八个》便分别改编自柯蓝散文《深谷回声》、莫言的"红高粱"系列小说(后结集为《红高粱家族》)和郭小川的同名诗歌。时至今日,贝尔关于"当代文化正变成一种影像文化"(《资本主义的文化矛盾》)的预言似乎正在变成现实,影像之于文学的霸权地位日渐彰显,甚至引起有的学者"文学终结论"的担忧。我们认为,古老的文学面对咄咄逼人的电影依然有其常新的生命活力,关键在于如何保持二者之间互动共荣的张力。面对更新兴的、来势凶猛的网络文化,历史不过百数年的电影,也必将和文学一起经受考验。但无论如何,在过去的一个世纪里,一辈辈的电影大师所施与这门艺术之上的经典光晕,确是我们今天值得珍视的宝藏。

第一节 中国电影的诞生与第一代影人的探索

众所周知,北京丰泰照相馆的老板任庆泰在1905年拍摄的《定军山》标志着中国电影的诞生。《定军山》是京剧名伶谭鑫培常演的剧目之一,影片拍摄的是剧中的"请缨"、"舞刀"、"交锋"三个场景。这个尝试性的电影短片清晰地标明了中国电影在发轫之初与本土戏剧形态的亲密关联。事实上,在相当长的一段时间里,人们都以"影戏"来命名这种舶来的艺术形式。《定军山》所开启的戏曲片拍摄思路被很多后来人继承,尤其在20年代经由梅兰芳主演的《春香闹学》和《天女散花》等戏曲化电影的摸索,戏曲片更得以发展成为中国电影的一个特有片种。

再一点可以证明中国电影初创期与戏剧关联密切的是,中国电影的第一批拓荒者多是从新剧或文明戏的剧场转移而来,其代表人物便是郑正秋。郑正秋(1888—1935),广东潮阳人,早年受进步思想影响,认为戏剧是教化民众、变革社会之利器,常以剧评的方式响应革命主张,并投身旧戏改良的工作,他领导的新民新剧社直接促成了文明戏的"甲寅中兴"。1913年,郑正秋为亚细亚影戏公司编写了剧本《难夫难妻》,后又与张石川联合执导了这部影片,这是郑正秋涉足影坛的开始。《难夫难妻》和同年由黎民伟拍摄于香港的《庄子试妻》一起被视为是中国电影故事片的发端。"甲寅中兴"后,文明戏复又转入颓堕,失望的郑正秋在发表"脱离新剧"的告白之后,正式把创作的重心转向电影,继续实践其教化社会的宗旨。为了表示对当时电影单纯娱乐化倾向的不满,他提出了"在营业主义上加一点良心"的主张①。在与张石川、包天笑、洪森等共组明星公司后,他更明确表示,明星公司应拍摄"长片正剧",认为"明星作品,初与国人相见于银幕上,自以正剧为宜,盖破题儿第一遭事,不可无正当之主义揭示于社会"。② 而在具体实践中,郑正秋摸索总结出一套借鉴易卜生式的社会问题剧思路、契合民族传统心理与情感诉求、以曲折煽情的情节撰构来吸引观众和谋求共鸣的叙事风格,这在1923年拍摄的由他编剧、张石川导演的《孤儿救祖记》中有鲜明的呈现。影片说的是富翁杨寿昌儿子意外早亡,觊觎其财产的侄子设计将杨的儿媳蔚如连同遗腹的孙子逐出家门。蔚如回到父亲家,含辛茹苦地将儿子抚养长大。而杨寿昌却老境凄惶,侄子为霸占财产欲加害于他,正巧被在他资助的学校就读的孙子机智解救,最终公媳祖孙相认,重归团圆。这部影片主题复义,既有倡导平民义务教育的人道新思想,也不免"教孝""惩恶"的传统老观念,但后者的思维定势恰为塑造娴静温厚的女主人公和年少有为的少年郎提供了空间,尤其是蔚如遭遇的丧夫、被逐、丧父等等委屈与结尾的团圆对比凸显出戏剧张力,展示出了传统叙事模式不无魅力的一面。影片上映后,轰动一时。《孤儿救祖记》被视为是"中国民族电影确立的标志"③。在日后执导的《玉梨魂》等影片中,郑正秋更娴熟地践行其融传奇故事与伦理教化为一炉的电影观念,并初步奠定了伦理情节剧这一颇具生命力的艺术范型,其独特的民族化叙事风格对后代影人有着深刻的影响。

与郑正秋有着多次合作的张石川(1889—1953)早年也曾经营过文明戏班,相比较而言,他更看重电影的娱乐性和商业性。其早期拍摄的短片或取材于文明戏,或是对滑稽场面的营造,后者初具喜剧打闹片的雏形。1920年代初,他为明星公司导演的《劳工之爱情》借鉴了卓别林式喜剧的元素,在画面分割、景别运用和镜头变化上都较有特点,是中国早期喜剧短片的精华之作。张石川一生执导影片一百五十余部,不但是"以戏剧观念处理电影场面,以再现戏剧化场面为导演创作的中心"的"中国电影导演艺术的基本形态"④的开创者,在电影制片、摄影、演员培养等方面也作出了重要的贡

---

① 《中国影戏的取材问题》,《明星特刊》第2期《小朋友》号,明星影片公司1925年6月5日版。
② 郑正秋:《明星未来之长片正剧》,载《晨星》杂志创刊号,上海晨社1922年出版。
③ 李少白:《中国电影史》,高等教育出版社2006年,21页。
④ 同上书,28页。

献,时人评价其"所导演之戏,以善善恶恶见长,如香山作诗,老妪都解,以是深得普通社会之欢迎"。[①]

《孤儿救祖记》的成功,既扩大了电影的社会影响,也带动了本土制片业的大发展,一时间电影公司四面开花。在1920年代,除了明星公司外,有实力有影响的电影公司还有长城画片、神州影片、上海影戏、大中华百合、天一及民新影片等。这些电影公司与明星公司有着大体近似的制片观念,即多用情节伦理剧的方式参与社会问题的讨论,主张"于陶情冶性之中,收潜移默化之效"[②]。在影片的艺术风格上则不尽相同,有的崇尚西式,如大中华百合;有的则力避欧化,如天一公司。这一时期,大量鸳鸯蝴蝶派文人加入影业,并占据重要位置,他们市民化的艺术趣味和前现代的伦理诉求自然渗透到影片中,所以就总体而言,1920年代的中国电影无论是思想题旨还是艺术格调相较于经过文学革命淬炼的新文学而言,都显得陈旧落伍。而洪森、欧阳予倩、田汉等新文学的亲历者和曾加入过文学研究会的侯曜等人在本时期的电影实践便显得格外珍贵,他们不但提出了真正具有现代性品格的社会问题,更以其富有知识分子气的艺术观刷新了时人对电影本体的认识,艰难地拓展着中国电影艺术探索的道路。

制片产业的发达也导致了商业竞争的加剧。为了抢占市场,在20年代中后期,中国影坛接连掀起了古装片、武侠片和神怪片三类影片的拍摄热潮。力避欧化、一心尚古的天一公司自然首开古装片的风气之先,于1926年拍摄了《梁祝通史》和《白蛇传》,大受欢迎。其他公司转而仿效,各种取材于稗史故事、民间传说和古典小说的古装片纷纷展映。1928年5月,明星公司根据平江不肖生的武侠小说《江湖奇侠传》改编的电影《火烧红莲寺》上映,影片的侠义传奇颇合市民趣味,特技制作尤其让人耳目一新,取得轰动性的效果。此后三年,《火烧红莲寺》居然续拍了18集,直到被当局明令禁映。在它的示范之下,大小电影公司齐齐追风,影坛一时刀光剑影,由武侠片升级而来的神怪片又随之跟进。在这股风潮中,出现了个别精心之作,如女星胡蝶出演的《白云塔》、侯曜编导的《西厢记》、史东山执导的《王氏四侠》等分别在场面调度、镜头组接、布景道具、特技摄影等艺术和技巧层面做出积极大胆的革新,丰富了发展中的中国电影语言,也奠定了具有相对稳定叙事元素的商业类型片创作的最初范式。但总体而言,大多数的

---

① 徐耻痕:《到演员之略历》,《中国影戏大观》第1集,上海合作出版社1927年。
② 陈醉云:《神州影片公司创办的旨趣》,《花好月圆》特刊,神州影片公司1925年7月。

古装神怪片属于仓促上马,有的甚至粗制滥造,又兼彼此模仿,题材雷同,虽一时炫目,终究缺乏隽永的艺术生命力。到 1920 年代末,愈演愈烈的题材竞争已经难以为继,怪力乱神之作也受到越来越多有识之士的批评和抵制,华北电影公司的创立人罗明佑遂联合民新等几家公司成立了"联华影业制片印刷有限公司",打出"复兴国片,改造国片"的旗号,并陆续推出了孙瑜执导的《古都春梦》《野草闲花》和卜万苍导演的《桃花泣血记》等佳片,这个短暂的"国片复兴运动"以对现实人生命运和爱情悲剧故事的讲述,反拨了脱离现实的电影取向,给浮躁喧嚣的影坛带来几许清风,也拉开了接下来一个辉煌时代的帷幕。

第二节 左翼电影运动与 1930 年代电影的繁荣

1930 年 2 月,洪深在上海大光明影院号召观众拒看有辱华情节的美国电影《不怕死》而遭拘捕,引起电影界及坊间极大的义愤。1931 年爆发的"九·一八"事变和次年的淞沪战争,更使得民族矛盾空前尖锐,民众抗敌救国的热情高涨,反应到影坛则是越来越强烈的"改革影业"的吁求,这给予了电影界极大的鞭策,正如阳翰笙所言:"大敌当前,委肉虎蹊,电影界同仇敌忾,有了巨大的觉醒,反帝抗日的怒火燃烧起来了。"不少曾以娱乐大众为职志的电影人开始将目光投向灾难深重的国土,其时在文坛风头正劲的左翼文学无疑给了他们很大的启示。就在淞沪抗战进行之时,部分电影公司便投身抗战新闻纪录片的拍摄,为时代留下了极珍贵的影像资料。而左翼文艺运动的倡导者也敏锐地洞悉到电影这种影响力非凡的大众文艺形式所拥有的强大的宣教力量和意识形态功能。1930 年,鲁迅翻译了日本人岩崎昶的《现代电影与有产阶级》并撰写译者附记,阐明了"作为宣传,煽动手段的电影"可能的正面或反面的工具意义。其后,王尘无、夏衍等又陆续把苏联电影理论和电影作品介绍到国内,扭转了国内对美国好莱坞式的娱乐化电影单一的接受局面。1931 年 1 月,左翼戏剧家联盟成立,并明确指出,"目前对于中国电影运动实有兼顾的必要"①。1932 年 5 月,夏衍、钱杏邨和郑伯奇三人应明星公司之邀担任"编剧顾问",他们不但直接推动了明星公司的转型,更促成一批富有天分的左翼青年艺术家如郑君里、金焰、王

---

① 《中国左翼戏剧家联盟最近行动纲领》,《文学导报》第 1 卷第 6、7 期合刊,1931 年 10 月 23 日版。

人美、沈西苓、柯灵、聂耳、任光、贺绿汀、许幸之、吴印咸等加入电影界。1933年2月,中国电影文化协会在上海宣告成立,协会"系由中国电影界努力分子集合组织",几乎涵盖了包括共产党人和左翼人士、具有进步倾向的新老电影艺术家和爱国的电影公司老板在内的所有影界精英,以此为标志,左翼电影运动(也有电影史学者称之为"新兴电影运动",如李少白《中国电影史》,郦苏元《中国现代电影理论史》)正式发端,包括《狂流》、《都会的早晨》、《春蚕》、《姊妹花》、《三个摩登女性》、《小玩意》等一批主题新颖、艺术上乘的电影陆续上映,迅速改变了中国电影沉滞迂腐的旧貌。1933年也因之被誉为"中国电影年"。① 随着国内政治形势的变化,左翼电影运动不断遭到当局严格的电影检查甚至直接的破坏,但借着有声电影的东风,其强大的生命力和影响力还是让接下来几年间的电影创作取得丰硕的成果。为响应"一二·九"运动的抗日主张,1936年1月,上海电影界救国会成立;5月,左翼电影人提出"国防电影"的口号。左翼电影运动在时代风云的磨砺中继续向纵深发展。

左翼电影运动中的中共党员代表包括夏衍、田汉、阳翰笙等。夏衍无疑是其中的领军人物,他对电影的工具属性和本体特性都有相当深入的思考和阐释。他的电影观首先深深打着苏联无产阶级文艺理论的烙印。在他看来,电影的阶级性是无可辩驳的,电影人必须认识到"电影在大众间所有的使命"②。另一方面,"真实"构成了夏衍电影理论的内核,他认为:"能否把握'真实',这是艺术家能否成功的分歧。"加入明星公司之后,由他编剧、程步高导演,陆续推出了《狂流》和《春蚕》,与沈西苓和张石川合作拍摄有《上海二十四小时》、《脂粉市场》、《压岁钱》等,题材涉及贫富对立、帝国主义的商品倾销、都市罪恶与妇女解放,在在体现出鲜明的现实态度和底层关怀。也正是这种直面现实的精神,确保了夏衍编剧的影片没有落入主题先行的偏误,意识优先亦尚未构成一种相对于电影艺术本体的霸权,而是较好地保持了影片在历史深度与现实向度、政治热情与艺术直感间的平衡。如《狂流》以1931年波及数省的水患为背景,讲述了汉口某小村的财绅借灾敛财导致村庄灭顶之灾的故事,糅以财绅之女与农民子弟的爱情悲剧和乡民抗争人祸天灾的苦辛,与丁玲被称誉为"新的小说的诞生"的《水》不无相仿之处。当时即有评论指出:"《狂流》是我们电影界有史以来第一张能抓取了

---

① 洪深:《1933年的中国电影》,《文学》第2卷第1期,1934年1月。
② 席耐芳、黄子布:《〈火山情血〉评》,《晨报·每日电影》1932年9月16日。

现实的题材,以正确的描写和前进的意识来制作的影片。"①更能体现夏衍探索精神的是根据茅盾同名小说改编的《春蚕》,这也是第一部被搬上银幕的新文学作品。夏衍的剧本严格尊重了原作,但他看中的并不是《春蚕》的故事,而是其"极端素描的题材",故在摄制时也特意采取了纪录片的方式,导演程步高甚至在摄影棚搭建了真实的育蚕室。这一反故事的"非戏剧式"结构既体现出夏衍对"真实"电影一以贯之的诉求,也彰显了他对电影本性的独特思考,在他看来,戏剧虽然是电影"最接近的亲属",但发展到现时代,它已"不必再为戏剧的隶属"。② 电影对养蚕人生活如实的记录能更冷静客观地呈现他们在大时代中被碾压的命运,是极富穿透力的表述方式。这种原生态地纪录生活而不是剪裁生活的思路所体现出的美学思想与40年代产生了巨大影响的意大利新现实主义电影不无相似之处。

不过,夏衍在《春蚕》中的艺术匠心还是超逾了时代的理解力,电影公映之后,虽然在知识界反响热烈,票房却难言优秀。这自然促使左翼电影人思考这样的命题:是否应该给电影"正确的意识"外面包上一层"糖衣"?③ 1934年2月,老导演郑正秋的《姊妹花》在上海新光大戏院公映后创造连映60天的记录,这部电影改编自他的舞台剧《贵人与犯人》,讲述的是一对双胞胎姐妹完全不同的人生际遇以及分离又相遇的故事,继续保留了他最擅长的家庭伦理剧的叙事框架,情节设置也不无巧合和陡转,不像夏衍的电影有清晰的"前进的意识",但已隐现出贫富悬殊的现实命题,虽然电影的结尾郑正秋还是惯性地试图用亲伦去缝补姊妹俩之间巨大的身份隔阂,但毕竟是"不同的阶级地位和利害冲突"才使一家"分崩离析,互相敌视,演成种种不幸和不平"。④《姊妹花》的成功证明了伦理情节剧的民族化叙事不但依然葆有巨大的市场潜力,还可暗渡进步之主张,显然是建立电影媒介承载其主题思想的有效方式,而这也正是新一代影人如蔡楚生、吴永刚、袁牧之等找到的那层"糖衣"。

作为郑正秋的老乡和曾经的助理,蔡楚生(1906—1968)很好地继承了郑的平民化人道情怀和民族化艺术风范,并赋予其更为阔大与坚实的来自底层的热情。他打过这样一个比方:"我们假定有两个作品:一个是线条单

---

① 芜邨:《关于〈狂流〉》,《晨报·每日电影》1933年2月25日。
② 《〈城市之夜〉评》,《晨报·每日电影》1933年3月9日。
③ 蔡楚生:《八十四日之后——给〈渔光曲〉的观众们》,《影迷周报》(创刊号)1934年9月26日。
④ 柯灵:《中国电影的分水岭——郑正秋和蔡楚生的接力站》,《电影艺术》1984年第5期。

纯,写法严肃,而有百分之百的正确世界观和人生观,但她的观众只得百分之二十;另一个是内容丰富,逸趣横生,虽只有百分之二十的正确性,倒却能获得百分之百的观众。结果呢,这前者百分之二十的观众中,他的理解力多数已经很高——甚或有超过作者的可能,而不需要你对他再有什么'教训',这作品的效果,最多就只是滞留在'自己人的小天地中'兜圈子,要她和广大的群众接触,恐怕还不是现在的事情。后者那百分之百的观众,最少就有百分之六十以上,却正是需要你给他以一些新的认识的观众,……两者比较,我就宁愿舍弃前者而取其后,原因是:在新的见解之下,和这非常的时期中,我们都没有理由可以放弃一些落后的,也正是最主要的广大观众群。"①在左翼电影运动中,他创作的电影有《王老五》、《都会的早晨》、《渔光曲》、《新女性》、《迷途的羔羊》等,其中《渔光曲》是他的代表作,这部电影获得了1935年莫斯科国际电影节的荣誉奖,这是中国电影史上首次获得的国际奖项。《渔光曲》讲述的是渔民徐福在妻子生下一对龙凤胎小猴、小猫之后不久便遇难身亡,妻子为求生到船主何仁斋家做了他儿子的奶妈。数年后,何家少爷何子英和小猴、小猫都已长大,且结为好友。子英出国学习渔业,而小猫小猴则先像父亲一样打鱼为生,后又到上海投奔舅舅,靠捡破烂或在街头卖唱艰难度日。一场大火不但烧毁了他们的家,母亲和舅舅还葬身火海。何子英学成归来,在父亲的公司里工作。但不久,因为父亲的姨太太作梗,导致公司破产,父亲自杀。他追随小猫小猴,与他们一起回到了船上。在一次风浪中,小猴受伤而死,小猫又唱起凄凉的《渔光曲》。影片既呈现了破产农村的民生之艰和国外资本势力对中国民族工业的倾轧这种富有时代命意的主题,形成了贫与富、父与子、凋敝的农村与畸形的城市、不振的民族经济与强大的帝国资本的多重对照,又借子英与小猴兄妹超越阶级的真挚感情传达出深植于人性之中的对爱和友谊的渴望。电影运用了不少的对比蒙太奇来交代社会急剧分化的现实,更尝试用心理蒙太奇式的镜头组接描绘人物内心细腻的情感波动。主题曲《渔光曲》在片中三次响起,影片结尾处的一次尤其动人,当瘦弱的小猴即将死去,小猫含泪唱起:"烟雾里辛苦等鱼踪!鱼儿难捕租税重,捕鱼人儿世世穷,爷爷留下的破渔网,小心再靠它过一冬。"在悠扬舒缓又凄婉的曲调中,小猫告别了最爱的哥哥,面临未来巨大的茫然。

吴永刚(1907—1982),江苏吴县人,曾在百合、大中华、天一等多家公

---

① 蔡楚生:《会客室中》,《电影·戏剧》1936年第1卷第2、3期。

司历练,后入联华公司担任编导,创作了《神女》、《小天使》、《浪淘沙》、《壮志凌云》等影片。《神女》是他任导演的处女作,也是他的成名作,更是被电影史家誉为中国默片时代的巅峰之作。影片的创意来自于吴永刚在街上看到的一位卖笑的妓女,于是在影片中他塑造了一位集卑下的暗娼与伟大的母性于一身的女性阮嫂,以她要生存、想让自己的儿子过更体面的生活而不得的悲剧,来寄寓自己对社会与人性的思考。流氓章老大所代表的社会邪恶势力的欺压固然是阮嫂悲剧的始因,但影片并未停留在此,而更揭示了牢固的成见对于阮嫂生存空间的步步挤压,无论是邻居的指指点点还是标榜道德清白的学校,无所不在的歧视才是摧毁阮嫂希望的根本所在。电影多次出现大上海灯火辉煌的镜头,并与接下来阮嫂和儿子生活的小房间形成对峙,隐喻性地批判了都市一方面把女性的身体作为消费的符码,一方面又以所谓的道德感凌驾其上的威压,也质疑了习见的低贱与神圣价值的判别依据,这彰显出导演由社会批判递进到人性批判的立场。电影对造型、光影、人与景的调度都非常用心,几乎做到了无声电影的极致,如用脚步的特写镜头来表明阮嫂卖淫为生的无奈,以章老大胯下的视角来表现后景中柔弱母子的构图,以反复出现的哺乳的浮雕画面象征母性的坚韧,以明暗的色调对比来区隔人物在夜与日双重生活中的不同情绪等,都是电影的卓越之处。明星阮玲玉极富张力的表演也是电影取得成功的重要元素。

袁牧之(1909—1978),浙江宁波人,话剧演员出身的他曾被誉为"千面人"。1934年,他进入新成立的电通公司,编剧并主演了《桃李劫》,电影讲述了一对刚从学校毕业的青年学生走向社会后的惨痛遭际,是一部较为成熟的有声片,由聂耳作曲的片中主题曲《毕业歌》也被传唱一时。1936年电通公司停办后,他转入明星公司任演员和编导,执导了由周璇、赵丹主演的《马路天使》,这部电影既是袁牧之此时期的代表作,也是整个左翼电影运动最重要的收获之一,被法国电影史学家乔治·萨杜尔誉为"风格极为独特,而且是典型中国式"[①]的电影。《马路天使》的立意与《神女》有相仿之处,也是一部充溢着对都市底层民众的关怀之作,不过,它的辐射更广,底层妓女、卖唱姑娘、吹鼓手、理发师、小报贩和失业者,这些个小人物的悲欢喜乐和他们相濡以沫的情谊构成电影最动人的情感线。影片的声画技巧十分精致,两首主题曲《天涯歌女》和《四季歌》不但婉转动听,更拓展了画面空间并参与叙事和抒情。

---

① 乔治·萨杜尔:《世界电影史》,中国电影出版社 1986 年,547 页。

同样受左翼电影运动的激励,但在创作风格上与前述三人拉开距离而更多表现出个性和美学特色的是孙瑜、费穆、沈西苓和马徐维邦等人。孙瑜是"国片复兴运动"的重要参与者,转入左翼运动时期,他把洋溢的爱国热诚转化为一股昂扬蓬勃的诗性情怀,他不无浪漫主义的表现方式为他赢得"银幕诗人"的称号。在此时期的《野玫瑰》、《小玩意》、《体育皇后》、《火山情血》、《大路》等影片中,他塑造了一批体格健苗、精神强旺的人物,尽情歌咏生命的活力与健美。他曾这样谈及演员金焰在《大路》里的造型:"他突出地创造了那种'学生型'的、活泼而纯朴的自然风度,健美匀称的体格和青春蓬勃的朝气。这一新型的男主角在国产电影里出现,立刻使当时那些充斥十里洋场'浅妄极矣'的电影里(鲁迅言)'油头滑脑'、'才子加流氓'(鲁迅言)的男主角黯然失色。那一批沾着上海滩浓厚的半封建半殖民气味的'折稍、揩油、吊膀子的滑头少年'作为银幕'英雄'的男主角形象,一天天受到广大观众的唾弃了。"① 《大路》从序幕的《开路先锋歌》起即奠定了整部影片雄浑奔放的格调,辅之以动感的镜头调配,自信而坦然地展示着这个古老民族肌体内永不匮乏的血性和生力的奔涌。

与孙瑜的风格形成截然对照的是费穆。费穆(1906—1951),江苏苏州人,1932年加入联华公司任导演。虽然也有诸如《城市之夜》、《狼山喋血记》这样暴露都市黑暗和以打狼的故事寓言化地鼓舞民众抗战热情的作品,但费穆最擅长的还是对时代巨变中渐趋式微的古典美德与伦理的观照,如《人生》、《香雪海》、《天伦》等。整体而言,他的电影具有鲜明的人文主义色彩和一种对普通人凡庸生活充满悲悯的意绪。费穆对本土化电影美学的开拓也作出了重要贡献,他的长镜头运用、具有古典意蕴的构图及舒缓的叙事节奏总能营造出寄托遥深的意境。这在他1940年代末的巅峰之作《小城之春》中有更集中的体现。

沈西苓(1904—1940)的作品有《女性的呐喊》、《乡愁》、《船家女》和《十字街头》。《十字街头》以轻喜剧的方式来处理一个沉重的人生命题,用四个大学生不同的生活道路来思考青年应如何在人生的"十字街头"去选择有意义的生活,整部影片洋溢着一种乐观的调子。在电影语言上,沈西苓也做了大胆尝试,把苏联式的蒙太奇手法和好莱坞式的剪辑技巧做了结合,获得了较好的市场反响。马徐维邦的代表作是《夜半歌声》,这个电影受美国电影《歌剧院的幽灵》的启发,借用恐怖片的外壳讲述了一个被军阀迫害

---

① 孙瑜:《大路之歌》,舒琪、李焯桃编校,台湾远流出版社1990年,94—95页。

的进步歌剧演员的复仇故事,影片充分调动光影和声音的手段渲染惊悚的气氛,在商业类型片和进步的时代精神间作了较好的耦合。此外,程步高、洪深、李萍倩、应云卫、孙师毅、朱石麟、沈浮、史东山等也是这一时期较为活跃的艺术家。

综言之,左翼电影运动的倡兴带给了中国电影一种真正的现实主义品格,尤其难得的是左翼电影运动的参与者始终努力在政治理想、社会关切、艺术探索和个性偏好间保持一种张力的平衡,刷新了中国电影从产业到技术、艺术与意识形态的水准,推动了中国电影的现代化进程,更实现了民族电影美学的整体性跨越,也使得1930年代成为了中国电影史上的第一个黄金时代。不过,左翼电影运动是1930年代电影的主流,但并非全部,与其艺术观念构成对立的是"民族主义电影理论"鼓吹者和"软性电影"的倡导者。"民族主义电影"是国民党发起的"民族主义文艺运动"的重要组成,但如他们在文学上颓弱的表现一样,很难对根深叶茂的左翼电影构成挑战。值得注意的是"软性电影"论。"软性电影"的说法来自于1933年12月黄嘉谟发表于《现代电影》上的《硬性影片与软性影片》一文,文中说到:"电影是软片的,所以应该是软性的!"其代表人物还包括刘呐鸥、穆时英和江兼霞等。在黄嘉谟看来,左翼电影运动过于明确的社会诉求和进步意识损伤了电影作为一种大众娱乐手段的生趣,太多的说教和主义将电影"浆成硬片,变换了原有的素质",他用两个很形象的比喻表达了他对电影娱乐功能的指认:"电影是给眼睛吃的冰淇淋,是给心灵坐的沙发椅。"与黄嘉谟不同,刘呐鸥对左翼电影的批评是从电影本体的形式美学意义上提出的。他认为"电影的最根本的特征就是其由科学技术所获得的艺术的机械表现手段,及用这种手段所创造的具像化的、运动的时间和空间",故对电影而言,"它的怎样描写着的问题,常常比它的描写着什么的问题更重要"。① 在《影片艺术论》和《电影节奏简论》等论文中,他着重分析了蒙太奇(他称之为"织接")和电影节奏的变化之于电影的灵魂意义,并在自己的小说中大量借用电影的技巧。"软性电影"对左翼电影的批判引来左翼电影理论家针锋相对的反驳,唐纳、夏衍、尘无等接连撰写文章,指斥其"艺术至上"和"娱乐万岁"的标签是对时代进步的妨害。今天来看,"软性电影"论者把意识与艺术做绝对的对立的确失之褊狭,其在民族情绪高昂年代里的艺术趣味标榜也颇不合时宜,故在左翼电影界集体的讨伐之下草草收兵,电影实践也寥寥无几。

---

① 刘呐鸥:《中国电影描写的深度问题》,《现代电影》第3期,1933年5月。

但是他们所表现出来的对电影特性的充分尊重,尤其是不无先锋精神的形式主义主张亦构成 30 年代中国电影理论的重要补充,并被某些左翼电影人不自觉地运用于其电影创作中。

第三节　战时中国电影的多元格局

1937 年的"七七事变"和"八一三事变"标志了抗日战争的全面爆发,上海的失守使得以之为制片中心的中国电影业遭到严重的破坏,摄影场沦为战区,左翼电影运动被迫终结,大多数私营电影公司停止拍片,各方电影工作者开始了新的分化与组合。不少左翼电影的骨干力量借抗日民族统一战线建立的机会加入官方背景的国营电影制片机构,如中国电影制片厂(简称"中制")、中央电影摄影场(简称"中电")、西北影业公司等,拍摄了不少鼓舞斗志、宣传抗日的作品,如"中制"公司推出的阳翰笙编剧、应云卫导演的《塞上风云》、《八百壮士》,史东山的《保卫我们的土地》、《胜利进行曲》(与田汉合作),袁丛美的《热血忠魂》,何非光的《东亚之光》、《气壮山河》,郑君里的纪录长片《民族万岁》;"中电"公司推出的孙瑜的《火的洗礼》和《长空万里》,沈西苓的《中华儿女》,潘子农编辑的新闻纪录片《活跃在西线》;西北影业公司推出的贺孟斧编导的《风雪太行山》,沈浮编导的《老百姓万岁》,瞿白音的纪录长片《华北是我们的》等。

在以延安为中心的解放区,由于物质条件的简陋,这一时段影片主要是延安电影团拍摄的纪录片,其代表作是袁牧之编导、吴印咸和徐肖冰担任摄影的《延安与八路军》,和吴、徐二人与钱筱璋合作的《生产与战斗结合起来》。

在沦为孤岛的上海租界,受制于租界当局和日本占领者的文化政策,又出现了一个古装片拍摄的热潮,不过与 1920 年代的古装片不同,孤岛时期的古装片大都内蕴爱国热情,是典型的"借古人之酒杯,浇今人之块垒"。如卜万苍与欧阳予倩合作的《木兰从军》即借木兰抗击外侮的故事张扬国家危难当挺身而出的民族情绪,"尽可能的透过历史,给现阶段的中国一种巨大的力量"①。其他较有影响的古装片还有李萍倩导演、阿英编剧的《红线盗盒》,阿英与周贻白合作编剧、张善琨导演的《葛嫩娘》,吴永刚执导的《林冲雪夜歼仇记》,方沛霖导演的《武则天》,费穆编导的《孔夫子》等。另

---

① 《推荐〈木兰从军〉》,上海《大公报》1939 年 2 月 17 日。

外由于海派文化的氤氲积淀,孤岛的商业时装片创作也颇为活跃,且提供了喜剧、恐怖、侦探、言情,外加戏曲片和动画片等各种类型,张石川、于伶、柯灵、马徐维邦和汤杰等新老影人都有质量不错的作品。

太平洋战争爆发前的香港因其特殊的位置吸引了不少内地的电影人才南下,带动了香港的电影创作,使之成为战时进步电影的重要支流。1938年,"中制"在香港开办大地影片公司,并在次年推出了由蔡楚生导演的讲述爱国青年除奸故事的国语片《孤岛天堂》。蔡楚生还与司徒慧敏合作拍摄了《血溅宝山城》和《游击进行曲》(又名《正气歌》)等粤语抗战题材的影片。不过,香港浓厚的商业氛围和独特的文化生态决定了粤语类型片的制作始终是香港影坛的主流。

在日伪控制的沦陷区,电影事业基本为日本人所挟持。1937年8月,所谓的"满洲映画协会"成立,至1946年解体,共出品了百多部影片,大部分都是为日本殖民统治张目的"国策电影"和一些"娱民"电影。华北沦陷区的华北电影股份有限公司也大体如此。而上海孤岛在沦陷后以恋爱家庭片为主的商业类型片大行其道,基本延续了孤岛时期的类型电影制作模式。

抗战胜利后,中国的民族电影产业再获新生。一方面,国民党官方的电影机构借接收日伪产业的时机快速扩张,并推出《忠义之家》(吴永刚编导)、《天字第一号》(屠光启导演)等有较强的官方意识形态宣教意味的影片,也有一些关注现实苦难、探讨民族命运前途的作品,多由当年左翼电影运动的参与者执导,如金山的《松花江上》、汤晓丹的《天堂春梦》;另一方面,以昆仑公司和文华公司为代表的民营电影企业吸纳了大批战前的优秀影人,亦积极拓展空间。虽然国内政局动荡,很快内战又起,但经历过战火淬炼的中国电影却在美学内蕴与思想意旨上有了跃升式的拓进,一批沉静深邃、富有人性关怀和内在情感力量的佳作更将民国电影推向巅峰。

昆仑公司的代表作是具有史诗品格的《一江春水向东流》,影片由蔡楚生和郑君里联合编导,分《八年离乱》和《天亮前后》上下两集,时长三个小时。电影以张忠良一家人的悲欢离合来投射一个时代的历史烟云,"纵贯八年,横跨千里,淋漓尽致地描画了战争中的前方与后方,生离与死别,断壁残垣与绿酒红灯,庄严的战斗与荒淫无耻,几乎可以当作一部抗日战争的编年史看,而多层次、多方位、多角度、正反左右参差横斜的对比,有如重楼复阁,发挥到了极致"①。1947年10月影片上映后,在上海连映三个月,创造

---

① 柯灵:《中国电影的分水岭——郑正秋和蔡楚生的接力站》,《电影艺术》1984年第5期。

了解放前电影上座的最高纪录。电影在叙事上依旧保持了蔡楚生最擅长的离合情感伦理剧的模式,并浓墨重彩地塑造了素芬这样一个仁厚孝顺的"糟糠之妻"形象,但是在"痴心女子负心汉"的传统理路里,凝聚的则是蔡楚生对战争与人性的深入思考。张忠良背弃妻儿并非因为苦难,参加抗战救护队的他备受磨难而心有坚持,把与妻儿的团聚视为自己的支撑,流落重庆被王丽珍收留后却在一个被战争弄得精神残缺的环境里失却了坚持,内心变得空虚,而抵挡空虚的方式便是愈加堕落。影片结尾,伤心的素芬投江自尽,张忠良在罪与罚的纠结里回头,却再也回不到过去。田汉曾批评张忠良的形象不过是"穿了现代服装的蔡伯喈,所以你很难于从他身上看见一个神圣抗战中的知识分子的真实的影子"①,这其实坐实了从道德的层面来理解人物的堕落,而疏失了导演是想借他的堕落来写一个阶层的信仰被吞噬的精神悲剧。电影运用了大量的交叉蒙太奇,既照应了多线叙述的结构,也以富有冲击力的剪辑对比呈现出一对夫妇截然不同的生活环境和内心世界。同时,电影格外重视具有古典诗歌韵味的画面与意境的塑造,如数次出现的月亮的镜头,正是借月之阴晴圆缺写人之悲欢离合,也烘托出人物不堪回首的满肠愁绪。

这一时期,明星公司的重要作品还有史东山执导的《八千里路云和月》和阳翰笙、沈浮合作表现城市平民生活的《万家灯火》。前者通过一对救亡演剧队的青年人的经历来呈现战时的苦辛与战后的乱相,因鲜明的纪实风格甚至被有的西方学者称为"是一部以抗日战争为背景的半纪录影片"②。后者以白描的手法来写普通市民的日常琐事,不是靠曲折的戏剧性冲突,而是以细密真实的生活质感来打动观众,影片的长镜头运用非常别致,被誉为是"高度纪实的中国现实主义长镜头体系的典范"③。另外,由陈白尘编剧、郑君里导演的喜剧片《乌鸦与麻雀》,田汉创作的《丽人行》,史东山的《新闺怨》和阳翰笙根据漫画改编的《三毛流浪记》也都取得了较大的社会反响。

文华公司由 1920 年代即涉足影业的实业家吴性栽创办,在他的协调与决策之下,文华公司恪守独立自持的经营之道,既没有介入当时电影界已经愈演愈烈的国共两种意识形态的纷争,也没有一味在商业电影的浪潮中随

---

① 田汉:《初评〈一江春水向东流〉》,《大公报》1947 年 10 月 15 日。
② 〔意〕乌果卡西拉奇:《再看中国电影》,中国电影资料馆编《海外评论家眼中的中国电影》,82 页。
③ 《中国电影名片鉴赏辞典》,长征出版社 1997 年,130 页。

波逐流,曹禺、黄佐临、费穆、张爱玲、桑弧等精英的加盟更为其出产的影片平添一种知识分子式的气息,并形成一种被人们称之为"文华风格"的艺术风范。相比于昆仑公司《八千里路云和月》《一江春水向东流》等史诗格调的"大叙事"和密切贴服时代的使命感,文华同人则以其各自的文化人格用看似疏离实则蕴蓄更深思考的方式来观照品评都市的人生百态和更本质化的人性问题,并借此阐释市民文化的多重面向。

桑弧(1916—2004),浙江宁波人,孤岛时期开始从事电影创作。他擅长发掘都市人群中伏藏在人性根处的弱点,也能对之抱以一种体恤之心,在喜剧式的调侃和嘲讽下又有温情和宽厚的内里,"他要为观众织绘的是一种'浮世的悲哀'",而尤能"从平凡中捕捉隽永,猥琐中摄取深长"。这种"浮世"之感与张爱玲对于人生的体味不谋而合,两人在文华时期共同合作了《不了情》和《太太万岁》两部影片,将人生"琐琐的哀乐"和"细小的爱憎"①娓娓道来,"张看式"的透辟犀利与桑弧谐而隽永的导演风格相得益彰。

黄佐临(1906—1994),广东番禺人,他是以话剧家的身份加入文华的。代表作《夜店》和《表》分别改编自高尔基的舞台剧《在底层》和另一位苏联作家班台耶夫的同名小说,但把人物都置换为上海最为底层的民众,在揭示他们苦难的同时也颂扬了其活泼自在的生命活力。佐临的电影代表了文华较重社会关切的一脉,但其编导的思路却自出机杼,无论是悲喜剧式的复调叙事,还是非职业演员的使用,都彰显出他在细致甄别电影与戏剧艺术差别的前提下对电影媒介特性的独到认知。也因此,佐临的这两部作品和他协助曹禺完成的电影处女作《艳阳天》已经初具"作者电影"的某些元素。

而真正为当时的影坛奉献出一部排除外因掣肘、完全投射生命体验的纯粹个人化的"作者电影"的是费穆和他的《小城之春》。体弱多病的戴礼言和妻子玉纹每天在买菜、煎药、吃药中打发着平静又庸常的时光。某日,礼言的昔日同学章志忱来访,而志忱恰恰是玉纹的初恋情人。他的到来,让玉纹本已如古潭一样的心荡开涟漪,对爱的渴望和对庸常的挣脱变得焦灼起来。与此同时,礼言的妹妹也喜欢上了志忱。志忱和礼言都洞察到玉纹的情感波澜,礼言欲自尽成全二人,反让玉纹痛悔,而志忱也顾念朋友情分,悄然离开。日子复又回到了起点。这个发乎情止乎礼的故事有一个足以构成剧烈戏剧冲突的核,但导演却始终引而不发,唯在小城的断壁残垣间弥散

---

① 柯灵:《浮世的悲哀》,见陈纬编《柯灵电影文存》,中国电影出版社1992年,46页。

出丝丝缕缕的惆怅意绪,让观众在不胜低回的古典韵致里咂摸人生的残缺与无奈。费穆一直致力于电影民族化美学的探索,他在《写给杨纪》的信中说得明白:"我为了传达古老中国的灰色情绪,用'长镜头'和'慢动作'构成我的戏(无技巧的),做了一个狂妄而大胆的尝试。"①整部电影以玉纹的第一人称来叙事,但是却摒弃了很多对切、特写和主观镜头,而是努力营造一种有距离的静观的感觉,不斤斤于逼真,却气韵浑然。《小城之春》在1948年上映时票房惨淡,但几十年来却被一辈又一辈的影人反复提起,第五代电影导演代表人物田壮壮甚至在2002年重拍此片以示对费穆的致敬;2005年中国电影诞辰百年之际,香港电影评论学会更是把它推举为百部最佳华语片之首。这部1940年代电影的压卷之作之于中国本土电影诗学的建构无疑具有里程碑的意义。

第四节 "十七年"与"文革"时期的红色电影

1949年4月,中共在接收"满映"的基础上成立的东北电影制片厂摄制完成了以铁路工人为主人公的《桥》,这部电影通常被认为是新中国的第一部故事片,虽然制作显得粗糙,但是几乎已具备了"十七年"红色电影的所有重要元素。8月14日,中共中央宣传部向各中央局、各野战军政治部发布了《关于加强电影事业的决定》,指出:"电影艺术具有最广大的群众性与最普遍的宣传效果,必须加强这一事业,以利于在全国范围内、及在国际上更有利地进行我党及新民主主义革命和建设事业的宣传工作。"电影被紧锣密鼓地纳入到服务与建构政党与国家意识形态的宣教体系中,中国电影的发展也进入一个全新的时段,从制片体制、发行模式、题材元素到电影修辞语言都呈现出迥异于三四十年代的面貌。

首先,为了有效加强对电影事业的管理,中共中央先后设立"中央电影局"和"中央人民政府文化部电影指导委员会",全盘负责电影的审查、指导和监督。又在借鉴苏联模式的基础上,建立起单纯采用行政手段的计划经济制片模式,制片规划和发行放映都由国家直接向制片厂下达行政指令性的计划与指标,对拍摄完成的影片实行"统购统销"和"供给式分配",在传播上把从以城市市民为主要对象转变为面向以"无产阶级"和"劳动人民"为主体对象。为了确保计划指标的实施和完成,国营的电影制片企业纷纷

---

① 《大公报》1948年10月9日。

建立,除东北电影制片厂(后改名为长春电影制片厂)外,短短几年间又先后建起北京电影制片厂、上海电影制片厂、解放军电影制片厂(后改名八一电影制片厂)等大厂和珠江电影制片厂、西安电影制片厂等省市小厂。而建国初期的十几家私营电影公司,包括文华、昆仑、国泰、大光明等经过公私合营、调整重组,到1953年已基本完成国有化的改造,为中国电影的拓展筚路蓝缕的民营产业退出了历史舞台,这一局面直到1990年代才有松动。其次,以政治为基本标准甚至是唯一标准的电影评价机制逐步确立推行。1951年,毛泽东撰写了社论《应当重视电影〈武训传〉的讨论》,亲自发起对孙瑜导演的《武训传》的大批判,这次批判不但开启了新中国以政治裁决代替文艺争鸣的先例,更直接在电影领域树立思想一元的权威,让行政方式干预电影渐成常态。在"十七年"的各种运动中,作为"文艺重灾区"的电影总是首当其冲,1957年的反右和稍后电影界的"拔白旗"、"批毒草",极大地挫伤和压制了一批富有才华的电影艺术家的创作积极性,也使得"十七年"的电影观念在思想一元化的窄路上越走越极端。

与"十七年"中的文学一样,题材之于这一时期的电影也绝非只是要讲述的故事和素材那么简单,而被认为是关系到对社会生活、对历史本质认识的高度,关系到意识形态方向的重要因素。早在《在延安文艺座谈会上的讲话》中,毛泽东就提出了新文艺的题材必须转移到"新的世界,新的人物"上,顺此思路,塑造作为历史主体的"工农兵"形象、写"重大题材"自然就成为新中国电影的首要任务。从1951年到1965年,电影主管部门的会议大多都是关于"题材规划"的,要求各制片厂配合形势,不断紧跟。如1965年文化部党组"关于电影工作的报告"就电影的"题材规划"曾做了如下指示:"抓好影片的主题,是决定创作的关键。电影部门必须根据形势的发展,统一筹划和选择主题,切实做到随时向党委反映情况;同时希望各中央局和省市委加强领导,对每一时期电影创作的主题,事先帮助选择和审定,并在创作过程中给予具体指导。"[①]其结果就是,"十七年"的电影绝大多数是在被预先给定的主题框架中来完成其后续拍摄,故大都能清晰对应某一特别需要的题材,诸如"工业题材"、"农业题材"、"革命历史题材"、"三反五反题材"、"肃反题材"、"大跃进题材"、"献礼片"等概念即是体现。

具体而言,"十七年"电影的题材主要有三类:第一类是无论在数量还

[①] 转引自胡菊彬《新中国电影意识形态史(1949—1976)》,中国广播电视出版社1995年,39页。

是影响力上都占绝对优势的革命历史和革命战争题材,这类影片大多截取中国近现代史的某一时段,在敌我双方对峙争锋的较量中,来昭示共产党开天辟地的历史伟业的壮丽、毛泽东军事思想的伟大和人民革命正义事业的崇高,讴歌革命战士大无畏的英雄气魄,凸显新生活的来之不易和党缔造新中国的合法性,洋溢着革命的乐观主义精神,代表作包括《南征北战》(成荫导演)、《董存瑞》(郭维导演)、《上甘岭》(沙蒙导演)、《青春之歌》(崔嵬导演)、《红旗谱》(凌子风导演)、《红日》(汤晓丹导演)、《林则徐》(郑君里导演)、《英雄儿女》(武兆堤导演)、《红色娘子军》(谢晋导演)等。上述影片虽风格各异,主题的侧重点也不同,但在电影修辞上却存在一些共性,如阶级对立与善恶两分的相互转喻,集体主义、革命伦理对个体亲伦和私人情感的压倒性优势;战争画面在景别上多用全景和横移的镜头,构图强调饱满大气,以迎合波澜壮阔的时代氛围;对英雄人物的塑造多用近景和特写,尤其注意对主人公英武姿态的造型等等。这些电影为新中国树立了一批让人印象深刻的审美形象,也参与构建了一个时代的集体文化记忆,强化了对民族国家的认同。

值得注意的是,在革命战争题材中,有一类影片有意规避开炮火纷飞的正面战斗与庄严豪迈的历史场景,不以宏阔凝重见长,而以传奇性的情节取胜,把严酷的斗争化解为狭路相逢的斗智斗勇,借以塑造侠肝义胆的革命豪杰,如苏里导演的《平原游击队》描写的便是游击队长李向阳"一个人的抗战",一些海外的电影学者甚至认为其具有美国西部片的类型特征。此类影片还有《渡江侦察记》(汤晓丹导演)、《野火春风斗古城》(严寄洲导演)、《小兵张嘎》(崔嵬、欧阳红樱联合执导)、《铁道游击队》(赵明导演)、《地雷战》(唐英奇和徐达导演)等。这些影片戏剧化的情节设置和神乎其神的英雄行状极大地调动了观众的观影热情,尤其是敌我斗法的视觉效果不但是对电影娱乐元素的某种恢复,更构成对观众在政治宣教之外的心理补偿,还可以在激起共鸣的基础上询唤出他们的革命认同。这其中,构思别致的《小兵张嘎》是一部上乘之作,导演受到苏联导演塔尔科夫斯基《伊万的童年》的启发,牢牢扣住孩子的心理,惟妙惟肖地勾勒出一个调皮大胆的"嘎小子"形象,张嘎从捣蛋鬼到革命小将的成长升华过程被较好地统摄在儿童的视角之内,显得自然而不生硬;影片的长镜头运用也令人称道,多个长镜头的场景因为搭配景别的变化而并不显得板滞,又能有效烘托营造出合适的心理气氛。不过与《伊万的童年》能悲悯地叩问一个孩子因残酷的战争而变得孤寂的灵魂相比,《小兵张嘎》里将战争欢乐化的表达无疑显现了一种认识境界上的落差。

第二类是反映社会主义崭新面貌的以工业和农业题材为代表的现实生活类,代表作包括《李双双》(鲁韧导演)、《千万不要忘记》(谢铁骊导演)、《上海姑娘》(成荫导演)、《霓虹灯下的哨兵》(王苹导演)、《老兵新传》(沈浮导演)、《女篮5号》(谢晋导演)、《十三陵水库畅想曲》(金山导演)等。这些电影与时代贴合更为紧密,其基本的叙事逻辑是把如火如荼的社会主义改造和建设的伟业投影到集体、家庭或个人,以个案剖析的方式证明时代决策的英明和正当;这种逻辑必然导致日常生活经验和个体细密的生命感受都要被充分地"政治赋魅",留给创作者挥洒艺术的空间就更窄,所以有些现实题材的创作甚至自我束缚成了图解政策的时事教材。当然这类电影也不乏佳作,鲁韧执导的《李双双》便获得了观众和文艺界的一致认可。影片改编自李准的小说《李双双小传》,为配合全面落实人民公社制度而拍摄,塑造了一个思想过硬,对社会主义事业保持高度热情的农村女干部形象。难得的是,电影在国策宣讲之外真正捕捉到了几缕泼辣朴拙的乡村质感,喜旺和双双夫妻的家长里短也极富生活气息,更有胆小怕事的丈夫和好强争胜的老婆这样反转的喜剧元素穿插,正是这些闪耀着的活泼泼的民间生趣冲淡了僵硬的意识形态话语,让观者觉得面目可亲。

第三类是少数民族题材,"十七年"中共拍摄有47部少数民族的电影,代表作包括《达吉和她的父亲》(王家乙导演)、《芦笙恋歌》(于彦夫导演)、《刘三姐》(苏里导演)、《阿诗玛》(刘琼导演)、《五朵金花》(王家乙导演)、《哈森与加米拉》(吴永刚导演)、《农奴》(李俊导演)、《勐垅沙》(王苹导演)等。这类影片能成热潮首先因应的是新中国的多民族团结的新局面,而少数民族地区独特的边地风情无疑是对"十七年"电影空间的一大拓展,也体现出彼时的电影工作者努力在红色的叙述成规之中寻找一些既能被收编进时代主流叙事又能体现某种异质性的审美元素的努力。同时国家对少数民族的宗教、习俗、文化的相关保护政策,也让电影人在情节设置和艺术表现上相较于前两类题材有了更大的灵活性与自由度,比如爱情这一在革命历史题材和工农题材领域都鲜有表现或表现僵化的主题在少数民族类的影片中却如"阿哥阿妹情意长"的动人旋律一样具有感染人心的魅力。此外,一些反特片如《山间铃响马帮来》、《冰山上的来客》等也常用少数民族做元素,给本已惊险的故事再额外加一层神秘瑰丽的民族面纱,具有叙事与修辞上的双重考量。

值得注意的是,在"十七年"电影政治性标准越来越强化、电影审查越来越严苛的大环境中,有一些影人依旧试图延续1930年代左翼电影的血脉,静心营造具有中国民族风范的影像,在政治与党性的夹缝中,努力呈现电影应有的艺术光晕,这集中体现在桑弧、水华、谢铁骊等几人根据文学名著改编的几部影片中,包括水华的《林家铺子》、谢铁骊的《早春二月》和桑弧的《祝福》。这三部电影的共同之处在于它们避开了民族国家辉煌的集体记忆,而是选择在"社会忘却"的内容中寄寓思考和关怀。美国学者康纳顿提醒我们,并不是所有的社会事件都可以成为社会记忆,选择什么不选择什么,哪些宏大哪些琐屑都关涉到意识形态和权力的运作,那些被有意排除在外的历史事件就是"社会忘却"。《林家铺子》改编自茅盾的同名小说,讲述的是民族小资产阶级破产的悲剧,是一个典型的30年代叙事;《早春二月》根据柔石的《二月》改编,写的青年知识分子萧涧秋在芙蓉镇欲要救助寡妇文嫂而不得、黯然离去的故事;而桑弧的《祝福》则复现了祥林嫂的悲剧。三部电影既没像流行的电影那样允诺一个光明的未来,也缺乏那种引导人洞穿迷雾的指路者角色,《早春二月》甚至还采取了与通行题材背道而驰的"反成长"叙事,带着期望来到芙蓉镇的萧涧秋不但没有拯救文嫂一家、实践自己的教育理念,反而造成文嫂的自杀,只得仓皇出走。在影像语言和画面风格上,三部作品也有近似之处,《林家铺子》和《祝福》都有对江南水乡小镇风俗画一样的描绘,浸润着一种中国画的气韵,而《早春二月》更是把用镜像语言刻绘内心的技巧运用得淋漓尽致,如片中多次出现的石桥,既完整见证了萧涧秋情绪的细腻变化,自身也营造出空寂落寞的氛围。另在声画结合、色调运用上,三部影片也与时代拉开了距离。总之,无论是在主题构设还是影像呈现上,它们都溢出了"十七年"电影的政治逻辑和美学规范,自然难逃被打成"毒草"的命运。

1963年12月和1964年6月,毛泽东对文艺工作接连做出两个批示,引起文艺界全面的批判运动,极左思潮愈演愈烈,直至1966年"文化大革命"爆发,"十七年"电影被江青等全面否定为"尽是毒草,一无可取",一大批电影人被打倒,蔡楚生、应云卫、郑君里、海默、上官云珠等为中国电影做出卓越贡献者更是被迫害致死,整个电影制片业陷入瘫痪。另一方面,为了推广样板戏,保证"样板"不走样,江青等组织人马将样板戏搬上银幕,从1970年起,陆续拍摄了《智取威虎山》(谢铁骊导演)、《红灯记》(成荫导演)、《红色娘子军》(谢铁骊、潘文展执导)、《沙家浜》(武兆堤导演)、《奇袭白虎团》(苏里、王炎执导)等。这些电影严格尊重"三突出"原则,正面人物必高大完美,反面人物则丑陋猥琐,在镜头的景别、角度,用光的强弱、色彩上都有明确严格的区分,形成了所谓"敌远我近、敌俯我仰、敌暗我明、敌冷我暖"的僵化镜头语言,再辅以干瘪地图解政治理念的情节,最终呈现于银幕的便成了一种极左的"神话叙事"。"文革"中,样板戏之外的电影故事片很少,较有影响的有《艳阳天》、《青松岭》、《火红的年代》、《闪闪的红星》、《创业》、《海霞》、《春苗》等,这些影片同样处处不忘阶级斗争,但多少在艺术实践上稍稍放松了"三突出"的捆绑,如《闪闪的红星》中的童趣盎然就让弥散着阶级铁律的银幕有了几缕难得的清新之气。

第五节 代际更迭与新时期的电影景观

十年"文革"浩劫结束,蹉跎日久的中国电影终于迎来艰难的复苏,并从 1979 年开始迅速进入一个观念调整期。整个 1980 年代,在国内思想启蒙大潮的冲刷和欧美艺术电影的示范之下,中国电影继 1930 年代后又一次迎来自己的黄金时期,而共同支撑起这段堪称辉煌履历的是包括第三代、第四代和第五代影人在内的老中青三代影人。

中国新时期电影的代际划分绝非只是年龄顺序的级差,更重要的是不同社会政治环境和文化价值观念而导致的美学纲领与电影语言的巨大差异。据导演郑洞天回忆,这种代际被确定源于 1984 年 11 月 19 日中国电影艺术研究中心组织召开的"新中国三十五周年电影回顾与展望研讨会"。会议开幕前夜主办方安排的影片观摩所放映的两部国产新片正好出自一对父子之手,即陈怀皑的《双雄会》和陈凯歌的《黄土地》。"两位导演作品的如此不同,绝非孤立偶然,而映射着某种历史演进的规律。其间明显的代沟,或叫代际分野,虽无明白的观点宣示,却显清晰的美学遵循,既有更新,又有承延,各自表达了一个时代的电影特征。由父子两人的年龄资历类推,六十开外的陈怀皑是建国以后走上导演岗位的那一代,当年三十出头的陈凯歌属于当时导演中最年青一代;在他们之间,是'文革'后开始创作,其时已有多部作品问世,而又明显不同于前辈的中年一代……"[①]循此往前,为中国电影的开拓立下汗马功劳的郑正秋和张石川自然是第一代,而引领 30 年代新兴电影运动的夏衍、蔡楚生、吴永刚、孙瑜、费穆等则构成第二代的主力。

新时期伊始,率先引发巨大社会反响的是以谢晋为代表的第三代影人。

---

① 郑洞天:《代与无代——对中国导演传统的一种描述》,《当代电影》2006 年第 1 期。

谢晋(1923—2008),浙江上虞人。在上海孤岛时期就与电影结下不解之缘,"十七年"期间执导的《红色娘子军》和《女篮五号》等初步奠定了他在影坛的地位,新时期他导演的《啊!摇篮》、《天云山传奇》、《牧马人》、《高山下的花环》、《芙蓉镇》、《最后的贵族》、《清凉寺钟声》、《老人与狗》、《鸦片战争》等无不具有相当大的社会影响,堪称新时期电影导演中创作时间最长、观众覆盖面最广、获国内影奖最多的导演,这不但形成被称为"谢晋现象"、引发巨大争议的文化景观,更是让其成为第三代当仁不让的领衔者。谢晋的电影之所以能在官方、观众与艺术界之间都获得较高的认可度,与他重拾中国电影的传统密切相关,正如钟惦棐所言:"谢晋是踩着三四十年代的脚印走过来的第一人,也是当时一批青年导演中第一个接受新的电影观念的人。"他不但延续了由郑正秋开创、蔡楚生等发扬的伦理情节剧的命脉,且踵事增华,拓展了中国式的伦理情节剧的叙述空间。谢晋的电影往往有着善恶分明的人物和逻辑清晰的冲突,擅长煽情化的叙事策略和将政治道德化的转喻。如改编自鲁彦周同名反思小说的《天云山传奇》,在相关的导演阐述中,谢晋说:"罗与冯的结合我们准备大书特书,把被颠倒了的道德标准颠倒过来,这是剧本的火花,正是它引起我们的创作冲动,使我们愿意接受这个本子。"①所以,电影虽也触及反右和"文革"等政治狂澜对个人的戕害,却无意深究这些政治肿瘤之所以形成的病因,而把重心放在了对人的情感、道德和命运的表现上。男主人公罗群对党的忠诚,他和冯晴岚相濡以沫的爱情被着力渲染,无论是"山路弯弯,风雪漫漫"的板车之歌,还是末尾的晴岚之死,都有效调动起观众的怜悯与眷怀。影片本应有的反思维度反而被悲剧化的情感故事给消解掉了。另一部改编自反思文学名作的《芙蓉镇》同样如此,在这部跨度更长的影片中,谢晋把政治运动推到了远景,把人的悲剧归咎为道德感匮乏之人的嫉妒与堕落,而把豆腐西施胡玉音和右派秦书田等人浮沉起落的人生遭际和顽韧的生活态度作为影片的核心。质言之,谢晋的电影"用每一个人的道德内省和情感批判替换了对于信念、政党、政治运作过程的合理性和合法性的反思。然而这种相当高超的叙事策略既影响了谢晋影片的政治深度和历史深度,又影响了他对藉以压制政治又表述政治的那些东西——爱情、道德、民族精神、原始人性和朴素

---

① 谢晋、黄蜀芹、廖瑞群:《〈天云山传奇〉导演阐述》,见谢晋《我对导演艺术的追求》,中国电影出版社1998年,80页。

情感——本身的更为深刻的洞察和表现"①。

不可否认,这种遗憾并不是谢晋所独有,而毋宁为那一代人所共有,他们普遍经历过理想高扬的"十七年",也背负了"文革"惨痛的记忆;他们力图揭示极左思潮施于人性人情的伤害,又依然保有对寄寓了自己全部政治理想和创作热情的共和国的忠贞,这决定了他们的创作在积极参与到拨乱反正的时代叙事进程的同时,也保持着与主流意识形态高度同构的关系,并始终对历史、家国与社会传达一种出于道义的美好信仰。第三代电影人在新时期的代表作还有《今夜星光灿烂》(谢铁骊导演)、《归心似箭》(李俊导演)、《边城》(凌子风导演)、《知音》(陈怀皑、谢铁骊联合执导)、《伤逝》(水华)等。

第四代导演是指于"文革"前接受专业的电影教育,但因"文革"蹉跎,年届中年才获得机会执掌银幕的一代,代表人物包括吴贻弓、张暖忻、谢飞、吴天明、滕文骥、黄蜀芹、黄健中、郑洞天、胡炳榴、丁荫楠、郭宝昌、颜学恕等。这代导演的破茧之路是从自觉的电影语言意识开始的。1979年,张暖忻和李陀的《论电影语言的现代化》一文发表于《电影艺术》第3期,论文从电影的结构、镜头、造型和表现等四个方面阐明了电影本体艺术革新的意义,对以"工具论"来绑架电影的陈旧思路表示了明确的拒绝。同年,张铮任导演、黄健中任副导演的《小花》问世,影片通过黑白与彩色的画面对比将本事与回忆区分,大量的变焦镜头、跟移镜头和闪回镜头则营构出类似小说意识流一样的心理波动感,把过去、现在和幻觉交缠在一起,作为一部战争素材的电影,却把战争虚化了,时空交错的电影语言无疑起到了关键的作用。与他们的前辈相比,第四代导演同样不缺理想情怀和责任意识,但他们通常不以事件、冲突或理念的方式去表达对历史与时代的思考,对戏剧化电影和"三突出"理论的警惕让他们多选择用情绪来统摄影片,以具有鲜明抒情风格的诗化电影和散文化电影而被影坛瞩目。在电影理论资源上,除了为他们烂熟于心的苏联蒙太奇理论之外,他们特别推崇巴赞的纪实美学和克拉考尔的电影摄影本性说。

吴贻弓导演的《城南旧事》改编自林海音的小说,整部电影通过"景的重复"、"音乐和音响的重复"、"节奏的重复"和"叙述上的重复"让"淡淡的哀愁,沉沉的相思"氤氲在画面之间,在小英子似懂非懂的童年心绪里,历史的酷烈被掩挡在四合院的院门之外,秀贞、小偷和宋妈们的悲戚

---

① 汪晖:《政治与道德及其置换的秘密》,《电影艺术》1990年第2期。

也被愚騃童真过滤为惆怅,而悠扬的《骊歌》和北京南城悠然的城阙风物则时时让观众在沉醉的乡愁里又哀惋知交零落的浮生,确已臻于导演追求的"淡雅、含蓄、质朴"①的诗化境界。张暖忻的《青春祭》通过知青李纯的回溯把观众带到傣乡的青山绿水间,导演无意于为种种的知青伤痛记忆再度添砖加瓦,而代之以对青春与美之芳华的找寻,并希望借此修复被阶级、斗争、革命弄钝了的人性,恢复其自然健茁的生力。影片散文诗式的结构摈弃了戏剧化的起承转合的精心与讨巧,在镜头运用上强调极远景与特写的两极镜头的交叠,以及在运动镜头中插入的长长的静止镜头的大动大静的节奏变化,有着浓郁的梦幻般的抒情气质。相近的艺术追求同样可见于滕文骥的《黄河谣》、谢飞的《湘女潇潇》、黄健中的《良家妇女》和黄蜀芹的《人·鬼·情》。而郑洞天的《邻居》、吴天明的《人生》、颜学恕的《野山》和胡炳榴的《乡音》则显现了这代导演对于传统伦理在时代变革中的前景的思考和记录社会变动的激情,这些个"大时代中的小故事"既上承了第三代导演的道德关怀,其对"文明与愚昧的冲突"的质询、对国人文化性格形成的深层原因的叩问又启发了后来者更激越的民族文化反思。

1984年,陈凯歌任导演、张艺谋任摄影的《黄土地》问世,这部影片一改将人物作为电影视觉表现重心的惯性思路,而把沟沟壑壑的八百里秦川和波澜壮阔的黄河作为造型的主角,无论是构图、色彩、光线,还是摄影机的运动与"大块写实、大块写意"的结合,都彰显出强烈的异质性。陈凯歌自己对电影做过这样的诠释:"黄河和黄土地,流淌着的安详和凝滞中的躁动,人格化地凝聚成我们民族复杂的形象。就在这样的土地和流水的怀抱中,陕北人,那些世世代代生活在小小山村的农民们,向我们展示了他们的民歌、腰鼓、窗花、刺绣、画幅和数不尽的传说。文化以惊人的美丽轰击着我们,使我们在温馨的射线中漫游。我们且悲且喜,似乎亲历了时间之水的消长,民族的盛衰和散如烟云的荣辱。我们感受到了由快乐和痛苦混合而成的全部诗意。出自黄土地的文化以它沉重而又轻盈的力量掀翻了思绪,碎了自身,我们一片灵魂化作它了。"②文化以惊人的美丽"轰击着"他们,而他们以惊人的爆破力"轰击着"时代。《盗马贼》(田壮壮导演)、《黑炮事件》

---

① 吴贻弓、钱国民:《〈城南旧事〉风格漫谈》,《电影故事》1983年第2期。
② 陈凯歌:《我怎样拍〈黄土地〉》,罗义军主编《中国电影理论文选》(下册),文化艺术出版社1992年,559—560页。

(黄建新导演)、《绝响》(张泽鸣导演)、《大阅兵》(陈凯歌导演)、《孩子王》(陈凯歌导演)、《红高粱》(张艺谋导演)、《晚钟》(吴子牛导演)接踵而至，这批1980年代初毕业于电影学院的新锐导演旋风般地完成了他们的"命名式"，并因为频频在世界性的影展获奖而为欧美的电影界所瞩目。他们在为中国电影赢得国际声誉的同时，也备受东方主义式的指责。他们被称为"背叛的一代"，甚至是"弑父"的"逆子"，但在文化传承上确又负荷满满的民族气韵。

　　第五代导演的这种双面性与他们的成长背景不无关系。在人格发育的关键时期，他们被"文革"中的上山下乡运动放逐到乡野边疆，被迫荒芜的青春促使他们去反思偏执政治逻辑背后的传统文化基因；另一方面，与民间的猝然相逢，又让他们无意中接通了绵亘在大地之下或化外之地里的那坚忍又无比雄壮的民族力量。所以，当他们初执导筒，便有意规避了汇入时代主流叙事进行伤痕或反思的和声，而是与有着共同成长经历的知青作家保持紧密互动，把一种文化寻根式的兼有批判与溯源的双重意图植入了银幕。在《黄土地》里，不管是村女翠巧，还是八路军战士顾青，相比于"天之高远，地之浑厚"都显得无比渺小和脆弱，翠巧的婚姻悲剧固然是将批判的矛头指向了麻木的父亲和他所象喻的滞重愚昧的封建意识，但顾青的逃离却也同样指证了革命者的无力，影片里唯一的裁决者就是那缄默的高原和高悬的苍穹，它们召唤地之子日复一日地因循劳作，它们锁住了翠巧投向远方的幸福悸动，可那一曲曲回肠荡气的高亢的信天游却仿佛从艰辛里挣扎出来的精魂，歌咏出的是对贫瘠土壤里讨生活的所有生命的敬畏，正是在这里，导演显示了其强烈的寻根意识。与《黄土地》的冷凝深沉不一样，《红高粱》张扬着热辣辣的野地气质和生命的原"醉"气息，"我爷爷"匪气十足的言行如酒神狄俄尼索斯一样，召唤村民们从集体狂饮到后来集体抗日，舒展出来狂放的生命活力及痛快淋漓的对爱与死的态度，在刻意去政治化的叙述中，将民族精神的鄙陋与顽强、蛮野与壮硕溢露至深。陈凯歌和张艺谋都爱用仪式化的民俗来作为其民族寓言的核心征象，如《黄土地》里的腰鼓与求雨，《红高粱》里的颠轿、敬酒神，这些民俗景观既升腾着一股热力，又似在指向传统的封闭与愚昧，它们既是动力又是阻力，正如有的学者所评价的："第五代的作品成了标明历史疆界的路标：它是老中国的形象——万古岿然的自然生存，周而复始的历史循环的魔链；而它正是在一个隐而不露的现实参照系——中国现实中的现代化进程中被指认、被显现为一个古老而依然的现实空间。"①不过,当这种仪式场景被泛滥使用时,如张艺谋在其后来的《大红灯笼高高挂》中设计出的那一套"点灯"、"封灯"、"捶脚"的奇观场面,其神秘化的东方情色的隐喻意义便往往被一种"自我民俗化"的投机策略所消解,从而难逃"自我异域化的"的"东方的东方主义"②的嫌疑。

创造性的影像语言、极具张力的意念化的环境和空间造型是第五代导演对中国电影的又一大贡献,他们"普遍以造型叙事取代了情节叙事,从而变'聆听'的艺术而为'领悟'的艺术"③,他们用前卫的电影语法全面刷新了固有的美学准则,让形式真正获得了独立的尊严,从而带给观众一场场的视觉欢宴。作为摄影师的张艺谋早在拍摄被作为第五代发轫之作的《一个和八个》时就发愿要"造反",要背叛迂腐的教条,这部电影大胆运用对比强烈的黑白两色,营造出一种版画质地的画面效果,而有时故意采取的不完整构图,以强加给观众一种视觉的不适,让其在不无抗拒的疏离中感受这种陌生化的怪异影像美学的力量。在《红高粱》里,张艺谋让红色成为主色调,尤其在拍摄高粱的画面时,阳光的照拂把墨绿色的高粱染成一片赤金,影片结尾更是将火红的太阳、火红的天空与漫天飞舞的火红的高粱并置一起,让那充塞银幕的红色最终升华为民族生命的图腾。黄建新的《黑炮事件》以黑色幽默的方式反讽了阶级政治泛化时代的荒唐,这部电影也以红色贯穿全片,却赋予红色更多维杂糅的意涵,它意味着政治的正确,也意味着生命的危险,还透露着心理的焦躁;影片同时用了不少绝对对称和均衡的构图,给人一种压抑的庄严感,以此隐喻某些官僚理念僵硬到死板的做派。事实上,虽然作为一股风潮的第五代在1980年代末便已经完成其历史使命,集结在第五代名号下的导演也各自分道扬镳,而且不少导演迅即重建对情节叙事的热情并终于将此前"缺席存在"的"文革"推向前景,如陈凯歌的《霸王别姬》、张艺谋的《活着》、田壮壮的《蓝风筝》等,但这代人成熟的影像美学意识还是得到了很好的贯彻与发扬,甚至在新世纪商业味道十足的《无极》、《英雄》、《满城尽带黄金甲》等所谓大片中,我们也不难发现他们对色彩表意能力的高度自觉。

当然,上述几代导演的更迭,"不是 CUT,而是 FIDE-IN/FIDE-OUT,即

---

① 戴锦华:《雾中风景:中国电影1978—1998》,中国电影出版社2000年,264—265页。
② 周蕾:《原始的感情》,转引自张英进《影像中国》,上海三联书店2008年,253页。
③ 戴锦华:《雾中风景:中国电影1978—1998》,267页。

下一代出现并不意味上一代创作生命的消失,只是上一代主体特征的淡出"①,而且在每一共名的导演群体中,每个个体的艺术个性差异也是很大的。尤其是进入1990年代,"八九风波"之后强化电影意识形态功能的官方诉求与邓小平"南巡讲话"之后电影制片业向市场经济全面转轨思路的确定,在这二者的交合之下,中国电影的多元品貌愈益清晰,几代导演的分化重组也日渐加速,代的指称几乎已经丧失了其涵盖力,虽然人们依然习惯用"第六代"或"新生代"这样的概念来命名一批出生于六七十年代的、游离于国营体制之外的新锐导演。

就整体而言,1990年代迄今的中国电影约略可分为三个互有交叉的场域,即弘扬官方意识形态和主流价值观念的主旋律电影,突出娱乐功能、迎合大众趣味的商业电影以及表达社会关切与情感体验、坚持影像美学探索的艺术电影。1990年代的主旋律电影虽然风格题材日趋多样,也跳脱出那种僵化简单地图解政策的表现方式,但依然明确担负着宣教或询唤的功能,以强化国家意识形态的合法性和现实凝聚力。这在《大决战》(李俊总导演)、《开国大典》(李前宽、肖桂云导演)、《周恩来》(丁荫楠导演)、吴子牛《国歌》等重大革命历史题材类的文献故事片中表现尤其明显,它们以对历史风云的逼真再现为看点,赋予观众一种见证历史庄严的观影体验,从而用影像构建的历史夯实了人们对主流革命史叙述的认知。而《焦裕禄》、《孔繁森》、《离开雷锋的日子》等以模范为原型的影片则通过煽情化的伦理叙事,将角色道塑造成道德典范,并与其政治模范的身份有效缝合,为意识形态注入了传统美德的温情。1993年,广电部颁发的348号文件,将直接面对市场的发行权赋予各制片厂家,电影体制改革跨出了实质性的一步,电影的产业化运作也加速了当代中国商业类型电影的发展,并取得不俗的成绩,如被观众所喜闻乐见的冯小刚的"贺岁片",与港台合拍的武侠片和残留第五代遗韵的"新民俗"电影都有相当不错的票房,也显现出清晰的市场经济下的文化逻辑。

间杂在前述两类庞大的电影类型中间,新生代导演以他们愤世嫉俗、不无自恋的边缘姿态和频频在国际影展的亮相引起电影界的广泛关注,而伴随着一系列的违规和"禁片"事件,他们也成为社会另类的热点。这批导演主要包括胡雪杨、张元、路学长、管虎、章明、王小帅、娄烨、贾樟柯、张扬、施润玖等。他们大都在1980年代中后期毕业于电影专门院校,自称是"碎片

---

① 郑洞天:《代与无代——对中国导演传统的一种描述》,《当代电影》2006年第1期。

之中的天才的一代"①,对于城市的疏离之感和有关青春的残酷叙事成了他们不约而同的选择。他们中的代表人物张元在一篇访谈录里曾如此表示:"人真是千奇百怪,而我感兴趣的往往是比较极端的人。……我觉得越是那种行为举止和性格极其极端的人,那种喝了酒就发疯,然后非常敢爱敢恨的人才会引起我的兴趣。"②在张元的《北京杂种》、《飞了》、《东宫西宫》中,摇滚歌手、同性恋者、妓女等城市边缘群体成了电影的主角,体现出显明的反叛陈旧体制的文化意图,建立在主观感受和情感体验基础上的凌乱、碎片化的叙事代替了头尾清晰的情节化叙述,MTV式的频闪、短镜头切换,摇滚乐般的节奏和冷隽的画面风格还原出了一种倦怠、焦虑、无奈又渴望超离的特定青春意绪,也提供了他对于转型期中国城市青年文化生态的思考。

同样是对个人记忆的打捞,1970年出生的贾樟柯凭借他充满人文气质的纪实化平民风格而享誉世界影坛,他1997年的作品《小武》被法国《电影手册》认为是摆脱了中国电影的常规、标志着中国电影复兴与活力的影片。贾樟柯戏谑自己是来自"中国基层的民间导演",不过他坚守民间的影像风格确实在光怪陆离的1990年代独树一帜,他说:"我想用电影去关心普通人,首先要尊重世俗生活。在缓慢的时光流程中,感觉每个平淡的生命的喜悦或沉重。"③在他看来,态度是比形式更重要的电影意图。《小武》记录了一个县城小偷对爱情与沟通微妙的渴望,和对尊严与友情未泯的坚持,电影用了大量的长镜头和景深镜头,基本摒弃了夸张的特写,正反打的缝合镜头运用也较少,以力图维持摄影机冷静的旁观视角。可以说,《小武》的吸引力正来自于电影自身缓慢的节奏与观影者的经验参与激发出的时代匆促之感这二者间所形成的张力。贾樟柯对故乡的追记是完全个人化的,却完整地唤回了文化共同体中的一代人共有的富有质感的回忆。以个人写作的方式投入青春叙述的还有姜文,曾在新时期多部重要电影中担任主演的他在1994年自编、自导、自演了《阳光灿烂的日子》,并凭借此片跻身为新生代导演的重要一员。这部改编自王朔小说《动物凶猛》的影片讲述了"文革"时期一群部队大院少年的成长故事,"文革"没再以梦魇、苦难和狰狞的面目示人,反而成了青春似火的珍藏回忆,为那个极端的年代写下了一段完全不

---

① 李皖:《这么早就开始回忆了》,《读书》1997年第10期。
② 程青松、黄鸥:《我的摄影机不撒谎——先锋电影人档案:生于1961—1970》,山东画报出版社2010年,103页。
③ 同上书,328页。

同于主流叙事的证词。

　　进入1990年代末期后,大多数新生代导演开始返回到体制之内,并且从躁动焦灼的青年情绪中走出,转而开始关注更有社会性的话题,电影美学的探索也从前卫转向常规。他们与第四代、第五代和更新锐的一批导演一起在21世纪最初的十年为中国电影在全球化文化语境的定位与前景和中国本土电影的产业化继续着孜孜不倦的探索。

第四章　文本个案与解码实践

第一节　小说经典解读

《阿Q正传》

鲁迅小说多短篇,《阿Q正传》却是一部两万多字的中篇,也是很早被译介到国外从而产生世界影响的现代小说。这部创作于1921年的作品收入鲁迅第一部小说集《呐喊》。从那时到现在,《阿Q正传》都堪称中国现代文学中的阐释焦点,也逐渐成为言说不尽的小说经典。

《阿Q正传》的文本内容经过长时间的文学教育与广泛传播,早已成为读者耳熟能详的阅读经验。小说总共九章,除去开头一章的"序",后面的章节又以"从中兴到末路"为界可以分成前后两部分。小说前半的阿Q在未庄除了蒙昧的自大之外一无所有,过着典型的无知无力的"乏人"的生活。无论乡间的权贵赵太爷、假洋鬼子还是底层的闲人、赌徒,都可以让阿Q吃尽苦头。阿Q唯一的"胜利"是对小尼姑的无端欺侮,但很快随着所谓"恋爱的悲剧"陷入更严重的生计危机中。小说后半的阿Q似乎一度"阔了起来",革命风声中的未庄让阿Q莫名地兴奋,但美梦很快成为泡影,分不清强盗与革命党人的阿Q在所谓的"革命"风潮过后被当做盗贼枪毙,结束了对自我盲目、对世界茫然的一生。

从《阿Q正传》中解读出鲁迅的国民性批判的创作意图是很容易的。鲁迅在《我怎么做起小说来》中说:"说到'为什么'做小说罢,我仍抱着十多年前的'启蒙主义',以为必须是'为人生',而且要改良这人生。……所以我的取材,多采自病态社会的不幸的人们,意在揭出病苦,引起疗救的注意。"①阿Q正是鲁迅活画出的一个现代国人的魂灵,其"精神胜利法"也正是鲁迅所要揭出的民族根性的最大伤疤。阿Q在小说中虽然身为底层的流民,但作为背负国民劣根性的一个形象载体,他又并不专属于哪个特定的社会角色。早在《阿Q正传》问世之初,周作人便断言"阿Q这人是中国人一切'谱'——新名词称作'传统'——的结晶"②。沈雁冰也较早指出"我们不断地在社会的各方面遇见'阿Q相'的人物,我们有时自己反省,常常疑惑自己身中也免不了带着一些'阿Q相'的分子"③。阿Q式的人物可以是农民,当然也完全可能是一个知识分子,他的人格缺损与精神病态被鲁迅放大为某种民族痼疾,批判与反省的锋芒实际上指向每一个国人。阿Q的卑怯人格在小说中被反复表现,力气小的他便打,口吃的他便骂,对权贵俯首认打、对弱者肆意轻薄,这正是鲁迅所说的奴性的人格。更进一步来看,由于将阿Q置于"革命"的骚动背景下,这种奴性人格又得到了更深切的展露。对此鲁迅有过精当的概括:"据我的意思,中国倘不革命,阿Q便不做,既然革命,就会做的。……我相信还会有阿Q式的革命党出现。"④无论历史上屡屡出现的改朝换代的变动还是当时的新鲜事物"革命",都有无数的阿Q式的革命党跃跃欲试乃至混迹其间,目的却无非是阿Q所说的"要什么就是什么,欢喜谁就是谁"。这种源于奴性的投机心理如果得逞,带来的并非革命的成功,而是毫无进步新质的又一次历史循环。从互文性的解读视角来看,鲁迅杂文中的诸多相关论说正好为阿Q式的革命党及其"革命"做一个注脚:"我觉得革命以前,我是做奴隶;革命以后不多久,就受了奴隶的骗,变成他们的奴隶了。"⑤

  这种不同文本间的交互性阅读很适于对鲁迅作品的理解,特别是对《阿Q正传》这样较为集中地表达了启蒙思想的小说而言,鲁迅杂文中的某些相关表述正好可以提供印证和更加明确的解释。像"精神胜利法"在小说人物身上体现为细节化的生动场景:阿Q一次次碰壁与落败之后,都能以"儿子打老子"的荒诞逻辑"反败为胜",觉得头上的癞疮疤只有自己才配有,而且"我们先前比你们阔多了"。在杂文中,这种交织着昏聩

---

① 鲁迅:《鲁迅全集》第4卷,人民文学出版社1991年,512页。
② 仲密:《阿Q正传》,《晨报副镌》1922年3月19日。
③ 雁冰:《读〈呐喊〉》,《二十世纪中国小说理论资料》第2卷,北京大学出版社1997年,322页。
④ 鲁迅:《鲁迅全集》第3卷,人民文学出版社1991年,379页。
⑤ 同上书,16页。

的自欺、盲目的自大与历史健忘症的"精神胜利法"又被鲁迅冷峻的笔墨概括出来:"中国人的不敢正视各方面,用瞒和骗,造出奇妙的逃路来,而自以为正路。在这路上,就证明着国民性的怯弱,懒惰,而又巧滑。一天一天的满足着,即一天一天的堕落着,但却又觉得日见其光荣。"①当然,交互性的阅读并非只是为了寻找小说与杂文间的互文性即互相阐释的可能性,这种对照与比较也有助于更好地理解阿Q形象的典型性与个性的统一。小说毕竟不是说理,阿Q作为一个小说形象,一方面是民族劣根性的典型写照,另一方面更是一个有血有肉的感性人物。他有具体可感的生活世界,有日常的劳作与烦扰,有一张永远留在读者记忆中的"苦脸",有若干行迹相近的人物原型,"阿Q不仅是一个type,而且是一个活泼泼的人。他是与李逵,鲁智深,刘姥姥同样生动,同样有趣的人物,将来大约会同样的不朽的"②。

现代小说的出现与现代报刊业的兴起和成长密切相关,小说的文体结构与意义生产模式都和之发生或隐或显的关联。在阅读经典文本时适当考察其借以产生与传播的中介和背景是非常必要的,对《阿Q正传》而言同样如此。鲁迅虽然说过阿Q的影像在他心目中已经存在好多年了,但真正催生出这部小说的直接原因是《晨报》副刊编辑孙伏园的约稿。鲁迅答应为副刊的"开心话"栏目写稿,每周一次,《阿Q正传》由此得以产生。副刊的连载形式、幽默滑稽趣味,是小说原初的创作与接受语境,对作品的人物设置、结构特点、叙事语调乃至故事结局无疑都有直接影响。不少研究者都注意到这一写作语境对《阿Q正传》的影响。周作人说过,小说"当时在北京《晨报副刊》上发表的,这件事与本文的性格很有些关系……为星期特刊而写的,笔调比平常轻松,却也特别深刻"③。夏志清指出《阿Q正传》"结构很机械,格调也近似插科打诨。这些缺点可能是创作环境的关系……后来鲁迅改变了原来计划,给故事的主人公一个悲剧的收场,然而对于格调上的不连贯,他并没有费力去修正"④。这可以说是两种代表性意见,小说的得失利弊都与发表之初的传播语境相关。实际上,孙伏园更早意识到《阿Q正传》不同于一般的讽刺滑稽之作的严肃内涵,从小说的第二章开始,便从

---

① 鲁迅:《鲁迅全集》第1卷,人民文学出版社1991年,240页。
② 陈西滢:《新文学运动以来的十部著作》,转引自吴福辉《中国现代文学发展史》,北京大学出版社2010年,157页。
③ 周作人:《鲁迅小说里的人物》,河北教育出版社2002年,81页。
④ 夏志清:《中国现代小说史》,复旦大学出版社2005年,29页。

"开心话"移到"新文艺"栏目去了。鲁迅自己发表作品少有报刊连载形式,《阿Q正传》有些例外,从最初的应对催稿到后来"哀其不幸、怒其不争",油滑渐少,忧愤渐多,叙述基调的调整也是当然的。其实阅读中更值得留意的是鲁迅如何充分施展讽刺笔力,在夸张与反讽中完成人物塑造和主题的传达。小说一开始的"序"被周作人称为一篇所谓蘑菇文章,通过考究"正传"名称的来历煞有介事地穿凿爬梳,意在讽刺当时所谓的"历史癖与考据癖"。接着更是不厌其烦地考究阿Q的姓名籍贯,嬉笑调侃,妙语不断。然而,也正是在一番看似插科打诨、迎合报刊需要的闲话背后,鲁迅已经确立起阿Q形象的深广内涵。字母Q正像一个毫无特征的脸,再加上脑后的一根小辫,正如周作人所说,著者本意就是要用这个字。在绕了一番文字圈子后,阿Q这个代表万千中国人的传神形象已经凸现出来。

鲁迅在小说中运用的反讽手法当然不仅仅体现在对人物的命名。《阿Q正传》中随处可见冷嘲与反语,叙述者从一开始像文字游戏一般的对史传传统的滑稽模仿,到最终以所谓的"大团圆"收场,真正讲述的是一个连姓氏都没有的毫无自主能力的"丑角"人物琐碎、凡俗、屈辱不堪而又无知无觉的缺乏意义的一段人生。阿Q的结局是浑浑噩噩的生命终局,可以说与"大团圆"形成高度戏剧性的反差。鲁迅借此一方面尖锐地讽刺了传统文化与旧文学中营造虚幻的美满结局的陈腐套式,一方面也以阿Q不明就里的死凸显出"革命"的巨大缺失甚至荒诞不经,从而将国民性批判引向更深远沉痛的历史反省。"鲁迅有一次曾说他之所以枪毙了阿Q是因为应付报纸的连载已经厌倦了。这或许是戏言。……作者选择了这个小人物的无意义的生活,纳入一个滑稽的史诗结构,在最后四章更将他投入革命的骚动中,并必然地成了这骚动的牺牲品。"①

经典文本往往由于自身极强的可阐释性而被反复言说,《阿Q正传》自然是一部常读常新的小说。自从这部作品问世起,围绕阿Q形象的意义和小说的主旨已经产生了无数的理解。对一部经典的接受史的了解往往也是每一次新的阅读活动的有利参照。早在《阿Q正传》在报上连载的时候,社会上就有不少读者不约而同地将小说视为影射之作,对号入座者大有人在。虽然这种极其狭隘浅近的阅读令包括鲁迅自己在内的新文学作家感到可悲,但也恰恰印证了这部小说国民性批判的普遍有效性和锐利锋芒。在批评家中,沈雁冰较早肯定了阿Q的形象内涵与中国人品性的关联,并且慧

---

① 李欧梵:《铁屋中的呐喊》,岳麓书社1999年,89页。

眼别具地认为"'阿Q相'未必全然是中国民族所特具。似乎这也是人类的普遍弱点的一种"①。这个代表性的意见对我们理解阿Q形象以及小说的主旨颇有意义。阿Q既是民族根性的一个典型,又可以从人性普遍弱点与困境的角度得到理解,由此,《阿Q正传》就从民族的精神病态的表征跨越到超民族的人类普遍境遇的表现这样一个不同的层面。许多读者在阅读中国现代文学时普遍有过一种感受,那就是现代作家的民族忧患与民族复兴意识无处不在,作品的主题似乎舍此再无其他更凸显的思想意义。其实,经典文本的丰富性恰恰有可能突破某种惯常的意义模式,获得更广泛的阐释。夏志清在《中国现代小说史》中曾经批评中国作家"表面看来,他们同样注视人的精神病貌。但英、美、法、德和部分苏联作家,把国家的病态,拟为现代世界的病态;而中国的作家,则视中国的困境为独特的现象"②,在他看来,中国现代文学中的这种狭窄的爱国主义导致象征艺术不发达、作品大多缺少现代意识。这一批评当然忽略了中国现代文学发生发展的特定语境,但也有相当的洞见。如果我们在阅读经典时能够充分认识作品的多义性,那么,至少在接受层面上可以有效地弥补单一的"感时忧国"的创作缺憾。

当然,在阅读与阐释中如何避免走入极端或者如何分辨所谓过度诠释也是值得认真讨论的。在《阿Q正传》的接受史上,阿Q的形象曾被早期的革命文学作家简单视为缺乏时代意义的落后农民,后来的主流革命文学批评家虽然看到了"阿Q的时代"远未过去,但又仅仅在"阶级论"的框架中机械而片面地分析人物形象的内涵。相比之下,近年来出现的某些重新认识《阿Q正传》的新视角虽然有过度诠释之嫌,但至少不再窄化人物和文本的意义,其中的一些新解甚至可谓创造性诠释。比如有的学者另辟蹊径,在现代主义视野中重新理解《阿Q正传》的意义:"不管是否经由'现代主义'的形式中介,《阿Q正传》通过自身的阅读史已经把自己牢牢地放置在一个民族寓言的顶端,在这里,阿Q就是中国。《阿Q正传》的现代性和现代主义性质先天地来自它作为一个象征体系的内在张力和自给自足性。但如果仅仅把《阿Q正传》视为国民性批判的思想史材料,就会同鲁迅这部文学作品的形式本身所包含的丰富内容失之交臂,从而限制了阅读和理解这部作品

---

① 雁冰:《读〈呐喊〉》,《二十世纪中国小说理论资料》第2卷,北京大学出版社1997年,322、323页。

② 夏志清:《中国现代小说史》,复旦大学出版社2005年,359页。

的丰富的可能性。"①在论者看来,现代中国在历史转型之际同样发生了意义危机,就像阿Q无法得到姓氏与命名一样,中国在走向现代民族国家的过程中同样面临与传统失去联系、对新秩序茫然无解的困境,《阿Q正传》由此成为民族困境的一个寓言,具有巨大的隐喻功能。

时至今日,"阿Q的时代"似乎又一次要远去了;但伴随着每一次对《阿Q正传》的重读,我们实际上又不得不认真思考阿Q与现代国人的种种可能的联系。每个人都带着现实及精神的切身问题展开与经典的对话,也正不失为一种有意义的阅读方式。

《竹林的故事》

《竹林的故事》是废名的一篇短篇小说,创作于1924年。故事篇幅不大,内容也非常平淡。写的是"我"少年时期在乡下求学生活中一户邻居家的故事。他们家三口人,父亲老程,再就是母亲和女儿三姑娘,住在风景优美环境幽静的竹林边上,过着恬淡自在的生活。但不久老程去世,虽然经历了悲戚,日子仍然在继续,三姑娘衣着素雅,性格善良温和。多年后,"我"偶返竹林,见到出嫁后省亲的三姑娘,"我"没有与她说话,只"暂时面对流水,让三姑娘低头过去"。

美是《竹林的故事》最直接和最明确的外在面貌。它首先表现为大自然的风景。作品没有对景物进行细描,景物也丝毫不显华丽绚烂,只是清淡如水,只有与日常生活完全融为一体的生存景观。但是,这些景物中融会了一种清新自然的生命形态,是生命自然而宁静的本质的真实体现。它对我们的心灵构成一种自然的召唤,使我们不由自主地被其美的意境所感染,在精神上远离现代都市生活的喧嚣,回归到朴素自然的生命情态。因此,这种美的自然蕴涵有独特的美感,远远超越了那种现代快餐式的、旅游气息浓郁的风景描写。

其次,情感和人物也是美的重要表现。作品中表现出的所有感情都是美的,或者说是美与善的结合。如"我们"与老程一家的交往,如三姑娘与她父亲和母亲的相互眷恋,都充满着友善和亲情。作品没有对这些情感刻意渲染,甚至是有意地予以淡化,这使作品中的情感表现丝毫没有那种浓得化不开的热烈,而是含蓄内敛,恬淡悠远,但这种情感表现正是中国人传统

---

① 张旭东:《中国现代主义起源的"名""言"之辨:重读〈阿Q正传〉》,《鲁迅研究月刊》2009年第1期。

情感表达方式的真实反映,因此,作品中人与人之间的感情既朴素自然又真诚深切,是真情的自然流露。

在作品中,最能体现出美的特质的,当然是三姑娘。作品虽然没有直接描绘其面貌形象,只是写了她淡雅朴素的服饰,但给人的想象,却是典型的恬淡素雅,与整个大自然的清新自然融为一体,成为了自然中的一部分。而且,三姑娘还具有同样突出而令人难忘的心灵美。她性格平和,充满良善之心,有孝顺和谐的美德品行。从外到内,从外貌到心灵,三姑娘呈现出了充分的美的特质,既与自然美相互映衬,也成为作品美的集中典型。

最后,是作品的艺术美。简洁地说,一方面是作品将抒情不着痕迹地蕴涵于叙事和景物中,使自然的流变与深沉的情感融为一体,形成了独特的客观抒情风格;另一方面,作品风格淡雅,意蕴含蓄,如同中国的山水画,体现了独特的艺术美。

但是,《竹林的故事》表达的并不是欢快热闹的"牧歌式的青春气象",而是人生的悲凉感。作品中优美的自然情境,恬静和善的生活品质,以及自然朴素的人际关系,构成了宁静自然的生命世界。但是,这并不足以使之充满喜悦和轻松,而是相反,整个世界笼罩在巨大的生命无常的认识中。其中当然有达观,有留恋,但更是人对世界的无可把握,人在世界面前的微弱和无助。《竹林的故事》所展现的世界中笼罩着一种淡淡的哀愁和悲悯。作品的篇幅很短,却是一开始就显现了死亡的阴影(在她出生之前,她父母就夭折了两个女儿),这既显示了生命的脆弱和生存之不易,也赋予了整个作品以悲愁的色彩。之后果然很快就出现了更直接的死亡——三姑娘父亲老程的死。对于幼小的三姑娘来说,这无疑是给她的人生笼罩上了悲苦。她此后的性格、人生道路都与这次死亡事件密不可分。作品最后虽然写了故人相遇,但却毫无故人相见的喜悦,"我"因此采取了故意回避的态度,使故人成为路人。

作品真正的主题是自然的生命观,它将美与悲的内涵进行了统一。在自然景物描写中就蕴涵着自然的生命态度。《竹林的故事》的景物描写淡得几乎没有,正是因为作者不追求绚烂的生命形态,尊重自然界自然流转的生命方式。将之与同样为自然描写圣手的沈从文做比较,可以看出,沈从文的自然风景虽然也追求清新雅致,但却较多细致描摹,传达出的是对生命更积极、更入世的另一种态度。相比之下,那些追求宏大主题的作家作品更以表现自然的绚烂美为特征。

故事的叙述同样寄托着自然的生命态度。作品中的时间流逝,世事变幻,包括"我们"在那里求学,离开,再回来;又如三姑娘由小孩变成姑娘,又变成妇人……在作者叙述下,就如同青草绿了要黄,黄又转绿,都是自然流转,不着感情,也不起波澜。典型如老程的去世,虽然事发突然,又肯定是对他们家庭生活构成巨大打击的大事情,但却写得波澜不惊,不着任何渲染。包括对给三姑娘母女留下的悲痛,也没有作任何细化的描述。这一叙述态度的背后,显然蕴藏着作者以自然为中心的生命态度。在他看来,死,如同生,都不过是生命中的自然状态,不需要给予特别的难过与悲悯——就像王羲之《兰亭集序》中的"修短随化,终期于尽"。

主人公三姑娘依然是自然生命观最典型的体现者。三姑娘的所有行为方式,包括其外表、服饰,包括其善良和气,都没有丝毫的刻意,完全是自然真实的流露,因此,体现出一种自然真实美的生命境界。在自然的生命观里,热烈、灿烂显然并不是主流,平淡才是其真谛。三姑娘的生活形态,比如幼小失父,甚至说在她出生之前就可以感受到的死亡的影响,比如与母亲相依为命的成长,到最后出嫁为妇,繁衍后代,生儿育女,都是顺其自然状态生长,典型地体现了一种自然的生命方式。这一形象在一定程度上可以让我们想到稍早一些的许地山《缀网劳蛛》中的尚洁,她们都体现了作者顺应自然的生命态度。

《竹林的故事》的生命观内涵复杂,相互之间甚至有所冲突。因为一般说来,优美与自然应该是相和谐的,但是悲哀却似乎有些偏离。但作者将它们巧妙地融合起来,将它们凝结为一个整体,形成了既含蓄、充满张力,又相互渗透、互为促进的关系。这也许对我们正确地理解这篇作品构成了一些艰难,但也正是这种张力形式构成了一种独特的美感魅力。另一个突出的地方,是《竹林的故事》的艺术表现与思想主题有非常巧妙的结合,甚至说二者达到了自然契合的境界。作品一方面将诗意和散文结合在一起,尤其是化用古典诗歌意境到现代小说艺术中,呈现出诗与散文融合的独特艺术美,使整篇作品如同是一首优美而感伤的抒情诗,从而开了中国现代诗化小说的先河;另一方面,作品又有明显的现代气息,灌注着现代精神,如对女性、弱者的同情,对自然生命的关注,都有现代人道主义思想的特征。更重要的是,整个作品的意境美、思想内涵都与其人生观念和谐地共存。自然的平淡质朴,生命的简单流逝,人物形象的淡雅平和,人物情感的旷达自然,都凝结为其中的一部分,各有侧重又互为整体。

《竹林的故事》的生活气息和白描艺术也很有特点。生活气息使它能够超越于单纯的说理和禅趣,与更多的心灵、更多的世俗人生相通,具有更丰富的感染力。这其中,废名艺术表达的技巧不可不提。如作品塑造人物,虽然着墨不多,却是充分运用点染之法,以白描予以点睛,使人物形神俱备,很有个性,甚见风貌。对人物外表如此,人物之间的情感亦如此,在一个个简单的细节和人物对话里,可以感受到人物复杂的内心世界。

《啼笑因缘》

张恨水可以称得上是中国现代通俗小说史上的集大成者。其报人生涯为写作积累了大量素材,也使其能够近距离关注人生与社会。其小说大多在报纸副刊上发表,充满市民情调,并以此受到读者的青睐。连载于1924年4月到1929年1月《世界晚报》副刊《夜光》上的《春明外史》,是张恨水的成名之作;连载于1927年2月到1932年5月《世界日报》副刊《明珠》上的《金粉世家》,有机融合了社会与言情的双重主题;而连载于1930年3月到11月上海《新闻报》副刊《快活林》上的《啼笑因缘》,则融合社会、言情、侠义三重内容,也让张恨水享誉大江南北,成为通俗文学领域的典范作家。

1929年,上海的新闻记者团北上,张恨水经钱芥尘介绍而认识《新闻报》编辑严独鹤,严独鹤约请张恨水为《新闻报》撰著长篇小说,因此有了《啼笑因缘》。与北平的官方文化有所不同,上海的商业文化语境更加讲究趣味性和娱乐性。考虑到南方读者的消费状况,张恨水在写作策略上作出调整,于是在《啼笑因缘》中除了言情与社会因素外,还专门设计了侠义因素。实践证明,这一努力收到了应有的效果。在1931年12月上海三友书社出版单行本时,严独鹤为之作序,其中明确提及:"就已经阅读者而论,总觉得恨水先生的作品,至少可以当得'不同凡俗'四个字。……在《啼笑因缘》刊登在《快活林》之第一日起,便引起了无数读者的欢迎了;至今虽登完,这种欢迎的热度,始终没有减退,一时文坛中竟有'《啼笑因缘》迷'的口号。一部小说,能使阅者对于它发生迷恋,这在近人著作中,实在可以说是创造小说界的新纪录。"①

《啼笑因缘》以北上求学的富家子弟樊家树和鼓书艺人沈凤喜的情感纠葛为故事主线,在以言情为主导的同时,糅合了广阔的社会内容和武侠传奇。寄住在表兄陶伯和家中的樊家树在游玩中结识了侠士关寿峰、关秀姑父女,但看重门第的表兄嫂不愿与他们结交,而是一心撮合家树与财政部长的独女何丽娜的婚姻。在一次寻访关家未果而返回的路上,樊家树认识了

---

① 《严独鹤序》,张恨水:《啼笑因缘》,上海三友书社1931年。

唱大鼓的沈凤喜,遂产生怜惜之情。后来,他不但竭力安排凤喜家人的生活,还供凤喜读书,希望她获得自尊与自立。二人感情日渐深厚,就在决定订婚之时,家树接到母亲病危电报而回乡探亲,并请关氏父女照顾凤喜。在此期间,凤喜的二叔因贪恋钱财将她介绍给刘德柱将军,她最终因禁不住利诱威逼而屈服于金钱和权势。关氏父女亦无能为力,心中不平,愤然离去。得知此事,家树速回北京,但已无可挽回。由于资助关寿峰于困顿之中,秀姑感激之余亦爱上家树,但觉察家树与凤喜一往情深后主动退出。为成全二人,秀姑假扮丫环深入刘府,鸿雁传书并促成见面。孰料刘将军得知此事而将凤喜暴打并致其精神失常,秀姑遂将计就计与父亲联手将刘将军刺杀。因担心受到牵连,家树借口看望叔叔赶往天津。此时,何丽娜也在天津,叔父力劝樊何婚事。对于和凤喜长相相似而气质迥异的何丽娜,家树坦陈只是一场误会,致使何丽娜负气出走。家树回到北京,一日游玩遭人绑架,幸得关氏父女挺身相救,并带家树探望凤喜,此时的凤喜已没有记忆,家树把她送进疯人院。后来,关氏父女精心策划,令家树与何丽娜结成百年之好。

张恨水坦陈自己的小说大多是"社会为经,言情为纬"①。《啼笑因缘》虽是一部通俗小说,却具有强烈的现实关怀,富于鲜明的现实批判色彩。造成主人公樊家树和沈凤喜爱情悲剧的直接原因是军阀时代的黑暗社会现实,其中固然有人物自身的性格因素,然而军阀的飞扬跋扈和为非作歹却是更为直接的根源。小说把人物命运与社会环境有机结合,将批判锋芒直接指向统治阶级上层。穷人生活窘迫、无钱治病,富人骄奢淫逸、一掷千金,这些都赤裸裸地呈现了贫富悬殊的畸形状况,传达出作者对于不公平社会的控诉。

"到我写《啼笑因缘》时,我就有了写小说必须赶上时代的想法。"②《啼笑因缘》的故事核心仍然是张恨水一贯擅长的言情,但这里的言情却昭示出进步的社会意义。作为富家子弟的樊家树,敢于挑战门第观念,真挚爱恋风尘艺人沈凤喜,而且在凤喜沦落后仍然不嫌不弃。这不仅在当时,即便在今日也依然弥足珍贵。作为承载侠义因素的关秀姑,不仅铮铮侠骨,而且更具柔情。她暗恋家树,但当得知家树仍然深恋凤喜之时,就毅然放弃,显示其高洁无私的恋爱态度。即便常常出入繁华场的何丽娜,也逐步由富贵逼

---

① 恨水:《答总谢——并自我检讨》,原载 1944 年 5 月 20 日—22 日重庆《新民报》,参见钱理群编:《二十世纪中国小说理论资料》第四卷,北京大学出版社 1997 年,265 页。

② 张恨水:《我的创作与生活》,《张恨水全集》第 62 卷,北岳文艺出版社 1993 年,125 页。

人,而转向遁迹西山,茹素学佛。及至重叙旧情,似已心灵相通,获得情感回归。《啼笑因缘》的言情故事,总是结合世情展开,而且擅长把握人物的内心世界及其微妙变化,使得小说更加具有真实性和感染力。

除了社会与言情因素,对于《啼笑因缘》中侠义因素的观照,小说史家杨义先生的分析具有历史、美学的双重意义:"这位崛起于北方的章回小说家受古都文化的浸染,艺术趣味是俗中见雅的,但他在上海文坛奉上自己力作之时,却入乡随乡,受到海派趣味的某种同化。用他的话来说,就是'报社方面根据一贯的作风,怕我这里面没有豪侠人物,会对读者减少吸引力'。这就使作家强化了'行侠好义'的关寿峰和'十三妹式'的关秀姑的传奇色彩。"①小说描写关氏父女,带有浓郁的海派意味,而且在武侠描写中,力图探讨社会价值。武侠行为的描写,无疑增浓了小说反强权、反霸道的色彩。在艺术美学表现方面,作者写侠客的武功,也是采用有性情、有境界之笔。"在这里,张恨水把海派武侠小说的刺激性消融在古都章回小说的笔墨趣味之中了。……其以古都作家雅洁清隽的文笔,写上海旧式小市民喜闻乐见的恋爱和武侠传奇,而且写出了人情味和诗的境界。"②

《啼笑因缘》与同时代流行的通俗小说的明显差异在于,它突破了通俗小说写作的某一单纯样式,实现了社会、言情与武侠的结合,而且增加了西洋小说所惯用的风景描写与心理描写。"小说表达的中国现代都市生活与传统道德心理相冲突的主题,'言情'和'侠义'的结合,以及在传统叙事中融入的种种西方小说笔法,都表明张恨水面对'海派'文化语境所作创作调整的成功。"③

新文学阵营曾经批判通俗小说创作只知道"记账式的叙述",而不知道"描写"。对此,张恨水有着清醒的意识。《啼笑因缘》就体现出高超的描写艺术。严独鹤以其对《啼笑因缘》的精细解读,论析作品的描写的特长:"一部小说,假令没有良好的描写,或者是著书的人,不会描写,那么据事直书,简直是'记账式'的叙述,或'起居注式'的纪录罢了,试问还成何格局,有何趣味?所以要分别小说的好坏,须先看作者有无描写的艺术。讲到这部《啼笑因缘》,我可以说是恨水先生在此书上,已充分运用了他的艺术,也充分表现着他的艺术。"这主要体现在三个方面:第一,能表现个性。"《啼笑

---

① 杨义:《中国现代小说史》(下卷),人民文学出版社1998年,745页。
② 同上书,746页。
③ 黄万华:《中国现当代文学》,山东文艺出版社2006年,182页。

因缘》中的主角,除樊家树自有其特点外;如沈凤喜,如关秀姑,如何丽娜,其言语动作思想,完全各别,毫不相犯;乃至重要配角,如关寿峰,如刘将军,如陶伯和夫妇,如樊端本,也各有特殊的个性;在文字中直显出来。遂使阅者如亲眼见着这许多人的行为,如亲耳听得这许多人的说话,便感觉着有无穷的妙趣。"第二,能深合情理。"常见近今有许多小说,著者因为要想将情节写得奇特一点,色彩描得浓厚一点,便弄得书中所举的人物,不像世上所应有的人物;书中所叙的事情,也不像世上所应有的事情——《啼笑因缘》却完全没有这个弊病。全书自首至尾,虽然奇文迭起,不作一直笔,不作一平笔,往往使人看了上一回,猜不到下一回;看了前文,料不定后文。但事实上的变化,与文字上的曲折,细想起来,却件件都深合情理,丝毫不荒唐,也丝毫不勉强。因此之故,能令读者如入真境,以至于着迷。"第三,能于小动作中传神。"若能于各人的'小动作'中,将各人的心事,透露出来,便格外耐人寻味。……如第三回凤喜之缠手帕与数砖走路;第六回秀姑之修指甲;第二十二回樊家树之两次跌交;又同回何丽娜之掩窗帘,与家树之以手指拈菊花干,俱为神来之笔。全书似此等处甚多,未遑列举,阅者能细心体会,自有隽味。"①

《啼笑因缘》的结构和布局也特别讲究,具有敏锐鉴赏力的严独鹤曾这样评价:"全书二十二回,一气呵成,没有一处松懈,没有一处散乱,更没有一处自相矛盾,这就是在'结构'和'布局'方面,很费了一番心力的。也可以说是'著作的方法',特别来得精妙。"继而,他又特别指出小说所具有的两个优点:第一,暗示。"全书常用暗示,使细心人读之,不待终篇,而对于书中人物的将来,已可有相当的感觉,相当的领会。如凤喜之贪慕虚荣,在第五回上学以后,要樊家树购买眼镜和自来水笔,已有了暗示。如家树和秀姑之不能结合,在第十九回看戏,批评十三妹一段,已有了暗示。而第二十二回樊、何结合,也仍不明说,只用桌上一对红烛,作为暗示。这明是洞房花烛,却依然含意未露,留待读者之体会。"第二,虚写。"小说中的情节,若笔笔明写,便觉太麻烦,太呆笨。艺术家论作画,说必须'画中有画',将一部分的佳景,隐藏在里面,方有意味。讲到作小说,却须'书外有书'。有许多妙文,都用虚写,不必和盘托出,才有佳趣。《啼笑因缘》中有三段大文章,都用虚写:一、第十二回凤喜'还珠却惠'以后,沈三玄分明与刘将军方面协谋坑陷凤喜,而书中却不着一语。只有警察调查户口时,沈三玄抢着报明是

---

① 《严独鹤序》,张恨水:《啼笑因缘》,上海三友书社1931年。

唱大鼓的这一点,略露其意,而阅者自然明白。二、第十九回'山寺锄奸',不从正面铺排,只借报纸写出,用笔甚简而妙。三、第二十二回关寿峰对樊家树说:'可惜我对你两分心力,只尽了一分。'只此一语,便知关氏父女不仅欲使樊、何结合,亦曾欲使凤喜与家树重圆旧好。此中许多情节,全用虚写,论意境是十分空灵,论文境也省却了不少的累赘。若在俗手为之,单就以上三段文字,至少又可以铺张三五回。这就是'冲酱油汤'的办法——汤越多,味却越薄了。"①

新文化运动之时,朋友劝说张恨水改写新体。对于章回体式,张恨水阐明了自己的意见:"自《春明外史》发行,略引起了新兴文艺家的注意。《啼笑因缘》出,简直认为是个奇迹,大家有这样一个感想:丢进了毛厕的章回小说,还有这样问世的可能吗?这时,有些前辈,颇认为我对文化运动起反动作用。而前进的青年,简直要扫除这个花圃中的臭草。"话锋一转,他说道:"我觉得章回小说,不尽是可遗弃的东西,不然,《红楼》《水浒》,何以成为世界名著呢?自然,章回小说,有其缺点存在,但这个缺点,不是无可挽救的;而新派小说,虽一切前进,而文法上的组织,非习惯读中国书,说中国话的普通民众所能接受。……我们没有理由遗弃这一班人,也无法把西洋文法组织的文字,硬灌入这一班人的脑袋,窃不自量,我愿为这班人工作。"而且,"那班人需要一点写现代事物的小说"。② 不难看出,张恨水的通俗写作有意识地充分考虑到读者受众的接受习惯与接受水平。这一思想,不但在当时,就在今天也同样有其时代性和现实意义。而且,从文学史的发展来看,张恨水经过自觉改革,"完成了他实现章回小说体制现代化的文学革命"③。

《边城》

沈从文的创作来自于他的特殊气质。沈从文生长于湘鄂川黔交界的多民族地区,那里对神的信仰中较多保留着纯朴的人性和人际的脉脉温情。沈的祖母是苗族人,母亲则是土家族人,这种血缘给了沈从文更多的想象力。他祖母因出身苗族,生两儿子后被迫再度远嫁的遭遇则积淀着少数民族长期受压的沉忧隐痛。沈从文在家乡"崇武"的风气中,14岁就当兵,行

---

① 《严独鹤序》,张恨水:《啼笑因缘》,上海三友书社1931年。
② 恨水:《答总谢——并自我检讨》,原载1944年5月20日—22日重庆《新民报》,参见钱理群编:《二十世纪中国小说理论资料》第4卷,北京大学出版社1997年,264页。
③ 钱理群、温儒敏、吴福辉:《中国现代文学三十年》(修订本),北京大学出版社1998年,343页。

伍生涯中面对的杀戮，反而促成了他追求善良、美好的品格。与此同时，沿沅水漂泊的生活，跟水共存的吊脚楼的淳朴民风、淳厚人情成为沈从文创作的重要源泉。沈从文自己说："我感情流动而不凝固，一派清波给予我的影响实在不小。我幼小时较美丽的生活，大部分都同水不能分离。我的学校可以说是在水边的。我认识美，学会思索，水对我有极大的关系。"[①]沈从文的"边城"世界就孕成于水。他记忆中的哀乐人事，他文学中的忧郁气质、想象色彩都与水有密切联系。水成为沈从文"认识美，学会思索"的学校，一直到1940年代，沈从文酝酿自己创作的重大突破时，还是面水而思。而自小的沅水生活对于沈从文创作的另一意义是，沅水流域是楚文化保留得最多的地区，那些尚未被儒家文化同化的楚地民俗风情及其所包含的价值规范、人生准则给了沈从文一种接近人类童年的本真、原初的眼光，使他的创作得以挑战中原儒家文化。1934年，沈从文在《阿金·前记》中表达了自己"只想造希腊小庙……这神庙供奉的是人性"的创作追求，并相信这"神庙""受得住风雨、寒暑，受得住冷落"，"后来人还须要它"。沈从文的这种追求得以实现，不仅在于他一直以湘西世界的"山地作基础"，呈现出了乡村生命形式的丰富、美好，而且在于他在湘西和都市的生命存在对照中，以批判性的眼光，提出了他的乡土哲学，即人类本于自然、归于自然的生命存在。这使得他的创作把20年代的乡土小说大大推进了一步，在使湘西世界成为乡土地域文化的精神结晶的同时，也展开了反思现代中国文化/都市文化的新的意义视野。《边城》(1934)就是体现沈从文上述创作追求的代表性作品，也是他最好的长篇小说。

《边城》讲述了湘西茶峒小城摆渡口老船夫和他的外孙女翠翠的故事。翠翠的母亲15年前与驻军一兵士相爱生下了翠翠，兵士因无法与翠翠母亲生而聚首，服毒自尽，翠翠母亲随后也殉情而去。茶峒边城风俗淳朴，翠翠和祖父更是自然本分地过日子。当地掌水码头的船总顺顺有两个儿子，大老天保性情如父，豪放豁达；二老傩送之名意为傩神所送，眼眉秀拔出群而又聪慧痴情。一年端午节，翠翠在渡口相识傩送，之后便有了难言的心事。老船夫有所觉察，也有了"得把翠翠交给一个人"，"方不委屈她"的心事。又一年端午，翠翠和祖父到城里大河边看龙舟赛渡，翠翠无意间得知傩送喜欢自己，也得知中寨王团总以好不阔气的新碾坊作嫁妆，想把女儿许配给二

[①] 沈从文：《我读一本小书又读一本大书》，《沈从文文集》第9卷，花城出版社、三联书店香港分店1984年，109页。

老傩送。而老船夫则得知大老天保喜欢上了翠翠。过不多久,船总顺顺差媒人上门为大老提亲,翠翠不置可否,老船夫猜不透翠翠的想法,却隐隐约约感觉到翠翠和她母亲共通的命运。翠翠依旧快乐地忙着屋前屋后,天保、傩送兄弟互相间得知对方同时爱上了撑渡船老人的外孙女,两人夜里同过碧溪去轮流唱歌,商定好了莫让人知道是弟兄两个,谁得到回答,谁便服侍那划渡船的外孙女;大老不喜欢唱歌,轮到大老时也仍由二老代替:两人凭命运来决定自己的幸福。当夜,翠翠在睡梦中听到傩送的歌声,灵魂轻轻地被托浮了起来。可那晚大老一听弟弟开口唱歌,就决定了驾船离家出走,把翠翠留给"会唱歌的竹雀",不料船下行到茨滩水急,天保大老溺水身亡。傩送将哥哥的出走怪罪于老船夫"为人弯弯曲曲,不利索",无意中怠慢了提亲的事,也在赌气中驾船下行了。中寨米场经纪人故意对老船夫误传二老"本想要渡船,现在就决定要碾坊"的消息,船总也责怪老船夫老而好事。老船夫受了这些刺激,在雷雨将息的天明死去了。老船夫的朋友杨马兵年轻时也爱上了翠翠母亲,但翠翠母亲不理会,此时他来和翠翠作伴。两人每个黄昏必谈祖父以及这一家有关的事,翠翠因此明白了祖父活着时所不提到的许多事,她哭了一夜。翠翠长大成人了,但迎面而来的,会是什么呢?

沈从文曾自叙:"……我作品能够在市场上流行,实际上近于买椟还珠,你们能欣赏我故事的清新,照例那作品背后蕴藏的热情却忽略了,你们能欣赏我文字的朴实,照例那作品背后隐伏的悲痛也忽略了。"[①]沈从文小说中的热情和悲痛是一种文化的热情和悲痛。这集中表现在对原始野性活力的呈现和都市沉落灵魂的显现,它们分别构成了沈从文的乡村主题小说和城市主题小说(这两类小说在沈从文创作中的数量大致相当),但最能表现他"蕴藏的热情"和"隐伏的悲痛"的是他小说对"城""乡"对峙题旨的揭示,即乡村生活中人性和谐,乡下人返璞归真,然而,城市文明向乡村渗透,逐渐改变了乡村的生活方式和人性人情。

《边城》也有"相遇"的题旨:苗汉文化的相遇、原朴的生存和现代人生活的相遇,酿成了"边城"的人生。《边城》的中心人物是翠翠,她因为住处两山多篁竹,翠色逼人而得名翠翠,她"在风日里长养着,故把皮肤变得黑黑的,触目为青山绿水,一对眸子清明如水晶。自然既长养她且教育她,为人天真活泼,处处俨然如一只小兽物。人又那么乖,如山头黄麂一样,从不想到残忍事情,从不发愁,从不动气。平时在渡船上遇陌生人对她有所注意

[①] 沈从文:《习作选集代序》,《沈从文全集》第9卷,北岳文艺出版社2002年,4页。

时,便把光光的眼睛瞅着那陌生人,作成随时皆可举步逃入深山的神气,但明白了面前的人无机心后,就又从从容容在水边玩耍了"。翠翠是沈从文所表现的一种"优美,健康,自然而又不悖乎人性的人生形式",她生活在"水边",触目"绿水",眼"清明如水晶",如此多的"水"都暗示出翠翠世界代表"美"。翠翠的身世(其父是个汉族屯戍军人,母亲出身苗族),则揭示出苗汉文化"相遇"的一种悲剧,翠翠和摆渡的祖父相依为命,渡口世界有如山溪清澈,人情醇厚,祖父摆渡从不收钱,屠夫卖肉从不计钱,一切人、事似乎都笼罩在质朴的情谊之中;但祖父渡船也不时运来各色人事跟翠翠相遇,例如王团总以崭新的碾坊陪嫁为女儿"打亲家","好不阔气,包工就是七百吊大制钱,还不管风车,不管家私"。掌管码头的团总的两个儿子天保和傩送同时爱上了翠翠,他们作出的选择既有对以碾坊为代表的物质文明的拒绝,更有对自然而美好的人性的追求。但最后,兄弟俩一个身亡,一个出走,而那座跟小城山水相依的白塔也在翠翠祖父去世的那个夜晚轰然圮塌,表明翠翠赖以生存的那个美好自足的"边城"世界在外来冲击下必然终结。

沈从文小说"结构多变化",他"写了许多篇短篇小说,差不多每篇都有一个新结构,不使读者感到单调与重复,其组织力之伟大,果然值得赞美。而且每篇小说结束时,必有一个'急剧转变'(a quick turn)"①,这种叙述的"急剧转变",往往包含着他对整个人生、时代的根本性思考。《边城》前19章的叙事都充盈着清新的田园格调,然而结尾第20章,天亮,雷夜之声将息,翠翠起身,"看着祖父似乎睡得很好",出门却发现崖下渡船不见了,"无意中回头一看,屋后白塔不见了,一惊非同小可",白塔倒塌,翠翠惊慌不知所措,赶回家中呼叫祖父,才发现老人已死去了。船失塔塌人亡,使小说一开始描绘的茶峒小山城"有一小溪,溪边有座白色小塔,塔下住了一户单独的人家。这人家只一个老人,一个女孩子,一只黄狗"这和谐的图景被撕裂,也使小说清新自然的叙事在结尾以一种不协调戛然而止。《边城》这种结构上的"休止符"反映出沈从文小说的另类现代性:他在对自身追求的质疑中表现出对"民族品性的失去和重建"的深入思考。所以《边城》结束时不仅有那象征自然健康人性的白塔的倒塌,而且还有一个开放性的结局:"到了冬天,那个倒塌了的白塔,又重新修好了。那个在月下唱歌,使翠翠

---

① 苏雪林:《沈从文论》,《文学》1934年9月1日3卷3期;《中华文学评论百年精华》,人民文学出版社2002年,146页。

在睡梦中为歌声把灵魂轻轻浮起的青年人还不曾回来",他也许"明天"回来,但"也许永远不回来了"。傩送的出走,老船夫的死,跟二老与翠翠爱怨纠缠的婚姻有关,跟船总对老船夫的误会有关,在质朴的人事中也有着人性的弱点。老船夫去世后,当年年轻时痴情于翠翠母亲而未被理会的杨马兵成了翠翠的"唯一靠山唯一信托人",在这种使翠翠心里更柔和的关爱中,她却等不到心上人的归来。这一结局显然包含了作者对他善爱的"边城"世界的忧愁,它也许重建,但也许就永远失去了。沈从文在写完《边城》当年说:"我并不即此而止……将在另外一个作品里,来提到二十年来的内战,使一些首当其冲的农民,性格灵魂被大力所压,失去了原来的朴质、勤俭、和平、正直的型范以后,成了一个什么样子的新东西。他们受横征暴敛以及鸦片烟的毒害,变成了如何穷困与懒惰!"①他希望自己这样写能使读者对中国社会的变动有所关心,认识这个民族的过去伟大处与目前堕落处。所以,《边城》不是田园牧歌,也不是桃源挽歌,"而是希望之歌,民族品德会回来么?"②

《边城》具有沈从文诗性小说的一些特征。小说开篇那幅大河、小溪、山城、白塔、渡口、官路人家的山水画,意在笔尖,在自然和谐的构图中透露出复杂的象征意味。随后展开的"边城"故事中,情节有所淡化,也不特别在意人物性格,而一直着力于情绪的延续、意境的营造。翠翠的故事开始于天保外出、傩送赛船的端午节,然后借翠翠的甜蜜回忆回溯与傩送的初识,笼罩起一种恬静安祥的情绪氛围。之后虽有兄弟同恋翠翠、天保船难、老船夫误会傩送等蕴含激烈冲突的生活波折,但小说无一渲染,反而事事写得风清云淡。这样写除了凸显人物皆心地良善这一湘西世界的乡土韵味外,也使人感受到"边城"人物悲剧命运是自自然然发生的。例如第15章写祖父孙女月夜相依对谈,翠翠念诵这样的谣谚:"凤滩黄滩不为凶,上面还有绕鸡笼;绕鸡笼也容易下,青浪滩浪如屋大。"随后,翠翠的问话引得"老船夫打量着自己被死亡抓走以后的情形,痴痴的看望天南角上一颗星子,心想:'七月八月天上方有流星,人也会在七月八月死去吧?'"再后,翠翠求爷爷唱歌,祖父唱了十个歌,翠翠听到了自己梦中傩送唱的歌。这个原本温柔平和的祖孙相依场景,却处处有着死亡的强烈预兆,而且后来无一不成事实,天保的船果真在黄滩遇难,祖父果真在八月雷雨中谢世,傩送的歌声也渐行

---

① 沈从文:《〈边城〉题记》。
② 汪曾祺:《又读〈边城〉》,《中华文学评论百年精华》,348页。

渐远……种种不幸的预感使人物悲剧成为一种命定,也使得人物坦然安祥地去接受命运的不幸。这种以平静中的悲哀展开的叙事没有大起大落的矛盾冲突和大悲大恸的情感波澜,却有着自然优美的意境和恬淡自足的情调,也使得"边城"足以抗衡种种世俗的人为纷争。

沈从文的语言流动、明澈、多彩,比起五四语言来,他融汇多种语言资源(湘西口语、五四白话文、文言文、经文等)的努力尤为可贵。他的一些好作品的语言已达到诗性境地,"《边城》的语言是沈从文盛年的语言,最好的语言。既不似初期那样的放笔横扫,不加节制;也不似后期那样过事雕琢,流于晦涩。这时期的语言,每一句都'鼓立'饱满,充满水分,酸甜合度,像一篮新摘的烟台玛瑙樱桃"[1]。其"合度"正可指几种语言资源调配得当加浓了诗意,如第14章写到那天夜里,老船夫给翠翠讲了她父亲母亲对歌"唱出了你"的事,等她睡着了,傩送又在山崖上为她唱歌:

> 老船夫做事累了睡了,翠翠哭倦了也睡了,翠翠不能忘记祖父所说的事情,梦中灵魂为一种美妙歌声浮起来了,仿佛轻轻的各处飘着,上了白塔,下了菜园,到了船上,又复飞窜过悬崖半腰——去作什么呢?摘虎耳草!白日里拉船时,她仰头望着岸上那些肥大虎耳草已极熟习。悬崖三五丈高,平时攀折不到手,这时节却可以选硕大的叶子做伞。

很有意味的是,那晚唱歌的是傩送二老,老船夫"张冠李戴"以为是大老天保,张着耳朵"又忧愁又快乐"听了半夜。翠翠睡着听唱歌,却能听准了是谁在唱歌,"跟了这声音各处飞,飞到对溪悬崖半腰,摘了一大把虎耳草"。祖父的白日讲述,傩送的夜晚歌声,共同幻化成翠翠美好的梦境,翠翠能看到自己灵魂"浮""飘""飞窜",散发出了想象的奇异魅力。口语和书面语在流动中交汇,质朴而简洁,行文句式有顺势而下的灵活,也有跌宕多姿的巧妙,充满了诗的灵性。

1980年代的电影《边城》由凌子风执导,他曾请沈从文审阅由姚云、李隽培改编的电影文学剧本,沈从文在剧本上留下了很多批改文字,使剧本更多"包含了浓厚的人情美和一点平常人的悲剧性",他还说到"边城"那"动人之至"的"歌声""六十年来还在我耳边保存得清清楚楚"。[2]《边城》是一座永远供奉在沈从文心上的人性的"神庙"。

---

[1] 沈从文:《对〈边城〉电影文学剧本的评改》,《沈从文全集》第8卷,北岳文艺出版社2002年,192页。

[2] 同上。

《迟桂花》

在五四时期,郁达夫是与鲁迅齐名的小说家,他的小说集《沉沦》以直抒胸臆的浪漫笔法,坦率地表现了当时青年人所感受到的爱和性的苦闷,引起很大争议,也受到了青年读者的特别喜爱。不过,伴随着五四退潮,这类小说渐渐失去了读者,郁达夫的创作风格也有鲜明的转变。主题上,就是如人们所概括的,从"性的苦闷"转到"生的苦闷",逐渐从个人情感抒发改为反映底层大众的生活和情感;艺术风格上,则更含蓄深沉,写实色彩更浓。《迟桂花》创作发表于1932年,是郁达夫后期小说,也代表了他后期创作的风格特征。

小说的故事非常平淡,叙述主人公郁先生到朋友翁则生的家乡翁家山参加婚礼,发生了一些小的际遇,心灵也有一些触动。但在平淡的故事背后,作品表达了颇有深度的主题。作品题名为《迟桂花》,文中又多次提到并直接描写了迟桂花,显然,迟桂花是作品的中心意象,也凝结着作品的主题。迟桂花具有清香、朴素、耐久的品性,在作品中,它既代表着一种沉静自得的安然之美,也体现为一种顽强生命的意志力。作者对迟桂花的歌颂,着意于对人、对一种生活态度和精神品格的歌颂。它包含有几个方面的意蕴:一是最直接的比喻。朋友翁则生人到中年才成家,其妹妹翁莲则依然独身一人,"迟桂花"喻指他们兄妹的婚姻生活,包含着对他们的理解和祝福;二是对人物品格的喻指。翁则生兄妹性格澹泊,品格纯洁,与散发着自然清香的迟桂花一样;三是喻指一种人生观。人生态度应该如迟桂花一样,豁达、宁静,在生命的自然流程中显示出美丽和意义。

翁莲是作品最着力塑造的形象,也是最能代表迟桂花品性的人物。她是一个普通的农村青年妇女,美丽善良,性格率真,虽然有过不幸的婚姻,但丝毫没有悲观,对生活依然有着自然而单纯的热情,也保持着坦率纯洁的男女态度,无丝毫造作和虚伪。正是她的美丽、沉静和乐观,给予了叙述者郁先生强烈的精神愉悦,使他的内心受到感染,曾经被燃起的欲望最终得到净化,心灵也融化为澄静大自然中的一部分。这一形象,很容易让我们想到许地山《缀网劳蛛》笔下的尚洁。但她更生活化,也更贴近生活,更真切朴实。作品将翁莲的形象和迟桂花时相映衬,又把她的性格气质放在翁家山的大自然世界中,仿佛她不只是一个具体的人,也成为了大自然美和宁静的化身,是一枝现实生活中的"迟桂花"。

作品通过故事表达出有哲理意味的人生观,但丝毫不生硬勉强,非常自然。作品的叙述方式也非常自然从容,包括以书信开头的结构形式,第一人称的散文化的叙事风格,强烈却又有所节制的感情表现方式等,都体现出这样的特点。郁达夫的作品一向不以情节复杂取胜,本篇也不例外。它的故事结构非常单纯,按照时间顺序叙述,如同生活本身一样自然地发展。作品的语言也体现出散文般的清新和流畅,娓娓道来,尽显自然本色,又蕴含有很深的语言造诣,兼具朴素和雅致之美。最能吸引和感染读者的,是作者无处不在却又相当内敛的真挚感情。作品从开头到结尾,投射了很强的感情色彩,既蕴含着主人公对友情的珍惜,对生命真情的渴盼,也体现出他对生命意义的思考和探寻愿望。从这些抒情中,依稀可以看到郁达夫早期创作的某些影子,但其情感的内涵和表现方式都有显著的发展。作品的感情深沉纯厚,表达也相当舒缓柔和,它没有了青年人的峻急,呈现的是中年人的沉静和淡泊。这种情感可能不会让读者产生情绪上的激动,却能使读者在不知不觉中被打动,让人去思索和咀嚼。

  作品的另一艺术特点是情和景巧妙的融合。作品传达出强烈抒情色彩,它们都不是突兀而至,而是融合在美丽而宁静的山水风景中,自然地流淌出来。作品多处写景,细致真切,取得的效果也特别好。如作品写翁家山的景致,就分别从暮时、月下和清晨三个时辰来写,可以说是各具情趣,充分渲染出了山村的恬静和安宁。而且,作者在描绘大自然的种种景致时,并不是纯客观地描写,而是同时糅杂以人物细腻的心理感受,将这种主观情绪投射在客观景物上,从而产生了特殊的艺术效果。如作品对最主要的象征景物——迟桂花的描写,就时时进行感叹式的抒情,使读者在阅读这些片段时,不知不觉地融入到了桂花香的世界中,也为其情感所触动。

  《迟桂花》在思想上体现出中西文化交融的特点。对婚姻的态度,对友谊的态度,包含的是自然主义思想和人道主义精神,它们与西方文化有很深的关系;其淡泊的生命观,又可看到中国传统道家文化的几分影子。多种文化的交融,造就了作品意蕴深沉、耐人寻味的思想个性。

《小城三月》

  《小城三月》是一篇短篇小说,故事非常简单。在一个现代与传统交替的时代,女青年翠姨爱恋上了一个有文化的男大学生,但因为自己出身低微,又没有受过教育,所以没有勇气表白,结果,在对家里安排的婚姻的无奈和绝望中憔悴,在出嫁前夕郁郁而终,走向死亡。

从表面上看,《小城三月》的悲剧似乎完全是个人的。翠姨的死,除了她自己,似乎与谁都无关。因为她的家庭并不是那么专制,如果她能够进行坚决的拒绝,她的包办婚姻是可能被取消的。所以,这悲剧,似乎只能归咎于她的性格,或者抑或是她的宿命……但细致察来,并不如此。悲剧虽然与翠姨的性格有关,但同时也是她所生存的时代的产物。正像小说标题所寓意的,此时的小城还是处在乍暖还寒的料峭早春,处于新和旧的交替当中。城中虽然已经有了像我伯父家这样开放的家庭,但更多的人却还处在传统观念之中,或者说还在经受着传统与现代的过渡,人们的生活方式,特别是心灵,还没有从传统的束缚中解脱出来。从翠姨的生活中就可以清晰地感受到传统文化的无形压力,如仅仅因为她出身于寡母家庭,就遭到别人的轻视和拒绝。当然,更重要的是,翠姨自己也是这样一个典型的时代夹缝中的悲剧人物。一方面,她虽然出身低微,也没有文化,但在时代的感召下,她的心灵有了初步的觉醒,有了对自由和爱情的渴求;另一方面,她还没有真正地觉醒,还部分地徘徊在过去、为其所羁绊和束缚。她还没有真正独立走向自由、追求自由的勇气和能力,还会为自己的家庭、身份而自卑,成天生活在压抑和怀疑中,只能默默地爱、默默地死。

在这个意义上说,翠姨如果丝毫没有觉醒,没有追求自由的愿望,也许就不会有这样的悲剧;而如果她能再进一步,能够更果敢地说出自己的愿望,大胆进行自己的追求,也许就会得到幸福,至少不会陷入现在的悲剧结局。只有在新旧交替之际的时代夹缝中,才可能出现这样的悲剧——这,也就像作品中反复出现的时间隐喻:早春。一切似乎醒了却又没有真正觉醒。就像是黎明前的黑暗,又像是战争结束前的最后一颗子弹。因其与光明太近,因其是黑夜的最后余威,所以,它才显得特别遗憾,特别令人惋惜。

所以,翠姨的悲剧可以说是个人的,但更是时代的;她的悲剧,是一个时代的缩影,也是一个从旧到新、从传统到现代不可缺少的过渡阶段——放开一点想,她的自卑和绝望也不是完全没有道理,或者说她的被扼杀具有某种必然性。时代和社会已经先在地限制了她的生存空间,窒息了她的生存希望,她对爱的憧憬确实在一定程度上超越了她的现实能力。正因为这样,她所爱的对象才对她的爱一无所知,她也没有得到任何爱的回报。通过她的悲剧,萧红对社会提起了无声的控诉。所以,小说虽然写的是一桩近乎无事的小悲剧,却从一个普通的、微不足道的年青女性的悲剧中透视到时代的脚步,看到热闹繁华背后的冷清和寂寞。

在从传统到现代的巨大转变中,这样的悲剧数不胜数,或者说,它太微弱了,太渺小了,很难引起我们的关注。尤其是与我们的时代洪流比较起来,这样的小人物的悲剧似乎没有值得书写的价值。正是在这里,萧红显示了她的特别。这不仅体现了她作为一个女性作家特别的敏感和细腻,更重要的是,表现了她作为一个优秀作家所必须具备的大爱精神——《小城三月》这样的悲剧,这样弱小卑微的灵魂,只有不完全被政治大语境所束缚,只有保持了自己真实的自我,只有真正的对人的尊重和平等意识,而且还具备着充满怜悯和温情的关爱,那种细腻而真切的人性柔情,才能够捕捉到,而且能够深入地加以表现。

《小城三月》的艺术表现也非常契合其主题。从表面上看,作品非常温婉,带有强烈的个人气息,但另一方面,作品的内核又是充满着刚健的,个别叙述甚至可以用冷峻来表示。

从个人方面说,作品采用的是儿童(少年)叙述视角。小说通过一个不太谙世事的小女孩来叙述故事,她又是与主人公有很好的关系,其叙述自然很有感情,具有打动人的力量,而且,这样的叙述也很婉转曲折,细腻地再现了女主人公委婉而复杂的心态。如作品中的买绒绳鞋情节,通过儿童旁观视角写出来,效果非常独特,既没有让其心理和情绪过分外露,又巧妙地传达出其敏感脆弱的内心世界。作品强烈的抒情笔致是个人性的。开头和结尾都有大段的写景,这些美丽的自然景物描绘中蕴藏着叙述者的深厚感情,也加深了作品的感伤色彩。

但是,作品的深层世界并不这么简单,或者说在它童稚化和抒情化叙述的背后,包含着比较深的技巧。比如叙述者,其实并不真正是那个小女孩,而是一个对人生有太多感悟,对社会有太多感触的成年人。她当然也可能还是那个小女孩,但肯定是已经长大了的现代女性。作品开头和结尾出现的深情感喟,充分地体现出这一点。所以,小说的儿童视角不过是一个幌子,或者说只是一个技巧,其真正的叙述意图是在其背后。情节的设计颇为精巧,如买绒绳鞋,如客厅中翠姨与"哥哥"的单独相会,都很有暗示意味,也是推动情节的重要因素。

这一特点在作品的细节描写上可以看得很清楚。或者说,作品有一些细节是模糊、不够清晰的。这种模糊是成年和童年两种视角的融合,体现的也是两种不同的心理。特别是人物心理,始终放在模糊朦胧的背景下来展现,包括她复杂的情感世界,包括传统文化对她内心构成的伤害,都含而不宣,深藏在文字的背后。这种矛盾,正折射着萧红内心中两种复杂情感和文化态度,或者说是两个萧红的精神世界在交叉。一个是个人的,一个是集体的;一个是怀旧的、感伤的,一个是批判的、否定的。

所以,作品中前后的写景和抒情都不简单停留于情感层面,而是具有更深的象征含义,寄托着作者的寓意。对乍暖还寒的早春场景的描写,表现出春天到来的不容易:"郊原上的草,是必须转折了好几个弯儿才能钻出地面的,草儿头上还顶着那胀破了种粒的壳,发出一寸多高的芽子,欣幸的钻出了土皮。"这里隐含着对时代的感叹:"春来了,人人像久久等待着一个大暴动,今天夜里就要举行,人人带着犯罪的心情,想参加到解放的尝试……春吹到每个人的心坎,带着呼唤,带着蛊惑……"结尾处对春天的歌颂和慨叹,更是体现着对美好希望的憧憬:"春天为什么它不早一点来,来到我们这城里多住一些日子,而后再慢慢的到另外的一个城里去,在另外一个城里也多住一些日子。"对翠姨命运的叹惋,同样包含着时代的喟叹:"不久春装换起来了,只是不见载着翠姨的马车来。"

《小城三月》的这些艺术特点与萧红创作时的心境有关,也联系着当时的时代社会背景。小说创作于1941年,是萧红的最后一部作品。当时的萧红流落香港,身心俱疲,《小城三月》自然会流露出其个人心境。此时节的中国,正处在抗战中最艰难的时节,国土沦丧,子民颠沛。萧红在作品中寄寓的感伤显然有这双重的烙印在。但是,毕竟她是五四文化的继承者,也是在北国生活和文化中长大的萧红的独特气质,因此,《小城三月》尽管感伤,却并不低沉,虽然个人化,却也时刻联系着时代,既充满着希望和对未来的憧憬,也将个人悲剧与时代批判结合在一起。作品的结尾,虽然女主人公翠姨非常遗憾地过早离开了人间,但是春天还是不可避免地来了,"人们三三两两地……",春天的气息,人们的幸福和欢乐是不可阻挡的。所以,作品叙述的虽然是一个悲剧故事,但柔情却不软弱,感伤却不低沉,更促使人对社会和现实进行思索。

《金锁记》

张爱玲早慧,7岁时尝试创作第一篇白话小说,11岁就读上海圣玛利亚女校,开始在校刊发表小说。1936年10月,圣玛利亚女校国光会创办新文学刊物《国光》,创刊号刊发张爱玲的短篇小说《牛》,该期《编辑室谈话》"特别推荐""《牛》是难得的收获"。《牛》描写农民禄兴悲惨死于租来春耕的黑牛的暴怒之中。张爱玲并无乡村农家生活的经验,但《牛》从场景到心理,都在张爱玲的想象力和叙事能力中呈现出某种真实。《国光》第9期(1937年5月)还刊出张爱玲小说《霸王别姬》,该期《编辑室谈话》更力赞张爱玲的这篇小说"用新的手法新的意义",写得"气魄雄豪","编者曾看过郭沫若用同样题材写的《楚霸王自杀》",而张爱玲的这篇小说"决不会因文坛巨人的大名而就此掩住的"。1939年,张爱玲考入伦敦大学,因欧战转入香港大学,香港沦陷及战争,使她窥见人性的某些真相,也形成她看人生的独特视角。1942年底,张爱玲返回上海,以写作谋生。1943年5月,复刊后的《紫罗兰》第2期发表她的小说《沉香屑:第一炉香》,其卷头语认为张爱玲的小说颇受英国文学影响,又似脱胎于《红楼梦》,写得"很别致,很有意味"。张爱玲由此引起文坛注意,1944年8月、12月,她中短篇小说集《传奇》和散文集《流言》分别出版。短短一年半,张爱玲到达了她创作的巅峰时期,以在作家立场、艺术尊严和大众消费、市民趣味之间的沟通和平衡,表明了她在中国现代文学史上的独特意义和价值,也给后来的文学史留下了众多的话题。

从香港到上海,张爱玲的作品诞生在一个华洋杂处的租界文化环境中,这使得她"在传奇里面寻找普通人,在普通人里寻找传奇"的审美意向,更多融入了从西方现代文学那里接受的人类文明幻灭感的思想背景,从而表现出更浑厚的艺术力量。而作为一个女性作家,张爱玲"像鲁迅一样俯视着人类和人类文化,并且悲哀着人类的愚昧,感受着人性的苍凉"[1],这种"现代女性的气度,现代女性文化和女性文学的气度"[2]使她的小说对女性人格、父权社会都有着深刻剖析。当年被傅雷(迅雨)称为上海文坛"最美的收获之一"[3],后来又被夏志清称为"中国从古以来最伟大的中篇小说"[4]的《金锁记》,其"故事、人物,脱胎于李鸿章次子李经述的家中"[5],张爱玲对小说中人物的原型都有过感受和体验,因而写得真切,她以满腔的悲凉,写出了中国女性在旧家族、命运、女性自身精神重负等压力下人格的破碎。出身低微的曹七巧嫁入名门姜公馆,丈夫久患骨痨。在这场门第、金钱的交易中,七巧牺牲了自己正常的生活欲求,而只剩下一种焦灼的等待:用青春熬死丈夫,她自己拥有金钱后才好改变一切。15年过去,她心愿实现,却未料及自己也由此套上了黄金的枷锁。她害怕自己的财产被觊觎,逐走了自己钟情的姜家三少爷季泽。同时,她长期被压抑的情欲也以反常甚至残忍

---

[1] 王富仁:《中国现代短篇小说发展的历史轨迹》(下),《鲁迅研究周刊》1999年第10期。
[2] 同上。
[3] 迅雨:《论张爱玲的小说》,《万象》1944年7月号。
[4] 夏志清:《中国现代小说史》,复旦大学出版社2005年,254页。
[5] 张子静、季季:《我的姊姊张爱玲》,文汇出版社2003年,194页。

的方式寻求着出路。为了羁留住儿子长白,她用一种"疯子"的审慎和机智,逼死了儿子的两个太太。随后,她又不动声色地拆散了女儿长安和留德归国的童世舫的婚姻。当人类还没有完全摆脱野蛮的时候,曾有一种极其残忍的对待同类的行为:殉葬,此时却在曹七巧身上复活了,而且陪葬的是她自己的亲骨肉。张爱玲借助于心理分析,用一种绝少女人味的犀利冷静,描写了在姜公馆这样一个封建性和资本主义的文化交媾生出的怪异环境中,曹七巧被虐——自虐——虐子的过程,如何使她身上包括"妻性"、"母性"、"情人性"在内的女性人格完全破碎。当小说结尾出现那个有如毛姆小说一样恐怖的意象,"她摸索着腕上的翠玉镯子,徐徐将那镯子顺着骨瘦如柴的手臂往上推,一直推到腋下。她自己也不能相信她年青的时候有过滚圆的胳膊。就连出了嫁之后几年,镯子里也只塞得进一条洋绸手帕",七巧倔强的个性如何在那"金锁"的环境中,转化成了可怕的自毁力得到了深刻的揭示,对父权社会、女性人格的揭示抵达了历史、人性的深处。而这种对于父权社会"已达鞭挞死马的程度"的锋利批判,正是张爱玲自言的"中国新文学深植于我的心理背景"①的结果,由此表现出一种现代女性的气度。所以,正如1975年,美国纽约威尔逊图书出版公司出版《世界作家简介·1950—1970·20世纪作家简介补册》(World Authors 1950—1970, A companion Volume to Twentieth Century Authors)收入张爱玲的"自传"时的评价说,她"描绘的革命前的中国,在写得最好的时候,达到了超越时空的普遍性"。② 张爱玲在"自传"中也说,她"最关切的"的是新旧交替"之间那几十年:荒废、最终的狂闹、混乱以及焦灼不安的个人主义的那几十年"。③ 张爱玲敏锐抓住了曹七巧所处年代的种种变动,借因动乱而客居沪上的姜公馆,要曹七巧接受双重煎熬:封建性门第观念的歧视和资本性金钱交易的折磨。金钱在近代中国社会中既几乎改变了一切东方传统的观念,又与封建性结合压抑着人的本性,它在曹七巧身上唤起极其强烈的生活欲望,又将其内心冲突推至要毁灭一切的程度,从而构成了曹七巧身上强大的悲剧性力量,显示出人类的根本性困境。

雅俗间的对立、渗透、转化,构成五四以来中国文学发展的一条内在线索,张爱玲的创作是这一发展线索上的重要一环。她直言"对于通俗小说

---

① 陈子善主编:《记忆张爱玲》,山东画报出版社2006年,194页。
② 同上书,191页。
③ 同上书,193页。

一直有一种难舍的爱好"①,表示自己的文学追求在于"完全贴近大众的心,甚至于就像从他们心里生长出来的,同时又是高等的艺术"②。张爱玲从自己对传统现代人生的彻悟和艺术个性出发来努力沟通雅、俗两个艺术层面。她对传统市井小说的叙述模式运用自如,又自然杂糅进西洋现代小说的新技巧。《金锁记》在运用从《红楼梦》中化出的写实、抒情交融的叙述方式时,巧妙融入了电影蒙太奇、心理意象语言等手法来推进叙事,两者之间平衡得很有艺术氛围感。曹七巧的整个故事基本上是按照中国一般读者欣赏心理的结构顺序展开,同时也糅进现代小说的新手法,例如写七巧十年青春岁月在苦守苦盼中捱过来了:"风从窗子里进来,对面挂着回文雕漆长镜被吹得摇摇晃晃……。七巧双手按住镜子,镜子里反映着翠竹帘子和一幅金绿山水条屏依旧在风中来回荡漾着,望久了便有一种晕船的感觉。再定睛看时,翠竹帘子已经褪了色,金绿山水换了一张她丈夫的遗像,镜子里的人也老了十年。"电影蒙太奇手法的运用,在画面"淡出"又"淡出"中,巧妙揭示了人物的特定心境:七巧丈夫相伴、儿女绕膝的日子却无异于独守空闺,她只能对镜顾影自怜。这样一种利用人物晕船的感觉造成的生活画面的组接,不仅造成了叙述上的跳跃性,在一刹那凝聚起七巧漫长的苦捱,而且用简洁的文字,呈现出她强烈的生活欲望被压抑的内心世界。

　　张爱玲沟通雅俗的努力有着一种创作内核,那就是她骨子里的古典文化趣味同她作为现代都市人的感受和表达的深刻性的结合。由于始终自觉、全面地浸润于中国古典文学的传统,所以她在艺术表现的诸多层面上融化进各种传统文体的智慧,广泛汲取了《红楼梦》、《金瓶梅》、《海上花列传》等文人小说的营养,在旧小说笔调和现代艺术趣味的沟通中形成了自己的艺术个性。她对于传统士大夫文化的承传和对于市井巷里文化的把握这两者奇妙的杂糅,带来了其小说在古今意象、中西境界和谐交织中的成功,正如当时就有人称赞其小说"有似以中国画法画西洋画,特别有引人力量","小说滋味醇厚,像花雕酒陈而香"。③ 小说从题目到语言,尤其是氛围的营造、色彩的调配、比喻的选择,张爱玲都善于点化古意,提纯俗情,而对琐细的俗务、卑微的人物,她又有慧心独具的体验和充满仁厚的参悟,所以能于其中写出盎然情趣。她对中国典故的化用,对生活场景富有诗意的调

---

① 张爱玲:《不了情·前记》,见陈子善主编《沉香》,天津人民出版社2005年。
② 张爱玲:《我看苏青》,《天地》月刊第19期,1945年4月。
③ 记者:《〈传奇〉集评茶会记》,《杂志》13卷6期,1944年9月号。

动,那渗透苍凉情调的色彩感,那令人目不暇接的聪慧比喻,尤其是从瞬间感受化出的繁复巧妙的意象所含暗示的丰富性……这一切都显示出种种雅趣。张爱玲将其大多化用于编织故事的现代叙事功能中,又渗透于人物心理的映照中,呈现出一种新旧交融中而显得流畅、典雅、精巧的叙事风格。《金锁记》开篇那段文字一向为人称道:"三十年前的上海,一个有月亮的晚上……年青的人想着三十年前的月亮该是铜钱大的一个红黄的湿晕,像朵云轩信笺上落了一滴泪珠,陈旧而迷糊。老年人回忆中的三十年前的月亮是欢愉的,比眼前月亮大、圆、白;然而隔着三十年的辛苦路往回看,再好的月亮也不免带点凄凉。"一反传统比喻,张爱玲擅长用"人造之物"喻"自然之景",呈现出现代城市的审美趣味,这里的比喻,正是用"朵云轩"这一人为意象,将朦胧迷茫的月色渲染成一片凄楚苍凉的氛围,渗透出对七巧深深的悲怜。随后小说展开的七巧的命运就发生在几个月夜,张爱玲给这几个月夜都涂抹了清冷的色泽,静寂得使人深思。"窗格子里,月亮从云层里出来了,墨灰的天,几点疏星,模糊的残月,像石印的图画。"这是朦胧的月夜,朦胧的希望正在消失,生活的路变得模糊,七巧自立了门户,对金钱的占有、保护也使她开始施用专制的淫威,而这是用青春、人格的代价换来的。"隔着玻璃窗望出去,影影绰绰的乌云里有个月亮,一搭黑,一搭白,像个戏剧化的狰狞脸谱。一点,一点,月亮缓缓地从云里出来了,黑云底下透出一线烱烱的光,是面具底下的眼睛。天是无底洞的青色。"这里的色泽充满了隐喻,暗示出七巧心灵的沉沦、行为的扭曲,她整夜拉住儿子过烟瘾而让儿媳妇独守空房,这静谧的月夜,一头连着母子俩烟雾中的闲聊,一头紧紧锁住了一个无辜女子的世界,月夜弥漫出的恐惧暗示出七巧走不到尽头的夜。这些对月夜的描绘,都在都市体验和古典趣味的融合中显示出人物命运的苍凉感,是会让读者怦然心动的。

张爱玲的女性写作不仅深刻剖析着父权社会,让女性声音能由此浮出历史地表,还充分发挥着女性的艺术潜质,体现出"浮出历史地表"的又一含义。张爱玲在《我的天才梦》中特意提到,"对于色彩、声音、字眼,我极为敏感"。这其实是对女性创作的艺术潜质的自觉。写《金锁记》时,张爱玲还对人说过,她最喜欢新派的绘画。而《金锁记》就是在色彩、光泽、声音这些感性形式中融进了极其丰富的心理、情感内容,把女性的表现力发挥得淋漓尽致。如果拿色泽来比方七巧的话,其明亮的一面令人想到晚霞消失的暗红色,还透出些微亮光,但很快要被夜色吞没了;其阴暗的一面使人想到月光下树丛里的青灰色,阴郁但似乎又跃动着某些活力。色泽的感受,塑造出了七巧那样性格独异而又复杂的人物形象。《金锁记》中人物出现时,张爱玲都不仅如传统小说家那样,精心描绘人物外在的形态色彩,耐人寻味地暗示出人物性格,而且像一个善于调度、选择角度的现代画家,在人物周围配置一个色彩光泽和谐统一的环境,渲染特定气氛,揭示人物特定心境。例如,当七巧听到季泽小声叫她"二嫂!……七巧!"时,她第一次"沐浴在光辉里,细细的音乐,细细的喜悦……",体验到女性正常的感情;但即便此时,她也是脸上极小的一角沾着点光亮,因为她已习惯于戒备别人算计她的家产,而季泽正是为她乡下田产而来;就是这,如浓重的乌云,立时吞没了一刹那的光辉。自那之后,七巧整个人都浸没在阴暗中了。当她最后在那个家宴上出现时,张爱玲这样从色泽、光彩上描写她:"门口背着光立着一个小身材的老太婆,脸上看不清楚,穿一件青灰团龙宫织缎袍,双手捧着大红热水袋……。门外日色昏黄,楼梯上铺着湖绿色花格子漆布地衣,一级一级上去,通入没有光的所在。"这里,青灰是冷色,湖绿呈弱冷色,它们两者构成了这个画面的基色。而在那昏黄的日光的逆照下,更透出了一股凉气,使人觉得七巧身上消失的何止是青春,色泽揭示的正是一个"疯子"的灰暗浑浊的心理。《金锁记》中的色泽运用具有的神韵盎然的形象感,在张爱玲细腻的笔触中奇妙地聚合,深化着小说题旨,呈现出人物命运的悲剧性。

　　张爱玲后来把《金锁记》改写成长篇小说《怨女》,从题目、人物到情调、色彩,都有了很大变动,其中最重要的变化,是《怨女》更充分体现了张爱玲的审美追求:"我不喜欢壮烈。我是喜欢悲壮,更喜欢苍凉。壮烈只有力,没有美,似乎缺少人性。悲壮则如大红大绿的配色,是一种强烈的对照,但它的刺激性还是大于启发性。苍凉之所以有更深长的回味,就因为它像葱绿配桃红,是一种参差的对照。"①用此审美取向来衡量,曹七巧这一形象还是太"强烈"、太"刺激"。而《怨女》的心理描写更细腻柔绵,女主人公柴银娣的命运感更隽永苍凉,张爱玲对人物也更多了一些怜悯,整部作品"平淡而近自然"了。这种避开"善与恶,灵与肉的斩钉截铁的冲突"的"参差的对照"的写法,是张爱玲对于中国现代小说传统的丰富。

　　五四后的雅俗分流发展到20世纪40年代,似乎需要有一位才华横溢、新旧文学功底皆厚的作家来完成两者间的转化、沟通。张爱玲小说在从情调趣味到手法技巧的较大范围将中国传统小说同西方现代小说调和而成一种新的艺术境界的成功实践,表明她承当起了这一历史任务,当然,当时作

---

① 张爱玲:《自己的文章》,来凤仪编:《张爱玲散文全编》,浙江文艺出版社1992年,122页。

出这种努力的并不只是她一个人。

《铁木前传》

孙犁的中篇小说《铁木前传》最初发表于《人民文学》1956年第12期，随后于1957年和1959年分别由天津人民出版社和百花文艺出版社出版了单行本。在建国初期政治标准第一的文学场域中，孙犁的这篇小说显示出了独特的风姿：它在主流意识形态与知识分子的人道主义关怀中间表现出了一种游移。而这也使得这篇小说的主题呈现出一种多义和含混，具备了多重读解的可能性。

《铁木前传》以农业合作化运动为背景展开叙述，铁匠傅老刚和木匠黎老东在解放前是交情深厚的朋友。那时尽管日子非常艰难，但两人经过患难的考验，结下了深厚的友谊。黎老东的小儿子六儿和傅老刚的女儿九儿也在两小无猜的童年生活中彼此心生爱慕。土改中黎老东因为是贫农又是军属，所以分了较多较好的地，日子逐渐宽裕起来，黎老东也开始萌生了发家致富的雄心。而傅老刚依然安贫乐道，并且热心合作社的事务，于是一对老朋友友情的决裂便不可避免了。同时决裂的还有六儿跟九儿那曾经朦胧的美好感情。六儿长大后成了一个拈轻怕重喜好玩乐的小伙子，他喜欢的小满儿也是一个充满青春热情但却不求进步的年轻姑娘。而长大后的九儿却加入了青年团，积极追求进步，跟六儿的哥哥四儿比较志同道合……

作品发表之后评论界对于这篇小说的读解显得众说纷纭。1962年，冯健男发表文章，认为"孙犁在《铁木前传》中通过铁匠傅老刚和木匠黎老东友谊的分化，揭示了农村阶级斗争分化的必然性和两条道路斗争的滥觞，表现了又一位作家的独创性"①。之后对于《铁木前传》的评价尽管偶有说法上的不同，但大都没有超出"反映两条路线斗争"的格局。到1995年郭志刚的《孙犁评传中》则将这种观点向前推进了一步，认为这部小说"固然揭示了五十年代初期农村贫富分化的现象，以及在此基础上产生的种种矛盾，但它涉及的道德、伦理与教育等范畴中的古老课题，今天的人们将更感兴趣，似乎也更有永久价值。"②而此前的1991年，赵军也在一篇文章中认为小说"是通过黎老东与傅老刚友谊的破裂，小满儿的游戏人生，六儿的游手

---

① 冯健男：《孙犁的艺术（中）——〈铁木前传〉》，见刘金银、房福贤编《孙犁研究专集》，江苏人民出版社1983年，198页。

② 郭志刚：《孙犁评传》，重庆出版社1995年，194页。

好闲,着重谈了随着生活的演进,他们的生活道路、思想意识发生变化的历史原因,进而写出了长期以来积淀在中国农民身上的传统意识及其消极落后的影响;写出了他们复杂矛盾的生活原貌,沉重的历史负载和陈旧的传统积习对他们的束缚"①。2005年李永建认为在小说的深层"尚弥漫着另外一种情调,即忧郁、悲凉的色彩。这种情调发之于作者个体的生命深层,同时又寄之于政治题材,它是特定时代的产物……包含两个内容,即对童年的迷恋和人生失落感。这两点既各自独立、相互对抗,又相互联系。"②

在1979年,作者本人在回答阎纲的通信中,也曾谈及这篇小说的创作初衷。孙犁说:

> 这本书,从表面看,是我一九五三年下乡的产物,其实不然,它是我有关童年的回忆,也是我当时思想感情的体现。
>
> ……
>
> 我的写作习惯,写作之前,常常是只有一个朦胧的念头。这个念头,可能是人物,也可能是故事,有时也可能是思想。写短篇是如此,写长篇也是如此。事先是没有什么计划和安排的。
>
> 《铁木前传》的写作也是如此。它的起因,好像是由于一种思想。这种思想,是我进城以后产生的,过去是从来没有的。这就是:进城以后,人和人的关系,因为地位,或因为别的,发生了在艰难环境中意想不到的变化。我很为这种变化所苦恼。
>
> 确实是这样,因为这种思想,使我想到了朋友,因为朋友,使我想到了铁匠和木匠,因为二匠使我回忆了童年,这就是《铁木前传》的开始。
>
> ……
>
> 小说进一步明确了主题,它要接触并着重表现的,是当前的合作化运动。③

尽管作者本人说小说"要接触并着重表现的,是当前的合作化运动",但实际上,跟孙犁以往的许多作品一样,在《铁木前传》中合作化运动只是作为一个背景展开,作品的笔墨并没有着重放在正面表现合作化运动上。这种处理方式也是孙犁处理文学作品与现实政治的一贯做法。因为他认为文学作品反映政治并不意味着简单图解政治概念与政治口号,政治是会对

---

① 赵军:《〈铁木前传〉的主题思想新探》,《张家口师专学报》1991年第1期。
② 李永建:《解读〈铁木前传〉的深层意蕴》,《中国现代文学研究丛刊》2005年第3期。
③ 孙犁:《关于〈铁木前传〉的通信》,见《铁木前传》,花城出版社2010年,108—109页。

现实生活产生影响的,文学作品反映现实,自然也就反映了政治:"政治作为一个概念的时候,你不能做艺术上的表现,等它渗入到群众的生活,再根据这个生活写出作品。当然作家的思想立场,也反映在作品里,这个就是它的政治倾向。一部作品有了艺术性,才有思想性,思想溶化在艺术的感染力量之中。那种紧跟政治、赶浪头的写法,是写不出好作品的。"①可见,孙犁对于当时流行的"政治标准第一,艺术标准第二"的评判原则是有着跟主流不同的理解的,也可以说是体现出一种矛盾。在当时的社会文化语境中,一方面他不能不"听将令",努力去紧跟政治风云变幻,另一方面,他也不愿放弃自己对艺术的追求。或者用杨联芬的话来说,他从来就是一位"革命文学中的'多余人'",因此《铁木前传》这部小说"以叙述上难以自圆的艰涩,突出地体现了50年代中期孙犁精神上的巨大危机"。②

在人物设置上,《铁木前传》显然受到了当时流行的人物设置模式的影响,那就是围绕热衷个人发家致富、走资本主义道路和热衷人民公社事务、走社会主义道路这两条路线之间的对立与斗争设置两组个性对比鲜明的人物。傅老刚、四儿、九儿与黎老东、六儿、小满儿分别代表着"正"与"反"、"进步"与"落后"两方。聚集在两组主要人物周围的又分别有锅灶等进步人物和处于对立面的杨卯儿、黎七儿、黎大傻夫妇等落后人物。黎老东土改之后就一心想个人发家致富,固执地"按照老理儿"过日子;六儿空有一副好皮囊和灵活的脑筋,干活拈轻怕重只想吃巧食,而且还玩鸽子、玩鹰,拒绝参加青年团学习会、拒绝进步;小满儿聪明伶俐、精神饱满、充满青春活力,却也是逃避学习,不求进步……按照当时主流的价值观,这都是些应该加以批判的"落后分子"。热衷集体事务、克己奉公、响应上级号召坚决走合作化道路的四儿、锅灶以及傅老刚父女才是应该大力肯定、正面歌颂的正面人物。而在小说中,我们固然可以发现作者对这种当时的主流价值标准的接受和宣传,但更多时候作者对主流价值观所表现出的则一种矛盾与含混的态度。这主要体现在对小满儿这个人物形象的塑造以及对九儿爱情观的评价上。

小满儿是小说中最为饱满的一个人物形象。她年轻漂亮、聪明伶俐、充满青春活力,同时又狡黠泼辣、善弄心机、千方百计逃避学习进步。她身上

---

① 孙犁:《文学和生活的道路——同〈文艺报〉记者谈话》,见《铁木前传》,花城出版社 2010 年,116 页。

② 杨联芬:《孙犁:革命文学中的"多余人"》,《中国现代文学研究丛刊》1998 年第 4 期。

既有单纯善良的一面,也有果敢野性的一面,洋溢着一种独特的魅力。"任何认生或是任性的孩子,到了小满儿的怀里,也会高兴起来的,孩子的脸也会叫她的充满青春热情的面孔,陪衬得更为出色。"甚至那些去批评教育她的妇女干部都"有些喜欢她",从而口气严厉不起来。而且"不管多么复杂的花布,多么新鲜的鞋样,她从来一看就会,织做起来又快又好。她的聪明,像春天的薄冰,薄薄的窗纸,一指点就透。高兴的时候,她到菜园里生产,浇起园来,可以和最壮实的小伙子竞赛,一个早晨把井水浇干。她可以担八十斤的豆角儿走出十里去上市……"然而就是这样一个聪明伶俐充满活力的姑娘却过着一种在当时的主流价值观看来是"放荡的生活方式",为此作者惋惜地说:"她的青春是无限的,抛费着这样宝贵的年华,她在危险的悬崖上回荡着。"也让村里的一些老人在称赞她之余,"希望有一种力量,能把她引纳到人生的正轨上来"。这体现出了作者在价值立场上的一种两难境地,一方面,掩饰不住对小满儿的欣赏与赞叹,另一方面,他又不得不依据当时的主流价值观对小满儿的"放荡生活方式"和不上"正轨"表示出惋惜。

对于九儿跟六儿的爱情决裂,作者的价值评判同样是含混的。长大归来后的九儿发现六儿已经不再是当年那个两小无猜的玩伴了,六儿的偷奸要滑、不求上进都是跟九儿的追求背道而驰的。九儿虽然失望,但还是希望改造六儿,"帮助他进步"。然而当她意识到自己的努力在六儿身上丝毫不起作用,而且六儿显然已经爱上了同是落后分子的小满儿时,作为正面人物的九儿必须重新思考自己的爱情观了,而这种爱情观当然是主流价值观认可的爱情观。既然六儿无可救药,那么九儿就必须毅然决然地放弃六儿,坚决不能同这个落后分子同流合污,而是一如既往地追求进步。这才是一个进步青年的正确选择。所以作者让九儿对爱情做了一番思考:"她严肃的思考:它的结合,和童年的伴侣并不一样,只有在共同的革命目标上,在长期协同的辛勤工作里结合起来的爱情,才能经受得起人生历程的万水千山的考验,才能真正巩固和永久吧……"然而这种带有浓重说教意味的思考却显然难以平复九儿内心的那种失落和痛苦。无论是对小满儿这个人物的塑造还是对九儿失去爱情后态度的描写,都体现出了作家心中两种价值观的矛盾冲突。一种是主流的价值观,代表着当时普遍认为的正义与进步,使他必须对小满儿的"落后"进行批判,让九儿和六儿的爱情决裂更像是九儿深思熟虑之后的一种正确抉择。另一种则是充满人道主义和人性关怀的知识分子个体价值观,他难掩对充满青春活力的小满儿的欣赏和赞美,也无法回避一个年轻姑娘失去青梅竹马的爱情之后的那种痛苦和彷徨。而显然,在小说中后一种价值观常常占据上风,这才使得应该作为反面人物进行批判的小满儿、六儿等人的形象异常鲜活饱满,而作为正面人物的四儿、九儿等人则较为灰暗扁平。

当然,或许正是这种在当时受到严重压抑的带有强烈人道主义关怀的知识分子个体价值观在《铁木前传》中获得了相当的保存,才使得这部带有鲜明时代印记的小说在时过境迁之后仍然焕发出充足的魅力。而这样一种人道主义关怀在当时并不具有叙述的合法性,并且随着反右运动及"文革"的展开也越发没有了生存的土壤。也或许这个才是原本该有的小说续篇《铁木后传》最终无法问世的根本原因。

《酒徒》

《酒徒》的作者刘以鬯(1918— ,浙江镇海人,原名刘同绎)一生著述多达三千万字,其中不乏精品佳作,被视为香港文学中最有影响的小说家。《酒徒》1962年开始在香港报纸连载,1963年出版单行本,再版多次;2000年入选香港《亚洲周刊》组织评选的"20世纪中文小说100强"和中国大陆的人民文学出版社等组织评选的"百年百种优秀中国文学图书";2010年又在香港被拍成电影。《酒徒》作为20世纪五六十年代最好的长篇小说之一,已得到文学史的充分肯定。

刘以鬯长期进行实验小说的探寻以求摆脱小说的生存危机。他的实验小说大致有两类。一类是运用现代派小说的手法、技巧,融合不同的艺术因素,拓展小说的艺术世界,在揭示生活的荒诞和灵魂的隐秘中显示出新颖独特的审美感受;另一类实验小说是以现代人的感觉、观念和新的手法重新剖析、诠释古典题材的"故事新编"。《酒徒》属于前一类小说的成功之作。小说以一个良知未泯的职业作家在金钱至上的香港社会中时醉时醒、佯醉真醒的状态表达了对香港人文生态危机的剖析和批判,和人物的灵魂忏悔。香港都市的声色生活,在小说的意识流技巧中被呈现得酣畅淋漓,而小说在心理时间与象征符号叙事结构中仍保留相当完整的情节,人物在现实和潜意识世界之间出入的线索也清晰可辨,虽然有人比刘以鬯更早从事意识流小说创作,但《酒徒》却由此被人称作中国第一部长篇意识流小说,探索内心真实的东方意识流小说。

要把握《酒徒》,自然需要了解20世纪现代主义思潮背景下意识流小说的发生发展。

"意识流"一词最早出自美国心理学家威廉·詹姆斯1980年出版的

《心理学原理》,指人的意识是连续不断流动的过程,而不是片段的衔接。佛洛依德精神分析学说提出的人的潜意识和自由联想理论极大影响了意识流小说的诞生。意识流小说开掘人的潜意识世界,往往通过自由联想的心理活动,铺陈故事情节,设置叙事脉络。此外,20世纪法国哲学家柏格森的思想也滋养了意识流小说。意识流小说依据柏格森的"直觉"理论,以非理智或理性的"直觉"展开对人物内心世界的描绘;又依据柏格森关于时间的"绵延"概念,即"在'绵延'的时间中,过去与现在是交错融合的,像是川流不息的河水,可以互相渗透",将作品中意识的流动穿梭于过去与现在之间。意识流小说在1920年代兴起于欧美,法国作家普鲁斯特的《追忆逝水年华》(1913—1927)、爱尔兰作家乔伊斯的《尤利西斯》(1922)、美国作家福克纳的《喧嚣与愤怒》等意识流小说都被视为20世纪世界文学名著。

《酒徒》中的"酒徒"是个卖文为生的作家,其时醉时醒的日常状态反映出他内心的分裂、人格的矛盾。他学养有成,知识渊博,视野开阔,挚爱文学,但又时时屈从于现实的压力,平时不仅常常饮酒买醉,亦时而与风尘女子(丽丽、司马莉、杨露等),甚至"包租婆"那样的半老徐娘纠缠不清。他的内心分裂集中表现在他卖文为生的生涯上。他钟情纯文学,明了香港社会一旦沦为"文化沙漠"的严重性,一度和青年友人麦荷门合力创办《前卫文学》,要在香港文坛播散"合乎现代要求而能保持民族作风民族气派的新文学";但同时,他又明知虽然"黄色文字""是害人的东西",但"为了生活,不能不写"。小说对照性地写到"酒徒"的两篇小说的构思。一篇是《海明威在香港》,讲述贫病交加的海明威在香港拒绝出版商要他写武侠小说的约稿,苦心写成《再会吧,武器》、《丧钟为谁而鸣》等日后流传的小说却流落街头,但"他的写作欲依旧像火一般的在内心熊熊燃烧"。冬晨,回家的舞女在楼梯底发现一具尸体,警察赶来,发现死者手里紧握一本原稿,题目是《老人与海》。这篇小说的构思包含着"酒徒"对文学的执著、痴迷。另一篇小说是《潘金莲做包租婆》,写女工出身的潘金莲做了包租婆后,温饱思淫欲,整篇小说要"以十分之九的字数去描述潘金莲与男房客的性爱生活","不必构思,不必布局,不必刻画人物,更不必制造气氛,只要每天描写床笫之事,就不愁骗不到稿费。"这里,"酒徒"完全堕落为一个无德文人,远离了文学世界。作为意识的构思差异淋漓尽致地呈现了人物的内心分裂。

《酒徒》描述人物内在思绪与意识活动时,采用的是"直接内心独白",即以第一人称"我"来展开作品中人物的内在思绪与意识活动(意识流小说采用的另一内心独白方式"间接内心独白"则是以第三人称来叙述作品人物"他"或"她"的内心活动和经历)。与一般意识流小说不同的是《酒徒》设置了"我"的三种精神状态,酒醉之后、梦境之中、清醒之时,这样展开的内心独白在不同精神状态中穿梭,"我"的意识和潜意识互相交织、映现,强化了"我"的内心冲突,也凸显了香港环境与"我"之间互依互存而又激烈冲突的情景。有意味的是,"我"在酒醉、梦境之中所吐的真言往往不乏对社会的犀利批判和对人生、文学的真知灼见。例如,第27章以"我醉了"开始,以"我醉了"终结,行文跳跃性大,甚至杂乱无序,颠三倒四,全然是酒醉之状,然而所言却处处见深刻的批判之意,如"排长队兑辅币。有钱能使鬼推磨,没有钱的人变成鬼。有了钱的鬼忽然变成人。这是人吃人的社会。这是鬼吃人的社会。这是鬼吃鬼的社会","中国陷于文化黑暗期。……从事严肃文艺工作的作家越来越少了。也许一百年后,政府会尊重作家们的著作权的"。这些"醉语"在揭露香港社会经济转型,进入工商社会时物欲横流、金钱至上的现实中也深刻揭示了社会堕落与文化黑暗之间的关系。

刘以鬯在香港社会长期卖文为生,以"娱乐他人"和"娱乐自己"的创作策略闻名于文坛。而他写《酒徒》,"只是想写一本与众不同的作品"来"寻找自己","娱乐自己",所以《酒徒》的自传性更多地表现为作者精神的追求。"酒徒"酒醉、睡梦之中的胡言、狂言,往往有着真知灼见,其中言及中国文学的不少言论在深层次上呼应着三四十年代中国文学的传统。刘以鬯曾直言,他写《酒徒》的一个动机就是,"我对'五四'以来的新文学有一些看法","有些优秀作家如端木蕻良、台静农、穆时英等的作品,竟有一个很长的时间没有得到应有的重视"①。对沈从文、张爱玲、师陀、端木蕻良的推崇,经常出现在"酒徒"的醉话、梦境中,跳跃性的思维反而映现出沈从文等代表的五四新文学的不可泯灭性,显示出刘以鬯试图通过"酒徒"这样卖文为生的作家在五六十年代的香港接通与三四十年代中国文学传统的联系的深意。要知道,《酒徒》提及的五四中国作家,在1949年后的中国大陆已集体消失,他们的重新出现要在《酒徒》诞生20年后,而此时的《酒徒》几乎称得上用小说人物语言完成了一部具有历史传承性和文学开放性的新文学史。

《酒徒》在提及中国文学传统时有很多值得回味的地方。例如,"酒徒"认为鲁迅的《阿Q正传》是"可以与海明威的《老人与海》相提并论"的"杰作"。《老人与海》1952年在美国出版,而它的中译本最早就是在香港完成、

---

① 刘以鬯:《我为什么写〈酒徒〉》,《文汇报·文艺》第842期,1994年7月24日。

出版的。把中国新文学的开山之作和1950年代的诺贝尔文学奖作品相提并论，"酒徒"之意正在于揭示中国新文学传统是走向世界的最有效途径。又如，"酒徒"的"文学史叙述"有很强的香港"在地性"，"酒徒"提得最多的中国作家是端木蕻良，这大概不仅因为端木蕻良的创作成绩，还因为他旅居香港时"为香港文学的发展做了不少事情"，包括创办"内容丰富，形式优雅"的《时代文学》①（刘以鬯认为"三十年代最值得注意的作家"是穆时英②，也是着眼于其都市写作对于香港文学的启发性）。再如，"酒徒"极为关注的是40年代中国作家的传统，他极其敏锐地觉察到张爱玲的小说"以章回小说文体与现代精神糅合在一起"，认为师陀的"最佳作品"应该是他创作于上海沦陷时期的《果园城记》，其中的《期待》"应该归入新文学短篇创作的十大之一"。刘以鬯自己一直十分看重40年代中国文学，他很早就跟司马长风说过，写新文学史"值得重视而未被重视的作家"是刘盛亚、丰村、路翎③，而这几位都是40年代成名的青年作家。这种看重正是出于对50年代香港文学继承性的思考。还有，"酒徒"在述及鲁迅、曹禺、沈从文、李劼人等的"应该受到重视"的传统时，提及了"像痖弦那样的新锐诗人"。1949年，痖弦还是河南豫衡联中的流亡学生，漂泊到了台湾。1959年9月，香港出版了痖弦的第一本诗集《苦苓林的一夜》（同年台湾创世纪诗社版名为《痖弦诗选》），收入他的成名作《深渊》，其现代感觉犀利，生命内在的开掘深入，一时从者甚众。《酒徒》的反应如此快捷、敏锐，几乎同时就将痖弦置于五四文学传统的脉络中予以推荐。这种接通50年代香港文学与二三十年代中国文学传统联系的用意是极为明显的。当三四十年代文学延续五四而形成的多种传统在中国大陆第一次文代会报告中消失时，香港文坛却对三四十年代文学作出了全面接纳，避免了其在单一意识形态中被遮蔽的命运。《酒徒》借意识流小说的技巧，完成了对于五四文学传统的继承，其意义是不可忽视的。

刘以鬯笔下的现代主义具有极强的"在地性"。他视"形式是文学的本质"，要"在小说创作上探讨一种现代中国作品中还没有人尝试过的形式"④。但他同时又强调创作要"扎根于自己的土地上"，"使作品流着自己

---

① 刘以鬯：《端木蕻良与〈时代文学〉》，《文学世纪》4卷9期，2004年9期。
② 刘以鬯：《我所认识的司马长风》，《香江文坛》第26期，2004年2月。
③ 刘以鬯：《随笔三则》，《香江文坛》创刊号，2002年1月。
④ 八方编辑部：《知不可为——刘以鬯先生谈严肃文学》，《八方文艺丛刊》6辑，1987年8月。

的血"①,他的作品始终扎根于香港的土地,涌动着创新的心血。他的种种实验性小说,无论是意识流、故事新编,还是"反小说"、诗体小说,其实都是在探索用各种现代小说形式留摄香港社会现实,开掘香港文化资源,所有的形式实验性几乎都孕成于香港社会现实的触动、启发中。这种对香港社会的敏感成就了刘以鬯小说的现代实验性,并由此产生了一种成熟的东方现代主义。《酒徒》使用意识流手法,就是着眼于突出人物在香港都市生活环境刺激下复杂错综的个体感受,其所言所思几乎都是由"香港这个地方"、"像香港这样的地方"、"香港人"等引发的,"武打小说"、"四毫小说"、"国语电影"等香港制造及其反映的香港现实成为人物意识流的主要驱动力,所以即便人物思绪上天入地,跳跃升腾,但仍在亲切的叙述中让人可辨。东方式的富有诗意的意象和比喻,又常常被用来表现人物意识的流动,这使《酒徒》的意识流呈现少了乔伊斯、福克纳小说的艰涩和狂乱(刘以鬯曾述及乔伊斯、福克纳等都是他非常崇拜的作家),而多了行文的明净、适意,甚至进入了一种都市诗化小说的意境。在意识流小说的创作上,刘以鬯远比30年代的新感觉派小说要显得深刻。

  《酒徒》与电影有两次结缘。香港著名导演王家卫的电影《2046》改编自《酒徒》,成为他电影生涯中的重要作品。2010年,香港新进导演黄国兆改编的电影《酒徒》上映,电影文学剧本也由香港文学评论出版社出版。刘以鬯表示:"黄国兆的剧本非常忠于他的原著,拍出来的影片亦捕捉了小说约七八成的神髓。"电影《酒徒》对于原著的忠实,最重要的表现是保留了原著相当多的文学因素,不仅用电影形式生动表现了原著的意识流内容,加强了"酒徒"和那个一心要走纯文学道路的青年麦荷门的为文生涯,就连原著提到的诸多中外现代作家,从海明威、普鲁斯特、托尔斯泰、乔伊斯到鲁迅、巴金都提及了(刘先生书桌上的鲁迅像在影片中也出现了),1960年代的香港环境、氛围、情调在布景、服装、道具和生活细节等方面以鲜明丰富的画面感得到细致的复原。同时,影片不以床笫之事制造"看点",表现"酒徒"与舞女杨露及司马莉、王师奶等女性的"性场景"都相当含蓄。对于这些可能会影响影片上座率的"保留","香港的文学界几乎是一致赞赏,影评界亦褒多于贬,一般没有看过原著的观众亦不认为是闷艺,甚至有年轻观众觉得娱乐性丰富"②。从观众实际反映看,这部"文学影片"受欢迎的程度不低,曾

---

① 刘以鬯:《现实与幻想》,《素叶文学》第14、15合期,1982年11月。
② 秀树:《电影〈酒徒〉与〈挪威的森林〉的比较》,《文学评论》(香港)2011年2月号。

受邀参加北京新人电影节,作为开幕电影在北京大学上映,在内地的豆瓣网站得分6.7分(满分10分),在 IMDB 国际电影网站得分7.1分(满分10分);尤其在香港的 HK Movie 网站,得分4.1分(满分5分),明显高于同时期在香港上映的,由威尼斯电影节金狮奖得主、法籍越南导演陈英雄以过亿制作费(《酒徒》制作费为四百万港元)拍摄的电影《挪威的森林》2.8的得分。① 《酒徒》的成功改编,为商业消费社会中文学性的保存、表现提供的发人深省的思考,起码说明了刘以鬯写作"娱己"和"娱人"也可以有某种相通,反映出香港作家、电影艺术家沟通雅俗的努力。

《游园惊梦》

白先勇创作中最重要的一本小说集《台北人》出版于1960年代,当时他已从台北移居美国。《台北人》曾高票入选"台湾文学经典30部"、"20世纪中文小说100强"、"百年百种中国文学优秀作品"等,在中国大陆、台湾、香港、海外都持久受到广泛好评,被译成英、法、德、日、韩等多种文字,被誉为"杰出的""伟大的"小说②。《游园惊梦》就是《台北人》的代表作之一,被人称道为"中国文学史上,就中短篇小说类型来论","最精彩最杰出的一个创造"③。

白先勇1957年考入台湾大学外文系,在该系教授夏济安的支持下,跟同窗好友创办了《现代文学》,积极倡导现代主义文学思潮,并开始小说创作。他创作《台北人》时经受了母亲病故等痛苦,从家事的变迁、异国的羁留中体悟到个体生命的脆弱、不可知,因此很自然地转向传统,转向民族文化去寻求永恒,去求得自身求生意志、灵魂感应能力跟文化母体的永恒合一,由此进入了"一种天地悠悠之念,顷刻间,浑浊的心境,竟澄明清澈起来",甚至由此"感到脱胎换骨"④的心境。在这种"天地悠悠之念"中产生了白先勇对"中国文学的最高境界"的全部追求:"从屈原的《离骚》到杜甫的《秋兴八首》所表现的人世沧桑的""苍凉感","《三国演义》中青山依旧在,几度夕阳红"的历史感以及《红楼梦》"好了歌"中"古今将相在何方,荒

---

① 秀树:《电影〈酒徒〉与〈挪威的森林〉的比较》,《文学评论》(香港)2011年2月号。
② 尹玲:《研悲情为金粉的歌剧——白先勇小说在欧洲》,《白先勇文集》第3卷,花城出版社2000年,355页。
③ 欧阳子:《〈游园惊梦〉的写作技巧和引申含义》,白先勇《白先勇文集》第2卷,花城出版社2000年,367页。
④ 白先勇:《蓦然回首》,《白先勇文集》第4卷,花城出版社2000年,11页。

冢一堆草没了"的无常感。对这种文学境界的追求和对现代小说艺术因素的借鉴化用两者融合在一起，构成了白先勇的小说世界。《游园惊梦》正是这种小说世界的完美表现。它讲述守寡多年、失去了昔日荣华富贵的钱夫人从台南到台北赴旧日至交宴会，借昆曲名剧《游园惊梦》营造出一种今昔对比的生命无常感，又以现代小说的意识流等技巧让小说人物在一场盛宴"游园"中备尝"惊梦"之味，呈现出命运的悲凉感。

白先勇的同窗至交欧阳子1970年代论析《游园惊梦》时说："小说主题原是所谓'小说形式'（Form of Fiction）中之一有机因素，和小说写作技巧有不可分离的关系（我国国内一些文学评论者，常把小说形式和内容当做两回事来评价，因而有'写作内容比技巧重要'等的言论口号。这却是完全忽略了小说内容和形式的一体性）。"读《游园惊梦》，正是要充分重视"小说内容和形式的一体性"，甚至要把小说主题看做小说形式的有机因素，来分析小说形式的变化如何产生出新的内容。

小说题为《游园惊梦》，小说结构也分为"游园"、"惊梦"有分有合、穿插紧密的两部分。"游园惊梦"一词源自明代戏剧家汤显祖之名作《牡丹亭》第十出《惊梦》，分"游园"、"惊梦"两出，前者讲杜太守之女杜丽娘春日游花园，芳心顿开；后者讲杜丽娘回房入睡，梦中与从未谋面的书生柳梦梅交欢，后来杜丽娘为此事忧郁而亡。小说以钱夫人在窦公馆的见闻触动往事完成"游园"的叙事，而当轮到钱夫人唱《惊梦》一出时，她却已沉入自己"只活过那么一次"的往事中，新鲜活泼的意象、炽烈大胆的象征，在自然流畅的衔接中回溯了当年钱夫人与钱将军的副官郑彦青的幽会交欢，以此完成了"惊梦"。两种"游园"、"惊梦"丝丝入扣地呼应、汇合，不断生发出丰富的意蕴，深化着"人生如梦"的题旨。例如窦公馆盛宴上的那场夜戏，"就是当年梅兰芳和金少山也不能过的"，似乎一切还如往昔的金碧辉煌，但夜戏结束，钱夫人见到的却是"变得我都快不认识了"的台北，小说于此戛然而止，"梦"中霍然惊醒的感慨深深渗透进现实生活。

《台北人》所题"朱雀桥边野草花，乌衣巷口夕阳斜。旧时王谢堂前燕，飞入寻常百姓家"（刘禹锡《乌衣巷》），暗示出小说集有着深深的历史隐痛，然而白先勇对父辈（他是白崇禧之子）所经历的民族兴衰、政治纷争的体悟，已摆脱了其国民党将领后代的身份，将时代的忧患转化为生命的追寻。他说，《台北人》写的是"人对流逝的时间的怀念与追求"，只是"其中还加上一点历史"①,这使得《台北人》孕蓄的社会、历史意识最终进入了如欧阳子所言的"今昔之比"、"灵肉之争"、"生死之谜"的时空意识,白先勇的"脱胎换骨"成为艺术生命的深刻蜕变。《游园惊梦》涉笔于国民党官宦将领之家,所写隐痛却是作为生命无所依托的流放者,既被剥夺了过去的记忆,又丧失了未来归宿,而彻底与他自身生活分离了的荒谬感。小说中的钱夫人和窦夫人,虽一个凄清冷寂(钱夫人艺名蓝田玉,当年"才冒二十岁"就是南京名噪一时的昆曲名角,国民党赫赫有名的大将军钱鹏志在得月台听她唱《游园惊梦》后,把她娶为"填房"伴自己晚年。钱鹏志过世后,钱夫人也门庭冷落。孤身居于台南),一个"大金大红"(窦夫人艺名桂枝香,"懂世故","再也找不出第二个人来",当年"委委屈屈做了窦瑞生的偏房",等到来台湾后窦瑞生"官大了",她也"扶了正",就"雍容矜贵起来"),但两个人作为昔日的昆曲名角,都已经离开了舞台,"演员和舞台之间的分离,真正构成荒谬感"(加缪语)。不仅如此,她们还都被自己的亲妹妹抢夺过男人。尽管窦夫人那个享尽荣华富贵的宴会在欢笑和乐趣中被勾画成一个永恒的仙境,不断引发着钱夫人的"梦游",但两个人实际上都已成为"人生如梦"的诠释,小说中比比皆是的比喻、暗示、反讽、双关等,都不断让人感受到,一切富丽堂皇的气派,辉煌鲜明的色彩,都将变成一场梦,这是一种真正的历史沧桑感,一种属于所有人类的历史沧桑感。

《游园惊梦》中的沧桑感还来自白先勇对包括昆曲在内的中国传统文化艺术衰微命运的关切。白先勇对昆曲所包含的中国文化内涵魂系梦萦,甚至刻骨铭心,半个世纪后终于促成昆曲走进了包括北大在内的中国大陆高校。而在《游园惊梦》中,他借昆曲名剧《牡丹亭》,表达了他的文化焦灼感。小说中的钱夫人艺名"蓝田玉",自然有蓝田美玉之高贵、美丽的意味,当年唱《游园惊梦》"便是梅兰芳也不能过的",多少年后还被人称为"得了梅派的真传"的"真正女梅兰芳"。这些都暗示出钱夫人作为传统文化的代表。然而,当年在南京钱公馆和今日在台北窦公馆,即便场所都"灯火通明,亮得好像烧着了一样",钱夫人临到唱《游园惊梦》,却"嗓子哑了",甚至在意识中唱到"泼残生除问天"时,产生了天塌地陷之感:"除问天——完了……天——完了——天——天——天——",这些意识的流动足以传达出文化失根的意味,在人物深重的心灵苦味中透露出失落的中国文化的悲哀,而昆曲盛衰历史的暗喻意味也显得丰富异常。

---

① 白先勇:《第六只手指》,台湾汉华文化事业公司1988年,27页。

《游园惊梦》是一部需细读的作品。小说处处弥漫着怀旧心绪,例如小说开头就写到的钱夫人对镜打量自己穿着时的心理,台湾的衣料"光泽扎眼","哪里及得上大陆货那么细致,那么柔熟?"之后又写到宴席上喝酒,尽管"酒暖得正好",但"台湾的花雕到底不及大陆的那么醇厚",饮下去竟"有点割喉"。在这些今不如昔的对比中,钱夫人似乎处处在怀念那个逝去的年代。然而,小说中更多的是呈现"外表看来与过去种种相符或相似的形象和活动",①例如众多人物,现今窦公馆的程参谋"酷似"昔日钱将军的副官郑参谋,才搅动了钱夫人的记忆,乃至潜意识里的东西,使她重温旧日之梦;又如窦公馆酒席上的票友杨先生,"真是把好胡琴,他的笛子,台湾还找不出第二个人来",呼应着当年钱夫人宴会上全南京的"第一把笛子吴声豪",营造出昔日知音还在的氛围。这样描绘出的今和昔在矛盾中充满了艺术张力,不仅有着对一个时代终结的感慨,更有着对人们沉溺于自欺欺人中的嘲讽。

白先勇小说的现代技巧是娴熟多样的,《游园惊梦》中反讽、隐喻、双关等手法的运用都到了炉火纯青的地步。例如小说开始,钱夫人出现在窦夫人的前厅里,穿衣镜旁"一只观音樽里斜插了几枝万年青",而当钱夫人"往镜里瞟了一眼",就感到自己所着旗袍"颜色有点不对劲",再看"竟有点发乌"。此时,"万年青"就成了绝好的反讽,而这种反讽贯穿于小说始终,深化着小说的题旨。欧阳子称"暗示或隐喻的巧妙运用,是白先勇在文学创作艺术上最大的成就和贡献,可是不幸这却也是最未受人注意和赏识的一点"。②大家在阅读这篇小说时,不妨独立地展开对小说中意象、隐喻、暗示、双关等手法的分析,更深入地进入《游园惊梦》的艺术世界。1960年代的《台北人》能成为日后长久被人们传阅、记忆的作品,很大程度上得力于其小说形式上的成就,白先勇也由此被称为"当代短篇小说家中少见的奇才"(夏志清语)。

《棋王》

《棋王》的作者阿城1949年生于北京。1968年去山西、内蒙古下乡插队,后来又去云南农场。1979年回北京,先后在中国图书进出口公司、《世界图书》杂志社工作。1984年发表处女作中篇小说《棋王》,引起了广泛的

---

① 欧阳子:《〈游园惊梦〉的写作技巧和引申含义》,《白先勇文集》第2卷,370页。
② 同上书,390页。

注意。此后又发表了《树王》、《孩子王》、《遍地风流》等作品。1980年代后期定居美国。后来又出版了《威尼斯日记》、《闲话闲说——中国世俗与中国小说》、《常识与通识》等作品。

《棋王》写的是棋呆子王一生"文革"期间在云南农场成为棋王的一段经历。

《棋王》的开篇写道：

> 车站是乱得不能再乱，成千上万的人都在说话。谁也不去注意那条临时挂起来的大红布标语。这标语大约挂了不少次，字纸都折得有些坏。喇叭里放着一首又一首的语录歌儿，唱得大家心更慌。

首句与列夫·托尔斯泰的《安娜·卡列尼娜》的开头颇为相似的话语，与其后所写到的大红布标语和喇叭里播放的语录歌，一下子就把人们带进"文革"期间上山下乡运动中的送别场面。与喧闹的氛围形成对比的是王一生没有其他知青那种与家人离别的伤感，而是对"去的是有饭吃的地方"有一种向往之情，于是，心情平静地独坐一隅，邀人下棋。

王一生出生于贫寒之家，衣食是生存所面临的大问题，所以对吃非常"虔诚"。与他下棋时的从容和富有气度相比，王一生在吃饭时总显得有些不安、急促和精细。小说中有一段描写王一生在火车上吃饭时的情景：

> 拿到饭后，马上就开始吃，吃得很快，喉结一缩一缩的，脸上绷满了筋。常常突然停下来，很小心地将嘴边或下巴上的饭粒儿和汤水油花儿用整个食指抹进嘴里。若饭粒儿落在衣服上，就马上一按，拈进嘴里。若一个没按住，饭粒儿由衣服上掉下地，他立刻双脚不再移动，转了上身找。这时他若碰上我的目光，就放慢速度。吃完以后，他把两只筷子舔了，拿水把饭盒冲满，先将上面的一层油花吸净，然后就带着安全抵岸的神色小口小口地呷。

阿城从容不迫地将王一生吃饭的过程描写得如此琐屑具体，接下来还有一段王一生对付一个干缩的饭粒的白描，也是非常细致，目的就是为了显示出他对吃的重视和对粮食的珍惜。王一生在对杰克·伦敦《热爱生命》和巴尔扎克《邦斯舅舅》的理解中，明确地指出了吃和馋的区别。他虽然对下棋非常痴迷，但是更看重吃，认为"一天不吃饭，棋路就乱"，指出吃是人生的第一要义。而其他知青则是馋，他们当时的粮食虽然够吃，但每月只有五钱油，整日吃得胃酸。他们经常上山剥竹笋，捉田鸡，甚至把老鼠也捉来吃。小说中对知青吃蛇肉、喝麦乳精的描写，还有到地区所在地看比赛时，他们"沿街一个馆子一个馆子地吃,都先只叫净肉,一盘一盘地吞下去,拍拍肚子出来,觉得日光晃眼,竟有些肉醉",充分地写出了人们的馋相。不论是写吃或是写馋,都是对当时物质极度贫困的揭示,同时,也是对人生第一需求的一种肯定。"食色性也","饮食男女","民以食为天"这些传统格言,恩格斯所说的"人们首先必须吃、喝、住、穿,然后才能从事政治、科学、艺术、宗教等等"(《在马克思墓前的讲话》),都强调吃是人生存的第一需要;还有鲁迅所说:"一要生存,二要温饱,三要发展"(《华盖集·忽然想到六》),也是这个意思。基本生存条件的满足是其他一切需求的基础,这是唯物主义的道理,也是世俗真理。

物质的贫困常常导致精神的贫乏。王一生家庭贫寒,尽管"脑筋好,老师都喜欢",可是贫穷夺去了他一切娱乐,"学校春游、看电影我都不去,给家里省一点儿是一点儿"。于是,迷上了下象棋。"文化大革命"把他继续受教育的机会也给剥夺了。在大革文化之命的年代里,他没有去造反、革命,而是到处找高手下棋,觉得还不如"呆在棋里舒服","何以解忧,唯有下棋",王一生终于成了有名的棋呆子。他不看地点、场合,逢人就要下棋,甚至为扒手利用也不知道。后来遇到了一个身怀绝技的捡烂纸的老头,得到了道家文化的真传:"阴阳之气相游相交,初不可太盛,太盛则折……太弱则泄。又说,若对手盛,则以柔化之。可在化的同时,造成克势。柔不是弱,是容,是收,是含。含而化之,让对手入你的势。这势要你造,需无为而无不为,无为即是道,也就是棋运之大不可变……棋运和棋势既有,那可就无所不为了。"这儿讲的是棋道,以柔克刚,造势克敌;也是世道,盛衰的两极转化,顺势而为,无为才能有所为。王一生将棋道融入世道之中,升华为与道合一、逍遥自由的境界。

《棋王》在写吃、写棋之中,更主要的是写出了人生。阿城说过,他曾让贾平凹"对《棋王》讲些真实而不客气的话。他说,知青的日子好过。他们没有什么负担,家里父母记挂,社会上人们同情,还有回城的希望和退路。生活是苦一些。但农民不是祖祖辈辈这么苦么?贾平凹的这些话使我反省自己,深感自己不只是俗,而且是庸俗,由此也更坚定了我写人生而不是写知青的想法"[①]。《棋王》写出了普通平常的世俗人生,这种人生,没有梁晓声笔下的悲壮崇高,没有孔捷生《大林莽》中的痛苦绝望,也没有张承志《北方的河》中的奋争拼搏,而是写出了王一生独特的人生态度。

---

① 阿城:《一些话》,《中篇小说选刊》1984年第6期。

在动乱的岁月里,王一生没有与外在环境的对立和冲突,也没有寻求精神的外在扩张,没有"广阔天地炼红心"的理想,也没有逞强斗勇的血气方刚之气,而是在外在环境的规约下,顺势而为,随遇而安,没有过高的要求,只求一饱足矣。王一生认为:"人要知足,顿顿饱就是福。"所以对当林场工人的下乡生活感到很满意,每月二十几元钱,42斤口粮,吃穿不愁,还可以抽烟。有饭吃,有棋下,还有什么不满足的呢?所以,他没有公子落难的怨天尤人和叫苦连天,而是清心寡欲,知足常乐,走向内心,全身避乱世。但是,他也有一种执著的追求,那就是对下棋的痴迷,"何以解忧,唯有象棋"。后来又说:"没有什么忧,忧这玩意儿,是他妈文人的佐料儿。我们这种人没有什么忧,顶多有些不痛快。何以解不痛快?唯有象棋。"他牢记捡烂纸的老头"为棋不为生,为棋是养性,生会坏性"的训诫,沉醉在楚河汉界的争夺厮杀之中而悠然自得,以求心灵的宁静和自由。外在的一切刺激都能够淡而化之,难以在他心中激起任何波澜。没有内心的欲望与外在环境的冲突,而是在觅棋友、访棋道中获得对现实的超越。小说也给了王一生一个大显身手的机会,让他表演了一场九局连环的车轮大战,成为棋王。但从全篇小说来看,王一生不以物喜,不以己悲,退回内心,力图保持内心的宁静和自由,以知足常乐的信条,清静无为的性情,自我排解现实的纷扰,以保持内心的平静和自由。不愿"心为形役",排拒"人为物役",不乏是一种智者的态度。对这种人生态度,我们应作何等价值判断呢?

首先从心理学的角度来看待这种人生态度,它无疑是人的自我防御机制的理性体现,是调节心理平衡的一种手段。传统文化把人的情绪和欲望都放在理性的控制之下。儒家讲究以理节情,要"克己"、"中庸"、"乐而不淫,哀而不伤"。道家要人们"清静""守神","不以好恶内伤其身",讲究以理化情。佛教把情欲等同于罪恶,给予轮回的惩罚,让人们"禁欲"、"无争"。虽然儒、道、佛的这些观点提出的角度不同,但是要求人们不要放纵情绪欲望则是一致的。这样,清心寡欲、安贫乐道、知足常乐,就成为农业文明所塑造出的一种理想的人生态度,也是统治者为了维护自己的统治秩序,向被统治阶级经常灌输的信条。当人们深受外在的压迫,或是深遭厄运无法解脱,或是欲望难以满足的时候,都会引起内心的抗争力,就会产生情感体验上的痛苦,从而引起心理或生理上的紊乱。为了解除这种痛苦,就要平衡已经偏斜的心理,为此就要平息激荡不已的情绪。有人走向外界,以抗争来发泄被压抑的情绪,获得心理平衡。有人则是退回内心,借助某种理由或理论来自我说服、自我安慰求得解脱,用高度的理性化掉胸中郁结的块垒,使心理趋于平静,就像阿Q的精神胜利法。而安贫乐道、知足常乐则不失为平息情绪的一种最好的方式。在个人的生存欲求与客观现实条件之间的距离无法拉平之际,王一生以"呆在棋里舒服"来躲避纷扰的外部世界,齐物顺性,随遇而安,并且说:"我挺知足,还有什么呢?"这样,对现实的一切都感到满足,心灵也就归于平静了。

然而,如果我们从社会政治观的角度来看,这种知足常乐、安时处顺的生活态度,却是将惨淡的人生现实,超脱为一派冲淡虚空,现实世界"于是无问题,无缺陷,无不平,也就无解决,无改革,无反抗"①。没有改革的希望,也就没有社会的进步,这实际上是一种自我欺骗。鲁迅说过:"中国人的不敢正视各方面,用瞒和骗造出奇妙的逃路来,而自以为正路。在这路上,就证明着国民性的怯弱,懒惰,而又巧滑。一天一天的满足着,即一天一天的堕落着,但却又觉得日见其光荣。"②因而知足常乐,安贫乐道,其实是一种自欺之道,是怯懦无为的弱者不思进取的一种巧滑的遁词。它使人们失去想象,克制或丧失热情,逃避责任,销蚀着人们的进取心,麻醉在躲避现实的超脱之中,而失去了奋发向上的勇气,从而造成了一种昏乱疲惫的精神状态。但要指出的是,阿城小说中的理想人格,并不等同于庄子的齐生死、泯物我、超利害、同是非的"至人"、"真人"。王一生仍有是非之心,有着自己的操守。当然,他也有孤傲的一面。王一生认为与马路棋手交手没长进,就托人找城里名手邀战。小说中写道:

> 有个同学就带他去见自己的父亲,据说是国内名手。名手见了呆子,也不多说,只摆一副据说是宋时留下的残局,要呆子走。呆子看了半晌,一五一十道来,替古人赢了。名手很惊奇,要收呆子为徒。不料呆子却问:"这残局你可走通了?"名手没反应过来,就说:"还未通。"呆子说:"那我为什么要做你的徒弟?"名手只好请呆子开路。事后对自己的儿子说:"你这个同学桀骜不驯,棋品连着人品,照这样下去,棋品必劣。"又举了一些最新指示,说若能好好学习,棋锋必健。

这段描写无一贬词,而情伪毕露,不仅是讽刺的神来之笔,而且也可以看出王一生的真诚正直。拜师只能找高手,而不能找不如自己者。参加地区大赛,是王一生的强烈愿望,但已过了报名时间,后来当他听说倪斌用自

---

① 鲁迅:《坟·论睁了眼看》,《鲁迅全集》第1卷,人民文学出版社2005年,252页。
② 同上书,254页。

己祖传的象棋打通地委文教书记的关节,使他能够参赛时,他拒不参加。他是有自己的人生准则的。结尾处的九局连环大战,充分展示了人格力量的张扬,让王一生实现了自我,具有一种悲壮感。如果说这种是非之心和自我实现,是同儒家的人格精神有一定联系的话,那么王一生安常处顺、知足常乐的人生态度,则与庄子的艺术人格更为接近。那么与其从社会政治意识的层面来看取这种人生态度,倒不如从审美的层面来考察,更能接近于对象的本质。

如果我们从审美的角度来看待这种生活态度的话,它显示出了一种豁达淡泊的艺术人格,这正是中国传统艺术精神的体现。阿城在《棋王》的结尾处写道:"不做俗人,哪儿会知道这般乐趣?家破人亡,平了头每日荷锄,却自有真人生在里面,识到了,即是幸,即是福。衣食是本,自有人类,就是每日在忙这个。可囿在其中,终于还不太像人。"《棋王》从"吃"和"棋"两个方面来写王一生,正是从对世俗生活的肯定和对精神的追求两个方面,给予了审美的观照。在切切实实、简朴清苦的生活中,体验到人生的乐趣,而获得审美的慰藉和快乐,这种审美的人生态度,也正是对那种龙争虎斗的动荡岁月的嘲弄。阿城把一组短篇小说命名为《遍地风流》,其旨意也是说人杰英豪并不高据于庙堂之上,而在山野之间,是对世俗的肯定。王一生以一种超越于穷达贫富、成败荣辱之上的态度,将自我融入自然本质之中,达到物我一体的和谐境界。这种个体生命对自在之物的认同,是一种生命自由存在的方式,一种对生活审美的态度,而肯定个体的自由价值,也正是人们对现实审美感受的一个本质特征。对王一生来说,外在功利的满足是卑微渺小的,而精神的自由则是最为宝贵的。在王一生看来,为世俗利禄劳形苦心,哪有呆在棋里舒服?这并非像某些论者所说的是对现实的超越,而是对现实人生的一种审美的态度。他逃避的是政治斗争,超脱的是世俗功利,执著热爱的却是现世生活。这种艺术人格既同儒家的"一箪食,一瓢饮,在陋巷,人不堪其忧,回也不改其乐"的生活信念有关,也与庄子的充满着自在自得、随遇而安地遨游于自然和人间的平民气息的美学观相通。所以,这种生活态度是审美的,而非政治的,如果仅从社会政治的层面去指责它的消极因素,而不顾及它的美学情致,是失之偏颇的。

《棋王》没有对人物内心世界的描写,而是关闭了人物的心扉,把人的主观情感隐藏起来,只描写人的外在行为。当王一生讲到母亲临终前,拿出了用牙刷把磨的无字棋时,"王一生不再说话,只是抽烟"。在最使人动情的地方,作家仍在人的外在形态上落墨,并不直接诉诸心理描写。这种沉静无语的表层下面,该翻涌着多少感情的浪花? 在这平淡冲和、不露声色之中,情感的力量显得更加深沉而强烈。作者把自己的深情隐藏着,从不在叙述描写中加进一些感情色彩浓烈的东西,而是尽可能的不动声色,以淡淡的笔墨,写浓浓的深情。这种从人物外在形态的白描入手,来探入人的内心世界,并准确地把握人物心灵悸动的方法,更能显示其艺术功力。

在叙述过程中,阿城把那些琐碎的生活片断穿插进情节的发展中,这些貌似闲笔的生活碎片的插入,更增添了审美的情趣。如对王一生们喝麦乳精的描写是,喝得"满屋子喉咙响"。还有在礼堂的舞台上,面对空空的座位,尖着嗓子学报幕员。在江边洗澡时,画家画裸体速写,"有人说羞处不好看,画家就在纸上用笔把说的人的羞处涂成一个疙瘩,大家就都笑起来"。这些生活碎片并不直奔既定的主题,而是可有可无的闲笔。这些貌似散漫的人物素描、细节叙述等,似乎是随意的东拉西扯,但并不与整体相游离,而是和谐统一、自然天成、形散而神聚。正是由于这种自然的闲笔的插入,使作品充满了无限的情趣。

《平凡的世界》

《平凡的世界》共三部一百余万字,是新时期以来引人注目的长篇巨著。小说第一部先发表于 1986 年《花城》第 6 期,当年 12 月又由中国文联出版公司出版单行本。第二部和第三部分别于 1988 年 4 月和 1989 年 10 月由中国文联出版公司出版。1988 年小说第三部尚在创作之中时,中央人民广播电台就开始连播《平凡的世界》,在听众中引起强烈的反响。1989 年由小说改编的 14 集同名电视剧《平凡的世界》(潘欣欣导演,卢文浩、晏唐编剧)由中国电视剧制作中心制作完成并播出。1991 年《平凡的世界》获得第三届茅盾文学奖。自从这部作品问世以来,受到了广大读者尤其是年轻读者的持续喜爱:在"1979—1998 大众读书生活变迁调查"基础上评选出的"到现在为止对被访者影响最大的书"中,《平凡的世界》排名第六;由唐韧、黎超然、吕欣于 1998 年进行的"茅盾文学奖获奖作品调查"结果也显示,在 20 部获奖作品中,读者购买最多的是《平凡的世界》,读者最喜欢的作品也是《平凡的世界》;另外,2003—2004 年在大陆七所高校"大学生信仰状况"问卷调查中,《平凡的世界》在"对你影响最大的书"中名列首位……一部作品问世 20 年之后仍然受到众多读者的追捧和喜爱,我们可以说至少到目前为止,它是经受住了时间的检验的。从这个意义上来说,它也多少具备了某些经典的特质——尽管对于《平凡是世界》的评价一直有着诸多的争议。

《平凡的世界》是一部全景式反映1975年初到1985年初十年间中国西部黄土高原城乡社会生活历史变迁的现实主义巨著。"这部作品的结构先是从人物开始的,从一个人到一个家庭到一个群体,然后是人与人,家庭与家庭,群体与群体的纵横交叉,最终织成一张人物的大网。在读者的视野中,人物运动的河流主要有三条,即分别以孙少安孙少平为中心的两条'近景'上的主流和以田福军为中心的一条'远景'上的主流。这三条河流都有各自的河床,但不时分别混合在一起流动。"①

小说第一部写1975年初出身贫苦的农家子弟孙少平在父兄的支持下读了高中,他虽然贫困却自强不息,学习和劳动方面的突出表现为他赢得了尊严。他与出身不好且同样贫困的郝红梅产生了感情,但郝后来却选择了家境优越的顾养民。爱好读书的孙少平后来也与同样喜欢阅读和思考的田晓霞(县革委会副主任田福军的女儿)产生了友情。毕业后回乡务农的孙少平成了民办教师,在田晓霞的帮助下,他始终关注外面的世界。少平的哥哥少安同弟弟一样聪慧,但因家贫只好辍学务农,此时已经成为双水村一个强有力的人物。少安跟村支书田福堂的女儿田润叶青梅竹马,做了公办教师的田润叶仍然不能忘情少安,但他们的恋情遭到田福堂的反对,少安也觉得自己配不上润叶,于是娶了山西姑娘秀莲为妻。伤心绝望的润叶为了二爸田福军的政治生涯决定牺牲自己的幸福,跟李向前结婚。双水村的能人田福堂决定在农田基建中大显身手,他要炸山筑坝、拦河造田,干出一番堪比大寨的宏伟事业。然而此时生活也已经悄悄起着变化,大锅饭的农村生产模式已经岌岌可危。

小说第二部写黄原地区在新任专员田福军的推动下,农村生产责任制开始由试点而普及,农村发生了巨大的变化。头脑灵活的孙少安抓住时机拉砖赚钱,而后又建窑烧砖,成了公社的"冒尖户"。失去民办教师工作的孙少平也不甘沉沦,他决定外出闯荡寻找自己的梦想。正直善良、吃苦耐劳又坚韧不拔的他在困境中屹立不倒、求索不止,最后终于从一个飘忽无定的"揽工汉"变为一个正式的煤矿工人。在这期间,他也赢得了田晓霞的爱情。润叶跟向前结婚后两人实际形同陌路,彼此都很痛苦,向前借酒浇愁遭遇车祸失去了双腿,润叶心怀内疚回到丈夫身边,两人开始真正的婚姻生活。润叶的弟弟润生爱上了已成寡妇的郝红梅,但遭到田福堂的激烈反对,

---

① 路遥:《早晨从中午开始——〈平凡的世界〉创作随笔》,见《路遥全集:散文、随笔、书信》,太白文艺出版社2000年,26页。

痛苦的润生离家出走,跟郝红梅一起生活。儿女的婚事,让能人田福堂伤透了脑筋。

小说第三部写孙少平到煤矿之后凭借着自己吃苦耐劳的坚韧意志,很快成长为一名优秀工人。他与田晓霞的爱情也平稳发展,可是作为记者的田晓霞却在一次抗洪救灾中英勇牺牲。少安扩建砖窑为父老乡亲提供就业机会,然而却由于聘请的技师不懂技术,砖窑蒙受了巨大损失,一度倒闭。获得贷款起死回生之后,少安决定兴资办学造福乡邻,可是妻子秀莲却不幸患了癌症。晓霞的死给少平带来沉重的打击,但他并未消沉,在一次井下作业中,他为救护工友受了重伤,容貌遭毁。伤愈出院的少平拒绝了妹妹的男友帮忙为其调动工作留在省城的好意,也拒绝了好友妹妹的爱意,返回矿上,那里,师傅的遗孀和儿子正在迎接他的归来……

路遥是以小说《人生》赢得文坛声誉的,直到今天,一些认可度非常高的当代文学史教材在提及路遥时所评说的仍然是他的《人生》,而对《平凡的世界》则或者简短一提或者压根略过。因此,跟一般读者对《平凡的世界》的持续喜爱与追捧形成鲜明对比的是批评家或者专业读者群对这部作品的冷淡。这成了小说传播过程中一个非常独特的现象。这应该跟《平凡的世界》所产生的那个1980年代中期以后整个"文学场"的氛围有关。回顾1980年代的"文学场",那时"精英趣味"所推崇和关注的是借鉴外国现代派进行艺术探索的作品,他们对于中国式的现代主义写作、对于那些致力于叙事技巧的探索和叙述方式的实验之作表现出浓厚的兴趣,而对传统的现实主义写作则表现出或多或少的忽视。这一方面是因为建国后尤其是"文革"期间的"社会主义现实主义"变成了实际上的"伪现实主义",使得批评家对现实主义表现出本能的厌恶与拒斥;另一方面,五四时期胡适的"一时代有一时代之文学"的说法,也为批评家们对现实主义的忽视提供了进化论的依据,以为1980年代的文坛应该是现代派的文坛,传统的现实主义已有"过时"之嫌。因此,对于这样一部逆时代潮流而产生的长篇巨著,一向以"精英趣味"自居的批评家们表现出集体的冷漠就不难理解了。《平凡的世界》第一部出版之后,只有朱寨、蔡葵、曾镇南等少数几位曾经亲历过现实主义的辉煌并且对现实主义的艺术依然保有好感的老批评家给予积极的肯定性评价,除此之外批评界则相对静默。相对于《人生》发表后的受热捧,《平凡的世界》出版后是相当冷清的。

单从现实主义的角度来看这部作品,文学精英群体对这部作品的评价意见相对较为一致,一方面都看到了它的恢弘气势与史诗品格,另一方面也从小说的叙事模式、人物形象塑造等方面提出一些批评,以为并没有超越作者此前的《人生》。李建军在路遥逝世十周年之际所写的一篇文章中对路遥有比较中肯的评价,代表了精英批评群体对路遥的认知:他肯定了路遥的作品能够"以朴实的诗性意味和积极的道德力量打动读者",赢得读者的喜爱,但也存在着"道德叙事大于历史叙事"、"激情多于理想"、"宽容的同情多于无情的批判"等弊病,因此"绝非无可挑剔的完美之作,还没有达到经典作品的高度"。对小说中孙少平、乔伯年、田福军等人物形象的塑造,李建军认为孙少平相对于《人生》中的高加林显得性格过于单一扁平,乔、田等人物更是"苍白无力"。① 当然对于《平凡是世界》是否够得上"经典",精英批评群体内部也有不同的看法。比如邵燕君就在一篇文章中认为:"像《平凡的世界》这样一部十几年来在读者中产生深远影响的常销书有可能成为'新时期'文学的经典。用提出'文学生产场域'理论的法国思想家皮埃尔·布迪厄的说法,所谓'经典'就是'长久的畅销书'。"不过邵燕君同时也说:"但'长久畅销'并不意味着经典,一部作品能不能迈入经典之列不在于它是否能得到'沉默的大多数'的认可,而在于它是否能得到握有'象征资本'权力的权威机构的认可。"②

　　撇开"经典"的问题不谈,《平凡的世界》之所以得到那么多读者的持续喜爱,肯定有其内在的魅力。"从读者的调查情况来看,《平凡是世界》在读者中深受欢迎最主要的原因是这部作品对农村生活的真实描写和主人公(如孙少安、孙少平)艰难奋进的个人经历在读者中引起极大的情感共鸣……"③作为一个有着长期的农村生活经验而且为了创作又曾专门去"体验生活"的作家,路遥笔下的《平凡的世界》有着坚实的生活基础,他真实地再现了那个历史时间段内黄土高原农村生活的场景,塑造了一系列真实可信的人物形象。这使得《平凡的世界》具有了现实主义作品的根本魅力。路遥对于创作所抱有的那种文学圣徒式的赤诚,也使得他将自己的真诚与热情灌注到作品当中去。在路遥看来,创作是一件非常神圣的工作,是"为人生"的,绝非无关痛痒的游戏,创作就是作家的生命价值所在。正如许多人所指出的那样,路遥是用生命在创作这部史诗意味浓厚的作品。从中我

---

① 李建军:《文学写作的诸问题——为纪念路遥逝世十周年而作》,《南方文坛》2002 年第 6 期。
② 邵燕君:《〈平凡的世界〉不平凡——"现实主义常销书"生产模式分析》,见李建军等著《十博士直击中国文坛》,中国工人出版社 2004 年,271 页。
③ 同上书,277 页。

们可以感受到叙述主体那一颗积极的、滚烫的心,他与作品中的人物心心相印,并且不时跳出叙事的进程对人物的心理展开细致的分析或者发表热情洋溢的评论,而这些评论都是极富感染力的。比如小说第一部写到在严寒的日子里热火朝天的农业学大寨运动时,作者写道:

> 我们姑且不谈论这些行为的实际价值,或者是否通过这种手段就能改变中国农村一穷二白的面貌。仅就这种倒山改河的气势,你也不能不为中国劳动人民的伟大劳动精神而赞叹。当你看见他们像蚂蚁啃骨头似的,把一座座大山啃掉;或者像做花卷馍一样把梯田从山脚一直盘到山顶的时候;当你看见他们把一道道河流整个地改变方向,如同把一条条巨龙从几千年几万年甚至亘古未变的老地方牵引到另一个地方的时候,你怎能不为这千千万万的"愚公"而深受感动呢?而且应当知道,他们是在什么样的条件下完成这样的壮举啊! ……①

连已经被历史证明是失败了的农业学大寨运动,路遥都能如此充满激情地讴歌,更不用说小说中那些对孙少安、孙少平在逆境中顽强进取的精神的热情赞美了。作者让孙少平、孙少安这些在困境中不屈不挠成长的人们都有了一个幸福的结局。孙少平尽管备尝生活的磨难,但他决不停止进取的脚步,终于走出黄土地成为了一名正式的煤矿工人,在这过程中他也赢得了田晓霞的芳心。孙少安不仅以他自身焕发出来的魅力吸引了"公家人"田润叶,而且也通过自己的不在困难跟前低头的顽强斗志获得了事业的成功。作者在小说中通过具体的事例赞美和讴歌那种艰苦奋斗自强不息的精神,向读者展示并且强化一种普遍的社会信仰:有付出就会有回报,命运是公平的。然而正如有学者指出的,这种讴歌其实蕴含着一种朴素信仰的"光明内核":"社会虽然有无数的不公正,但通过不屈不挠的艰苦奋斗终能获得成功和幸福。这套信仰是民间土生土长的,又符合资本主义个人奋斗的精神,他提倡以个人的而非集体的方式改变底层人民的命运,在一个'后革命'的时代正是政府倡导、老百姓普遍接受的主流意识形态。"②

路遥认为,"作家对生活的态度,绝对不可能'中立',他必须做出哲学判断(即使不准确),并且要充满激情地、真诚地向读者表明自己的人生观

---

① 路遥:《平凡的世界》第1部,北京十月文艺出版社2009年,238页。
② 邵燕君:《〈平凡的世界〉不平凡——"现实主义常销书"生产模式分析》,见李建军等著《十博士直击中国文坛》,中国工人出版社2004年,279页。

和个性"①。这使得路遥将小说当做人生的教科书来写,自己在小说中充当"青年导师"同读者(尤其是青年读者)分享人生的经验、指点人生的迷津。或许这也是读者调查中那些青年学生,尤其是从困境中成长起来的青年学生喜爱《平凡的世界》的原因之一。因为他们可以从小说中获得信心和勇气,面对困境,追求自己的梦想。小说中孙少平的经历,是一个进城的农民工凭借自己坚强的意志、艰苦奋斗的精神和正直善良的道德情操终于获得成功、实现自己的梦想的故事。孙少安则是历尽波折最终创业成功成为"先富起来"的青年农民典型。在这个意义上,《平凡的世界》可以算是"打工文学"和"创业文学"的先驱。如果说当年的孙少平、孙少安们还是农村青年中相对独特的个案,那么今天的孙少平、孙少安们则已经成了一个极为庞大的社会群体,他们面对的现实困境跟十几年前路遥在《平凡的世界》中描写的孙氏兄弟所面临的困境是相似的,甚至更加突出和尖锐。而《平凡的世界》中所贯穿的那种乐观光明的信仰,在价值沦丧、道德危机沉重的今天,不仅为那些在社会底层苦苦挣扎的青年们提供了温暖的慰藉,而且为他们的人生选择提供了一种榜样,成为他们顽强与现实搏斗的道德源泉与力量后盾。十几年来,这个群体呈越来越庞大之势,这也在客观上支持了《平凡的世界》的魅力不减。

尽管《平凡的世界》在 1980 年代的文学潮流中算是"不合时宜"的另类,但它却以在读者接受方面的成功宣示了真正直面现实人生的优秀的文学作品并不会因不够"先锋"或不够"现代"而丧失其魅力。即便在"现代"占据主潮的文化语境中,现实主义的优秀作品也仍然具备成为经典的可能性。

《现实一种》

《现实一种》是余华的中篇小说,作品最初发表于《北京文学》1988 年第 1 期。在当时先锋写作的潮流中,《现实一种》同余华此前发表的《十八岁出门远行》、《四月三日事件》、《一九八六年》等作品一起,以冷静的笔调描写死亡、暴力、血腥,对人类的生存状态进行探索,揭示人性的邪恶与凶残,显得独树一帜,成为批评家和读者关注的焦点。而他的"暴力叙事"也备受关注与争议。

---

① 路遥:《早晨从中午开始——〈平凡的世界〉创作随笔》,见《路遥全集:散文、随笔、书信》,太白文艺出版社 2000 年,22 页。

《现实一种》写的是兄弟相残的故事。山岗的儿子皮皮摔死了山峰的儿子,于是失去儿子的山峰在愤怒中踢死了皮皮。同样失去儿子的山岗设计了一个温情脉脉的圈套,以一种意想不到的刑罚杀死了山峰:他将弟弟山峰紧紧捆在树上,然后在他脚心涂满熬烂的肉骨头,让一只小狗去舔,奇痒难耐的山峰最终在狂笑中死去。山峰的妻子借助公安机关杀死了山岗,并且假冒山岗的妻子捐出了山岗的遗体。于是山岗的遗体在一群身穿白大褂的医生谈笑之间被肢解,只剩下一堆脂肪、肌肉、头发、牙齿等废物。而被移植的山岗的睾丸居然成活了,还有了后代……

余华的"现实一种"肯定不同于我们通常意义上的现实,这种"现实"从常识的眼光来看是荒诞的,是不具备现实真实性的,然而余华却告诉人们,这也是"现实一种"——当然,跟同时期余华的其他作品相比,《现实一种》算是最接近常识当中的现实了。这样一种向读者揭示"另一种现实"的冲动,源自余华对人类生存状态和真实性问题的思索。在写完这一组先锋作品之后,余华曾经说:"现在我似乎比以往任何时候都要明白自己为何写作,我的所有的努力都是为了更加接近真实。"他结合自己的第一部先锋作品《十八岁出门远行》解释道:"……写完《十八岁出门远行》后的兴奋,不是没有道理。那时候我感到这篇小说十分真实,同时我也意识到其形式的虚伪。所谓的虚伪,是针对人们被日常生活围困的经验而言。这种经验使人们沦陷在缺乏想象的环境里,使人们对事物的判断总是实事求是地进行着……也不知从何时起,这种经验只对实际的事物负责,它越来越疏远精神的本质。于是真实的含义被曲解也就在所难免……"[1]所以,在《十八岁出门远行》里,余华让"我"的主观感觉,超越了一切客观现实的"真实"。

当然,余华的这种探索是有价值和意义的。这是一种完全从自我感觉出发对现实世界的冷静审视,他摆脱了常识、经验的诱导,一针见血,直达本质,在某种程度上,这有点类似于精神病人对现实世界的观察。由于精神病人"已经失去了与外界的现实联系而成为现实世界的旁观者,由于他们已经摆脱了正常人理解现实时所不得不运用的惯常的常识、逻辑、思维方式、推理程序……而完全凭着自己的感觉对外界做出判断,他们就有可能更真切地看清了现实世界"[2]。因此,以这种纯然旁观者的视角冷静地观察现实,就可能看到一幅前所未有的真实景观,至少达到一种片面的深刻。也是

---

[1] 余华:《虚伪的作品》,见吴义勤主编《余华研究资料》,山东文艺出版社 2006 年,5 页。
[2] 王彬彬:《余华的疯言疯语》,见《一嘘三叹论文学》,山东文艺出版社 2005 年,50 页。

在这个意义上,余华笔下的那些暴力、血腥,在一定程度上揭露出了人性深处残忍、嗜血的一面。只不过他将那些原本被道德、伦理等秩序压抑着的欲望给现实化了,把一幅潜藏在人类集体无意识之中、也许只是偶尔会(但也许永远不会)变成现实的图景以一种现实的方式直接呈现了出来。因此,小说看起来"虚伪",但它揭示出来的实质却可能十分"真实"。在余华的系列先锋作品中,他热衷揭示的"真实"主要是父子兄弟之间的亲情以及夫妻之间爱情的虚假,不仅虚假,彼此之间甚至血腥、冷酷,互相残杀。《四月三日事件》中儿子始终怀疑父母想要置自己于死地;《世事如烟》中父亲为了长寿,不惜将儿子都克死,将女儿卖到远方;《一九八六年》中面对发疯的丈夫、父亲,妻子和女儿形同陌路,冷漠以对,直到他死去;《古典爱情》中妻女被丈夫卖给酒店活活宰杀给顾客下酒……亲情与爱情本来是人类最美好的感情,最能体现人性的美好与温情,但余华却在小说中彻底撕下了其温情的面纱,冷冷地展现了人性之恶。

《现实一种》中,作者同样设计了一个冷漠的叙述者,"他仿佛是从天外俯视世间的愚昧与凶残。但叙述者的作用还是很重要的,他的冷漠使人物可以走到前台,进行充分的表演。他好像一部灵活的摄影机,不断变换视点,通过变换将各个片段组接起来,展示出仇杀的血淋淋的过程。这样的叙述产生了强烈的效果,仇杀的场面令人毛骨悚然地表现出来"[①]。山岗的儿子皮皮摔死堂弟,应该说是无意,而且事后山岗也拿出了自己的全部积蓄试图替儿子赔罪,当山峰拒绝接受赔偿,山岗最终将儿子交给弟弟处置的时候,他肯定也没想到山峰真的会下杀手。因此皮皮死后,山岗内心的那种震惊与愤怒是可以想见的。然而对于这原本异常丰富的心理活动,小说中却不置一词,只是让叙述者的目光始终追随着山岗的行动:当妻子让他去找山峰算账的时候,"他微微笑了起来,走到妻子身旁,拍拍她的肩膀说:'你别生气'"。当山峰递给他菜刀以了结恩怨的时候,他将双手插入口袋,说:"我不需要。"他不理会妻子对他的不满,径自出去买了一大包肉骨头回来,还带来一条小狗。那天下午,山岗丝毫没有表现出丧子之痛,他"亲切地"替山峰戴上黑纱,然后借来劳动车将两具小小的尸体运去火化。第二天早晨,他走进山峰的房间,"亲切地"朝山峰微笑。当他将山峰捆在树上,山峰让他给按摩太阳穴的时候,他按摩得很认真。当山峰告诉他自己踢死皮皮后很害怕时,他"亲切地"拍拍山峰的脸说:"你不会害怕的。"当小狗开始舔

---

① 陈思和主编:《中国当代文学史教程》,复旦大学出版社1999年,302页。

山峰的脚心,其痒难耐的山峰疯狂大笑的时候,山岗"一直亲切地看着他",并且问他"什么事这么高兴?"……除了态度如此"亲切"之外,山岗的脸上的笑容也是"轻轻"的:当山峰提出让山岗绑自己的时候,"山岗轻轻一笑,他知道结果会是这样";当山峰的妻子扯住山岗,让他放了自己的丈夫时,"山岗轻轻一笑,他说:'那你得先放了我'";当山峰死去,弟媳说要去告他的时候,"'你那是诬告。'山岗说,'而且诬告有罪。'说完他轻轻一笑。"……如果说皮皮摔死堂弟和山峰踢死皮皮这两起杀戮都带有浓重的暴力和血腥味的话,那么以笑杀人至少从表面看来是平和多了。笑,本是一件人生乐事,可是让人大笑而死,就是一种酷刑了,这是在武侠小说中才能读到的酷刑。以这样一种酷刑杀死弟弟、宣泄仇恨,山岗应该说是处心积虑的,然而一切都在不动声色中进行,对于即将杀死的弟弟,他始终是"亲切"的,而他的"轻轻一笑"则贯穿杀人过程始终。这种"亲切"和"轻轻一笑"比酷刑本身更让人毛骨悚然。在这"一种现实"中,余华不但解构了"手足情深"的常识,而且也让人实实在在感受到了人的恐怖,若论残忍和恶毒,没有任何一种兽可以与人相比。

野兽的攻击欲与嗜血性都是袒露无疑的,而人的杀戮和暴力欲望却总是隐藏在宽容和理智的面孔背后。当山岗将皮皮交给山峰的时候,山峰的要求是让皮皮将儿子流出的那摊血舔干净,于是:

"以后呢?"山岗问。

山峰犹豫了一下才说:"以后就算了。"

"好吧。"山岗点点头。

这是一番没有任何杀机的对话,然而就在皮皮舔血的时候,山峰却飞起一脚,结果了他的性命。同样,当山岗要山峰将他妻子交出来时,山峰问山岗打算如何处置她,山岗的回答是将她绑在树下,"就绑一小时"。山峰看了看树,然后:

他立刻扭回头来,又问山岗:"以后呢?"

"没有以后了。"山岗说。

山峰说:"好吧。"他想点点头,可没力气。接着他又补充道:"还是绑我吧。"

这里的对话同样让人感觉平和、放松,然而直到事件结束,我们才明白"没有以后"的含义:山岗早就料定他撑不了一个小时必死无疑!它没有一点心理暗示,却直接将屠杀推到了人们眼前。而这样隐藏极深的谋杀原本该有的心理活动,小说中同样省略掉了,作者直接写了他们的行动。后来我们在余华的自述中了解到这种写法的初衷,原来这是作者从威廉·福克纳、海明威、罗布·格里耶以及司汤达和陀思妥耶夫斯基那里获得的启示:"真正优秀的心理描写都是不写心理的",而是通过动作、通过眼睛看到什么、通过准确地写下每一个人物的每一句话来带出真正的心理状态,"当我解决了心理描写以后,我比较害怕的是写对话。有时怎么写都觉得写不好,这个非常可怕……"①于是,我们大概就可以理解杀戮开始之前山岗和山峰之间那貌似平和的对话之意义了——其实那是暴风雨到来之前的可怕的宁静,那是火山喷发前的最后的平和——尽管表面如故,但火热的岩浆已经在奔腾翻涌、惊心动魄。冷漠地叙述火山喷发前的平和安宁其实比写火山喷发时的肆虐狂放更能撼人心魄。

《现实一种》不仅写了令人触目惊心的兄弟相残,也写了母子、婆媳、祖孙、父子、夫妻之间的冷漠。山岗他们的母亲抱怨自己骨头一根一根断裂的时候,无论儿子还是儿媳,都没有人理睬她。尽管同住在一个家中,但直到她去世几天后,才被儿媳发现;孙子吃祖母一点咸菜,就惹来祖母喋喋不休的抱怨。皮皮摔死堂弟时,祖母明明在家,但她看到地上的血时却什么都没做,只是"赶紧逃回自己的卧室";当因寒冷而冻得哆哆嗦嗦的皮皮连续几次告诉父亲"我冷"时,"山岗没有去理睬儿子,他站在窗口,阳光晒在他身上使他感觉很舒服";儿子死后,山峰毒打妻子,恶狠狠地吼道:"为什么死的不是你。"皮皮揍堂弟耳光是学父亲山岗,因为"他看到父亲经常这样揍母亲"……从中我们看到的是一个丝毫没有温暖的人间世界。而小说中四岁的皮皮以扇堂弟的耳光、卡堂弟的喉管取乐的叙述更是让人触目惊心,因为堂弟的哭声"使他感到莫名的喜悦",感到"惊喜"。他听腻了堂弟的哭声之后,看着窗玻璃上杂乱交错的水迹,像一条条路,孩子想象的居然是"汽车在上面奔驰和相撞的情景"!要知道,皮皮只是一个四岁的孩子,在这四岁的孩子身上我们却看到了凶残、暴虐、恶毒……这彻底颠覆了常识对人性的美好想象,在作者眼中,人性之恶是与生俱来的,没有任何希望可言。小说当中唯一让人看到人性希望的是山峰杀死皮皮之后对山岗的表白,他说其实自己踢死皮皮以后很害怕,这让我们看到至少在山峰这里良知还未完全泯灭,人性还没有被黑暗完全笼罩,在周遭的黑暗中还能透出一丝光亮。

---

① 余华:《我的文学道路》,见吴义勤主编《余华研究资料》,山东文艺出版社 2006 年,48—49 页。

但作者却让山峰死了,并且让山岗有了后代——接受山岗睾丸移植的年轻人结婚后,妻子很快怀孕并且生下了一个儿子,"山岗后继有人了"。这也就意味着,在小说中,作者还是掐灭了人性的最后一点希望,邪恶的种子继续在流传。"人性于'属人'的一面,人性变得更为美好的可能,即使如夏夜里的萤火一般偶有闪现,也即刻便被黑夜吞没。"①对于人性,小说中所透露出的是一种彻头彻尾的绝望。

同这时期余华的其他小说一样,《现实一种》中也有血腥的场景。小说中详细叙写了被枪毙后的山岗身体遭到解剖的过程:女医生"拿起手术刀,从山岗颈下的胸骨上凹一刀切进去,然后往下切一直切到腹下……那长长的切口像是瓜一样裂了开来,里面的脂肪便炫耀出金黄的色彩,脂肪里均匀地分布着小红点……"这种冷漠的细节描写,给人以强烈的冲击。尽管作者说这种暴力迷恋可能来自童年的记忆,尤其是《现实一种》这段尸体解剖的描写更是作者经历过的一次真实事件,但正如有论者所分析的:"显然,按照社会的一般规范而言,医生解剖尸体,无论其场面多么血腥,都不能被认为是暴力行为,然而正如余华的叙述所表明的那样,令人心悸的'科学'的态度,却在事实上构成了对肉体的亵渎。在科学神圣的外衣下,掩盖着的仍然是触目惊心的暴力,唯一的区别就在于这种暴力是被制度所认可的因而是合法化的暴力。这就暗示了暴力的存在歧视是无处不在的,除了那些昭然若揭的暴力之外,还有更多的无形的暴力掖藏在社会结构的每个角落、每一处褶皱中。"②而这,同样是对人类生存状态的一种认识。所以,小说《现实一种》中作者所要描述的"现实"其实是亲情的虚伪、人性的邪恶以及暴力的无处不在这种让人看不到希望的人类的生存状态。这或许过于悲观,但却是片面的深刻,揭示出了常识、经验掩盖下的人类真实的生存图景。

《白鹿原》

长篇小说《白鹿原》是陈忠实的代表作,也是中国当代最优秀的长篇小说之一。小说问世之后,备受好评,于1998年获得第四届茅盾文学奖。其传播范围也非常广,并被改编成多种艺术形式。白烨先生在一篇文章中回顾:"《白鹿原》于1992年底、1993年初,先在《当代》1992年第6期和1993

---

① 董健、丁帆、王彬彬主编:《中国当代文学史新稿》,人民文学出版社2005年,462页。
② 倪伟:《鲜血梅花——余华小说中的暴力叙述》,见吴义勤主编《余华研究资料》,山东文艺出版社2006年,249—250页。

年第 1 期连载,1993 年 6 月又由人民文学出版社出版。迄今,仅人民文学出版社的发行量就累计 120 万册,此外还有港台、海外多种版本以及销数难以估计的盗版。除此之外,《白鹿原》被改编成同名话剧(孟冰编剧、林兆华导演)搬上话剧舞台;2008 年 6 月又改变为同名舞剧(和谷、夏广兴、张大龙等人编剧、编导和作曲),在首都上演;电影版白鹿原由芦苇编剧,西影与上影集团、紫金长天公司合作制片;电视剧版《白鹿原》由张光荣编剧,由北广集团制作,正在筹拍之中。而继 1993 年中央人民广播电台的小说联播之后,2008 年又由陕西人民广播电台推出了陕西方言版小说《白鹿原》演播。"①除此之外,《白鹿原》还曾被改编成同名大型秦腔近代戏(丁金龙、丁爱军编剧)演出,而电影版《白鹿原》几经波折之后,也在王全安的导演下拍摄完成,不久之后即将与观众见面。

《白鹿原》的扉页上有一句引言,是巴尔扎克的话:"小说被认为是一个民族的秘史。"这代表了陈忠实通过这部小说想要实现的一种追求。他拨开历史的迷雾,站在超越的立场上向读者展开了一幅苍茫的画卷。在清末民初到新中国成立初年这长达半个多世纪的历史时期内,古老而又神秘的关中白鹿原上白、鹿两家及其后人之间的明争暗斗、悲欢离合、生死沉浮,都被一一推到了读者的眼前。宗法制和传统礼俗规约下的白鹿村是一个缩影,从中我们看到了白鹿原、关中地区乃至整个中华大地上的人们在半个多世纪的历史沉浮中所经历的一切,这是超越了党派之争、阶级对立与意识形态矛盾的呈现。作者力图揭示"历史发展中某种具有恒久性的东西,使这部小说在一定意义上成为我们民族的'秘史'"②。

白鹿原上白鹿精灵的传说一直是一个谜。白鹿村原本叫胡家村(或侯家村),早年灾祸不断,村庄的历史几经断裂,老人们都说这个村子的住户永远超不过二百,人口冒不过一千,如果超出便有灾祸降临。后来出现了一位有思想的族长,提议将村庄改名白鹿村,同时决定换姓。胡家(或侯家)老兄弟两个要占尽白鹿的全部吉祥,商定族长老大那一条蔓的人统归白姓,老二这一系列的子子孙孙同归鹿姓。因为本是同宗,所以两姓合祭一个祠堂,族长也由长门白姓的子孙承袭下传。

白嘉轩后来引以为豪壮的是一生里娶过七房女人。第六房女人死后,

---

① 白烨:《1992:白鹿原》,《六十年与六十部:共和国文学档案:1949—2009》(中国社会科学院文学研究所当代室著),三联书店 2009 年,358—359 页。

② 董健、丁帆、王彬彬:《中国当代文学史新稿》,人民文学出版社 2005 年,611 页。

白嘉轩决定请阴阳先生看看哪儿出了毛病,不想却无意间发现了传说中的白鹿。于是他设计谋取了那块原本属于鹿家的风水宝地,并将父亲的坟墓迁葬于此。此后果然运气转变,娶妻生子,家业兴旺起来。

作为族长的白嘉轩,以"仁义"治村,他联合鹿子霖修祠堂、办学堂,并且请关中学人、自己的姐夫朱先生推荐了一位先生来任教,使自己的儿子白孝文、白孝武和鹿子霖的儿子鹿兆鹏、兆海以及其他族人的子弟都得以入学读书;自己家长工鹿三的儿子黑娃也在白嘉轩的关照下一起入学读书。黑娃不喜读书,辍学外出熬活却与东家郭举人的小妾田小娥发生了私情,后又带小娥回到白鹿村,却为"仁义白鹿村"所不容,只好住进了村东头一孔破塌的窑洞。

在城里读书的白嘉轩的女儿白灵同鹿兆海渐生情愫,此时鹿兆鹏加入了共产党,黑娃也在兆鹏的发动下,参与组织农协会在白鹿原上掀起"风搅雪"砸了祠堂,抓了总乡约田福贤。"四一二"政变后,鹿兆海选择了加入国民党,白灵却改投共产党,两人感情出现裂痕,鹿兆鹏和黑娃也被迫逃亡。黑娃投奔习旅长后不久队伍即被打散,他慌不择路当了土匪的"二拇指"。打家劫舍中他唆使手下打断了白嘉轩挺直的腰杆——那腰杆让他从童年时代就对白嘉轩既敬又怕。小娥为救黑娃去求助鹿子霖,鹿子霖却趁机占有了小娥。狗蛋和小娥祠堂受刑后,鹿子霖唆使小娥勾引白孝文以报复白嘉轩。一场异常的年馑降临白鹿原。白孝文偷欢事发后父亲已与他分家,此时他饥饿难耐终于卖地卖房沦为乞丐。原本要白孝文"现世"的鹿子霖却无意中给了他新的生命,但此时小娥却神秘死亡。黑娃得知小娥被杀的消息,以为是白嘉轩下的毒手,就在他准备杀死白嘉轩时,父亲鹿三突然抖出小娥是他所杀。于是黑娃含恨离去。

白鹿原又一次笼罩在毁灭性的灾难当中,瘟疫袭来,无论男女老少,均难逃死亡的命运,这瘟疫是小娥的鬼魂带来,鹿三也被小娥鬼魂附身。白嘉轩力排众议,焚毁小娥骨殖并且造塔镇压,瘟疫终于停歇。

做了土匪的黑娃最终决定接受劝降招安,做了保安团炮营营长,开始娶妻生子、学为好人,后来又接受鹿兆鹏的意见,率部起义配合了滋水县的解放行动,但解放后却仍然遭到镇压枪决。枪毙黑娃等人的大会上,被押去陪斗的鹿子霖吓得神智错乱、精神失常。白嘉轩看着发疯的鹿子霖忽然想起巧取鹿子霖家那块风水宝地做坟园的事来。他觉得儿子白孝文做了县长,也许正是那块风水宝地荫育的结果,不由得惭愧起来,觉得自己做了一件见不得人的事。不久,鹿子霖死去。

《白鹿原》出版之后,获得评论界的交口称赞。许多向来比较苛刻的评论家都将之称为一部"史诗"或是一部民族的精神史。在北京召开的《白鹿原》讨论会上,冯牧先生打电话说自己对《白鹿原》的"初步印象是一部具有史诗规模的作品……达到了一个时期以来出现的长篇小说所未达到的高度与深度……"①批评家雷达在评论文章中说:"在这里,人物的命运是纵线,百回千转,社会历史的演进是横面,愈拓愈宽,传统文化的兴衰则是精神主体,大厦将倾,于是,人、社会历史、文化精神三者之间相互激荡,相互作用,共同推进了作品的时空,我们眼前便铺开了一轴恢宏的、动态的、纵深感很强的关于我们民族灵魂的现实主义画卷。"②

"一千个读者就有一千个哈姆雷特",《白鹿原》有如此众多的研究者从各自不同的角度进行探询、解读,证明了小说内涵的丰富多义与不易把握。绝大多数作者都是选取了"文化"来作为打开通向《白鹿原》大门的一把钥匙。"文化"确实是解读《白鹿原》的一个重要视角。在作者酝酿这部小说的时候正是国内文学界掀起"寻根热"的时候,这可能在一定程度上激发了作者跳出以往的政治、阶级视角,以一种更具超越性的文化视角来审视这段波诡云谲的历史。

在叙事进程中,作者并没有回避半个多世纪的历史时间段里所发生的一切,辛亥革命、国共合作与分裂、抗日战争、解放战争、抢救运动、镇压反革命、甚至"文革"等等都因与白鹿村村民有这样那样的联系而被涉及。但无论政治风云如何变幻、斗争如何惨烈,白鹿村在族长白嘉轩的治理之下,都始终保持着一种相对稳定的状态。因此,任何惨烈的争斗、政权交替、天灾人祸在古老的白鹿村中虽然都会有所反映并且激起些许波澜,但却总会如过眼云烟,随风而逝。恒久不变的只有生活在这古老的白鹿原上的人们代代相传的精神内核——儒家文化。小说中儒家文化的代表人物朱先生那个看待世事的"鳌子"隐喻,其背后正是这样一种基于文化传统的超然立场。"无论是大革命的'风搅雪',大饥荒大瘟疫的灾祸,国共两党的分与合,还是家族间的明争暗斗,维护立宪的决心,天理与人欲的对抗,以至每一次的新生与死亡,包括许许多多的人的死,都浸染着浓重的文化意味,都与中华文化的深刻渊源有关,都会勾起我们对本民族历史文化的深长思考。"③

---

① 人民文学出版社编辑部编:《〈白鹿原〉评论集》,人民文学出版社 2000 年,427—428 页。
② 雷达:《废墟上的精魂》,见《〈白鹿原〉评论集》,1—2 页。
③ 同上书,6 页。

白嘉轩是作者着力塑造的一个凝聚了中国传统文化精髓的代表,他生平最服膺的人就是自己的大姐夫,那位关中圣人朱先生。他最喜爱的文章是由朱先生亲笔工楷写成的《乡约》,里面透露出"教民以礼义、以正世风"的内涵。而《乡约》的内容又可以简化为县令赠送的"仁义白鹿村"石碑上的"仁义"二字,这成了白嘉轩的人格追求和实践准则。于是,虽然按照阶级的划分,他是地主,但是在他身上看不到地主的凶残,遇到丰年的时候他会主动给长工"多加二斗麦",他告诫儿子们对待长工鹿三要像家里人一样;他与鹿子霖之间矛盾很深,但当鹿子霖入狱之后他不计前嫌设法营救,践行他的"以德报怨以正祛邪"的"仁义"法则;他挺直的腰杆被黑娃打断,但当黑娃"学为好人"之后他也丝毫不念旧恶,甚至在黑娃被处死时是唯一替他求情的人。不过当有人违反了礼义的准则,他也毫不手软,无论是对于聚赌的乡亲还是犯了奸淫之过的狗蛋、小娥以及自己的亲生儿子白孝文,他都毫不留情地施以酷刑。尽管作家并没有回避白嘉轩身上所传承的传统文化的某些糟粕,如认为"女子无才便是德",拒绝女儿白灵去城里念书,因为黑娃和小娥的婚姻没有三媒六证而拒绝他们进祠堂拜祖宗等等,但从作者对白嘉轩的情感立场上可以看出,作者对这样一种传统文化是基本持欣赏、肯定态度的。"礼义"似乎成了教化人心的万能的法宝。小说中几乎所有人,无论是前清官吏还是国共两党的代表,以至土匪强盗、政客军阀,都对朱先生这样一个象征符号崇敬有加。曾经一度走入邪途的白孝文最终改邪归正,重新匍匐在"仁义"的脚下。即便如黑娃一开始对于这种文化有着本能的拒斥,甚至会打断"正直"的白嘉轩的腰杆来表达自己的离经叛道,但最终还是会幡然悔悟、"学为好人"。这样一种文化立场也引来了一些批评家的质疑,以为小说对传统文化的批判不够。

当然儒家文化的视角并非读解《白鹿原》唯一一端。作者也非常注意从性的角度来揭示人物性格的发展与命运沉浮。小说中的大量性描写也成为这部作品颇受争议的一个话题。但若没有那些性描写,许多人物便不会如此饱满和充满活力。而且有时性也是探寻人性深层、内心世界与性格构成复杂性的重要试剂,它可以彰显出自然人性同文化规束之间的巨大张力。例如作品中白孝文与田小娥偷情的描写。曾经长时间经受礼义教化的白孝文每当赤裸相见的时候总是"不行",只有在遭受了当众酷刑惩罚、彻底丢弃脸面之后才"第一回在小娥面前显示了自己的强大和雄健"。同样是性,在小娥身上却有着另外的含义。这是一个"仁义"之士眼中的"烂货",是个邪恶的女人,即便死后都会带来瘟疫。当初作为郭举人小妾的她跟黑娃的偷情自然带有肉欲的色彩,但这也是一个正常女人的欲望抒发,尽管不为礼俗所容。跟黑娃在一起之后,她的全部人生追求就只是做一个正当的庄稼汉的媳妇。她渴望自己的这一"名分"获得承认,但这样的要求却被"仁义"的正统法则冷冰冰地挡在祠堂之外。在这里,小娥以性反抗的是封建礼教和封建宗法制度的压迫。之后,为救黑娃,她顺从了鹿子霖的趁机占有。再后来,她也听从了鹿子霖的教唆,以身体去诱惑白孝文以达到报复白嘉轩的目的。这时,性就成了她的武器,这武器除了反抗封建礼教的压迫之外又带有报复、反抗男权主宰的意味。而在封建礼教和男权主宰着一切的空间里,这种以性作为武器的反抗一开始就已经注定了她悲剧性的毁灭。即便死后,也仍然被作为邪恶的象征而被焚烧、被镇压。

同时,作者也有意识地借鉴魔幻现实主义的手法,写了一系列不可知的神秘现象。比如白嘉轩死去的几个女人的鬼魂、鹿三被小娥的鬼魂附体、冤死鬼小娥带来的瘟疫、白灵冤死与白家人梦境之间的对应关系等等。这些一方面是民间文化或者地域文化的应有之义,另一方面也"敞亮出人的另一个生命空间和精神世界,使我们认识到人性的复杂并重新思考生命的意义"①,从而加深对于生命的认识与理解。

作为一部严肃文学作品,《白鹿原》之所以获得评论家和普通读者如此的欣赏和喜爱,也是跟作者对于小说可读性的重视分不开的。陈忠实曾提及自己动笔之前曾认真研读过美国畅销书作家谢尔顿的作品,这坚定了他认为"长篇写作要有故事的生动性,包括可读性"的观点,"因为作家不只为评论家写小说,更重要是为读者写小说"。②而对于"文学经典"问题,陈忠实也有自己的认识,他说:"至于具体到一个作品能否成为经典,当代恐怕很难判定。当代人能感受作品出来时那种确实令人激动不已的艺术力量,但还不能说它就是经典,需要靠时间来检验。任何一个作家都想倾其毕生精力创造一部不朽之作,但究竟能否不朽,还得留给历史来检验……"③

的确,现在来判定《白鹿原》是否已经是一部经典还为时尚早。不过可以肯定的是,问世将近二十年后的今天,这部作品依旧散发出充沛的艺术魅力。

---

① 董健、丁帆、王彬彬:《中国当代文学史新稿》,人民文学出版社2005年,611页。
② 陈忠实:《〈白鹿原〉获茅盾文学奖后答问录》,见《〈白鹿原〉评论集》,421页。
③ 同上书,422页。

《长恨歌》

王安忆的长篇小说《长恨歌》最初连载于《钟山》1995年第2、3、4期,随后由作家出版社出版单行本。但正像陈思和先生所言,这部小说问世之后"相比王安忆在1990年代上半期创作的一系列重要小说如《叔叔的故事》、《乌托邦诗篇》和《纪实与虚构》等,《长恨歌》所引起的关注似乎远远少于前者。那个时候无论是作家自己、还是评论家和读者,都没有把它看成是王安忆最重要的作品"[1]。王安忆本人也坦承《长恨歌》的走红"有很大的运气":"譬如,当初张爱玲的去世引发了张爱玲热,许多人把我和她往一块比,可能以为我们写的都是上海故事,对上海的怀旧时尚客观上推动了读者关注写上海故事的小说……"[2]可以说,《长恨歌》的走红和备受推崇的确跟上述两方面因素有关,尤其是后者——当作为城市文化重要一端的"上海热"兴起之后,《长恨歌》这样写"老上海"的故事的作品自然吸引了人们怀旧的眼光,并由此而热销。

当然,除了这些外力之外,作品本身的魅力也是不容忽视的,1996年《长恨歌》在台湾出版后就曾获选《中国时报》开卷好书奖十大好书中文创作奖,随后1998年获得第四届上海文学艺术奖,1999年获选《亚洲周刊》20世纪中文小说一百强,2000年获选1990年代最有影响力的十部作品并且排名第一,同年获得第五届茅盾文学奖。2001年,《长恨歌》获得马来西亚《星洲日报》主办的首届"花踪"世界华文文学奖。目前该书除在大陆外,其中文繁体字版和英文、法文版行销台港澳、东南亚以及全世界。由小说改编的同名电影(关锦鹏导演)和电视剧(丁黑导演)也获得了巨大的成功。

《长恨歌》讲述的是一个上海女子40年间的情与爱。主人公王琦瑶是"典型的上海弄堂的女儿",既没有豪门贵族小姐的高高在上,也不像生长在贫民窟的女孩子那般局促寒酸。她生就一副小姐样,"却是员外家的小姐"[3]。她漂亮优雅、时尚摩登,又带有些许感伤,该有的小资情调她都有,却不会给人高不可攀的距离感。片厂游玩过程中的一次偶然试镜改变了王琦瑶的生活,她先成了"沪上淑媛"登上《上海生活》杂志的封二,接着又参加了1946年的"上海小姐"选举,并且获得了季军。舞台上的荣耀虽一闪

---

[1] 陈思和:《中国现当代文学名篇十五讲》,北京大学出版社2003年,376页。
[2] 王安忆:《王安忆说》,湖南文艺出版社2003年,153—154页。
[3] 关于作品的有关引文均引自《长恨歌》,作家出版社1999年。

而过，但从此，王琦瑶却开始接触并走进了弄堂之外的洋房世界。她拒绝了摄影师程先生的爱情，成了政要李主任笼中的金丝雀，住进了爱丽丝公寓。时局动荡、山河变色的岁月里，李主任死于空难。王琦瑶带着李主任留给她的一盒金条避乱邬桥，然而上海却无时无刻不在召唤着她，终于，她重返上海住进平安里，在护士教习所学习三个月后，得到一张注射执照，于是挂牌行医替人注射。新政权对上海进行了改造，上海呈现出社会主义的新面目。但王琦瑶和一些经历过旧上海繁华的人如严家师母、毛毛娘舅康明逊等却私下里形成一个小沙龙，漫长的下午茶时光里，他们一遍遍温习着往日的小资情调。王琦瑶与康明逊走到了一起，她怀孕了，想将腹中的孽障赖到革命混血儿萨沙身上并去堕胎，但却终于难以割舍，将孩子生了下来。重新取得联系的程先生给了王琦瑶母女无微不至的关照，她甚至想到以身报恩，但程先生却婉拒，不久之后"文革"开始，程先生自杀。女儿女婿出国之后，孤寂中的王琦瑶结识了一个醉心于旧上海风尚的"老克腊"，再次陷入感情纠葛。为了留住这个年轻的情人，她甚至拿出了多年来安身立命的家底——女儿都不曾见过的金条，但却吓跑了"老克腊"。也因为这盒金条，王琦瑶最后命丧黄泉。

《长恨歌》出版乃至走红之后，尽管有许多评论家从文学审美的角度对其进行了批评，但更多的评论却是从性别研究以及城市文化的角度所做的社会学意义上的分析。王安忆自己在访谈中也曾提出，在这部作品中"我写了一个女人的命运，但事实上这个女人只不过是城市的代言人，我要写的其实是一个城市的故事……这个女人是这个城市的影子"①。此言一出，对于《长恨歌》的"城市学"解读就更是顺理成章了。

既然作者写的是"一个城市的故事"，那么对于《长恨歌》第一章的理解也就不那么困难了。因为相对于整个故事的叙事进程来说，第一章对于弄堂、流言、闺阁、鸽子等等的描写的确是可有可无的——尽管作者自己认为"故事前面是重要的，那是为主角出场搭好舞台"②。这一章很可以见出一个女作家的细腻、敏锐与良好的语言感觉，但从阅读效果上来说，的确"就是反反复复让人昏昏欲睡的沉闷与琐碎"③。但作者既然写的是"一个城市的故事"，那么这些拖沓琐碎唠叨的字里行间就处处让人感受到作者对这

---

① 齐红、林舟：《王安忆访谈》，《作家》1995年第10期。
② 王安忆：《王安忆说》，湖南文艺出版社2003年，193页。
③ 陈思和：《中国现当代文学名篇十五讲》，北京大学出版社2003年，385页。

个城市一隅的非凡的观察与体会。

海外学者王德威曾将《长恨歌》的出现当做"海派文学"的当代再现,但王安忆对这顶"海派"帽子并不领情。对于许多评论者认为《长恨歌》"怀旧"的说法,王安忆也辩驳道:"《长恨歌》很应时地为怀旧提供了材料,但它其实是个现时的故事,这个故事就是软弱的布尔乔亚覆灭在无产阶级的汪洋大海之中。"①陈思和先生也认为"恰恰与海外的'怀旧说'相反,我从小说里读出了一种巨大的反讽与挑战:王安忆在向形形色色矫揉造作的'海派怀旧'文章挑战,她以王琦瑶卑琐的死,讽刺了当今上海所谓的'怀旧热'文化的粗鄙性实质"②。

其实,尽管怀旧在一定程度上已经成了一种粗鄙的时尚,所以有思想追求的作者本人耻于与怀旧者为伍,但其实怀旧也未必就是坏事,关键得看怀的是什么"旧"。在我看来,尽管作者创作这部小说未必有怀旧的主观意图,但从文本来看,说它是一个怀旧的文本也不算错——"现时的故事"同样可以包含怀旧的意味。

王晓明在论及文学的上海"怀旧热"时说:"它是怀旧,却不回去怀两百年前那城墙弯窄的小县城的旧,也很少怀沦陷时期满街日本军警、路人动辄被搜身那样的旧,它的视线始终流连在二三十年代,仿佛那之前和之后的事情都不曾发生。它是怀上海的旧,但它既不怀苏州河两岸的工厂、仓库和棚户区的旧,也很少怀市南、市北那些弯弯曲曲的平房里弄中的贫民生活的旧,甚至也不大怀石库门里'七十二房客'式拥挤生活的旧,它的目光只是对准了外滩、霞飞路(今淮海路)和静安寺路(今南京西路),对准了舞厅、咖啡馆和花园洋房……"③这样的批评自然是有道理的,过于单一的怀旧遮蔽了历史本来的丰富性,甚至变得粗鄙、势利。然而对于"上海怀旧"而言,既然"始终流连于二三十年代"都市繁华的现代化景观,那么这种怀旧本身也就与王晓明在同一篇文章中批判的那种"现代化崇拜"的"新的意识形态"构成了同一个问题的两个方面。也就是说,怀旧的本质其实是"追新",它同样代表了一种现代性的追求。沿着这样一种思路,《长恨歌》也就不难理解了。小说中的布尔乔亚其实是现代性的表征之一,而"布尔乔亚覆灭在

---

① 王安忆:《王安忆说》,湖南文艺出版社 2003 年,120 页。
② 陈思和:《中国现当代文学名篇十五讲》,北京大学出版社 2003 年,12 页。
③ 王晓明:《从"淮海路"到"梅家桥"——从王安忆小说创作的转变谈起》,《文学评论》2002 年第 3 期。

无产阶级的汪洋大海之中"的过程其实也就是现代性被压抑的过程。小说的三部分其实可以分别对应为现代性的历史面孔、被压抑的现代性以及现代性的追寻这三个命题。

《长恨歌》第一部写的是1946年前后到1948年的上海。此时的上海经历了抗战期间的沦陷,已是元气大伤,难以与二三十年代的繁华相比,但其现代性的内核没有发生根本的改变,仍旧呈现出一种都市现代性的景观。1999年哈佛大学出版社出版的李欧梵的英文专著《上海摩登:一种新都市文化在中国1930—1945》,以"摩登"(modern 即"现代")来概括1930—1945年间上海的都市文化景观,将沦陷时期也包含了进去。既然沦陷时期摩登都在继续,那么"光复"之后的摩登自然会老树新芽重新焕发生机。尽管有学者认为"我们应该明确地意识到,现在上海人引以为荣的昔日豪场繁华的'家底',其实正是在丧权辱国的租界阴影下形成的畸形社会",因而不能在怀旧热中一笔勾销殖民地带来的耻辱①,但若暂时搁置民族的立场,那么殖民地带来的现代性也是实实在在的现代性,摩登也是真摩登。《长恨歌》第一部中所展现的,无论是留声机里的"四季调"、费雯丽主演的《乱世佳人》、收音机里评弹越剧股市行情,还是片厂、"派推"、上海小姐选举,这其中呈现的都是一种都市现代性的景观。尤其是"上海小姐"选举,更是摩登之精髓所在。作者写道:"'上海'是摩登的代名词,'上海小姐'更是摩登的代名词,上海这地方,有什么能比'小姐'更摩登的呢? 这事情真是触动人心,这地方,谁不崇尚摩登啊? 连时钟响的都是摩登的脚步声……"

到了第二部,上海经历过新政权的改造之后,摩登的景观已然远去,原先那些追逐摩登的上海人,大都已经被彻底改造,淹没在无产阶级的汪洋大海之中,偶有一些对昔日的摩登不肯忘情者,他们虽然骨子拒绝溶入大海,但也只能处于一种沉潜的状态。偶尔被波浪推到海面之上,也还止不住心惊胆战。王安忆曾说,《长恨歌》第一部所写的40年代上海,她并没有经历过,都是出于想象,自己觉得写得最好的是第二部,因为那里面有她自己的经验和记忆。一岁时王安忆随着父母到了上海,她父母所属的南下干部群体,正是改造旧上海的主力军。可以说,她的记忆就是伴随着对旧上海的改造和摩登的日渐消失而长成的。小说中虽然没有直接写到这种改造,但字里行间却透露出摩登的日渐消失的怅惘。王琦瑶沙龙中那些忠实的布尔乔亚对摩登的坚守也是通过一些细节展现出来的。回到上海做了护士的王琦

---

① 陈思和:《中国现当代文学名篇十五讲》,北京大学出版社2003年,384页。

瑶外出打针时"总是穿着一件素色的旗袍,在五十年代的上海街头,这样的旗袍正日渐消失,所剩无多的几件,难免带有缅怀的表情,是上个时代的遗迹,陈旧和摩登集一身的……"毛毛娘舅康明逊出场的时候,表姐严家师母说到从前的康明逊"西装短裤,白色长筒袜,梳着分头,像个小伴童",而面对眼前穿着"一身蓝咔叽人民装"的康明逊时则"不由神情黯淡了一下说:人是不讨嫌,只是这一身衣服,左看右看不入眼",王琦瑶也止不住"去想他身穿西装的样子,竟有些怦然心动"。萨沙第一次去王琦瑶那里打麻将的时候,作者写道:"……要不是他的普通话给她们官腔的感觉,心生隔膜,气氛便可好得多。"无论是旗袍(当年"上海小姐"竞选,第一轮就是旗袍装)与西装的日渐消失、人民装的流行还是普通话(官话)的渐成主流,点点滴滴都透露出新政权下上海这座城市的变化。而打麻将、下午茶这些昔日再平常不过的活动也只得转入地下,偷偷摸摸进行。不过在无产阶级的汪洋大海之中,这种布尔乔亚趣味虽被压抑,但也毕竟在延续着。之后,通过王琦瑶看夜里第四场电影的所思所感,小说更加直接写出了这种倔强的拒绝溶入大海的现代性暗流:

> 第四场电影是这城市残留的一点夜生活了,是这不夜城还未冥灭的一点芯。第四场电影已经坐不满了,余着一半座位,也是寂寞。回来的路上是人意阑珊更加寂寞。这不夜城如今到处写着"夜"字,梧桐树影是夜色,候车的人满脸都是夜色,电车进场当当地敲着夜声,路灯霓虹灯全是夜的眼。不过,这城市,再是夜,也有一些萌动的挣扎的光,河的暗流似的。全身心去注意,才可觉察出来。(175 页)

这是作者对那个年代上海最用心的观察。从中"她敏感地意识到,即便是在无产阶级革命呼声最高最热烈的时代里,也仍然悄悄地保存着一个潜在的、柔软的、市民社会的上海,它在革命的和政治的上海之外,构成了这座城市的人生基础和更加持久的民间生活,而这些,才是作者在小说中试图要表现的内容"①。小说以暗夜里"一些萌动的挣扎的光"来象征被压抑的现代性,不难看出其价值立场,也不难看出其对摩登的上海精神所持的态度。

《长恨歌》第三部的内容起于 1976 年,这一年"拨乱反正"成了整个中国社会的关键词。这种转变,带给王琦瑶的女儿薇薇这代年轻人,最直观的是生活美学范畴的:"播映老电影是一桩,高跟鞋是一桩,电烫头发是又一

---

① 陈思和:《中国现当代文学名篇十五讲》,北京大学出版社 2003 年,391 页。

桩……"这时"怀旧热"并没有流行,但上海既然意识到要变,便首先将目光瞄准了过去,去接续历史上曾经的"摩登传统",重新发现并拾起被压抑了二十多年的现代性。于是,时髦(摩登在新时代的代名词)不再作为一种被批判的带有强烈布尔乔亚色彩的价值观与生活方式,而是获得了官方的认可。"现代化"逐渐成为一种新的意识形态——其实这种新的意识形态在上海的历史上也是依稀存在过的。于是,怀旧也就不可避免地与"追新"(追求时髦、现代)一起并驾齐驱了,尤其是那些经历过旧上海繁华的老人,更容易看穿这两者之间的联系。《长恨歌》当中说:"到了第二年,服装的世界开始繁荣,许多新款式出现在街头。据老派人看,这些新款式都可以在旧款式里找到源头的。"

"时髦"一旦解禁,随之而来的便是一拥而上的争相时髦。于是,这种时髦也就不免显露出仓促、肤浅甚至粗鄙。"薇薇他们的时代,照王琦瑶看来,旧和乱还在其次,重要的是变粗鲁了……这城市变得有些暴风急雨似的,原先的优雅一扫而空。"这也难怪,薇薇这代人已经没有了旧上海的记忆,她们无所依傍无所参照,只是想当然的时髦。而当薇薇这帮人中的新时代时髦领袖张永红得以结识王琦瑶这位旧上海的摩登象征时,她也不由得感叹:"薇薇姆妈,其实你是真时髦,我们是假时髦。"张永红、"老克腊"等人,这些新时代王琦瑶的知己,在精神上其实是与王琦瑶相通的,她们的怀旧也是由衷的,带有虔敬、学习的姿态。他们看到了时尚与怀旧之间那根隐秘的丝线,并且抓在了手中。当旧上海的摩登一旦向他们敞开,他们立即意识到了自己同时代人所追求的时髦的不足,于是便去借鉴旧上海优雅的摩登,改良新时代时髦的粗鲁。真正有生命力的现代性追求,或许正在张永红、"老克腊"这些时髦潮流中的怀旧者身上。而小说最后王琦瑶的死,则可以看到作者对这种带有旧时代优雅的现代性的复杂态度。一方面,王琦瑶的死是注定的,从四十年前看到那个片厂场景的时候就已经注定了。王琦瑶是旧上海的文化象征,是旧上海摩登的代名词,旧的摩登必须死去,新的时髦必须取代它以占据主流的地位。这是历史发展的规律,无人可以左右。另一方面,杀死王琦瑶的却是大脚这样一个混迹在新时代上海时髦潮流中的骗子和流氓。这让人不免心生慨叹。肤浅的、粗鲁的甚至虚假的时髦,终于杀死了真正优雅的摩登。这预示着上海在新的历史条件下追寻现代性的道路并不平坦。

《长恨歌》,正是这样一部描述上海都市现代性历史变迁的书。"长恨"既可以是上海小姐王琦瑶那从来都残缺的爱情之恨,也可以是上海都市现代性被压抑、重新追求过程中的曲折之恨。

第二节 诗歌经典解读

《死水》

《死水》是新月派诗人闻一多最重要的代表作之一。作品以其醇厚深沉的诗情，铿锵和谐的韵律，典雅富丽的语言，新颖精巧的结构，毋庸置疑地成为现代新诗园地的经典。

单从内容上来看，《死水》无疑是一首激愤之作。1925年，诗人在结束了三年留美游学的生涯之后，怀着一腔热烈的报国之志和殷切的期待之情回国。然而，呈现在他面前的祖国却是一幅令人极度失望的景象——军阀混战、帝国主义横行，诗人的感情由失望、痛苦转至极度的愤怒。

作品一开头，诗人就表达了对现状的彻底失望："这是一沟绝望的死水，清风吹不起半点漪沦。"愚昧喑哑的国民，毫无生气的国土，沉闷腐朽的滞重感，深深地堵塞在诗人的胸臆之间。面对此情此景，诗人满怀忧愤地对这一沟"死水"发出了激烈的诅咒，并将其转化为一种爱极生恨的破坏欲。他要火上浇油，丑上加丑，乱上加乱："不如多扔些破铜烂铁，爽性泼你的剩菜残羹。"

于是，在接下来三节中，诗人尽情泼洒自己丰富的想象，把这沟"死水"的丑反讽为种种"美"的假象：在"死水"的浸泡中，破铜烂铁氧化锈蚀，铜绿竟如"翡翠"，铁锈却像"桃花"；油腻浮动在水面上，织成一层"罗绮"，霉菌滋生蒸腾，如同"云霞"。随着时间的推移，"死水"发酵成了一沟"绿酒"，"漂满了珍珠似的白沫"，并引来蚊虫们的光顾聚集。至此，这沟"死水"已是"鲜艳夺目、光彩照人"了，而青蛙们几声不甘寂寞的鸣叫，又为这里增添了几分热闹。诗人极尽揶揄反讽之能事，以"溢美"之辞，写尽了"死水"肮脏、腐臭、滞浊、沉寂的本质。

到最后一节，诗人的一腔激愤之情已经抑制不住了，终于以斩钉截铁的语句对这沟死水作出了彻底的否定：这是一沟绝望的死水，这里断不是美的所在！如果把这里交给那些丑恶的势力来开垦，最终造出的必定是一个更为丑恶的世界。从中，可以感受到诗人对军阀统治下的旧中国的彻底失望和无情的诅咒。

通读全诗，我们的心灵时不时会被诗人那种炽热如火的激愤之情所灼痛。闻一多在一封信里曾谈到:"我只觉得自己是座没有爆炸的火山,火烧得我痛,却始终没有能力(就是技巧)炸开那禁锢我的地壳,放射出光和热来。只有少数跟我很久的朋友(如梦家)才知道我有火,并且就在《死水》里感觉出我的火来。"①正所谓"爱之愈深,恨之愈切",激烈的诅咒背后饱含着诗人巨大的郁结与沉痛。恰如朱自清所说:"这不是'恶之花'的赞颂而是索性让'丑恶'早些恶贯满盈,如此激愤之词,'绝望'里才有希望。"②的确,在这首诗里,爱与恨、火与水、希望与绝望轮替交织,在摧枯拉朽的诅咒之中,内蕴着一种渴望光明、呼唤新生与希望的力量,张力十足。

法国诗人波特莱尔曾说过:"丑恶经过艺术的表现化而为美,带有的韵律和节奏的痛苦使精神充满了一种平静的快乐,这是艺术的美妙的特权之一。"③用这句话来形容《死水》的艺术魅力极为妥当,因为在中国新诗史上,《死水》可以称得上是一首"化丑为美"的典范。"死水"作为整首诗的核心意象,它污秽腐败、霉菌滋生,表现为极度的丑陋。然而,这些丑陋意象的组合,读来却让人感觉深文隐蔚,伏采潜发,有一种独特的美韵。首先,对丑的揭露、谴责和批判是令人愉快的,即以美裁判丑,激起的恰是审美的快感。其次,形式美对内容丑的征服与消融,也使诗作获得了独特的美感——音乐上的和谐之美,色调上的沉郁之美,结构上的整饬之美,三者浑然合一,生成拨动人心的诗的韵味。

作为新诗格律化的倡导者,闻一多在《诗的格律》一文中曾说:"越是有魄力的作家,越要带着脚镣跳舞才跳得痛快,跳得好。只有不会跳舞的才怪脚镣碍事,只有不会做诗的才感觉格律的束缚。对于不会作诗的,格律是表现的障碍物;对于一个作家,格律便成了表现的利器。"并且进一步指出:"诗的实力不独包括音乐的美(音节),绘画的美(词藻),并且还包括建筑的美(节的匀称和句的均齐)。"④这就是通常人们所说的新诗创作的"三美"要求。

《死水》一诗就是闻一多追求诗歌"三美"的典范之作。首先,音乐上的和谐之美("音乐美"):这首诗节奏感极强,每个诗行的字数相等,都由一个三音节和三个双音节组成。如诗的第一节:

---

① 闻一多:《致臧克家先生的信》,《闻一多研究资料》(上),湖北人民出版社1994年,122页。
② 朱自清:《闻一多全集·序》,《闻一多全集》第1卷,湖北人民出版社1993年。
③ 波特莱尔:《论泰奥菲尔·戈蒂耶》,见《波特莱尔美学论文选》,人民文学出版社1987年,85页。
④ 闻一多:《诗的格律》,《闻一多全集》第2卷,湖北人民出版社1993年,141、142页。

> 这是/一沟/绝望的/死水,
> 清风/吹不起/半点/漪沦。
> 不如/多扔些/破铜/烂铁,
> 爽性/泼你的/剩菜/残羹。

并且以每行诗句中三音节所处位置的变动不居,形成了诗歌韵律的抑扬顿挫。同时,诗人参照古韵隔行押韵,均以双音节结尾,使作品读来朗朗上口,铿锵有力。

其次,色调上的沉郁之美("绘画美"):闻一多有极强的绘画功底,《死水》一诗就是其与绘画的联姻之作。诗中用词典雅富丽,杂色纷呈,像一幅充满现代感的印象派画作。如第二节中,诗人通过铜锈与翡翠、铁锈与桃花、油腻与罗绮、霉菌与云霞的鲜明对照,构成强烈的视觉冲击。

最后是结构上的整饬之美("建筑美"):"建筑"其实喻指诗歌的外部形体,即诗歌的外部结构,按闻一多的说法是"属于视觉方面的格律"。《死水》一共五节,每一节均是四句,每一句又都是九个字,字数相等,音尺数也相同,给人一种严整的感觉。同时,第一节与第五节的首句都是"这是一沟绝望的死水",回环复沓,反复咏叹;第二、三、四节之间也环环相扣。整首诗的结构稳定、圆满,形成了诗歌的"节的匀称和句的均齐",实现了他倡导的"建筑美"。

正因此,司马长风在《中国新文学史》里说,《死水》"五节,二十行,一百八十字,无一节不铿锵有声,无一行不灿烂夺目,无一字不妥帖精当",并称赞它"象征了新诗的成熟,是新文学的一个里程碑"。[①]

《雨巷》

《雨巷》大约写于1927年夏天,最初发表在1928年8月出版的《小说月报》第19卷第8号上,作品一发表,即引起了很大反响,当时代理《小说月报》编辑的叶圣陶说,"这首诗替新诗底音节开了一个新的纪元",戴望舒也因此获得了"雨巷诗人"的雅号。

纵观二三十年代的诗坛,以戴望舒为代表的现代派诗歌是一个引人注目的群落。他们在借鉴西方象征派诗歌重直觉、多暗示和尽可能表现潜意识情绪等创作方法的同时,又从中国古典诗词中找到了传统情绪、传统意象

---

① 司马长风:《中国新文学史》(上卷),香港昭明出版社1980年,201页。

和意境的创造法,融会中西,实现了传统与现代的成功嫁接。因此,在涣散浅白的自由诗、新月派新格律诗体以及李金发的象征派等诗体盛行时,《雨巷》的出现,的确示范出了一种更加成熟的现代诗歌品质。

《雨巷》带给人们的,首先是一种朦胧而又幽深的美感体验。从意境来看,整首诗弥漫着淡淡的哀愁与忧郁,在绵绵的江南细雨中,诗人"撑着油纸伞,独自/彷徨在悠长,悠长/又寂寥的雨巷",在潮湿、凄清的氛围里,他孤寂的内心却怀着一个美好的希望:"我希望逢着/一个丁香一样的/结着愁怨的姑娘。"这个神秘的江南女子,被诗人赋予了美丽而又忧愁的气质,"她是有/丁香一样的颜色,/丁香一样的芬芳,/丁香一样的忧愁,/在雨中哀怨,/哀怨又彷徨",而且,她的心境也和"我"一样寂寥而惆怅,撑着油纸伞,在这清冷的雨天小巷里独自彷徨。然而,这并非现实的巧遇,而是幻觉中的邂逅,"她飘过/像梦一般的,/像梦一般地凄婉迷茫","在雨的哀曲里,/消了她的颜色,/散了她的芬芳,/消散了,甚至她的/太息般的眼光/丁香般的惆怅"。所以,与姑娘的相逢,只是诗人一厢情愿的"白日梦式"的想象;错身而过,便成为不可避免的结局;最终,诗人撑着油纸伞,继续彷徨在悠长的雨巷里。全诗像一曲余音缭绕的水乡古调,一唱三叹,回环复沓,意境深远而蕴藉;随着词语和音节的缓缓流淌,读者的心灵仿佛一下子沉浸到一幅深具中国古典诗歌意蕴的江南烟雨图里,浸润在凄清、朦胧的氛围里,浑然忘我。这也许就是《雨巷》深深打动一代代读者的原因所在。

从抒情格调来看,《雨巷》的境界与古典诗词中"青鸟不传云外信,丁香空结雨中愁"(李璟《摊破浣溪沙》)以及"芭蕉不展丁香结,同向春风各自愁"(李商隐《代赠》)相比,其悒郁惆怅的情调似乎极为相像。但是,这并不意味着这首诗仅仅是以现代汉语对传统诗词做的简单复现。恰恰相反,戴望舒的创作"上承中国古典的余泽,旁采法国象征派残芬"[①],《雨巷》无疑是中国古典与西方现代艺术两种传统融合之后,所开出的一朵艺术奇葩。诗中"丁香"、"细雨"等体现传统与民族特色的"寄托物",使读者为古典诗词所培养起来的审美心理获得感奋、认同与享受;而法国象征派的艺术手法,又使得作品获得了一种现代诗歌的品格——反对直接披露,而诉诸间接联想与暗示。"雨巷"时期的戴望舒受法国象征派诗人魏尔伦的影响很大,而魏尔伦诗歌的主要特点是:追求形象的流动性、主题的朦胧性和诗歌的音乐性。以此来形容《雨巷》,也是极为精准的。

---

① 余光中:《评戴望舒的诗》,《名作欣赏》1992年第3期。

"丁香一样的姑娘"作为诗歌的整体象征物,由于其朦胧多义,对其象征内涵的解说,历来众说纷纭,不一而足。主要有以下几种:一、政治理想的幻灭。《雨巷》作于1927年,此时正值大革命失败,五四理想幻灭,小资产阶级知识分子因一时看不到前途,找不到出路而陷入了迷惘、彷徨之中。诗作表达了戴望舒作为一个具有进步思想、积极投身革命的青年,在美好政治理想破灭之后的苦闷与空虚,同时也传达出了整个时代的情绪。二、对爱情的渴望。戴望舒对施蛰存的妹妹施绛年一见钟情,展开执著的追求,然而芳心不动,诗人想坚持又深忧希望渺茫,诗中所写的是"我"对爱情的追求与向往、憧憬与期待,以及因爱而生的痛苦、无奈和甜蜜的忧伤。三、对人生的迷茫。"雨巷"象征着漫漫人生路,那"丁香一样的姑娘"则是"我"生命中飘渺的希望或理想。诗中"我"寻觅求索→与"姑娘"相逢→"姑娘"消失→再度寻觅的过程,正是人生寻寻觅觅,不断由希望到失望、由失望复希望的隐喻。主题的多重意蕴,使《雨巷》超越了时间和空间的限制,至今仍能唤起读者的普遍共鸣。

《雨巷》在诗艺上也是极为出色的,它的音乐性历来为人称道。戴望舒深受新月派诗歌追求"音乐美"的影响,在创作中也讲求便于吟诵、朗朗上口的音乐效果。《雨巷》大量运用了复沓、叠句等手法,造成了回环往复的旋律和宛转悦耳的乐感,韵律流畅而优美,节奏舒缓又悠扬,仿佛一首轻柔惆怅的小夜曲。全诗共有七节,第一节和最后一节除了将"逢着"改为"飘过"之外,其他语句完全一样,首尾呼应,表达"希望逢着一个丁香一样结着愁怨的姑娘"这一心愿,使主题得以明确、强化。不仅如此,诗句上的这种重叠反复,也构成了声音和感情的回环往复,强化了节奏,美化了声律,增强了诗歌的抒情色彩。而且,每个小节都是六行,但句子又长短不一,搭配成舒缓与明快相间的变化节奏,造成了起伏变化的音乐效果。从语言节奏来看,长句对应着舒缓的节拍,给人以柔和、绵长的感觉,短句对应着明快的节奏,给人以高扬、激动的感受,在全诗凄清哀怨的基调下,有时舒缓、有时明快,使诗人感情的细微波动得到生动展现和传达,有一种律动之美。此外,诗的押韵也极见功力,既整齐又灵活。全诗押"ang"韵,每小节的末尾都以此作结:"娘"、"徨"、"怅"、"茫"、"巷"、"怅"、"娘";但是每小节韵脚字数又有所不同,且韵脚位置也有变化,有的是连续两行押韵,如首、尾两节;有的是隔行押韵,如第三、第五、第六节。这种既整齐又灵活的韵律,使诗歌呈现出和谐而灵动的乐感,读起来十分悦耳动听。

总之,戴望舒的这首《雨巷》,是一朵传统与现代相融合所开出的艺术奇葩。他既摒弃了西方象征派诗歌的那种难以捉摸的神秘、晦涩，又彻底摆脱了五四初期以胡适为代表的白话诗的那种浅白如话、以口语分行排列的形式。他将中国古典诗词中的古雅意象、风格与西方现代主义诗歌重视抒写内在体验和潜意识心理空间的特点结合起来，创造了一种绝佳的艺术质地。

《再别康桥》

一首优秀的诗歌作品，不单只是内容+形式的简单集合，更是一个多层次有机构成的精美体系，它能经受住一代代读者目光的打量，焕发出历久弥新的艺术魅力。别林斯基曾说："普希金是第一个偷到维纳斯腰带的俄国诗人。"经历了康桥时期的徐志摩，也幸运地找到了这条金色的腰带。他的这首《再别康桥》，就让我们感受到了那种永恒的艺术之美。

1928年11月，徐志摩重游康桥（Cambridge，今译为"剑桥"）故地，在归途中写下了这首传世之作。诗人以流动的画面、美妙的意境，配合着轻柔优美的旋律，向我们娓娓诉说了自己对母校的回忆、对往昔的留恋和对爱与美的追寻："轻轻的我走了，/正如我轻轻的来；/我轻轻的招手，/作别西天的云彩"，诗人抒情的语气缱绻深情又略带忧伤，连用三个"轻轻的"，使我们仿佛置身于一种悄吟低语的亲密氛围，感受到诗人绵延的情思与深长的离愁，以及那回味不尽的温情。

"作别西天的云彩"是点题之句，它开启了诗人情感的闸门，让内心涌动的情感缓缓流出，作为抒情的过渡，自然地引发出对康桥美好过去的回味。诗人目光也由远处的云彩回到近处的康河：

　　那河畔的金柳，
　　　　是夕阳中的新娘；
　　波光里的艳影，
　　　　在我的心头荡漾。

　　软泥上的青荇，
　　　　油油的在水底招摇；
　　在康河的柔波里，
　　　　我甘心做一条水草！

这些诗句中所呈现的意象清新柔美而又情致婉约，将傍晚余晖下的康河景致展现得如此动人。一个好的比喻会一下子点亮读者的眼睛，在这一节中,诗人以"夕阳中的新娘"来比喻"金柳",这是绝对新鲜的。其实,"垂柳"这一传统意象在中国古典诗词里是十分常见的,因"柳"、"留"谐音,故离别诗中多写及此物,如"昔我往矣,杨柳依依;今我来思,雨雪霏霏"(《诗经·采薇》),"天下伤心处,劳劳送客亭;春风知别苦,不遣柳条青"(李白《劳劳亭》)等等。但在这里,徐志摩没有简单地对其进行借用,而是巧妙地灵犀一动:他用"夕阳中的新娘"这一蕴涵无限柔情蜜意的比喻来修饰"金柳",使其获得了一种生命的活力,与传统诗词中的离愁别恨相比,这样的离愁似乎更带有一种甜蜜的遗憾。

徐志摩对康桥怀有深厚的情感,他曾说过,"我敢说的只是——就我个人说,我的眼是康桥教我睁的,我的求知欲是康桥给我拨动的,我的自我意识是康桥给我胚胎的"①。因此,康桥对于徐志摩而言,不只是风光宜人、景物清新的求学之地,更被他称作"难得的知己","生命的泉源"和"精神的依恋之乡"。可以这么说,康桥就是诗人一生所追寻的爱与美的象征。所以,当诗人看到软泥上的青荇在水底油油招摇的时候,忍不住发出这样的感叹,"在康河的柔波里,/我甘心做一条水草!"一尘不染的康河,自由欢快的水草,让诗人幻想与康河融为一体,只做一条水草,就心满意足。其透明的赤子之心和真挚的情感令人动容。

另外,这两节在诗艺上也是极为讲究的,如果说前一节是化客为主,让"金柳"变成"新娘"的话,那么后一节则是移主为客,想象"我"幻化为康河里的一条"水草";于此,诗人与康桥相互交融,物我两忘,恍惚间竟有"庄周梦蝶"的意味。

在接下来的第四、五节中,诗人抒情的目光沿着康河上溯,来到承载着他美好爱情记忆的拜伦潭:"那榆荫下的一潭,/不是清泉,是天上虹;/揉碎在浮藻间,/沉淀着彩虹似的梦。"诗人所描绘的榆荫下的拜伦潭,秀逸中见幽深,宛如一个波光灿烂、沉静迷离的梦境。为此,诗人要去寻梦:"寻梦?撑一支长篙,/向青草更青处漫溯;/满载一船星辉,/在星辉斑斓里放歌。"在这里,诗人似乎忘记了他将要离康桥而去,沉浸在自己的想象之中,想撑着一支长篙,泛着小舟,到青草更青的地方,寻找心中的梦想。其中一个"溯"字尤其耐人寻味,它化用了《诗经·蒹葭》中"蒹葭苍苍,白露为霜,所谓伊人,在水一方,溯洄从之,道阻且长"的意境,暗含了对理想、爱情与美的追寻。然而,这注定与《蒹葭》中的"伊人"一样,只能是一个可望不可即

---

① 徐志摩:《吸烟与文化》,《徐志摩全集》(三),广西民族出版社1991年,103页。

的幻梦而已。

所以，在接下来的第六节中，诗人只能无奈地将笔触一转，由梦境回到现实："但我不能放歌，/悄悄是别离的笙箫；/夏虫也为我沉默，/沉默是今晚的康桥！"此一节突出了康桥的"沉默"，达到了无声胜有声的艺术效果，婉转地传达了内心的惆怅与情感的低回。其实，有时候沉默无言往往能蕴含着更多、更深刻的情感，像"执手相看泪眼，竟无语凝噎"（柳永《雨霖铃》）、"相顾无言，惟有泪千行"（苏轼《江城子》）等诗句，都是用这种"沉默"的艺术来表现内心的丰富情感。经由这一节，全诗的抒情节奏由明快转为徐缓，情感基调也与前四幅画面形成了鲜明的对比，由高而低，由扬转抑。从诗歌的整体架构来看，它在遥合了第一节离别主题的基础上，又铺垫出最后一节的忧伤情绪："悄悄的我走了，/正如我悄悄的来"，像是喃喃自语，又似浅唱低吟，既流露出几分无奈，几分黯然，又不显得过分伤感；最后诗人潇洒地"挥一挥衣袖，/不带走一片云彩"，洒脱而飘逸，颇具李白的神韵。

徐志摩作为新月派的旗手，深谙闻一多所倡导的"音乐美"、"绘画美"、"建筑美"的诗学精义。因此，在诗歌创作中他很重视诗歌的形式美感，注重格律，强调视觉上的"匀称"、"均齐"和听觉上的音乐性。这首《再别康桥》，就充分体现了这种艺术特色。

首先，这首诗在形式上非常齐整，全诗七节，每节的行数相等，字数也几乎相等，基本呈现出"六七六八"的格局，即每节基本上由"六字句——七字句——六字句——八字句"四行诗句组成，偶尔也会出现"六八七八"、"八八六八"的变化，整体上给人一种"节的匀称"和"句的均齐"的"建筑美"的印象。其次，诗中意象如"彩虹"、"金柳"、"青荇"、"柔波"、"水草"、"清泉"、"星辉"等，不仅色彩明丽，而且富于动态的生机，展现给我们的是一幅精美动人的康河晚景图，极尽诗的"绘画美"。再次，这首诗独特的音乐性也增强了它的艺术美感。其节奏整体上轻柔和缓，首尾两节分别将"轻轻的"和"悄悄的"两词重复使用，极尽缠绵温婉之态；诗中的"艳影"、"榆荫"、"清泉"、"荡漾"、"招摇"、"斑斓"等词，或双声，或叠韵，也具有一种回环复沓的音乐效果；此外，全诗的用韵也极为精到，每节二、四两句押韵，或平声，或仄声，布局巧妙，更使全诗读来抑扬顿挫，节奏分明，别具一种余音袅袅、宛转悠扬的旋律美。

《我爱这土地》

  艾青(1910—1996),原名蒋海澄,浙江金华人,中国20世纪的杰出诗人,曾被智利诗人聂鲁达称为当代"中国诗坛的泰斗"。在跨越半个多世纪的创作历程中,艾青始终把个人的体验和时代的呼声、民族的命运水乳交融,关注民生疾苦,抚摸现实疼痛,以饱蘸着血泪的苦难意识为诗坛奉献了《大堰河——我的保姆》、《我爱这土地》等一首首传诵不已的经典名作。

  1938年,在烽火连天的抗战岁月里,诗人出版了他的第二本诗集《北方》,《我爱这土地》便是此集中的压卷之作。

  艾青是土地的儿子,土地的诗人。在抗战时期,"土地"是艾青诗歌创作的核心意象。仅在诗集《北方》中,以"土地"为题的诗作就有三首,除了《我爱这土地》之外,还有《复活的土地》、《雪落在中国的土地上》。土地不仅是养育诗人生命的自然根基,也是培育诗人诗情、诗思的艺术根基。《我爱这土地》正是诗人以地之子的赤诚,对土地所抒发的深情吟唱。

  诗作开篇写道,"假如我是一只鸟,我也应该用嘶哑的喉咙歌唱"。面对博大深厚的土地,诗人自比为一只小鸟。相比于郭沫若在《天狗》一诗中把"我"比喻成一条可以吞食日月乃至整个宇宙的"天狗"那种无限扩大自我主体的想象方式,艾青在这里选择的却是一种把自我主体无限缩小的想象方式,以自我的小来反衬土地的博大,非常生动地表现了作为地之子的诗人,面对土地时的谦恭与虔诚。而且,这只小鸟还将用"嘶哑的喉咙"来歌唱,"嘶哑"二字传达了竭尽心力之后的憔悴感和伤痛之情,暗示这将是最后的歌唱,与后文"然后我死了"遥相呼应。

  要歌唱的是什么呢?是"这被暴风雨所打击着的土地,/这永远汹涌着我们的悲愤的河流,/这无止息地吹刮着的激怒的风,/和那来自林间的无比温柔的黎明……"这首诗诞生于抗日战争的时代背景之中,因此在表层的意义上,我们不难理解,"这被暴风雨所打击着的土地"指的是被侵略者的铁蹄所蹂躏和践踏的国土;"这永远汹涌着我们的悲愤的河流"和"这无止息地吹刮着的激怒的风",则是被侵略被压迫的亿万国民心中所激起的悲愤的情感之流和他们所发出的生命不息、反抗不止的愤怒呼号;而"那来自林间的无比温柔的黎明"所憧憬的则是胜利的希望和曙光——作者在这里以"温柔"来形容黎明,用的是通感手法,它赋予作为视觉形象的黎明以可触可感的质地,在看似不合理的语词搭配中,传达了最贴切的诗情。总之,诗人化作一只鸟,用最后的歌声所要深情歌唱的,是饱受欺凌、灾难深重的国土，是不屈不挠和勇于反抗的民族精神，是充满希望与光明的胜利前景。

"然后我死了，连羽毛也腐烂在土地里面"，首节以这样两行结尾，使全诗的情绪之流在此婉转低徊，动人心魄。在为时代和民族命运发出最后的歌唱、耗尽最后的心力之后，不动声色地死去，并且一切化入土地，消于无形，这样的死不仅是最赤诚的牺牲，也是最深情的皈依，更是最彻底的奉献。"落红不是无情物，化作春泥更护花"，这只鸟腐烂在土地里，必定为土地孕育和滋养新生。

第二节以简洁的两行诗句收束全诗："为什么我的眼里常含泪水？因为我对这土地爱得深沉……"这是广为传诵的名句，曾经打动过一代代的读者。实际上，如果仔细品读，我们会发现，与第一节借助鲜活的形象（"土地"、"河流"、"风"、"黎明"等）来含蓄地表达思想主题的抒情方法明显不同的是，作者在这里采用的是设问自答、直抒胸臆的真情告白。而且，从诗思和诗情的流动上，这一节与第一节之间似乎存在着某种跳跃感，缺少了一些必要的铺垫和过渡，显得有些突兀；收束也太过斩截，戛然而止，给读者带来的是一种类似哽咽的阅读体验。但这种跳跃感所带来的也是独特的情感升华效应，实现了从意象铺陈到情感喷发的急速飞跃。它放弃了技巧，告别了含蓄，以最为直白、素朴、鲜明和饱含深情的语言，获得了最能打动人心的艺术感染力。

必须指出的是，《我爱这土地》诞生于抗日战争的时代背景之中，因此，从反抗外来侵略、追求民族独立的爱国主义视角去理解其思想主题和时代内涵是自然而然的。但是，如果我们摆脱具体的历史局限，着眼于更为久远和广阔的时空范畴去理解这首诗作，也能发现内蕴于其中的对于千百年来民族苦难历史的本质性体察。也就是说，作品实际上也在一种更为普遍性的意义上，抒写了这片土地、这个民族在过去、现在、未来所经历过和仍将经历的一切苦难、挣扎和反抗，以及生于斯、长于斯的一代代赤子们对这片土地、这个民族至死不渝的深情和挚爱。这才是这首诗能够引发一代代读者持久的情感共鸣、获得永恒艺术魅力的真正原因。

1939年，艾青在《诗的散文美》一文中正式提出"诗的散文美"这一诗学理念，《我爱这土地》一诗在艺术上简洁、本色、自然，正是这一诗学理念的生动体现。用艾青的话来讲，所谓"诗的散文美"就是指"散文的不修饰的美，不需要涂抹脂粉的本色，充满了生活气息的健康"[①]。表现在创作中，

---

① 艾青：《诗的散文美》，见《艾青选集》第3卷，四川人民出版社1986年。

艾青"诗的散文美"的一个显著特征就是不主张押韵,不刻意讲究字数和音节的匀整,追求口语化、散文化和生活化。《我爱这土地》通篇不押一韵,句与句之间参差错落,并不追求形式上的工整划一;节与节之间也不强求对称与平衡,第一节有八行,而第二节则仅有短短的两行,在形式上完全是自由活泼、无拘无束的。但是,这并不意味着这首诗毫无韵律可言,只不过,艾青所追求的韵律,并非外在的形式化的韵律,而是他所说的"内在的旋律和节奏"①,也就是一种"倾向于根据感情的起伏而产生的"、"和情绪相结合的韵律",即一种"活的韵律"。② 品味《我爱这土地》,我们可以很清晰地感受到作者情绪的起伏变化:开头"假如我是一只鸟,我也应该用嘶哑的喉咙歌唱",传达的是一种充满伤痛之感的低沉的情思;其后四行诗句次第铺排,情绪逐步激昂;到"然后我死了"两句,情绪上复归于婉转低徊;最后到第二节"为什么我的眼里常含泪水,/因为我对这土地爱得深沉……",则以直抒胸臆的真情告白,干脆简洁地实现了情感的升华,迅速达到了情绪的高潮。总之,在诗人充分散文化的诗行中,我们可以从他的呼吸频率、语速快慢和情感变化中清晰地体味到一种与情绪相交融的连绵起伏的内在韵律。因此,作为"诗的散文美"的典范之作,《我爱这土地》也为中国现代自由体新诗的发展示范了一种崭新的可能。

《金黄的稻束》

郑敏(1920—),女,福建闽侯人,1939—1943年就读于西南联大哲学系,1952年在美国布朗大学研究院获英国文学硕士学位;回国后曾在中国科学院哲学社会科学部工作,后任教于北京师范大学,主讲英美文学。郑敏在西南联大就读期间开始诗歌创作,与著名诗人穆旦、杜运燮并称为"联大三杰",是1940年代具有现代主义创作倾向的诗歌流派——"中国新诗派"(亦称九叶诗派)的重要代表诗人之一。

《金黄的稻束》是郑敏1940年代的作品。这一时期郑敏的诗歌创作在她的老师冯至的导引下,深受里尔克、艾略特等诗人的影响;文学之外,郑敏又深具音乐、绘画等多方面的艺术修养。因而,她的作品善于从日常事物引发对宇宙与生命的思索,将抽象的观念、深沉的情思寓于鲜明可感的形象之中,在静物写生般的意象中凝结着澄明的智慧与静默的哲思,从而把读者引

---

① 艾青:《自由诗与格律诗》,见《艾青选集》第3卷,四川人民出版社1986年,272页。
② 同上书,274页。

入沉思的境界,达致对生命、对美的哲理性的追寻与注视。这一特点在《金黄的稻束》一诗中有着淋漓尽致的表现。

全诗以"金黄的稻束"为中心意象并以此开篇:"金黄的稻束站在/割过的秋天的田里",为读者呈现了一幅静物写生式的画面,明亮、庄重、静穆。正如唐湜所说,"真像是米勒(Jean Millet)的画"①,其色调和意境,确实很容易让我们想到米勒的油画《拾麦穗者》。由站立的"稻束"意象,诗人迅速把诗思由实景描摹转入心理想象,联想到"无数个疲倦的母亲",在两者之间建立了一种诗意的隐喻关系,并一直贯穿全诗的始终。后文所出现的"你们",既可指"稻束",也可理解为"母亲",两者借助这种隐喻关系的建立,在诗人的主观意识中合二为一,难分彼此。

借助象征与隐喻手法涵泳诗情与哲思,是以郑敏为代表的"中国新诗派"作为一个具有现代主义创作倾向的诗歌流派,与借重抒情手法的早期浪漫主义诗歌的主要分野。"稻束"与"母亲",都是孕育新生的母体。被收割的稻束,是以旧生命的完成转化为新生命的开端;而"疲倦的母亲",亦是以旧生命的衰老换来新生命的成长。这是二者可以互为隐喻、合二为一的哲理前提。因此,"黄昏路上我看见那皱了的美丽的脸",既是在明写"母亲",亦是在反喻"稻束"。"皱"是母体的憔悴,但他们孕育了新生,因而这种憔悴也是一种美丽的生命状态。作者借助诗意的想象,使"稻束"与"母亲"两种生命形式的意义相互阐发,为下文诗意空间的开拓和哲理内涵的提升打下了良好的基础。

接下来,诗人把中心意象置入一个更为开阔的背景空间,使开篇静物写生般的景象具备了更为清晰的画面感:收获日的满月在高耸的树巅上,暮色四合,远山环绕……整幅画面类似于马致远的"枯藤老树昏鸦,小桥流水人家",以静止无言为最大特色,因而作者写道,"没有一个雕像能比这更静默"。这种静默,是经历白天的劳作之后万物进入休歇状态时的恬静,是一种生命形式已告完成之后,在沉默之中悄悄寄意于新生时的宁静;这种静默,传达着"收获日"所特有的极其饱满而又极力克制着的生命的欢愉,又隐伏着一种生命力的秘而不宣的律动;这种静默,深沉、凝重,包容一切,又净化一切。

然后,诗人的目光再次聚焦于中心意象:"肩荷着那伟大的疲倦,你们/在这伸向远远的一片/秋天的田里低首沉思/静默。静默。……"在这里,

---

① 唐湜:《郑敏的静夜里的祈祷》,见唐湜《新意度集》,三联书店1990年,144页。

诗人再次使用了"疲倦"一词,形容母体在完成自己、奉献自己之后的生命情态;作者以"伟大"一词来形容这种"疲倦",表达了对"稻束"抑或"母亲"作为一种朴素的生命形式的庄重礼赞;因而,这"伟大的疲倦"实为贯穿全诗的一个哲理命题。接下来的"低首沉思"一句最为绝妙。"低首"本是"稻束"沉甸甸的果实下垂时的自然状态,同时也是上述"伟大的疲倦"的直观表现,亦是一种与"沉思"相伴随的身体动作。诗人从一个静止的形象中生发出多维的意义指向,开掘了丰富的诗意内涵。而随后两个"静默"连用,并以句号断开,则把这个沉思的时刻定格、静止,为下文诗思的推衍与感悟的升华在心理上延展了足够充分的时间长度。

"沉思"的最终指向在哪里?最后的四行全面升华了全诗的哲理内涵。"历史也不过是/脚下一条流去的小河,/而你们,站在那儿/将成为人类的一个思想。"历史号称由人民创造,但实际上却是由英雄们的姓名与伟业写就,常常被赋予宏大的意义。而在诗人眼中,这样的历史却不过是"脚下一条流去的小河",渺小而又流动易逝;而"你们",即"稻束"所隐喻的那些看似卑微的生命形式,却以站立于大地的姿态,肩荷着伟大的疲倦,无言地为人类诠释着最为朴素与永恒的价值和意义,昭示着"人类的一个思想"。这些生命形式与生产、劳作、收获、苦难相关,完成自己的同时又孕育新生,一代一代繁衍不息,在沉默中不动声色、不事张扬地追寻和实现着生命的圆满。他们的存在不被历史所关注,却构成了历史发展的根基与底蕴,一切历史从这里出发,并最终皈依于这里。

同为"中国新诗派"代表诗人的袁可嘉说:"'雕像'是理解郑敏诗歌的一把钥匙。她的诗注意雕塑或油画的效果:以连绵不断的新颖意象表达含蓄的意念,通过气氛的渲染,构成一幅想象的图景。它的效果是细致、缓慢、持久而又留有想象的余地,就像细雨滋润禾苗,渗入了土地一样。"[①]袁可嘉所说的这种"雕像"感主要是就郑敏的这首诗所言。全诗充满着对形态、状貌的静态刻画,而较少描写动作与行为,以静默无言的画面和意象,把读者带进一种含蓄、深沉、隽永且极具哲理穿透力的意境之中。作者以澹定如水的诗心,在一个恰当的距离上静观和注视着眼前的生命图景,发现了"金黄的稻束"所隐喻的那种朴素的生命形式的价值和意义,揭示了其"伟大的疲倦"中所内蕴的超越于时间、历史之上的永恒真理,从而走出了古典田园诗歌注重抒写农家之乐和隐逸之情的传统情趣,以现代知识者的方式营造出

---

① 袁可嘉:《九叶集·序》,见《九叶集》,江苏人民出版社1981年。

一种以哲理性的沉思为本质特色的深邃的诗意境界。

《相信未来》

如果说,郭路生(即食指)如人们所普遍称誉的那样,是"新诗歌第一人",或如北岛所说,他是"自1960年代以来中国新诗运动的奠基人"①,那么《相信未来》一诗则堪称新诗潮的开篇之作。这不仅因为这首诗是食指最具标志性、代表性的经典文本,而且更为重要的是,它内中表达的现代性经验、思想和情感,确确体现了一代人特有的心境和精神原型,并由此启发和影响了这一代人的写作指向。所以有人说:"郭路生的出现使诗歌的形式发生了一场革命……他启发和激励了一批更为出色的诗人。"②当然这影响并不仅限于形式本身,还有归趋个人化写作的观念与风气。就此观察,北岛算是一个典型的被影响者,因为正是食指诗歌别开生面的震撼,给他的生活"打开了一个意外的窗口",同时也促使他由古诗写作开始转向了新诗。

《相信未来》这首诗写于1968年秋天,追溯它的缘起,不能不溯及上个世纪60年代北京的地下文化沙龙"太阳纵队",郭路生也是它的边缘成员之一。由于这个群体本质上所具有的叛逆性、未来主义的激情和革命性取向,与控制森严的社会体制发生了严重冲突。据说1966年的某一天,当"太阳纵队"的核心人物张郎郎获知已被通缉,于即要逃往外省避难的前一个晚上,在送给朋友的笔记本上写下了四个大字:"相信未来。"可以想象,郭路生见到后,一定被其所能有的意涵深深地震撼了。我们难以获知,其间他到底经历了怎样的情感沉淀和精神炼狱,两年后,他写下了同样富有意涵,且更具理性与坚定信念的《相信未来》一诗,为自己,也为一代人书写了来自内心深处的声音,烙上了那个时代共有的人生徽记。张郎郎后来在回忆中谈及食指时,说他一次曾用"食指指点着我说:'别客气了,我那首《相信未来》,题目得自于你'"。张郎郎对此客观、冷静地写到:"那四个字,就算是我先说的,又算得了什么?真正的力量在于他的诗本身……"的确,这首名作在那个乌云密布的70年代,曾"在地下隆隆地轰鸣过一段",那个年代的许多年青人都知道,都读过,那是"一种火种的传递"。③ 确如他的同代诗人林莽所说的那样:"《相信未来》是一篇预言性的诗歌力作,当'文革'的迷

---

① 翟顿:《中文是我惟一的行李——北岛访谈》,《书城》2003年第2期。
② 齐简:《飘满红罂粟的路——关于诗歌的回忆》,《黄河》1994年第3期。
③ 转引自林莽《食指论》,《诗探索》1998年第1期。

雾使人们陷入迷茫与混乱中,人们为命运哀叹之时,食指以一个充满希望的光辉命题照亮了前途未卜的命运。"①

全诗共七节,可分为三个层面。

第一层次也即前三节,着眼或聚焦于"写下"这一行为及其对象,紧紧扣住诗的来路、缘起,并以第一人称叙述者或书写者的视角切入,在时代语境和个人经验的交相对话中,展开诗的想象、描写和讲述。第一节前两句,以"蜘蛛网"、"灰烬的余烟"、"贫困的悲哀"等相对灰色调的语词,写出类乎荒原般空屋的凄凉情状:温暖炽热的炉台已被蜘蛛网布满缠绕,几被彻底封死了;希望的火焰已化成了灰烬,只有一丝丝余烟似乎还在显现着微弱的生命迹象,叹息着"贫困"、"荒寒"、"悲凉"的人生际遇……接下来两句承前一转,给人展现了一幅美好的未来画卷。他以固执决绝、不可置疑的坚定信念,叙写自己要将"失望的灰烬"铺平、展开,在其上面用"美丽的雪花"写下"相信未来"。"失望的灰烬"就如一张白纸,能画下最新最美的图画,这的确让人憧憬不已。"失望的灰烬"、"美丽的雪花"自然均是象征,分别指喻着现实的绝望和未来的美好,由此给人"野火烧不尽,春风吹又生"的感慨、欣悦与憧憬。第二节以"紫葡萄"象征着收获或理想;"深秋的露水"意味着易逝或消失;"鲜花"则隐指荣誉或爱情等。青春的理想如同深秋的露水一般倏然间失落或消逝不见了;本属于自己的爱情或荣誉却被他人掠夺,就像"鲜花依偎在别人的情怀"一样,那种落寞和痛苦实在是无法承负的。即便如此,他依然怀抱着坚定的信念:冬天来了,春天还会远吗?所以他"依然固执地用凝霜的枯藤/在凄凉的大地上写下:相信未来"。就是相信,春天来时,枯藤会绽发希望的绿芽,凄凉的大地也一定会繁花似锦。"凝霜的枯藤"、"凄凉的大地"均具有象征意味。第三节充满着宏阔、奇美而又天真的想象:他把手指看做涌向天边的排浪,把手掌当做托起太阳的大海,而曙光则是温暖漂亮的笔杆。他大手挥起,推波排浪,摇曳着曙光却又极具反差地用"孩子的笔体"写下:相信未来。这里用"孩子的笔体"或许更能显现青春的气息和未来生命的美好景象。

接下来的第二个层次,包括第四小节到第六小节,诗人以一个因果和排除类关系句式,表达了对于未来的坚定信念,其中最核心的是相信人们的价值判断。第四节以"之所以……是因为"这样的因果句式,深刻地揭示了"相信未来"的根本动因,就是相信未来人们的眼睛,它能拨开历史的风尘、

---

① 林莽:《并未被埋葬的诗人——食指》,《诗探索》1994年第2期。

是非，看透社会和人类存在的真正本质。第四节与第五节则以"不管怎样""都怎样"的排除性关系语句，进一步坚定了对于未来的终极信念，即坚定地相信未来对于"我们这一代人"的价值判定。不管现在人们对于他们的探索、迷茫、苦痛、惆怅，或者失败、成功给予怎样的态度，是寄予感动、同情，还是给以轻蔑、嘲讽，他都坚定地以为，他们的实践、探索、失败和成功等等一切，一定会得到客观、公正的评定。

最后一节也即第三层次，诗人以强烈呼告的口吻吁求人们："朋友，坚定地相信未来吧"，他告诉人们：只要相信不屈不挠、坚忍不拔的努力与探索，相信战胜死亡的年轻的力量，总括一句话，只要"相信未来，热爱生命"，就一定能获得美好的结果与前景。就如后来他在《热爱生命》一诗中所写到的那样，正是凭着"相信未来，热爱生命"的坚定信仰和理想追求，他才得以在严酷的环境下顽强地活到现在，并铸就了挑战命运的独特个性，赢得了新的生命和未来前景。

这首诗在修辞方面，体现了典型的现代主义意象表现方式。"相信未来"与"拒绝现在"，本已形成了强烈的悖反语境，加之诗人运用连串的隐喻、象征性意象组合形态，既丰富了思想表达的张力，也增强了诗性艺术的感染力。其中，让我们感触最深的是那些系列性的隐喻、象征意象，均分别携带着不同的思想元素和情感因子、色调，构成富有意义的场域和情感的节律。比如"查封了我的炉台"的"蜘蛛网"，"灰烬的余烟"叹息着的"贫困的悲哀"，"失望的灰烬"、"深秋的露水"、"凝霜的枯藤"、"凄凉的大地"等等，均是些灰色暗淡的色调，附着低沉的情绪，蕴含着对世界的批判；而另一组意象，如"美丽的雪花"、"紫葡萄"、"鲜花"、"孩子的笔体"，还有"涌向天边的排浪"的"手指"，"托起太阳的大海"的"手掌"，摇曳着"温暖漂亮的笔杆"的"曙光"等一组隐喻，均是些明亮炫丽的色调，象征着光明、希望和力量，表达着对于美好未来的追求。诗也运用了传统的修辞手法，如对比、反复以及四行一节的诗歌表达模式。前三节诗最后均以"用XX写下：相信未来"的语式和行为作结，让我们赏阅的视点在游走之后重又回到这一核心意象上，不仅强化了意义的表达，也给诗歌带来了类似乐感的循环往复之美。变化与重复，是人类深在的审美心理的根基，人们欣赏变化的东西，也喜欢重复，就如太阳每天都从海上升起，它似乎是同样的，反复的，但每天又都是新的，是变化的，不一样的。诗人食指常常于反复中融进变化的元素，比如第二节"用凝霜的枯藤"移自上一行，在最后一行又以"在凄凉的大地上"前置，第三节的第三行也与前两节的对应诗行不同，这样便形成节奏和语义形构的差异、变化,以增加陌生化质素。中国现代诗四行一节的形式结构,内在里含有反复的乐感元素,它在历史上曾是最普遍和最基本的模式。食指也继承了这一形式,体现了其坚守传统的一面。他自己说过:"我的诗是一面窗子,是窗含西岭千秋雪",由此,林莽曾认为,就体式而言,食指的诗是传统的,"无论是语言、音韵及形式都是严谨的。他的每一句,每一行都经历了反复的敲打。他的作品非常适于朗读,语言节拍有力,意味隽永,充满了激情"。① 这的确也是他诗歌很珍贵的品质。

《回答》

这首《回答》,不仅是北岛,而且也是朦胧诗群体或者这一代人最具标志性、经典性的诗歌文本之一。从它的发生和传播过程,足可见出这一代诗人从隐秘的潜在写作,到浮出地表,进而产生普遍性震撼效应的历史机缘。许多人认为,此诗写于1976年4月的天安门事件,这是因为北岛在《诗刊》发表时为安全起见刻意加注了"1976"的字样。可事实上,据当年《今天》诗群成员齐简(史保嘉)在《诗的往事》一文中所述,此诗初稿写在1973年3月15日,题名叫《告诉你吧,世界》,她至今仍存有原诗的手稿。后来北岛几经修改,于1978年12月23日刊载于《今天》创刊号上,并被1979年3月号的《诗刊》转载。现在看来,《回答》与原版诗稿比较,显然发生了很大变动,不仅第三、第六小节是后来加的,就是首尾两节,除第一节前两句有少量改动外,其余的诗句也有着根本不同。现将原稿中两节诗摘录在这里,以示比照:"卑鄙是卑鄙者的护心镜,/高尚是高尚人的墓志铭。/在这疯狂的世界里,/——这就是圣经。""我憎恶卑鄙,也不稀罕高尚,/疯狂既然不容沉静,/我会说:我不想杀人,/请记住:但我有刀柄。"(《告诉你吧,世界》)

无疑,《回答》是一首充满怀疑意识和挑战者姿态的诗,在意象与话语叙述之间,无不显示出一代人在重重黑暗的窒息中和生命锁链的钳制下渴望突围,追求正义、光明、人性和自由世界的精神印记。所谓"回答",是面对这个非正义世界的决绝的答辞和挑战宣言。这到底是怎样的一个社会、一个世界呢?诗中第一节给人们呈现了一幅人妖颠倒、恐怖可怕的图景:卑鄙者凭借卑鄙可以横行无阻,甚至鸡犬皆能升入天堂;而高尚者却只有落入死亡的深渊、地狱;在天与地之间,到处充斥着美丽的谎言、欺骗,浮动和飘满了死者弯曲的倒影,含冤的魂灵……前两句为一悖论式隐喻和警语,卑鄙

---

① 林莽:《并未被埋葬的诗人——食指》,《诗探索》1994年第2期。

的指喻与效用是卑鄙者的"通行证",高尚的指喻和效用却是死亡,是"墓志铭",这与日常伦理、社会道德及公义相比,显得如此荒谬、吊诡。正是这不符伦常情理的荒诞、悖谬,极尽其讽刺批判的锋芒,进而揭示和暴露了这个世界的真相和本质。"看吧,在镀金的天空中,/飘满了死者弯曲的倒影。"这后两句所描述的恰恰正是荒诞的世界所必然发生与呈现的生存景象。

第二节即是在此基础上,从时空两种视角对这个世界发出强烈的质询、呼号:一个枯冷的季节或世代早已过去了,为什么到处还都是冰凌,都是瑟瑟的寒冷?一个通向希望的航路已经开辟,为什么人们还只在死亡的海洋里相互竞逐、簇拥呢?为什么,又是为什么呢?这质询的力度,在话语的节奏和调式中已奔突而出。"冰川纪"、"好望角"、"死海"等,这些时空或地理概念,显然不是实指名词,它是一种隐指或象征,特指某个黑暗的年代或某种生存境状。一个黑暗的年代过去之后,我们本应该朝向光明美好的前景,可现实是,人们却依然只能在残酷的境遇中相互仇恨、斗争、盘桓、竞逐直至沉沦,趋向死亡……为什么呢?其根源来自哪里?的确值得深思。

第三节到第五节,面对一个非正义的残酷和黑暗的世界,北岛通过决绝的话语方式,形塑了一个怀疑者、殉道者和英雄主义的挑战者形象。纸、绳索和身影,这些功能性名词,分别负载着某种由书写者所给予的特定意义:纸承载书写、宣告、声音;绳索指代受难者;而身影则指向挑战者留在这个世界的声名和形象。"我来到这个世界上,/只带着纸、绳索和身影。"除此一无所有,"我"为怀疑、挑战而生,也为挑战、赴难而死。这一切的坚定与决绝,均源自于对这个世界的否定、怀疑:"告诉你吧,世界,/我—不—相—信!"由不相信到怀疑一切,怀疑天的颜色、雷的回声、梦的真假和死的因果报应……由绝对怀疑进而去反抗、挑战:"如果你脚下有一千名挑战者,/那就把我算作第一千零一名。"这是一个敢于挑战和承担的英雄救世者形象。接下来承上启下,作者又用两个假设句,从更深层面宣谕了救世者勇于承担苦难和再造世界的可能性:如果世界上有大海注定要决堤这样的苦难,他愿让所有的苦水都注入自己心中;如果陆地注定要上升,形成新的地壳变动,他愿人们重新选择生存的峰顶,创造一个新的世界!看似两个假设句,事实上却宣告和表达了一个甘于承担苦难,牺牲自我的英雄,愿以此承担起再造一个新世界的宏大愿望。由此让我们看到了一个普罗米修斯一样甘愿忍受着苦痛去普渡众生的人类救世者形象。

最后一节承续前此对未来世界的希望和寓言式设定,将人们的眼光引向遥远的天空。这里"新的转机"一词会让人联想到第一节的"天空"意象,那是多么死寂、恐怖、血腥和黑暗的天空啊！可这里将"新的转机"具体化了："新的转机和闪闪的星斗,／正在缀满没有遮拦的天空。"如此该是多么宏阔、自由而又充满生气的场景啊！正是由此,给人们引出了一个光明的未来前景,它既与我们民族久远的历史记忆相关："那是五千年的象征文字",更指向一个新生的明天："那是未来人们凝视的眼睛。"这种时间意识,既巅覆和批判了"文革"时期虚无主义的历史断裂论,更鲜明地表达了具有现代性倾向的未来叙事观念,可谓与食指《相信未来》一诗的现代性思想一脉相承。

北岛诗歌的思想元素和艺术质地,在于冷峻决绝的怀疑、批判意识,反抗救世的承担、牺牲精神和预设未来的理想归旨,加之诗人特定的口吻、语调以及宣告式、预言式的表达方式,使得这首诗极富有震撼效应和感染力。具体到修辞层面,这首诗运用现代主义常用的隐喻、象征等意象方式,并辅之以悖谬、反复、对比等形构手法,达致了以艺术处理生存现实、内在理路和经验情感的诗性高度。比如第一节和第四节,修辞上均采用了隐喻的基本模式,以"是"字作为两个事物间的连接喻词,使之达成了完全的交合、整一："卑鄙"就是畅行无碍的"通行证","高尚"只能是走向死亡的"墓志铭",由此形成基本伦理和常识上的悖谬性、荒诞性以及修辞上的悖论、对比形式,使得表达极富感染和思考的力度;第四节也是典型的隐喻形态："新的转机"指时代所孕育的可能变化,这是一种预言,通过与"闪闪的星斗"以及"缀满"等意象并置或语词搭配,既使内里有一种隐指关系,又使之具象化并拓展了丰富的想象空间。缀满天空的"新的转机和闪闪的星斗",是"五千年的象形文字",是"未来人们凝视的眼睛",既与我们民族悠远的历史时空相连,又预示着未来闪烁壮丽的无限希望。"天空"本是北岛诗的原型意象之一,在这首诗中,"镀金的天空"是指一个虚假、伪饰的世界;而"没有遮拦的天空"却意含着真实、开阔、自由、美好的前景,前后既有一种对比,又体现了象征意象多义、丰富的美学特质。除此,第五节"我不相信"的反复、排比的运用,以及第六节的假定性修辞,均为北岛特定的书写方式,增加了诗性应有的美学效应。

《会唱歌的鸢尾花》

此诗写于1981年秋天,对女诗人舒婷来说,这显然意味着一个收获的季节。自1979年初涉诗坛以来,她即赢得了无尽的掌声、鲜花和巨大声誉;与此同时,正如秋天所必然伴有的萧煞气息一样,与收获一起而来的还有阵阵的凉意与寒气，甚至涌来无休止的争吵与批判，这让她的身心着实感觉到了疲惫。因而从某种意义上说，这首诗意味着"收割"，也意味着告别。就如人们相信历史会"收割一切"一样，这首诗注定会成为舒婷诗歌历史上一个闪亮的节点，它不仅收割了女诗人的过往与诗歌所能给予她的一切所有，同时也使她的诗歌艺术达致了一个难得的高度，并预示了一种华丽的终结和必要的转身。从此，由于个人和外在的种种因素，舒婷一搁笔就是三年，当她重又复出时，无论诗坛还是她个人的心境、面貌都已是另一番模样。

诗的题记似乎已能够蕴含和说明许多："我的忧伤因为你的照耀/升起一圈淡淡的光轮。"这"忧伤"，不仅源自于历史的创痕，或许也与当下形形色色、难以承负的重或轻相关；而"你"则可指向爱情、爱人、信念、理想等等，它就如高高升起的太阳，给"忧伤"涂写上一抹亮色，由之泛起淡淡的光轮，在远处闪烁照耀。亦如舒婷所说的那样："……人间的痛苦形形色色，每一种痛苦都可能是一剂毒药，如果没有理想的太阳高高照耀……人怎能有力量翻越这无穷尽的障碍奔向目标呢？""只有我的理想才是我的上帝，它'仲裁一切'。"为此，她不惜一切，每天都背负起"十字架"，为了理想那不可抗拒的太阳般的照耀、召唤而痛苦前行。① 就像她诗中所写："理想使痛苦光辉"，正是这理想，才光辉了她坎坷一生的路程和追寻。

这是一首爱情诗，但它又绝不仅仅只是写爱情，个人/社会、现实/理想、过去/未来、情感/理性、生命/自我、幸福/苦难，这些看似二元对立的生存维度，都在其内在的生命经验中构成她人生的和弦、情感的复调，甚或多元音色的浑融、交响。全诗共16小节，可以分为三个部分。1—6小节书写当下幸福甜蜜的爱情生活体验和对过往美好人生过程的记忆，而在这种记忆中也杂糅着那些不愉快的经验给自己心灵带来的创伤。如今，沉浸在爱的温馨甜蜜之中的她，被百般的呵护、宠爱围绕着："在你的胸前/我已变成会唱歌的鸢尾花/你呼吸的轻风吹动我/在一片丁当响的月光下。"鸢尾花，原是一种草本植物，有优美、爱的使者之寓意，常被用来象征美好的爱情。可以想象，这是怎样一种爱的情韵与情景啊：依偎在爱人的胸前，自己已变成会唱歌的鸢尾花，爱人散发出的气息如轻风般微微吹动，伴着"丁当响的月光"，犹如一曲安恬静美的小夜曲在夜色中摇曳、荡漾……温柔、甜美、沉醉之态已尽显其中，所以才说出"你用宽宽的手掌/暂时覆盖我吧！"以此享有这即便一瞬也将变成永恒的幸福体验。

---

① 舒婷：《以忧伤的明亮透彻沉默》，见《心烟》，上海文艺出版社1988年，158页。

如此沉醉、梦境一般的当下体验，分明已在瞬间达成了与历史的对接、回旋，因为正是在这历史的记忆与经验中，她似乎感觉到了一种转折和直面新生活的欣喜、快乐。由是观之，第二小节伊始"现在我可以做梦了吗"这一问询里，显然潜存着从前曾经有的那么一些愿望，盼望着终有一天能够实现，现在总算到了可以做梦的时候了，于是一个童话般的梦的世界便凸现在眼前：雪地、大森林，古老的风铃、斜塔，上面挂满溜冰鞋、神笛和童话等的圣诞树，喷泉般炫耀欢乐的焰火，如此炫烂多姿而又静谧，充满童话般空灵幻美的情景，让她足够沉醉其中了⋯⋯只是问询中那一丝丝犹移，显然还间杂、含混着不确定的预知与未来。毕竟天真无邪的童年和过往的青春之梦再也无法找回了，曾经的不堪回首在她内心深处留下了太多的郁结和伤痕。即便在她最为温馨、沉醉与快乐的时刻，也不时会泛起种种落寞、凄楚和伤感的气息。就如第三小节那种种往事和记忆，"像躲在墙角的蛐蛐/小声而固执地呜咽着"，让她在"梦中微微转侧"，难以安宁。她多么渴望能摆脱这一切，去做一个宁静的梦、安详的梦，甚至荒唐的梦、狂悖的梦，渴望着涌起情感的千万层浪头，千万次地把爱人淹没⋯⋯渴望着与爱人头挨着头，"像乘着向月球去的高速列车"，把世界和时间远远甩在身后；或者两双眼睛"悄悄对视"着，"灵魂像一片画展中的田野"，"寂静、充实、和谐"而又深邃⋯⋯就这样，沉醉在如此亘古如斯，"即使有个帝王前来敲门"，"也不必搭理"的幸福永恒的世界里⋯⋯可"但是"一词的转折，让渴望停驻在了渴望里，梦想也仅仅只能是梦想，不仅现实是残酷的，即使在舒婷的内心世界里，也永远都会有另一面的风暴在撞击着她。这不只是曾经的往事让她辗转反侧，更有一份意识到的宏大的使命和向着远处艰难前行的悲壮感在时时警醒着她，撞击着她。

从第七节开始的 8 个小节，便展现了舒婷情感的另一面，凸现出背负苦难、勇于承担的救世者形象："等等？那是什么？什么声响/唤醒我血管里腥红的节拍⋯⋯/那是什么？谁的意志/使我肉体和灵魂的眼睛一齐睁开⋯⋯"那是如大海扬波一样的理想的激荡、召唤，唤醒她"血管里腥红的节拍"；那是如太阳般高高照耀的理想之光，给以光热与引领，让她"肉体和灵魂的眼睛一起睁开"，宁愿每天背负起十字架，随着理想的太阳高升、前行。为此，她情感的三角梅愿回到风风雨雨的山坡，生灭无定；她如野天鹅一般的天性，即使负着枪伤，也要横越严酷的冬天，迎接无边的春光。她愿生命不息，冲刺不止，在"一边是重轭，一边是花冠"的生活中铸造自己，甚至宁愿牺牲自己，让血在"红花草"的浪尖上燃烧，铸造成一个理想主义拯救者的雕像。承上而来,最后两节诗,诗人作为主体抒情形象,以殉难者的口吻表达了对恋人的关切和劝慰,希望恋人不要悲伤和沉溺,要在那高扬的旗帜下,勇敢地站定位置,"理想使痛苦光辉",这就是作为抒写者的诗人嘱托橄榄树告慰恋人的最后一句话,由此构成了这首诗的原型母题和基本情感调式。

《会唱歌的鸢尾花》在艺术上除运用现代主义的基本修辞形式,比如象征、隐喻之外,另一个显著的特征就是充分运用了复调手法,也即在二重或多重展开的情感场域里,表达复杂的人生经验、理想追求与感情世界。正如前此已经述及的那样,这首诗产生于舒婷个人生活(包括诗歌艺术)即将发生重要转折的时期,这种不同面向构成的复调或多重性情感世界,具有极大的张力空间。这些色调不同的内心元素,或在各自不同的区间和向度展延,抑或相互穿越叠合,构成一体的两面或多个面向以至复杂的聚合形态。就如这首诗中个人情爱世界与社会承担或救赎意识的聚合与交融,如果说一至六小节更多在个人的情爱区间沉醉、表达和倾诉,那么七至十四小节则拓荡至宏大的视域中,将个人的担当与人的理想的存在相勾连,体现了一种理想主义的英雄救赎意识和浓浓的人文关怀。而最后两节又将二者交融叠合在一起,相互激荡交响,构成悠远崇高的诗性和弦。当然,在此前相对独立的区间流转延展中,同样有着不同质的对话与融通。正是由于这些多重的交织、对话,甚至对立、转换,形成了舒婷诗歌情感表达的张力空间和复调艺术形式。

《山民》

或许有人在阅读韩东的《山民》时,会联想起《列子·汤问》篇中那则著名的寓言故事"愚公移山"。可这里要指出的是,韩东这首后寓言体诗歌,却恰恰是以类乎寓言的叙述方式,消解掉了其背后隐存的某些观念和过分理想主义的未来叙事,从而将人还原到了生存的当下情状与此在的生命本身。

《山民》以外在式叙述视角聚焦于一个对话场景,即"他"与父亲的问与答:"小时候,他问父亲/'山那边是什么'/父亲说'是山'/'那边的那边呢'/'山。还是山'",如果仅从叙述层面,这段问答揭示了其生存活动的有限空间或地理环境:是在山里,山连着山,山也环着山,不仅山那边是山,那边的那边依然是山。无边的层峦叠嶂阻隔了山里与外界的连结与通路。这种生存环境带来的封闭、板滞、懒惰和保守,显然让他承载了过多压力和无望:"他不做声了,看着远处/山第一次使他这样疲倦。""无语"与"疲倦",或许是他在面对无边际的群山时最无助又无奈的反应了。

如果结合下面几节诗中对其内在心理过程的叙白,可以看出这种反应本身具有更深层的意涵,或者说,这里绝不仅仅只是平面单纯的叙说,在其实质上似乎具有寓言式叙述的指涉深度:"他想,这辈子是走不出这里的群山了/海是有的,但十分遥远/所以没等他走到那里/就会死在半路上/死在山中。"这里凸显出了"山"与"海"的意象,这些在朦胧诗或第三代诗中反复出现的意象原型,无疑已构成了一种象征载体:由"山"形构出的封闭和保守性,以及由"海"的辽阔、流荡象喻着的博大、自由、开放的品格,显然形成了两种截然不同的生存形态和文化品性,其中既有对传统守望意识或隐性力量的疏离和批判,又有心向远方寄怀于别处的渴望、期待。"山民"这种渴望走出群山去见大海的愿望,明显表现了一种现代性的朴素认知和向着未来的叙事倾向。正是有了这种心理萌动和认知,才有了第三节以预叙的方式所呈现的朝向未来的行为过程和想象之旅:"他觉得应该带着老婆一起上路/老婆会给他生个儿子/到他死的时候/儿子就长大了/儿子也会有老婆/儿子也会有儿子/儿子的儿子也还会有儿子",如此子继父业,锲而不舍,子子孙孙在路上的行程,多么让人动容,又多么类乎"愚公移山"的宏大壮举。只是"愚公移山"毕竟是则寓言,那是一个理想主义者想象中的乌托邦故事。可韩东毕竟无意去营造某种神话和寓言,他在意的是脚下的土地和生命存在本身。所以当他想到儿子想到孙子想到子子孙孙无有穷尽那个久远的所为所在时,他疲倦了!就如他想到走不出远处的群山而疲倦一样,只不过前此的疲倦更多由距离和空间而生,这里则是因子子孙孙无穷尽的时间绵长久远而顿生无奈和疲倦之感。其实这一切的根性均在于自身和当下的生命指向,或者说正是个人的生命存在本身,才决定了他的内在感受、观念和态度。由此才有了最后戛然作结的点题之诗语:"他只是遗憾/不然,见到大海的该是他了。"此诗语实乃意味深长,含蕴颇深。这里如果拿来和王家新的《在山的那边》作比较,就会发现两首诗有着大异其趣的书写指向和观念差异。《在山的那边》是献给理想、信念的颂辞:"在山的那边,是海!/是用信念凝成的海。"王家新的诗告诫人们:只要你怀抱理想、信念,不惧艰辛、失败,就一定能翻越无数座山顶,最终看到那个海一样全新的彼岸世界。他笔下书写的是远方,是在别处的那个未来世界。可韩东显然已从远方回到了足下,从未来回到了现在,他最在意的是大海即时的在场性和生命的经验性,正是由此,他回到了第三代诗歌的基本母题,即生命本身。

1980年代早期,中国诗坛曾一反朦胧诗的意象艺术和传统的抒情调式,在诗歌写作领域出现了一种普遍的叙述性思潮和风气,比如韩东的这首《山民》,即采用外在式全知视角,本体性叙述与寓言式叙述杂陈相济,通过对话、追述、预述、现在时叙述等多种叙述方式,并且在叙述语式、语调、节奏诸方面也运用、把握得较为适切、合度,从而在话语的播撒延异中既否定、消解既有的观念或普遍的范式,又衍生、重构起一种新的形式美学和意识形态。在语言上,这首诗也开启了口语化的风气,从朦胧诗过分绚烂华丽的修辞和意象艺术,返回到朴素质感的口语,犹如回到原生态的日常生活一样,让人们感受到亲切自然,别具一种清新质朴的审美感染力。

《面朝大海,春暖花开》

这首诗写于1989年1月,两个月后的一天,海子在山海关卧轨自杀,离开了尘世。诗中如此温暖、幸福的人生向往,结果却是这样的背离!短短的时间里,到底发生了什么?海子的灵魂和肉体经历了怎样的炼狱?或许这只能是个永远的谜了。然可以确知的是,在这之前的许多时候,他一直体验着的是世俗生活的挫败感,初恋的失落与疼痛,以及写作上的某种困扰,这或许是他诗歌创作与生命走向终极归宿地的基本背景。

就最初的阅读体验而言,这首诗通过开阔明媚的语词和明快的调式,一如春天般璀璨的光景,带给人们的是快乐和向往。但也如人们已经感受或发现的那样,由于理想与现实的碰撞与拉扯,它在内里的意义向度上,却又存在着明显的矛盾与撕裂。

作者采用预述的方式,一开始便以告白的语调昭示天下:"从明天起,做一个幸福的人/喂马,劈柴,周游世界/从明天起,关心粮食和蔬菜/我有一所房子,面朝大海,春暖花开。"这种宣告式的动作,一方面表达了从明天开始的行动的坚定和对未来生活的预设、期许,一方面也是对"今天"的否定。这从时间上体现了一种与过去和今天的断裂,而将明天的生活设想为一个不存在的无法经验的虚幻形态;从空间的角度说,无论"喂马,劈柴,周游世界",还是"我有一所房子,面朝大海,春暖花开",都预置了一个在远方、在别处的桃花源式的理想世界。时间上的将来时态,生活在远方的空间场域,均构成了与现在、当下生活世界的矛盾、撕裂,同时也是经验世界与想象世界的断裂。据说海子卧轨时,在身边所带的四本书中,除了《圣经》等书籍外,还有梭罗的《瓦尔登湖》。只不过海子倾心和向往的,不是梭罗笔下具有超验主义倾向的瓦尔登湖边,也与陶渊明诗中"采菊东篱下,悠然见南山"的田园不同,他所渴望和向往的是大海,是在海边拥有一所"面朝大海,春暖花开"的房子,他于此过着理想中"喂马,劈柴,周游世界"、"关心粮食和蔬菜"这般看似质朴而实又充满神性光辉的脱俗生活。"马"、"粮食"(比如麦子等)在海子的诗中,是一再被书写的原型意象,"马"在海子的字典里,是"人类、女人和大地的基本表情",①海子有诗句"以梦为马的诗人"(《祖国(或以梦为马)》),反过来"以马为梦的诗人"在海子那里似乎也可成立,这或许就是他的某种精神实质。与"马"、"粮食"相关的行为和劳动,既是幸福生活的需要,也是其基本内容和主要元素,与其说它有接近日常生活的物质性,不如说被赋予了与大地相连的更多精神性的元素。这种想象性的描述,在多大程度上能够成为物质性现实,实在是无法确知,尤其在作者所处身的时代以及现代性元素全面介入之下,它甚至只能是一幅无法实现的乌托邦蓝图。

然而重要的是,作为抒写者和潜在的叙述者,海子并不在意这些,他甚至设想并相信,"从明天起",自己就会置身于这个由物质和神性共同构筑起的形而上王国,由此足以让他超越现实的苦难而达至理想的彼岸,犹如一道"幸福的闪电"震颤着他并让他穿越其间。他显然已预知甚至凭着超验的感觉体会到了这种幸福,并要将这幸福的感受告诉给每一位亲人,让他们共同分享并同样获取。就像第二节所写,"从明天起",他将在这所"面朝大海,春暖花开"的房子里,不仅"喂马,劈柴","关心粮食和蔬菜",而且还要"和每一位亲人通信",告诉他们自己的幸福,与他们沟通、交流,让他们分享、体会,希望他们也能被这幸福震颤、感染。所以,"那幸福的闪电告诉我的/我将告诉每一个人",不仅有与亲人共享、沟通的愿望,同时还有"给予"的意涵,这与下一节的"祝福"和"愿你"便有了逻辑上的衔接和勾联。

最后一节首先表达了对世间芸芸众生的祝福。他犹如端坐在幸福王国里的诸神代言者,为世间的万事万物命名,"给每一条河每一座山取一个温暖的名字",把温暖和幸福撒向人间,带给包括陌生人在内的每一个人。所以接下来他写到:"陌生人,我也为你祝福/愿你有一个灿烂的前程/愿你有情人终成眷属/愿你在尘世获得幸福/我只愿面朝大海,春暖花开。"这里给世间的万事万物命名,为世间的芸芸众生祝福,显然有高坐诸神之国而代神立言的口吻。"灿烂的前程"、"有情人皆成眷属"这些均是尘世之人的愿望,最普通的幸福,一语"尘世的幸福",将诗人所有美好的祝福之语都给予

---

① 海子:《诗学:一份提纲》,见西川编《海子诗全编》,上海三联书店1997年。

了尘世,给予了在此安身立命、休养生息的每一个人,而诗人自己,却"只愿面朝大海,春暖花开"。这里似乎蕴含着一种矛盾和断裂,所以不少人说海子的"祝福"实是一种反讽,其真实的含意是,他并非如此认同尘世的幸福。可我宁愿相信海子是真诚的,因为他实在无法否认尘世间最基本而又质朴的幸福生活,就如"灿烂的前程"、"有情人终成眷属"一样,这些也曾是他所向往与渴望过的,只是追求过而终未获得,在失落甚至绝望之余,他把希望和幸福寄托给了未来与远方。可以说,他的尘世是痛苦的,而他的幸福却是"远方的幸福",就如他在《远方》一诗中所写到的:"远方的幸福,是多少痛苦",这看似充满矛盾与悖论的不同面向,却又如此缠绕交汇,划出了从尘世到天堂的逻辑理路。

或许怀着与生俱来的大海情结,不仅他的原名里有一"海"字,笔名也是"海子",而且在其诗歌书写中,也写下了大量以"海"为基本意象的诗作。"海"似乎是他返回家园世界和神性王国不可缺少的核心意象之一,与其自然意义相比,它似乎更多具有了某种无可替代的精神意义和象征性,体现了他超凡脱俗的神性倾向。此诗在艺术上采用了预述和告白的方式,不仅将内心的愿望与理想和盘托出,同时也与他"生活在远方"的精神形态达成了同构一体性。诗的语言质朴,物象纯净,没有任何刻意的修饰和过分的夸张,让人只觉得亲切自然,如春雨润入心田一样,虽静无声息,却也蕴藏着强烈的风暴和内心的矛盾、挣扎。这些内里所具有的纠结,通过其矛盾或转折式叙述彰显出来,由此更增强了诗性表达的张力。类如"愿你"、"只愿"式的语式转折,不仅体现了诗人内心不同生活图景的映像、对话和交融,同时,也给人们的读解拓开了不一样的时空语境。

第三节　散文经典解读

《故乡的野菜》

在中外文学史上,讴歌故乡、怀念故乡的作品太多了,也有许多名篇。周作人的这篇《故乡的野菜》以自己独特的个性留存于文学史上。作品创作、发表于1924年,后来收入作者的散文集《雨天的书》。

作品最突出的个性特征是平淡。这一点在开头部分即体现得很明显。在人类文化中,故乡是具有独特内涵的概念,人们想到故乡,都会自然地产生强烈的怀念之情,写故乡,一般也都喜欢强化、渲染自己与故乡之间的感情。但是,这篇作品不一样,或者说它刚好相反,它是尽量淡化自己的感情。因此,作品一开始就特意申明"我的故乡不止一个,凡我住过的地方都是故乡",并且声明"故乡对于我并没有什么特别的情分,只因钓于斯游于斯的关系,朝夕会面,遂成相识"。也就是有意抽空"故乡"这一概念中所蕴含的独特文化和情感内涵,从而淡化文章的情感因素。

开头部分定下了文章的基调,后面的内容也以同样的特点发展。这一方面的表现是尽量将对故乡的书写客观化,避免主观感情的投入。因此,作品没有将故乡书写与"我"的生活回忆结合起来,而是采用了知识化的方法,运用大量的引文,穿插大量的风俗知识介绍。这样,"我"的出现被知识所取代,从而避开了个人情感的抒发和渗透。全文不过 1200 字,引文却占了近 200 字。大量引文的出现,可以淡化主体情感的介入,还能达到另一个效果,就是增添文章的情趣。因为个人感情抒写,如果完全局限于"我",情趣难免单调,但是,通过引文方式,既传达出其他的生活画面和风俗世界,又能造成蕴藉舒缓的艺术效果,艺术世界更为丰富多样,也更为生动多姿。

通过作者这样的结构和表现,作品确实取得了不一样的效果。它不是像许多写故乡的作品一样有着浓得化不开的情感,而是显得冲淡平和,但又没有失去真正的感染力量。因为虽然作品极力避免个人情感的介入,但事实上,作品并没有真正祛除掉情感。"我"的思乡情绪,在作品力求客观化的叙述中依然若隐若现,依然传达出很深的感染力。因为作品虽然淡化感情,却并没有否认感情,而真正的个人感情并不在于如何渲染,而是体现在我们的日常生活,在我们的每一生活细节当中。所以,《故乡的野菜》如此的情感表达方式不但不会让读者误以为作者情感冷淡,反而会达到一个很好的效果,感情躲藏在客观化的叙述和知识当中,若隐若现,若淡却浓,却有独特的感染力。它带给我们的审美享受,不是激烈的情绪波动,而是心灵的些微感染,如清风掠过,虽不震撼却长留于心。比较起我们经常见到的那种对故乡情感反复渲染、甚至不惜煽情虚构的作品,显然更有新鲜意味,也感到更真实深切。

作品如此艺术风格的背后,体现着作家独特的审美观,也是与中国传统文化有密切联系的审美观念,就是中庸。中国文化很讲究中庸之道,所谓"怨而不怒,哀而不伤",思想情感和行为方式都不宜往极致方向发展,对情感的表现更要求尽可能含蓄深沉,方式不能太直接和太极端。中庸是儒家文化的中心,也造就了中国文学含蓄蕴藉的总体艺术特征。周作人很赞赏这种审美态度,这篇作品就是他创作上的一个实践。

当然,我们需要注意的是,这种淡雅的笔法运用在叙写故乡这样蕴含深情的题材中可行,但运用在本身就比较平淡的题材中就不一定合适了。因为以淡写浓是一种艺术境界,或者说也是一种生活境界——真正的勇者往往不在外表凶狠,真正的智者不在脸上,真正的富者也不一定衣着光鲜——因此,就能体现出一种独特的韵味。但若以淡写淡,把握不好,则可能会淡而无味。艺术境界的追求和探索是无止境的。

《秋夜》

在鲁迅的创作中,散文诗集《野草》明显偏于心理现实的书写与文体形式的实验,而《秋夜》是其中的第一篇。《秋夜》作于1924年9月,最初发表于1924年12月1日《语丝》周刊第三期。"以夜和梦的情绪为背景的《秋夜》是《野草》中最适宜的将读者引入整个集子的首篇。"①

鲁迅创作《野草》时的现实经验较为灰暗,心绪更是抑郁虚空,集子中的多数篇目都有这种生命受挫的情感底色。然而,鲁迅显然更愿意将个人的精神意绪转为更具包容性的生命沉思,艺术上也寻找到了一种充满诗性张力的新的散文语言,从而既表达了某种精神绝境的苦楚,又不断"反抗绝望",呈现出审美救赎的力量。细读《秋夜》,这种复杂多面的语义也正是文本的深层意蕴所传达给我们的阅读感受。

《野草》的写作带给鲁迅一个深刻省视宇宙人生的精神机缘,诗化的文体也使作者能够在暗夜与光明、梦境与现实之间任意穿行,意识与潜意识、写实与象征交织于一处,语体效果往往光怪陆离而又奇警锋利。《秋夜》无论在情绪还是文体上都不是《野草》中最为极端的,但文中那些或梦或真的音色声气同样虚实互见,作者深怀对天地人世异常丰厚的感兴与沉思,其意蕴至少可以从下面三个层次上去把握。

首先,在寂冷虚空的夜空下,作者推出了两株"落尽叶子"的挺直的枣树,一种"瑟缩地做梦"的小粉红花,无数百折不回的扑火的小青虫。虽然作者同时也将那"奇怪而高"的夜的天空、几十个星星的冷眼、"窘得发白"的月亮展现在我们面前,但有了这枣树、小粉红花、小青虫,竟也足以使得"秋夜"显出生机与希望了。在秋夜笼罩下的后园的墙外,"一株是枣树,还有一株也是枣树",这是一个陌生化的表述方式,打破了我们面对类似经验时的惯常表达,却又强化了被表现对象的存在,而且,这种语气倔强的重复

---

① 李欧梵:《铁屋中的呐喊》,岳麓书社1999年,107页。

句式实际上也表明只有坚实挺直如枣树者才肯存留下来,也才能存留下来。枣树虽然几乎落尽叶子,但凭着直的干、带着未愈的皮伤,"默默地铁似的直刺着奇怪而高的天空"、"直刺着天空中圆满的月亮",作者有意传达一种高扬的生命力和倔强突进的冲动。小粉红花也在冷的夜气中坚忍地开出极细小的花,连同一往无前地扑火的英雄——那些苍翠精致的小青虫,这些意象都承载着作者凸显的一种奋然抗争的力量,一种秋夜里向往生命之春的热情,一种在冷寂寥廓中渴望真的火焰的意志力。

但《秋夜》的意蕴又远远不止这些。这种对主观战斗精神和人格力量的高扬虽然磨砺人心,却并不能完全传达出作者彼时那种幽深的感兴;而且,鲁迅的作品始终回避浅近的乐观主义和直抒胸臆的语体风格。细读之下,我们在《秋夜》中会不时感觉到有一种内在的虚空无奈、痛苦悲观的心绪隐约其间。作者在小粉红花的梦之后,又写到了落叶的梦——那是一个逃不脱的生命的怪异的循环,如同时序的更替总是让生命悲喜不定。我们还可以注意到《秋夜》中那美的灯罩、美的纸纹、美的栀子花形,只有当小青虫执拗地扑进去之后,才知道美的灯火是一团可以使一切化为空虚的真的火焰。作者试图表达的也许是对这种无时不在、无处不有的生命的冲突、搏斗与幻灭的苦痛体验。无论怎样的抗争与寂灭都是生命的本相,希望与虚空、追求与绝望,交织而成的是崇高却又荒谬的生命过程。"夜半的笑声"在文中两次出现,每次都是在枣树、小青虫们勇猛坚韧却又徒劳无功的奋争之后出现的,实际上这正是梦醒者悲悯而又不以为意的笑声,笑声中充满无可名状的苦楚。作者显然不愿这笑声"惊动睡着的人",不愿打破小粉红花的美梦,作者内心虽然不免虚空,但最后毕竟还打着呵欠,去默默地敬奠那寻梦与扑火者。

《秋夜》的意蕴至此仍未穷尽,作者既不愿只做盲目的颂歌,也不肯沉入冷寂无底的绝望的深渊。"鲁迅那孤独奋进的痛苦心灵,远远超越了启蒙期狂暴喊叫或多愁善感。……确乎悲观,也无所希冀,但仍然得活,活着就得奋斗。"①鲁迅这种对生命的深刻体察在很大程度上得力于他对人的终极关怀——死亡,作出了同样深刻的回答。对于死亡的认识,直接关乎人的现世存在,关乎如何生活、如何解脱。鲁迅在《〈野草〉题辞》中就一再以"过去的生命已经死亡"来"借此知道它曾经存活",以"死亡的生命已经朽腐"来"借此知道它还非空虚",鲁迅正是在生命的不断否定与克服中体现生命

---

① 李泽厚:《中国现代思想史论》,安徽文艺出版社 1994 年,226—227 页。

过程的倔强困顿与反抗暗夜与虚空的可能,这是一个生死交织、绝望与希望皆为虚妄的悲剧性的崇高意志力。《秋夜》也承载着这种《野草》精神。一无所有的枣树的干子,尽管简直落尽了叶子,尽管知道"落叶的梦,春后还是秋",尽管有"各式各样的睒着许多蛊惑的眼睛",但"仍然默默地铁似地直刺着奇怪而高的天空,一意要制他的死命";苍翠精致的小青虫尽管扑进美丽光洁的灯罩下便会被真实的火焰化为乌有,但仍然冲撞不已;小粉红花尽管颜色冻得红惨惨地,却开着极细小的花……这些都能使我们联想到出现在《野草》中的类似意象:决意走出冰谷、"不如烧完"的死火,走进无物之阵、面对虚空的无物之物仍然一再举起投枪的战士,不管前面是野百合还是坟、或者竟然什么都不是,终要奋然前行的过客,这些都是《野草》的精魂。《秋夜》中表现的"希望"是鲁迅式的——"希望,希望,用这希望的盾,抗拒那空虚中的暗夜的袭来,虽然盾后面也依然是空虚中的暗夜。"①《秋夜》乃至整个《野草》中所出现的众多意象,所体现的不是一般意义上盲目乐观的反抗,而是在对人的生命境遇与实践可能性做出了痛苦逼视后仍然选择的一条漫无尽头的荆棘之路。这也正是鲁迅真实的一面。"我们在《野草》中读到的,是作者的深层心理,是撑住他那公开的社会姿态的下意识的木桩,是孕育他那些独特思想的温床。读懂了《野草》,就不难理解他为什么说'我常常觉得惟黑暗与虚无乃是实有,却偏要向这些做绝望的抗战。'"②所以在《秋夜》中,即使是一个虚无不定、难以成真的梦幻也要存留下来并引人追念,即使是一团可使一切化空的火焰也要投身其间。鲁迅对生命不空贬也不留恋,他只想把虚实不定的新生的期待转为一个西西弗斯式的过程。

鲁迅写作《秋夜》乃至《野草》时正处于思想与创作又一次发展变化的过渡阶段,心绪复杂,内在自我充满着生命的紧张感。这种焦虑不安、冲突不已的心灵真实几乎是不可言说的,既包含无数次的自我否定,又充满难以名状的希望。鲁迅找到了一种最恰当的呓语般的文体风格,呈现一个个梦幻乃至梦魇的情境,在实有与虚空之间摸索精神突围的路径。鲁迅最终给出的路标是"反抗绝望",《秋夜》作为《野草》的首篇,虽然尚未极致地表达"野草"式的主题,但我们仍然可以从中读出作者一步步推进至此的深远的题旨。

---

① 鲁迅:《鲁迅全集》第 2 卷,人民文学出版社 1991 年,177 页。
② 王晓明:《无法直面的人生》,上海文艺出版社 1993 年,110 页。

《钓台的春昼》

1930 年代以后,郁达夫的创作重心逐渐转向散文,诸多为后世传诵的名篇佳构络绎笔端,如《钓台的春昼》(1932)、《故都的秋》(1934)、《过富春江》(1935)、《江南的冬景》(1936)《北平的四季》(1936)等等。尤其值得一提的是他的游记散文,不仅为数甚多,而且文情并茂,亲切动人。郁达夫同时也是一位卓有建树的散文理论家,他曾结合自身的创作经验将中国现代散文概括为三大特征:"个性","范围的扩大","人性,社会性,与自然的调和"。① 郁达夫将个性称为"散文的心",并认为它是现代散文区别于古代散文最重要的标志。古代散文受制于纲常名教,即"尊君"、"卫道"、"孝亲"三位一体,这一特性决定了古代散文形式上的因循模仿。经过五四启蒙运动的洗礼,个性、自我摆脱了传统的桎梏上升为散文的核心要素,而散文的形式则相应具有了"自叙传的色彩",从中可以看出"作家的世系,性格,嗜好,思想,信仰,以及生活习惯等等"。② 必须指出的是,郁达夫所说的个性、自我并不是孤立存在的,在他看来,个性、自我与社会人生具有一种密切互动的关系:

> 作者处处不忘自我,也处处不忘自然与社会。就是最纯粹的诗人的抒情散文里,写到了风花雪月,也总要点出人与人的关系,或人与社会的关系来,以抒怀抱;一粒沙里见世界,半瓣花上说人情,就是现代散文的特征之一。

《钓台的春昼》③是郁达夫游记散文中最为人所称道的代表作品之一。这篇散文记述了他 1931 年返乡暂住期间一次出游的所见所闻和所感。这次出游始自郁达夫的故乡浙江富阳,行程包括乘船溯富春江西上,止宿桐庐县城,夜上桐君山,翌日探访严子陵钓台。严子陵,名光,会稽余姚(今浙江余姚)人,为东汉初年著名隐士。性情孤高耿介,年少时即有清名。曾游学长安,与刘秀有同窗之谊。刘秀称帝之后,屡召他入朝为官,均坚辞不就。文中描写的严子陵钓台,位于浙江省桐庐县境富春山麓,相传为严子陵隐居垂钓之地,建有严先生祠和东西二台,为当地名胜。

---

① 郁达夫:《中国新文学大系散文二集导言》,《郁达夫文集》第 6 卷,花城出版社 1982 年,260—269 页。
② 同上书,261 页。
③ 原载 1932 年 9 月 16 日《论语》第 1 期,收入《郁达夫文集》第 3 卷,196—203 页。

文章的写作时间是 1932 年 8 月，所记出游则在 1931 年 3 月间，属事后追忆性质。为便于了解郁达夫写作该文的心境，有必要大致交代一下前此的一系列背景。作者在文章起首处不无揶揄地写道："一九三一，岁在辛未，暮春三月，春服未成，而中央党帝，似乎又想玩一个秦始皇所玩过的把戏了，我接到了警告，就仓皇离去了寓居。"1931 年春，郁达夫为营救"左联五烈士"（即柔石、胡也频、李求实、冯铿和殷夫）而多方奔走，因此受到国民党当局的通缉，不得已从上海返回浙江老家暂避风头。作者之所以使用"中央党帝"这一自创一格的称谓，一者由于文禁森严，不得不闪烁其词，二者意在揭露国民党统治的专制面目。作者继而把当局对革命作家的迫害暗喻为秦始皇的"焚书坑儒"，其愤懑鄙薄之情溢于言表。"暮春三月，春服未成"，在措辞上套用了《论语·先进》中的一段话："莫春者，春服既成，冠者五六人，童子六七人，浴乎沂，风乎舞雩，咏而归。"①这原本描写的是儒家"礼治"的最高境界，而作者则巧妙地将"既"替换成"未"，既交代了返乡出游的时令节气，又用以影射"虎狼成群，风沙扑面"的现实暴政。一字之差而反讽之意尽显。几乎与此同时，还发生了一起不可谓不重大的事件：1930年底"左联"召开全体盟员大会，通过了开除郁达夫盟籍的决议。对于"左联"成立以来专事政治活动，忽视文学创作的"'左'而不作"倾向，郁达夫曾屡次表示过不满，声言"我只是一个作家，而不是战士"。郁达夫在文人个性上的坚守姿态最终导致了他与"左联"关系的破裂。由此可见，郁达夫返乡之时，在社会关系方面，无论与敌与友都陷入了极度紧张、无法转圜的境地。因此，他的出游就不免带有寄情山水，放浪形骸，借以排遣胸中郁结的遁世色彩。尽管郁达夫在现实中屡屡碰壁，并为人猜忌误解，苦闷倦怠之意时有流露，但深入骨髓的人间情怀却每每如风筝的线绳，使他抽身乏术，欲罢不能。这种复杂的心绪也体现在这篇游记散文之中，作者徘徊在出世与入世之间，远离尘嚣的恬淡宁静对他构成了难以抗拒的诱惑，但现实意识却不失时机地浮出水面，搅乱了他的守拙归隐的清梦。

　　作者乘坐的轮船驶抵桐庐县城，已是"灯火微明"的黄昏时分。在大略交代了桐庐的历史地理之后，作者将目光聚焦于县城南面对江的"十里长洲"和"花田深处"，并不无深意地引出曾在此居住的唐朝诗人方干，或许他在这位号称"身无寸禄，名扬万里"的桐庐才子身上发现了自己的影子，以至心生惺惺相惜之感亦未可知。趁着"淡云微月"，作者登上了临近桐庐县

---

① 杨伯峻：《论语译注》，中华书局 1980 年，119 页。

城的"灵山胜地"——桐君山。在背山面江的石墙之上,作者饱览着"桐江和对岸的风景",而山上木鱼声声、孤寂空灵的桐君古观却引不起他的兴致。天上星云掩映,江心渔火明灭,眼前的景观"秀而且静"、"整而不散",甚至与号称"天下第一江山"的镇江北固山相比,还有过之而无不及。此时此刻,一种遗世独立的意绪在作者心头油然而生:

  真也难怪得严子陵,难怪得戴征士,倘使我若能在这样的地方结屋读书,以养天年,那还要什么高官厚禄,还要什么的浮名虚誉哩?

  城中的击柝之声,惊醒了作者"浩无边际的无聊的幻梦",他不得不重返尘世,"跑也似地走下了山来"。及至翌日清晨,作者仍然沉湎在桐君山上美丽的"残梦"里,窗外"吹角的声音"尽管让他心生"怨恨",但其"荒凉的古意"和催他早起探访钓台之功,又使他的脸上浮上了"一痕微笑"。

  探访钓台是文章的主干所在。作者乘渔舟溯江上行,一路上忘情于富春江两岸的山光水色,以及洲上的繁花,喧闹的蜂蝶。然而,如画的景致最终也不免令人疲倦,正当作者在船舱略作小憩之际,现实却化作梦境再次闯入他沉醉的内心世界:在一家临水的酒楼上,几位贵为"党官"的昔日好友正在高谈阔论,且有风情万种的"名花"陪侍左右,而他却不合时宜地吟诵了一首意境乖张、愤世嫉俗的"歪诗":

  不是尊前爱惜身,佯狂难免假成真,
  曾因酒醉鞭名马,生怕情多累美人。
  劫数东南天作孽,鸡鸣风雨海扬尘,
  悲歌痛哭终何补,义士纷纷说帝秦。[①]

  在现代作家中,郁达夫的旧体诗词堪称一绝,上引七律即为个中翘楚。这首诗不仅活画出作者狂放不羁的名士才情,而且将讥刺的锋芒指向暴虐无道的现实政治。它在上述场合的出现,自然使得作者和他的"党官"朋友们"心里各自难堪"了。与作者用生花妙笔编织起来的江南美景相比,这个意料之外又在情理之中的梦显然是令人不快的。然而,前者不也是另一种梦吗?一种只可远观赏玩,不可朝夕与共的白日梦。既然都无非是梦,那么孰真孰假?走笔至此,作者想必也会生出庄周梦蝶之叹了。

---

  ① 该诗作于1931年1月23日,原题为"旧友二三,相逢海上,席间偶谈时世,嗒然若失,为之衔杯不饮者久之,或问昔年走马章台,痛饮狂歌意气今安在耶,因而有作"。后收入散文《钓台的春昼》,因易题为《题钓台壁》。参见《郁达夫文集》第10卷,265页。

船家的呼唤使作者逃离了梦中的难堪。渔舟驶入一个峡谷,周遭的景致也为之一变,"清清的一条浅水,比前又窄了几分,四围的山包得格外的紧了,仿佛是前无去路的样子。并且山容峻削,看去觉得格外的瘦格外的高。向天上地下看去,只寂寂的看不见一个人类"。这里的一切只能用一个字来形容——静,而且是不同寻常的静,是"太古的静","死灭的静"。向往已久的钓台终于出现在视野之中,而作者却不由自主地害怕起来,"怕在这荒山里要遇见一个干枯苍老得同丝瓜筋似的严先生的鬼魂"。远离俗世的林泉世界纵然宁静,但作者深知,宁静达于极致便是"死灭"。富春江峡谷的印象显然影响了作者对于钓台的观感,"前面所谓的钓台山上,只看得见两个大石垒,一间歪斜的亭子,许多纵横芜杂的草木。山腰里的那座祠堂,也只露着些废垣残瓦,屋上面连炊烟都没有一丝半缕,象是好久好久没有人住了的样子"。在作者看来,钓台的春昼是阴森幽冷的,尽管他承认这也是一种美,但却是一种缺少烟火气的"颓废荒凉的美"。颇具讽刺意味的是,严子陵素以蔑视名利而著称于世,而在供奉其牌位的祠堂里,四壁题诗竟然大多出自利欲熏心的"过路高官"之手。令作者稍感欣慰的是,其中一首出自同乡前辈夏灵峰之手,"夏灵峰先生虽则只知崇古,不善处今,但是五十年来,象他那样的顽固自尊的亡清遗老,也的确没有第二个人"。作者由夏灵峰的"顽固自尊",联想到在日本一手导演下的伪满洲国闹剧,以及在其中扮演丑角的两个无耻文人——罗振玉和郑孝胥,心存厌憎地将他们斥为"官迷财迷的南满尚书和东洋宫婢"。相形之下,夏灵峰的人格操守就更加让人肃然起敬,"他的经术言行,姑且不去论它,就是以骨头来称称,我想也要比罗三郎郑太郎辈,重到好几百倍"。兴之所至,作者也动了操觚染翰之念,遂将上引七律题于夏灵峰的墨迹之下。"过路高官"们"俗而不雅"的手笔,固然是对严子陵高洁人格的亵渎和不敬,但作者的七律却也贯穿着与隐逸精神迥然相异的现世格调。

  从表面上看,全篇文章似乎予人以走马观花的印象,作者所到之处,随性而发,任意点染。但深究其实,我们也不难窥见一条统领全局的内在线索,即两种对立的情愫——入世与出世——的此消彼长或相互激荡。按照王国维的观点,郁达夫散文属典型的"有我之境","以我观物,故物皆著我之色彩",或可说"一切景语,皆情语也"。① 作者写景状物无时无刻不在主观情感的潜在支配之下,而客观景物也因而被罩上了浓郁的主观色彩,作者

---

① 王国维:《人间词话》,上海古籍出版社1998年,1、34页。

鲜明的个性也借此跃然纸上,一个率真、敏感、孤高,具有几分消沉颓废而又满怀不平之气的现代文人形象,得以清晰地展现在人们面前。

文章还体现出郁达夫散文的一个重要艺术特色,即刻画对象侧重写意传神,善于捕捉富有特征的细节,遣词用字精炼而内蕴表现力。作者写摆渡的船家,仅通过描摹其声音,寥寥数语便收穷形尽相之效:"船家的回答,只是恩恩乌乌,幽幽同牛叫似的一种鼻音,然而从继这鼻音而起的两三声轻快的喀声听来,他却是已经在感到满足了。"写富春江上的寂静,采用了以动写静、以声传静的侧面烘托手法:"双桨的摇响,到此似乎也不敢放肆了,钩的一声过后,要好半天才来一个幽幽的回响。"同样是写静,严子陵祠堂西院的静就与富春江峡谷的静截然不同:"在这四大无声,只听见我自己的啾啾喝水的舌音冲击到那座破院的败壁上去的寂静中间,同惊雷似地一响,院后的竹园里却忽而飞出了一声闲长而又有节奏似的鸡啼的声来。"与富春江峡谷"太古的静"、"死灭的静"相比,这里的静却是凡俗人间的静,前者使人畏惧,后者使人亲近。上述对佛教用语的戏仿,对喝水之声和院后鸡啼充满谐谑、不无夸张的描摹,让我们看到了一个苦中作乐、通脱达观的郁达夫。尤其令人叫绝的是,作者用了一个"飞"字来形容打破寂静的鸡啼,既生动贴切,又融入了作者的主观感受,同时作为一个饱含着不尽之意的象征,它还宣告了浮生之梦的终结,而作者不得不再次回到令他不堪直面而又不得不直面的现实人生。

《论西装》

《论西装》发表于 1934 年 4 月 16 日《论语》第 39 期,是林语堂幽默小品文的代表作之一。早在 1920 年代,林语堂就将英文的"humour"翻译成"幽默"并加以提倡,1932 年 9 月他创办《论语》半月刊,此后 1934 年与 1935 年他又分别创办了《人间世》和《宇宙风》,均以发表小品文为主,提倡幽默、闲适和独抒性灵。一时间,幽默之风盛行于文坛。

林语堂主张小品文应该"以自我为中心,以闲适为格调","宇宙之大,苍蝇之微,皆可取材"。① 这也体现在他自身的小品文创作中。同时精通中学与西学的他善于从比较文化的眼光看问题,由一件件具体而微的事物谈开去,纵横捭阖、挥洒自如,其中贯穿着许多中西文化知识,但读来又不觉作者有炫学之感。他的笔下所叙很多都是涉及中西文化差异的大问题,但他

---

① 林语堂:《人间世发刊词》,《人间世》1934 年第 1 期。

却能举重若轻,从小事物入手,以小品文的形式举例辨析,趣味盎然。语言通俗生动、机智幽默,引人入胜。正如他的自我评价:"两脚踏中西文化,一心评宇宙文章。"

对《论西装》这篇文章,我们不妨结合此后作者的那篇《论握手》来阅读。1935年9月16日《论语》第72期上发表的林语堂的《论握手》中写道:"东西文化不同之点甚多,而握手居其一。西人见面互相握手,华人见面握自己手。我想西人最可笑的习惯,就莫如握手这一端。西方文明,我能了解,西方习俗,我也很多赞成,外国哲学美术都还不错,甚至外国香水丝袜以及战舰,我都承认比中国货强,只有西人何以今日尚保存着握手的野蛮习惯,我至此不能了解。我知道西方社会也有人反对这种习惯,如同有人反对带帽带领一样。但是这只限于一部分人,于普通社会无甚影响;大部分的人总以为这种小事,听之罢了,何必小题大做?我就是喜欢注意这种士君子所不屑谈的小问题的一人。"在这篇文章中,作者从"卫生上、美感上及社交上"谈了反对握手的三种理由,写得趣味盎然。而具体到《论西装》这篇文章,我们也可以从散文中体现出来的幽默睿智、知识含量以及中西文化对比等几个方面来进行理解。

握手或作揖,西装或中装,都是具体而微的生活琐事,林语堂却能即小见大,从中发现其背后的文化差异并且条分缕析、头头是道。在1930年代的文化语境中,选取这样的"士君子所不屑谈的小问题"来写,本身就是一种超然物外的闲适态度,与现实保持了相当的距离,也跟重视文学的工具性的左翼文学主流相去甚远。至于幽默的追求,文中也体现得很明显。林语堂曾经专门写过一篇《论幽默》,并且将其与讽刺相区分:"……其实幽默与讽刺极近,却不定以讽刺为目的。讽刺每趋于酸腐,去其酸辣,而达到冲淡心境,变成幽默。欲求幽默,必先有深远之心境,而带一点我佛慈悲之念头,然后文章火气不太盛,读者得淡然之味。幽默只是一位冷静超远的旁观者,常于笑中带泪,泪中带笑。其文清淡自然,不似滑稽之炫奇斗胜,亦不似郁剔之出于机警巧辩。幽默的文章在婉约豪放之间得其自然,不加矫饰,使你于一段之中,指不出哪一句使你发笑,只是读下去心灵启悟,胸怀舒适而已。"[1]如此看来,题目"论西装"本身便带有幽默的意味。西装本是一件极普通的物事,然而作者却用了庄重正经的"论"字,小脑袋给戴了一顶大帽子,幽默意味不言自明。而在文中,幽默语句俯拾即是,例如文章一开篇,作

---

[1] 林语堂:《论幽默》,见《林语堂名著全集》第14卷,东北师范大学出版社1994年,12页。

者就说穿不穿西装是能"看出一人的贤愚与雅俗"的,表示了对穿西装的不满态度,但随即又说:"在一般青年,穿西装是可以原谅的,尤其是追逐异性之时期,因为穿西装虽有种种不便,却能处处受女子之青睐,风俗所趋,佳人所好,才子自然也未能免俗。"这就幽了一默。再如在写西装的裤带常常"不就范"时,作者也写道:"……但是如果人类还是爬行动物,那裤带也不至于成为岌岌可危之势。只消像马鞍的腹带,绑上便不成问题,决不上下于其间。但人类虽然已经演化到竖行地步,西洋裤带却仍旧假定我们是爬行动物……"这样的语句,并不刻意追求滑稽但幽默蕴于其中,读了自然会发出"会心的微笑"。而文中对于服装与国人性格的分析也让人拍案叫绝:"不知怎样,中装中服,暗中是与中国人之性格相合的,有时也从此可以看出一人中文之进步。满口英语,中文说得不通的人必西装,或在外国骗得洋博士,羽毛未干,念了三两本文学批评,到处横冲直撞,谈文学,钉女人者,亦必西装。然一人的年事见长,素养渐深,事理渐达,心气渐平,也必断然弃其洋装,还我初服无疑。"

文中的幽默有时是与知识性相伴的。比如文中对溥仪英文名字"亨利"的调侃,说"单那一套洋服及那英文名字就叫人灰心。你想'亨利亨利',还像个中国天子之称吗?"而对于西装领带(即文中的"领子")进行了溯源,认为这是"中古时代 Sir Walter Baleigh, Cardinal Riohelieu 等传下来的遗物的变相",并且不符合卫生习惯:"带了这领子,冬天妨碍御寒,夏天妨碍通气,而四季都是妨碍思想,令人自由不得。文士居家为文,总是先把这条领子脱下,居家而尚不敢脱领,那便是惧内之徒,另有苦衷了。"这些知识作者信手拈来,写得自然顺畅,风趣幽默的同时,也丰富了文章的信息含量。

从中西服装的差异出发,作者也上升到"服装哲学"的高度对中西文化进行比较:"大约中西服装哲学上之不同,在于西装意在表现人身形体,而中装意在遮盖身体。"表现与遮盖,其出发点有着根本的不同。西装固然有助于表现年轻女子的人体美,但中装却"比较一视同仁,自由平等,美者固然不能尽量表扬其身体美于大庭广众之前,而丑者也较便于藏拙,不至于太露形迹了,所以中服很合于德谟克拉西的精神"。这可谓林语堂散文即小见大的典型例证了。谈论中西文化,不从宏观上泛泛而谈,写成长篇论文,而从细节之处入手,于常人不易发现处看到中西文化差异的点点滴滴。这种写法实在更见功力,作者非对中西文化都极为熟稔不易做到。

通观全文,作者开篇就开宗明义表明自己对中西服装的好恶,说明西装之所以成为一时风气,其原因是"一般人士震于西洋文物之名而好为效蘖"。接下来分别从"美感上"与"卫生上"分析中装之胜于西装的原因,最后得出结论:"中服是唯一的合理的人类的服装。"逻辑严密,层层递进,其论证过程分明是学术论文的写法,其论述视点也是着眼于中西文化的差异,但其切入点却是日常生活衣食住行之"衣"。林语堂的《论西装》等小品文往往从大处着手、小处着眼,举重若轻、大度雍容,取材行文又自由自在、无拘无碍,语言庄谐交错,自有一番幽默情调,无怪在当时引起轰动,后继者群起模仿。正如文学史家们的评价:"林语堂的小品文尽管有意超离现实,其幽默有时带有洋味,又缺乏当时主流文学所具有的那种对现实的批判力度,但其融会了东西方的智慧,从学养文化方面另辟一途,所以在当时和后来都有相当的影响。"[①]

《爱尔克的灯光》

《爱尔克的灯光》是巴金散文中的名篇,写于 1941 年。如果单论巴金的散文,或许写于晚年的《随想录》名气更大。但《随想录》之所以赢得如此高的赞誉,更多的是缘于其思想深度,而非作品本身的文学价值。在《随想录》中巴金坚定不移地反思"文革",并且表现出强烈的忏悔意识,这是作品赢得高度赞誉的重要原因之一。而写于 1941 年的《爱尔克的灯光》则是凭借其内在的文学价值而赢得批评家和文学史家的交口称赞。

《爱尔克的灯光》是一篇有着丰富复杂的象征意蕴的散文,要准确理解这篇散文,必须结合作者个人的经历来进行。这篇散文是 1941 年巴金重访故居之后写成的。从 1923 年毅然离开那座他居住了 19 年的大宅院,外出到南京、上海、法国等地求学、写作,到再次回到故乡那座大宅院门前时,已经是 18 年之后了。而曾经的故居,已经几易其主,虽到门前也不得其门而入了。面对此情此景,巴金的感情是非常复杂的,这都体现在文章的字里行间。

尽管当初是因为对那个黑暗森严的封建大家庭充满厌恶甚至痛恨才外出求学谋生,但故居毕竟承载了他童年的一切记忆、一切苦乐酸辛。所以,重访故居,他还是充满期待的。旧居门前的街道、建筑尽管有所改变,"但是它们的改变了的面貌于我还是十分亲切。我认识它们,就像认识我自己"。只是由于猛然间看到依旧镶嵌在照壁上的"长宜子孙"四个字,才使得过往对于旧家庭的黑暗记忆迅速复苏,而初见故居时内心原本的温暖与

[①] 钱理群、温儒敏、吴福辉:《中国现代文学三十年》,北京大学出版社 1998 年,397 页。

酸楚也骤然笼上了一层阴影,并且重新陷入对人生道路的思索:"我被一种奇异的感情抓住了,我仿佛要在这里看出过去的十九个年头,不,我仿佛要在这里寻找十八年以前的辽远的旧梦。"

散文的主题是对人生道路的思索,而这一主题在文章中是通过一明一暗两条线索表达的,两条线索又自然地交织在一起。一条是明线,也就是通过"灯光"的象征意蕴来揭示出什么样的道路才是应该选择的道路。文中写到了三种灯光:"大门上闪亮起的灯光""是封建大家庭走向没落和崩溃的见证,是封建大家庭连同它赖以生存的制度衰败、灭亡的象征"。"爱尔克的灯光象征着生活的悲剧和希望的破灭。它从反面教导人们:必须做旧家庭、旧生活、旧礼教的叛逆者和反抗者。"而"我心灵的灯"则"是作者生活的信念和对理想追求的象征,是照耀着作者和广大青年'走向广大的世界去'的灯光"。①

"大门上闪亮起的灯光"与"爱尔克的灯光"一实写一想象,表达的是同样的内涵。"爱尔克的灯光"既是给远航的弟弟照路、给远航的人以家的慰藉与温暖,同时也是对远行在外的弟弟的呼唤。1942年,巴金在另一篇散文《灯》中,就曾提到"……哈里西岛上的姐姐为弟弟点在窗前的长夜孤灯,虽然不曾唤回那个航海远去的弟弟,可是不少捕鱼归来的邻人都得到了它的帮助"。同时,"爱尔克的灯光"岂不也是姐姐点给自己的一盏希望之灯?然而她到死也没有等到兄弟归来,"最后带着失望进入坟墓"。因此,"爱尔克的灯光"讲述的是一个带有浓浓的悲剧意味的故事,评论者说其内涵是"希望的破灭"是在情理之中的。而在文中我们看到,重访故居的作者同样也经历了希望破灭的情感过程。在外漂泊的18年中,作者偶尔也会在梦里看到那盏"爱尔克的灯光"、想起自己对姐姐的承诺:"有一天回来看她,同她谈一些外面的事情。"但当姐姐不幸去世之后,那盏"爱尔克的灯光"已经抽象成了故乡、亲人对他的忆念和呼唤。尽管当初他是决绝地走出封建大家庭的,但并不意味着他对亲人和亲情的一刀两断。恰恰相反,巴金对家中的亲人感情极为深厚,关于他的大哥、三哥还有姐姐,他都写过感人至深的散文,即便那位封建大家庭的最高统治者祖父,在巴金的回忆中,对孙辈也并非冷酷无情:在《家》的"十版代序"中,他曾忆及故居花园里的一个小池塘,就是因为他四岁时不慎跌入,所以祖父叫人填塞了……因此巴金所憎恶的只是封建家长制与封建礼教,而非故乡或是故乡具体的亲人。文中提及

---

① 梁旌:《〈爱尔克的灯光〉寓意解读》,《固原师专学报》(社会科学版)2004年第1期。

的梦中所见的"爱尔克的灯光",一方面是故乡对他的呼唤,另一方面也是他对故乡的魂牵梦绕之情。这种乡思时常折磨着他,使他"恨不得腋下生出翅膀,即刻飞到那边去",甚至成了他的"可怕的梦魇"。所以他对重归故乡是充满希望和期待的。18年后,曾经摧残人性的封建家长制和封建礼教已经被扫入了历史的角落,此次重返故里,他希望捡拾到的是那些温暖的亲情与回忆。文中他这样写道:

> 但是我终于回来了。我越过那堆积着像山一样的十八年的长岁月,回到了生我养我而且让我刻印了无数儿时回忆的地方。我走了很多的路。

然而,重访故居他所感受到的亲切和温暖却意外地被照壁上"长宜子孙"四个大字以及守门武装士兵的"疑惑的眼神"破坏掉了,心情瞬间跌入低谷。而天色渐暗,故居"大门上闪亮起的灯光",蓦然让他想到了多年来一直在呼唤他回归,让他魂牵梦绕的"爱尔克的灯光"——这不正是属于巴金的"爱尔克的灯光"吗?然而,归来后,他收获的却只是失望。所以他写道:"灯光并不曾照亮什么,反而在我心上添加了黑暗。我只得失望地走了。我向着来时的路回去。已经走了四五步,我忽然不由自主地掉回头,再看那建筑。依旧是阴暗中一丝微光。我好像看见一个盛满希望的水碗一下子就落在地上打碎了一般,我苦痛地在心里叫了起来,在这被夜幕覆盖着的近代城市的静寂的街中,我仿佛看见了哈立希岛上的灯光……"

"爱尔克的灯光"意味着家的召唤,然而重归故里,巴金所看见的"还只是那四个字'长宜子孙'"。这是文中的暗线,但暗线反而更加清晰明了地道出了主题。如果明线是叙事、抒情的话,那么暗线则是直接议论。对于祖父"长宜子孙"的愿望他评价道:

> ……财富并不"长宜子孙",倘使不给他们一个生活技能,不向他们指示一条道路,"家"这个小圈子只能摧毁年青心灵的发育成长,倘使不同时让他们睁起眼睛去看广大世界;财富只能毁灭崇高的理想和善良的气质,要是他只消耗在个人的享乐上面。

> "长宜子孙",我恨不能削去这四个字!许多可爱的年轻生命被摧残了,许多有为的年青心灵被囚禁了。许多在这个小圈子里面憔悴地捱着日子。这就是"家!""甜蜜的家!"这不是我该来的地方。爱尔克的灯光不会把我引到这里来的。

"爱尔克的灯光"召唤游子归家,然而归来后却发现"家"并不是一个

"甜蜜"的所在,故居虽然易主,但"长宜子孙"的大字却依然原样牢牢嵌在照壁上,因此,游子所要做的,还是要再次离去——尽管是"苦痛地去"。因此,"爱尔克的灯光"也就注定成了一种悲剧性的召唤。他失望而痛苦地喊道:"这不是我该来的地方。爱尔克的灯光不会把我引到这里来的。"

而在重新离开故乡远行的路上,作者又看到了"一线光、一个亮,这还是我常常看见的灯光"。"爱尔克的灯光"是召唤回归的灯光,而作者常常看见的灯光则是引导自己向外部世界前行的灯光,代表了理想和追求:"这一定是我的心灵的灯,它永远给我指示着我应该走的路。"整体看来,"灯光使文章充满诗意,使丰富复杂的思想感情得到生动形象的表现。灯光还成为本文的线索,尤其是爱尔克的灯光,贯穿始终,把不同地点、时间的生活材料有机串联在一起,最后则以心灵的灯作结,体现了作者思想和感情的推荐和深化"①。

《雅舍》

"雅舍"是梁实秋抗战时期寓居重庆时对自己所住的一间陋室的称呼。1940年11月,他应《星期评论》主编刘英士之约,为该刊写作专栏小品,在该刊创刊号发表《雅舍》一文,文末言:"长日无俚,写作自遣,随想随写,不拘篇章,冠以'雅舍小品'四字,以示写作所在,且志因缘。"《雅舍小品》由此而生。梁实秋在《星期评论》发表的"雅舍小品"共10篇。刊物停办后,他又写了10篇,散见于当时渝昆报刊。抗战胜利后,他归隐故乡北平,又应邀在《世纪评论》沿用"雅舍小品"的名义陆续发表了14篇。这34篇小品辑集而成的《雅舍小品》一书于1949年11月在台湾出版,至今已印行了六十余版。《雅舍小品》的首篇就是《雅舍》。

关于《雅舍》的写作缘由,梁实秋1938年12月6日在《中央日报》"平明"副刊上发表的《"与抗战无关"》一文中有这样的述及:"我相信人生中有许多材料可以写,而那些材料不必限于'与抗战有关'的。譬如说吧,在重庆住房子的问题,像是与抗战有关了。然而也不尽然,真感觉成问题的只是像我们这般不贫不富的人而已。……讲到我自己原来住的是什么样的房子,现在住的是什么样的房子,这是我个人的私事。不过也有很趣,不日我要写一篇文章专写这一件事。""个人的私事"、"也很有趣"成为梁实秋写作《雅舍》的立足点。住房问题反映了抗战时期生活的艰难,但梁实秋并未从

---

① 钱谷融、吴宏聪主编:《中国现代文学作品选》,华东师范大学出版社1999年,342页。

这常见角度去处理住房题材,而是将所住陋室写成安时顺便、情趣盎然的雅舍,表达随遇而安的处世态度、从容豁达的审美情趣和自娱自得的为文之道,从而接续上了中国文人的传统。从李白《春夜宴诸从弟桃李园序》所写人生如寄、知足求乐的心境,到刘禹锡《陋室铭》所写无"乱耳"、"劳形"、"惟吾德馨"的陋室乐趣,在梁实秋《雅舍》一文中都感受得到。"我住'雅舍'一日,'雅舍'即一日为我所有,即使此一日亦不能算是我有,至少此一日'雅舍'所能给予之苦辣酸甜,我实躬受亲尝。"超脱于现实功利,通达于人生体验,这种知足自持的现代生活态度,是《雅舍》给予读者最主要的精神启迪。

当年,在"雅舍"这间"有窗而无玻璃"、"鼠蚊猖獗"、雨来则"泥水下注"、四壁萧然的陋室中,梁实秋表现了一种传统士人阶层达观顺变、怡然自安的态度和襟怀。作者喜爱简陋至极的雅舍,是因为"'雅舍'还是自有它的个性。有个性就可爱";而《雅舍》全文充溢的正是作者作为一个中国学者的鲜明个性。《雅舍》虽有对雅舍的简陋、困扰的描写,笔触却心平气和,在随遇而安中化出生活审美的情趣。他写雅舍的月夜清幽:"看山头吐月,红盘乍涌,一霎间,清光四射,天空皎洁,四野无声,微闻犬吠。坐客无不悄然!舍前有两株梨树,等到月升中天,清光从树间筛洒而下,地上阴影斑斓,此时尤为幽绝";他写细雨迷蒙:"推窗展望,俨然米氏章法,若云若雾,一片弥漫";他写屋内陈设不俗:"我有一几一椅一榻,酣睡写读,均已有着","陈设虽简",却"求疏落参差之致","人入我室,即知此是我室"。这种种描写,都让人心旷神怡,有豁达自由之感。而在鼠子瞰灯、聚蚊成雷、风来无遮、雨来滴漏等生活困扰中,作者也是俯仰自得,化苦为乐,如"每当黄昏时候,满屋里磕头碰脑的全是蚊子,又黑又大,骨骼都像是硬的","来客偶不留心,则两腿伤处累累隆起如玉蜀黍,但是我仍安之。冬天一到,蚊子自然绝迹……"这些"苦辣"之味,也是人生情味,所以作者从容应付,甚至除此"不复他求"。这种将生活情味升华为审美意味、将困苦境遇转化为观赏对象的心态,随缘安时、自谋心境的丰富而平和的处世,源自中国传统的人生艺术,又有着作者的长期修炼,为战时中国文学提供了一种中和、适度、俊逸、淡远的美,反映了战争环境中华民族传统精神的一种特殊存在。这就是《雅舍小品》最内在、核心的内容。

在恬淡自适的心境中获得精神自由,往往是热心世事的中国知识分子处于回天无力的人生逆境中的传统处世良方,也是现代中国知识分子力图远离现实政治而陷入精神困境时的自存之计。但由于《雅舍小品》从作者的亲身体验中写出了多样化的人生情味,所以幽默、恬淡、风趣中仍有某种认真、某种理想追求。梁实秋说过:"对于人生有浓厚兴趣,而又要胸怀淡泊,的确不是容易事,但二者并不冲突。"①"雅舍"世界的构筑,正是作者力图融合这两者的一种努力。

《雅舍》全文结构有着收放自如中的谨严。第一段入笔言川地平房,别有风味,以"入乡随俗"之理,明"随遇而安"之心,开篇给人亲切感;随后从住房经验讲到对住宅的感情,理情相承,就能顺应雅舍境遇,充分领略雅舍风味了;最后点明喜爱雅舍的缘由:"雅舍""自有它的个性"。第二、三、四段由外及内地写雅舍雅人,相得益彰:先从雅舍"外景"言其个性,远离市嚣,置身自然;再从雅舍"内观"叙住雅舍之趣,点出雅舍之趣在于困苦中寻求生活的乐趣。第五、六段则由屋及人,风趣讲述"我"与显要、牙医、理发匠等的区别,从中显露安贫自适、知足自持的个性,表明雅舍之雅,皆出于"俱不从俗"之心;最后以"似家似寄"之辨作结,将文章提升至人生境遇的审美态度层面。全文层次极为分明,而每一层次中"我"的生活体验更内在地沟通全文。对"有个性就可爱"的好感,困苦中"久而安之"的幽默,"陈设虽简"而"俱不从俗"的喜欢,视客居为归家的通达,这些自我体验在亲近真切中使全文浑然一体,也使文章在浓郁的日常情趣中具有哲理启迪的力量。

梁实秋的散文追求"绚烂之极趋于平淡"的境界,尚雅求简。《雅舍》的语言就体现了这种追求。《雅舍》富有典雅简洁的语言质感,读来又疾徐有致,节奏张弛有道。情感的自然流露和艺术表现的节制两者结合在一起,口语和书面语在流动中交流,使《雅舍》的语言清畅而又凝练,质朴而又婉约。

梁实秋浸染中外文化甚深,他以学者手笔撰写《雅舍小品》,引经据典,宏议博论,取材于古今中外,穿插有趣事俚语,显示出雍容大度的特色。《雅舍》一文显示的广闻博识,也没有"掉书袋"和卖弄自炫之嫌,不仅得力于作者的中外文化修养,种种引用妥帖精当,更因为作者以质朴平和、达观向上、不失赤子之心的人品襟怀来审视、决定知识材料的取舍,将材料重新锤炼成一个艺术整体。

梁实秋散文延续了周作人"言志"小品的作风,而《雅舍小品》是梁实秋处于"'与抗战有关的他不会写,也不需要他来写'②的时境中的作品。尽管

---

① 梁实秋:《诗与诗人》,见《梁实秋自选集》,台北,黎明文化事业股份有限公司1975年,151页。

② 业雅:《〈雅舍小品〉序》,见《雅舍小品》,台北,正中书局1949年。

梁实秋 1938 年末所谓"与抗战无关论"的本意是反对"对谁都没有益处的"、"空洞的'抗战八股'"①,他主编的《中央日报》副刊"平明"所刊"文章十之八九是'我们最为欢迎'的'于抗战有关的材料'",十之一二"是他认为"'也是好的'、'真实流畅'的'与抗战无关的材料'",②但他的主张、做法还是被视为"有碍抗战文艺之发展",遭到了左翼文艺阵营的批评。《雅舍小品》也因为其"与抗战无关",长期被认为反映了梁实秋"受资本阶级文明教育和西洋文学的影响使他对无产阶级的解放事业一直有偏见,以致一时障眼,在阶级矛盾一类政治原则问题上,或者所见皮毛,或者是非颠倒,或者有意躲避,不做深究"的"思想局限"③。从 20 世纪 80 年代中后期起,人们开始摆脱某些时代局限性,重新关注《雅舍小品》的价值。《雅舍小品》所表现的对人性的深刻观察与生动描绘,对日常人情事理的剖析和警喻,在人们惯见的事物形态中发掘其睿智不俗的情趣意味,"在俗事上做不俗的文章",对优雅逸适之人生境界的体味神往和对世俗人生之弱点陋习的玩味婉讽,雍容大度、雅洁敦厚的文学韵味等,都会作为散文小品成功之典范而存在下去。

《水心》

"原乡"的失落和追寻,是人类文学的重要母题,也是中国文学的传统主题。对于 20 世纪中国文学而言,这一文学类型更具有人生观照的复杂性和审美传达的丰富性。中华民族长久以来有着安土重迁的传统,然而,20 世纪的中国人却发出了这样的感慨:"没有一个民族比华人更了解源流究竟是怎么一回事","没有一个民族,比我们更能体验到源流的意义"。④ 正是在三千万人漂泊海外,数百万人流落台港,更多的人在战争屡起、政治动荡、经济冲击中背井离乡的背景下,中国人的乡思乡愁得到了最丰厚最复杂的酿造,从而形成了独异丰富的"乡愁美学"。旅美散文家王鼎钧是最早直言"乡愁是美学"⑤的,这种"乡愁美学"孕成于他"经历七个国家,看五种文化、三种制度"的人生经历,也孕成于一代中国人跨越几个时代的几度漂泊中,从而大大丰富了"乡愁"这一文学母题。

---

① 梁实秋:《编者的话》,载《中央日报·平明》,1939 年 12 月 1 日。
② 梁实秋:《梁实秋告辞》,载《中央日报》,1939 年 4 月 1 日。
③ 杜元明:《梁实秋的散文世界》,《天津师大学报》1987 年第 6 期。
④ 陈中禧:《闲说源流》,《白雪红枫》,加拿大华文作家协会 2003 年,75 页。
⑤ 王鼎钧:《左心房漩涡·脚印》,台北,尔雅出版社有限公司 1988 年,201 页。

庄子《齐物论》中,长梧子言:"予恶乎知说生之非惑邪?予恶乎知恶死之非弱丧而不知归者邪?"郭象注解说,少年失其故居,故曰弱丧;夫弱丧者,遂安于所在,而不知归于故乡。就是说,少年时流落在外,远辞故乡,之后安居于他乡,甚至乐不思蜀,于是不知归乡了,这就是弱丧者的命运。海外移民,多在年少气盛之时迁徙,但古人是"安于所在"而忘归,如今却是不知所归。要归于故乡,先得弄明白,"何处是故乡,什么是故乡",而如今"故乡可以在任何地方",这就使得弱丧者"老而弥丧"。海外华人的"乡愁美学"正是在"何处是故乡,什么是故乡"的寻求中展开的,其中充满着不知所归的迷惘和痛苦,也孕蓄着新的"故乡"生命的悲欢。《水心》称得上是王鼎钧"乡愁美学"的奠基之作。

《水心》被收入王鼎钧的散文集《左心房漩涡》,这部1988年被评为台湾"10本最有影响力的书"之一的作品集中书写了乡愁这"一个复杂而美丽的结",全书4编34篇,皆用"我"对"你"的呼唤、寻觅、对话写成,包含着"后世"对"前生"的呼唤(王鼎钧在书中言自己有"两世为人"之感)。不足二千字的《水心》也是用"我"对"你"的"沧桑"和"智慧"的体悟写成,凄然中有温馨,悲怆中有豁达,豪气中不乏儿女情,苦吟中更多人生智慧,其文气笔调,确如经过几重风雨,将乡愁表现得淳厚而深刻。文章从沧桑阅历的人生体悟入笔,以"中天明月,万古千秋,被流星陨石撞出多少伤痕",人们却"只看见她的从容光洁"想见用血写成、唯有自知的乡愁"经文",以千万年惊涛而成的岩皱石褶中"画不圆的年轮"想见岁月坎坷、遗憾所成就的人生智慧,而全文正是以人世的沧桑和人生的丰富来孕成"乡愁美学"。

乡愁人皆有之,但其浓烈,莫甚于漂泊海外的华人,因为它是一种文化乡愁。跟古人少小离家不同,华人漂泊海外,进入了另一种文化空间,经历着文化断裂的种种考验,而文化归属的命题,是"圣经"般神圣的命题,它在一代又一代海外作家的探寻中,聚合起华人全部的生命体验,甚至构成着乡愁美学的哲学命题。《水心》以离家44年的情感经历为线索,从血肉人生中浓缩起乡愁的种种悖论,追寻"原乡"的深刻含义。"我已经为了身在异乡、思念故乡而饱受责难,不能为了回到故乡、怀念异乡再受责难。"这是在绝了还乡之情中凝聚起割舍不尽的原乡之情;"故乡只在传说里,只在心上纸上。故乡要你离它越远它才越真实",这是用终生心血浇灌才得以形成的原乡想象,人生痛楚、磨难才使故乡升华为一种圣地;"山势无情,流水无主……那进了河流的,就是河水了,那进了湖泊的,就是湖水了,那进了大江的,就是江水了,那蒸发成汽的,就是雨水露水了。我只是天地间的一瓢水!"历史的无奈中保存下人生的澄澈,以乡情洞见人生,以乡愁沉淀历史,沉郁中足见豁达,大启大阖于天地间。

乡愁因乡土而生,然而,何谓乡土,却在海外华人的漂泊生涯中发生了很多变化,正是乡土、故国空间的多种拓展,赋予了乡愁以丰富的美学内涵。从"飞散"(dispora)的视角来看,"'家园'既是实际的地缘所在,也可以是想象的空间;'家园'不一定是落叶归根的地方,也可以是生命旅程的一站"。也就是说,"飞散"(离散)只是指生活于传统家园之外,而家园则是指一切繁衍生命之地。当家园的空间有了拓展,人们在地缘上不断穿越空间,在文化上、精神上频繁出入于家园,原先离乡背井的悲凉所孕蓄的乡愁,必然渐渐注入了繁衍生命的喜悦所带来的明朗。正如王鼎钧所言,如果从现实境遇看,离乡迁居海外有如遁入"空门",乡愁会成为"失根"、"无根"的悲哀;但从生命原型看,离开母体则"是一种必要,是保存和开展的另一种方式。它不会是'无根的一代',它们有根,它们是带着根走的,根就在它们的生命里"①。所以他说:"心灵的安顿就是心灵的故乡","它和出生的原乡分别存在","原乡,此身迟早终须离开,心灵的故乡此生终须拥有"②。有了这种心灵安顿中生命展开的追求,传统的家园观念有了无比开阔的空间,乡愁也有了生命再创造的喜悦。所以《水心》尽管有着"只有居所"而"没有一个家"的现实境遇,但最终充溢起展开新的生命的信心:"涧溪赴海料无还!可是月魂在天终不死,如果我们能在异乡创造价值,则形灭神存,功不唐捐,故乡有一天也会分享的吧。"

乡愁之浓烈,归根结底是因为它伸入了人的生命原型。海外华人笔下的乡愁往往是一种脱却了具体记忆,超越了实体接触的母国情结,它根植于人类追本溯源的原初愿望,融入于人类不断流离、追索的迷惘中。人类在其生存中始终是漂泊不定的,《水心》结尾"所有的故乡都从异乡演变而来,故乡是祖先流浪的最后一站"的体悟,更将乡愁伸进了人类的生命原型中,人类有如婴儿从被剪断脐带起注定无法再归回母体,乡愁就产生于这种欲回母体而不能的追寻中,在一种回归生命源头的渴望和这种渴望难以实现之中,乡愁成为人类生命的重要原型。而"涧溪赴海料无还"和"月魂在天终不死"之间的人生张力,构成了《水心》最独特的乡愁魅力。

乡愁成为一种美学,是乡愁在传统之根意义上的文化象征意味被重新

---

① 王鼎钧:《我们现代人·本是同根生》,作者自印,1975年。
② 王鼎钧:《活到老,真好·心灵的故乡慰远人》,台北,尔雅出版社1999年,15页。

审视而被赋予了新的意义的过程,它在海外华人作家自我感性的现代确证过程中得到了丰富的表现、深入的开掘。《水心》让我们深切感受到了这一点。

《我与地坛》

史铁生的创作无法归入某一文学潮流,他是以具有浓厚宗教色彩的文学言说表明自己在当代中国文学中的独特存在。其间所显示出的宗教色彩不是单纯明晰的,而是具有多样性与混合性。除了佛禅情感以外,最主要的就是基督教文化精神的体现。而宗教精神的体现,又是与作者对个体及人类命运的切身思考和独特体验分不开的。

史铁生一开始就将创作点立足于对个体与人类命运的关注和思考,而将此达到一个新的高度和深度的正是散文《我与地坛》①。作者用敏感细腻的笔触呈现给读者的沧桑古园,实则成为自己探寻生命本真的精神家园。作品充满对于生命的追问、质疑与礼赞,读来意味深长、催人泪下。在作者眼里,地坛已经化为他心目中的教堂。"我常觉得这中间有着宿命的味道:仿佛这古园就是为了等我,而历尽沧桑在那儿等待了四百多年。它等待我出生,然后又等待我活到最狂妄的年龄上忽地残废了双腿",仿佛是地坛主宰着史铁生的命运。但是,"在人口密集的城市里,有这样一个宁静的去处,像是上帝的苦心安排"。"两条腿残废后的最初几年,我找不到工作,找不到去路,忽然间几乎什么都找不到了,我就摇了轮椅总是到它那儿去,仅为着那儿是可以逃避一个世界的另一个世界。"作品通过七段文字来写"我"在地坛世界的生活,从青年到中年,从最初的"关于死的事"到最终的"为什么要生"。地坛里的"我"经历世事变迁,对生与死都有了虔诚的信仰,也就实现了对于命运的救赎。在这样的精神世界中,地坛里的时间、地坛里行走的人,都进入了作者关注的视野,倾注了作者无限的感情。当"我"羡慕的中年情侣不觉中成为了两位老人,当清晨咏唱《货郎与小姐》的小伙子再也没有出现,当那个洒脱饮酒的老头、那个捕鸟的汉子、那个素朴优雅的女工程师、那个悲壮的长跑家朋友都统统成为"我"生活中的牵挂时,命运和时间的力量显现出来,人类心灵的感情共鸣油然而生。尤其是那个漂亮而不幸的弱智姑娘,更加激起作者对于生命与存在的深层思考:到底由谁去充任那些苦难的角色?

---

① 写于1990年,原载《上海文学》1991年第1期,后收入多种选本。

苦难与关怀促使史铁生整年累月地苦思冥想,"最后事情终于弄明白了:一个人,出生了,这就不再是一个可以辩论的问题,而只是上帝交给他的一个事实;上帝在交给我们这件事实的时候,已经顺便保证了它的结果,所以死是一件不必急于求成的事,死是一个必然会降临的节日"。而重要的是,作为人,唯有向死而生,才是真正的人,才不枉为来到这个世界一遭。史铁生带给人的恰恰是宗教文化中面向苦难而积极抗争的精神。自己的苦难带给了母亲更大的苦难,母亲的自我安慰与暗自祷告,她的心神不定与最低限度的诉求,这样的一位母亲注定是活得最苦的母亲。而母亲的过早离去又带给了史铁生深深的愧疚、思念、理解与彻悟:"上帝为什么早早地召母亲回去呢?很久很久,迷迷糊糊的我听见了回答:'她心里太苦了,上帝看她受不住了,就召她回去。'""年年月月我都到这园子里来,年年月月我都要想,母亲盼望我找到的那条路到底是什么。母亲生前没给我留下过什么隽永的哲言,或要我恪守的教诲,只是在她去世之后,她艰难的命运,坚忍的意志和毫不张扬的爱,随光阴流转,在我的印象中愈加鲜明深刻。"正是基于对自己、母亲乃至人类命运的苦苦思考与深切关怀,才使得作品具有了终极意义而在新时期文学中显得弥足珍贵。"我在这园子里坐着,园神成年累月地对我说:孩子,这不是别的,这是你的罪孽和福祉。"作为宗教文化精神的核心理念——罪孽和救赎,渗透于史铁生的创作意识中。而且更为重要的是,弥漫全文的对人的深深的爱与关怀,正是人类最高贵的博爱精神,也正是宗教文化的精义之所在。《我与地坛》自始至终都充满着爱,怀着宗教精神的写作与写作的宗教精神救赎了史铁生,成全了史铁生。

《我与地坛》表达的是面对绝望和死亡而充满悲悯、希望与感恩的情怀,"爱"是史铁生通过自己的创作为人类苦难开出的良方。在他看来,古往今来,真正的艺术家多是尝够了世间的艰辛与苦难,但他们总是对人类充满了爱,他们的作品中因而没有报复的色彩,没有狭隘的怨恨,没有歇斯底里的发泄,没有自命圣洁的炫耀。在他们看来,灵魂残疾了的人和双腿残疾了的人是一样的,都是不幸的"羔羊",而"主"不是神祗而是"羔羊"们的不屈、自新与互爱。他们叙述苦难乃是站在人类立场上的沉思,他们剥开人类的弱点,本是为着人类趋向完美。唯此,艺术才有了更高的价值,艺术家的苦心才能获得报偿。[①] 实际上,史铁生在作品中表现的正是受难者的不屈、自新与互爱。在他看来,爱是精神之生死攸关的问题。它涉及终极关怀,因

[①] 《她是一片绿叶》,《史铁生作品集》第2卷,中国社会科学出版社1995年,484页。

而又具有了宗教意义。"宗教二字的色彩不论多么纷繁,终极关怀都是其最基本的意蕴……终极关怀主要不是对来路的探索,而是对去路的询问。"①这是文学存在的位置,也是生命存在的价值。

生命的意义就在于能够创造过程的美好与精彩,生命的价值就在于能够欣赏过程的魅力与悲壮。"只要你最关心的是目的而不是过程你无论怎样都得落入绝境,只要你仍然不从目的转向过程你就别想走出绝境。事实上,你唯一具有的就是过程。……你立于目的的绝境却实现着、欣赏着、饱尝着过程的精彩,你便把绝境送上了绝境。"从复杂的过程看生命艰巨的处境,以享隆重与壮美。这已经进入一种审美的境地。此时,"才能够永远欣赏到人类的步伐和舞姿,赞美着生命的呼喊与歌唱,从不屈获得骄傲,从苦难提取幸福,从虚无中创造意义,直到死神和天使一起来接你回去,你依然没有玩够,但你却不惊慌,你知道过程怎么能有个完呢?过程在到处继续,在人间、在天堂、在地狱,过程都是上帝的巧妙设计"②。获得了审美意义的过程必然具有了超越精神。艺术是有意味的形式,"当人把一切坦途和困境、乐观和悲观,变作艺术,来观照、来感受、来沉思,人便在审美意义中获得了精神的超越,他不再计较坦途还是困境,乐观还是悲观,他谛听着人的脚步与心声,他只关心这一切美还是不美"③。文学与宗教关注的都是人的生存问题,文学的超越性恰恰通约宗教精神,正如史铁生所言,"文学就是宗教精神的文字体现"④。

《我与地坛》的叙事姿态极尽谦卑,创作格调洗尽铅华,正实现了史铁生所理解的"朴素"——"真正的朴素大约是:在历尽现世苦难、阅尽人间沧桑、看清人的局限、领会了'一切存在之全'的含义之时,痴心不改,仍以真诚驾驶着热情,又以泰然超越了焦虑而呈现的心态。这是自天落地返朴归真,不是顽固不化循环倒退。不是看破红尘灰心丧气,而是赴死之途上真诚的歌舞。"⑤

《我与地坛》属于极具体验性的文本,因为"体验必须是从生活着的感性个体的内在感受出发的","也就是从自己的命运和遭遇出发来感受生

---

① 《无问之答和无果之行》,《史铁生散文》上卷,中国广播电视出版社1998年,251—252页。
② 《好运设计》,《史铁生作品集》第3卷,中国社会科学出版社1995年,199—200页。
③ 《自言自语》,《史铁生作品集》第2卷,448页。
④ 同上书,436页。
⑤ 同上书,431页。

活,并力图去把握生活的意义和价值。体验本身具有一种穿透的能力"①。史铁生的生命存在及其神圣的、纯净的、安详的、普遍化的语言文本,体现出对于经验世界的超越意义。

《清洁的精神》

在中国当代文坛,张承志是一个备受争议的另类作家,也是一座无法回避的艺术高峰。褒者称他是"最后一个理想主义者"、"理想主义的精神漫游者","鲁迅之后的一位作家",贬者则因其冥顽不灵的"红卫兵情结"、"反智主义倾向"而耿耿于怀,但他作为语言艺术家的超凡素质和作品中撼人心魄的艺术魅力却是世所公认的。20世纪80年代,张承志主要以小说创作驰名文坛。他的小说具有浓郁的浪漫主义色彩,在形式上体现为内心独白、夹叙夹议和抒情笔法相结合的散文化特征。"寻找",是他小说中反复出现的主题或叙事模式——在"人民"中寻找自由、正义、人道、信仰和美,而贯穿其间的则是一种热烈而近乎偏执的精神力量和宗教感情。1984年,张承志在西海固邂逅"哲合忍耶"——一个在回族底层民众中流传已久的伊斯兰教神秘主义异端派别,哲合忍耶教徒为捍卫"心灵的纯净"而不惜付出惨重牺牲的英雄主义气概使他深深受到震撼。此后他不仅皈依了哲合忍耶教派,而且倾注六年心血,以哲合忍耶教徒长达两个世纪的抗争史为题材创作了一部旷世奇书——《心灵史》。进入1990年代,张承志与他所景仰的鲁迅一样,主动放弃了小说创作,将散文作为自我表达的主要形式。张承志曾就他的创作转向做过如下解释:"我对故事的营造,愈发觉得缺少兴致也缺乏才思。我更喜欢追求思想及其朴素的表达;喜欢摒除迂回和编造,喜欢把发现和认识、论文和学术——都直接写入随心所欲的散文之中。"②面对全球化、市场化背景下的社会不公和精神陷落,张承志内心深处涌动着太过迫切的现实批判冲动,而以虚构为特征的小说文体犹如一副精致的镣铐,使他常有形格势禁之感。他曾多次声言,鲁迅作品中"荷戟的战士"是他最为神往的形象。作为"战士",他自然应该选择最便利且最适合自己的"武器",以使他的"战斗"更具针对性和杀伤力。在这方面,自由灵活、随性

---

① 刘小枫:《诗化哲学》,山东文艺出版社1986年,179页。史铁生多次谈到,他本人深受刘小枫的有关神学著作的影响,这在《病隙碎笔》及其他访谈中均有明确表示。刘小枫亦推崇史铁生的创作,并在长文《圣灵降临的叙事——论梅烈日柯夫斯基的象征主义》中有这样的"题记":"献给友人史铁生五十岁生日。"见刘小枫《圣灵降临的叙事》,三联书店2003年,109页。

② 张承志:《近处的卡尔曼》,《收获》2001年第4期。

而发的散文显然具有无可比拟的优势。

《清洁的精神》①作于1993年,是最能体现张承志独异人格和艺术风范的散文篇什之一。在这篇散文中,作者沉浸在"被理想化了的古代",通过对"洁"这一精神品质的追忆和引申,抒发了自己不乏孤独之恨的激昂胸臆,并将批判的锋芒指向物欲横溢、精神沉沦的当下现实,同时也为中国现代精神的建构提供了一种与众不同的思路。

作者徜徉于古老而荒芜的箕山,相传这里曾是上古贤士许由的隐居之地。据皇甫谧《高士传》记载,帝尧欲禅位于许由,许由坚辞不受且引以为耻,遂奔至颍水之滨,清洗为名利之语所玷污的双耳。时有一老翁在河边饮牛,闻听许由的诉说,非但不予褒扬反而加以斥责:"你若不是介入那种世界,哪里至于弄脏了耳朵?现在你洗耳不过是另一种沽名钓誉。下游饮牛,上游洗耳,既然你知道自己双耳已污,为什么又来弄脏我的牛口?""许由洗耳"的故事引发了作者绵长而澎湃的思绪。在他看来,上古是一个"人相竞洁"的时代,而"许由洗耳"则在最高的意义上规定了"洁与污的概念","它把人类可能有过的原始公社禅让时代归纳为山野之民最高洁、王侯上流最卑污的结论"。在这里,"洁"意味着一种纯洁或纯粹的精神状态,它包含着对权势、物欲的蔑视和不可侮慢的自尊。尽管在追名逐利、寡廉鲜耻的当下社会,人们对"洁"的意识至为隔膜,但作者仍然执著地认定,它乃是中国文明中"最纯的因素","唯它能凝聚起涣散失望的人群,使衰败的民族熬过险关,求得再生"。在作者自出机杼的历史谱系中,发源于箕山许由的"清洁的精神",此后分衍为多种传统,其中之一就是司马迁在《史记·刺客列传》中所彰显的"烈士传统"。曹沫、专诸、豫让、聂政、荆轲、高渐离,这些因司马迁的传神书写而脍炙人口的名字,以及与之不可分离的令人震撼的人格和事迹,在作者笔下再度焕发出异彩。他们"一诺千金,以命承诺,舍生取义,义不容辞"的刚烈品质,经由作者个性独具的阐释,成为"清洁的精神"在一个极端维度上的激烈呈现。

"边缘"是张承志的自觉选择。在知识分子边缘化的今天,这一选择似乎并无标新立异之处。但必须指出的是,此"边缘"非彼"边缘"。"边缘"对于张承志来说,绝非隐含着"准中心"或"潜中心"意味的边缘,在他看来,后者不啻是一种用心"奸狡"的趋炎附势,而这恰恰是他深恶痛绝的。张承志所选择的"边缘"是一种近乎绝对意义上的边缘,是"反对一切体制"的边

---

① 原载《十月》1994年第1期,收入作者的散文集《清洁的精神》,安徽文艺出版社1994年。

缘,是现实权力网络中多重边缘位置的集合:针对西方话语霸权和唯西方马首是瞻的"媚西"风尚,他以笔为旗,荷戟独战,坚定地捍卫着本土文化精神及其价值,对新殖民主义和文化侵略施以尖锐犀利的鞭挞;针对权力、资本与知识精英相结合的当下现实,他将自身的民粹主义意识推向极致,始终不渝地恪守着为人民而写作的人生信条;针对根深蒂固的汉族中心观念,他满怀深情地在少数民族的纯朴风习中寻找着信仰的精魂。上述立场从他的宗教取向上亦可略见一斑。哲合忍耶,一个"穷人的宗教",一个少数民族的异端教派,或者毋宁说,张承志所选择的"边缘"实质上是一种永远的异端。在他的词典里,"异端即美——这是人的规律"。① 异端是强权的对立面,它体现着独立、自由、清洁的精神,因而也是高贵的精神,美的精神。按照他的观点,《刺客列传》的不朽意义即在于为异端找到了一种最堪匹配,同时也是最为决绝的生命形式——为成就精神的清洁不惜决死拼斗,以命相搏。他盛赞司马迁为异端立传的洞见卓识,对《刺客列传》的美学价值亦推崇备至,认为它是"中国古代散文之最","它所收录的精神是不可思议、无法言传、美得魅人的"。由此,张承志认为自己的写作乃是司马迁原初意图的当代延续,"我要用我的篇章反复地为烈士传统招魂,为美的精神制造哪怕是微弱的回声",以此回敬泛滥于当下的"不义、庸俗和无耻"。张承志对《刺客列传》的热烈称颂包含着这样的潜台词:精神是永恒的,无限的,因而也是无条件的,物质、权力、欲望乃至肉体生命都不可能对其构成限制,精神乃是人的本质。

张承志在咏叹古代刺客的刚烈人格之余,字里行间也透露出对于"误读"或"过度阐释"的一丝隐忧。他不得不承认,行刺不过是"政治的非常手段",是"残酷的战争形式的一种"。而在"春秋无义战"的历史背景下,义薄云天的刺客们往往不可避免地沦为权力斗争毫无意义的牺牲品。面对不可一世的强权人物,他们奋袂而起,给予其肉身致命一击,然而肉身背后的强权秩序却并不因此而有丝毫损伤。恰如耿占春在评述《清洁的精神》时所作的一针见血之论:"当可怜的豪迈的自裁与他杀,都只不过是为了成就某一个君主称霸的野心时,义士在'士为知己者死,女为悦己者容'的信念里早已失却了自身存在的价值。"②应当指出,尽管张承志的学术素养并不逊于任何一位专业历史学者,但"言必有据"对他来说却具有完全不同的含

---

① 张承志:《心灵史》,花城出版社1991年,29页。
② 耿占春:《散文的旅程》,《作家》1998年第10期。

义,他的写作依据不仅是历史文献,而且是超越时空的心灵共鸣。因此,上述隐忧并未使他裹足不前,相反他以更为大胆的想象填补着历史文献的空白,颇有"六经注我"的通脱之气。从司马迁关于荆轲的记述中,他别具只眼地发现了溢出表意结构的细节,进而展开了一番别有深意的铺陈。荆轲为了确保行刺的成功,一再延宕行动计划的实施,以至引起了燕太子丹的怀疑。于是,在易水河畔发生了一场历来不为读者注意的"争执",从而导致了荆轲刺秦意义的逆转:

> 燕太子只是逼人赴死,只是督战易水;至于荆轲,他此时已经不是为了政治,不是为了垂死的贵族而拼命;他此时是为了自己,为了诺言,为了表达人格而战斗。此时的他,是为了同时向秦王和燕太子宣布抗议而战斗。

张承志从历史的缝隙中读出了荆轲的独立人格,从而将他的英雄行为从权力斗争的渊薮中拯救出来。这无疑是一个令人拍案的创见。作为荆轲的后继者,高渐离对秦王的"第二次攻击"更是与统治者的政治无关,用张承志的话来说,这是"一种不屈情感的激扬","一种民众对权势的不可遏止的蔑视","一种已经再也寻不回来的、凄绝的美"。准此,他将《刺客列传》关于荆轲、高渐离的记述称为"古代中国勇敢行为和清洁精神的集大成",将他们的刺秦之举归结为"失败者的最终抵抗形式","弱者的正义和烈性的象征"。

耐人寻味的是,张承志在"烈士传统"之外,还不惮辞章地描述了另一种源于"清洁的精神"的传统。一名舞女为自己在暴政的统治下强作欢颜而深感"不洁",于是她退出了舞台,闭门隐居。时光流逝,另一名舞女取代了她,而她的容颜一天天老去,人们忘记了她的存在,正义也并未降临。在生命行将终结之际,她不禁哀叹:"我视洁为命,因洁而勇,以洁为美。世论与我不同,天理也与我不同吗?"洁身自好同样也是"以个人对抗强权",这种对抗尽管"清洁"但却无力。强权秩序的存在有赖于合法的暴力,对暴力的恐惧乃是它最为稳固的统治基础。挑战这种恐惧则是强权瓦解的开始,而能担当此任的,唯有敢于背水一战、舍生取义的烈士。基于这个角度,张承志再次申述了以荆轲为代表的古代烈士在人类追求正义的历史上无法替代的意义:"他们是无力者的安慰,是清洁的暴力,是不义的世界和伦理的讨伐者。"从一浪高过一浪的排比句中,我们能够真切地感受到作者浓烈情感的激荡。"清洁的暴力",正是强权暴力的结果。或如雨果所言,这是一种"神圣的愤怒",它不仅是对强权的反抗,也是对暴力的反抗,更是对绝望的反抗。"反抗绝望",这是鲁迅倾其一生所践履的命题。在鲁迅身上,张承志发现了清洁的辩证法:清洁者因不清洁的世界而绝望,因绝望而最终成就了清洁,"鲁迅,就是被腐朽的势力,尤其是被他即便死也'一个都不想饶恕'的人们逼得一步步完成自我、并濒临无助的绝境的思想家和艺术家"。并非巧合的是,鲁迅也钟情于古代的刺客,他以《列异传》的相关记载为底本写成的小说《铸剑》即为著例。从小说对行刺场面怪诞而奇崛的描写中,张承志看到了一个他所心仪的鲁迅,一个内心深处涌流着刚烈血液的鲁迅。由司马迁提炼而成的"烈士传统",因鲁迅的赓续而被赋予了现代意义。

张承志绝非如某些断章取义的批评者所诟病的那样,是一个暴力崇拜者,相反他一直在寻求一种彻底消除暴力的"真正的人道主义"。此人道主义与1980年代以来知识分子群体中流行的人道主义并非同义语,后者以抽象的人为其价值核心,以实现超阶级的人类之爱为其终极目的。尽管这种人道主义在肯定人的世俗需求正当性方面功不可没,但必须强调的是,在一个两极分化、强弱悬殊的世界,抽象的人绝不能代替现实中活生生的人。"人"的概念一旦被具体化就不能不产生立场问题,而一切被侮辱与被损害者的生存权利和心灵自由即是张承志式人道主义的立场。"清洁的暴力"作为反抗强权的最后一计,是被侮辱与被损害者不可让渡的权利,而以"敬畏生命"为由否定这一权利,就无异于认同了强权秩序以及作为其后盾的强权暴力,以至在生命终极意义的问题上陷入哑然失语的窘境。或许可以说,张承志正是在对暴力的残酷逼视中完成了他的人道主义。尽管我们不一定赞同张承志的思想观点,但是我们不能不敬佩他无与伦比的思想勇气。

张承志的散文往往予人以巨大的紧张,紧张臻于极限便是巨大的快感。作家朱苏进在论及张承志的散文时说:"他的许多篇章既是猛药又是美文,在新奇意境和铿锵乐感中簇涌着采自大地的野草般思想。他的作品个性极度张扬,锋是锋,刃是刃,经常戳得人心灵不宁,痛字当头,快在其中。"①"痛"、"快"二字,可谓抓住了张承志散文艺术的要害。独异而犀利的思想,激烈而饱满的情感,二者交相为用的结果必然是既"痛"且"快"的阅读体验。而《清洁的精神》正是这一艺术特征的一个绝佳例证。作为一篇历史题材的散文,《清洁的精神》还体现出张承志驾驭材料的精湛功力,这既得

---

① 朱苏进:《分享张承志》,转引自旷新年《张承志:鲁迅之后的一位作家》,《读书》2006年第11期。

益于他深厚的学术积累,更与他开阔深远的历史视野和奔放不羁的艺术想象力密切相关。在这篇散文中,作者自由穿行于古代与现代之间,各种典故信手拈来,为我所用:从许由洗耳到荆轲刺秦,从易水之滨到狼牙山之巅,从司马迁到鲁迅,从《史记》到《铸剑》,从历史到文学……这些来源芜杂、面目各异的材料,在作者强大思想磁力的吸引之下,无不脱胎换骨,焕然一新,并以众星拱月之势构成了一个浑然有机而又荡气回肠的艺术整体。

不可否认,张承志所极力张扬的"清洁的精神",正是我们这个时代最为匮乏的,而他的潜在意图也在于用古代的精神燧火来照亮现实的灵魂暗陬,用先辈的纯净血液来激活当下的颓败肌体。然而必须指出,"清洁的精神"也存在着明显的非历史印记,它实际上是作者基于某种主观信念对历史过分提纯的产物。将脱离了具体历史土壤的孤立意识作为批判当下现实的精神资源,或可收到醍醐灌顶、振聋发聩的效果,但也极有可能因文不对题而沦为无法产生回响的喃喃自语。对于后者,张承志显然是估计不足的。这种背对现实的自信在他的许多散文作品中都有所体现,从而导致了一系列不无隐患之虞的形式特征,如自我封闭的独白式叙述,居高临下的布道式口吻,毋庸置疑的全称判断,咄咄逼人的排比句式等等。凡此种种既强化了文本的美学冲击力,也在一定程度上削弱了文本的对话机制,并使作者的反思空间趋于逼仄,而张承志与鲁迅的差距也主要体现于此。一个拥有张承志这样激烈而严峻的作家的时代是幸运的,但人们也完全有理由对他提出更高的期望。

《风雨天一阁》

《风雨天一阁》是余秋雨1988年开始在《收获》上开设的"文化苦旅"专栏当中的一篇散文。后来也作为余秋雨"文化散文"的代表作之一,收入他的《文化苦旅》等多种散文集中。

应该说《风雨天一阁》等系列"文化散文"发表之后受到热烈关注并引起轰动不是偶然的。这"一方面有着作品内在的因素在起作用,另一方面也与外部的社会状况、文化氛围和接受者的精神状态有关……在大陆,1990年代以来,尤其是《文化苦旅》问世前后,拜物主义盛行,趋利务实之风劲吹,文学界也笼罩着一种过于世俗甚至堪称鄙俗、恶俗的气氛。一时间,人们争相亵渎神圣,'躲避崇高',嘲笑'宏大叙事',在'世俗关怀'的旗号下,一头扎进庸常琐屑的日常细事中。具体到散文界,那几年间所谓的'小女人散文'和'小男人散文'大行其道,写的都是些小痛小痒、小悲小欢。而

《文化苦旅》这时候登场,颇有横空出世的意味。对于瓜子、话梅一类零食吃得腻味却又仍然嘴馋肚饥的读者来说,《文化苦旅》是一道真正的大菜,可以解馋,可以顶饥"①。

  以上所言当然都是"文化散文"走红的外部因素,内部因素也即余秋雨散文的个性特色也是引起轰动的一个重要原因。这种特色首先体现在余氏散文的内容上。相对于当时散文界的着重写"小痛小痒、小悲小欢",余秋雨散文的眼界显得恢宏大气,具有较为深厚的文化底蕴。"文化散文"这个指称尽管余秋雨本人并不认可,他说:"何谓'文化大散文'?散文本身是文化的一部分,哪一篇散文是非文化的?……"②但不可否认的是,在当时的"文学场"中,"文化散文"这样一个成功的"商标"确实极大地提高了余秋雨散文的知名度并且也带来了传播上的巨大便利。同时,跟其他散文相比,余秋雨的散文篇幅一般较长,而能够让读者容忍如此长的篇幅且击节称赞,也说明余秋雨散文的确在艺术追求上有较为独到的一面。随着余秋雨系列"文化散文"的发表,"余氏散文艺术"甚至成为一种模式,从而由受赞赏到遭批评,成为文学批评家们的关注焦点。比如朱国华就批评道:"'故事+诗性语言+文化感叹'显然是一条有效的流水生产线。利用它余秋雨先生生产了一篇又一篇散文。当我们初读《风雨天一阁》我们会感到顶别致,但是倘若再去读他的《青云谱随想》、《柳侯祠》、《西湖梦》、《狼山脚下》,我们可能就会感到淡而寡味了,尽管每一篇单独看,都可说是精妙绝伦的。这是因为,它们只不过是同一主题的不同变奏……"③尽管这样的批评有些失之刻薄,但的确也道出了余氏散文的一些根本特征。《风雨天一阁》正是这样一篇典型的长篇"文化散文"。

  天一阁是浙江宁波一座历史悠久的私人藏书楼。《风雨天一阁》即是1990年余秋雨初次参访天一阁后写下的一篇散文。与一般记游散文不同,这篇散文既没有描摹天一阁古建筑的巍峨庄严、古朴肃穆,也没有赞叹其藏品资源的丰富广博,而是将笔触向纵深延展,挖掘起了它的文化意蕴:"不错,它只是一个藏书楼,但它实际上已成为一种极端艰难、又极端悲怆的文化奇迹……"书籍,是文化承传的重要载体,因此,保存书籍也就成了保留和传承文化的重要举措。在肯定藏书意义的基础之上,天一阁的创始人范

---

① 董健、丁帆、王彬彬主编:《中国当代文学史新稿》,人民文学出版社2005年,637页。
② 余秋雨、王瑶:《文化苦旅:从"书斋"到"遗址"》,《当代作家评论》2000年第5期。
③ 朱国华:《别一种媚俗》,《当代作家评论》1995年第2期。

钦及其后世子孙的文化人格进入作者的观照视野,作者追溯天一阁的创建过程,盛赞范钦身上那种"超越意气、超越嗜好、超越才情,因此也超越时间的意志力"和范氏后人诚惶诚恐维护、保存天一阁的艰辛以及精心选择进阁读书之人的家族文化品格,同时也从现代的立场肯定今天的天一阁已经是"作为一种古典文化事业的象征存在着,让人联想到中国文化保存和流传的艰辛历程,联想到一个古老民族对于文化的渴求是何等悲怆和神圣"。文章纵横古今、慷慨悲壮、大气磅薄,完全不同于寻常游记散文的情调。

尽管有学者对文中余秋雨盛赞范钦藏书是"基于健全的文化良知"不以为然,并且从中外藏书家的对比中指出"宗法制度和建立其上的儒家文化,导致我们的古人没有公共意识,只有家族权力认同,范钦藏书实为文化荒诞",同时也批评了"余秋雨的意识中有一种文化人的优越感。这种优越感与宗法等级文化有着内在的联系",①但撇开这种具体的观点之争不管,《风雨天一阁》这篇散文自身的艺术魅力还是显而易见的。这篇散文的成功,很大程度上得益于叙事、抒情、议论三者的融会贯通。当然,这也部分地印证了朱国华的余氏散文就是"故事+诗性语言+文化感叹"的论断。

跟余氏的其他散文一样,这篇散文中满是炽热的情感和夸张的言词,倾泻而下的语言气势很容易把读者裹挟。文章第一部分写造访天一阁遇雨,本来是一件极其平常和偶然的天气事件,但余秋雨却发出了这样的咏叹:

> 天一阁,我要靠近前去怎么这样难呢?明明已经到了跟前,还把风雨大水作为最后一道屏障来阻拦。我知道,历史上的学者要进天一阁看书是难乎其难的事,或许,我今天进天一阁也要在天帝的主持下举行一个狞厉的仪式?

在一番关于文明与文化传承所需要的人格特征以及藏书事业维持不易的议论之后,作者又发出来这样的感叹:"上天,可怜可怜中国和中国文化吧。""……我们只向这座房子叩个头致谢吧,感谢它为我们民族断残零落的精神史,提供了一个小小的栖脚处。"这样的语言是充满感情的,甚至带有一点煽情的意味,配合深沉的历史文化议论,显得极富感染力。

当然,单纯的对于文明和文化传承的议论,即便语言通俗易懂、逻辑清晰严密,但篇幅一长也会显得枯燥乏味,因为这就有点等同于学术论文了,对于一般读者来说是无法忍受的。为使自己的长篇大论不致枯燥乏

---

① 吴三冬:《文化良知还是文化荒诞——评余秋雨的〈风雨天一阁〉》,《求索》2006年第5期。

味,并且让读者始终保持阅读的兴趣,余秋雨的解决办法除了煽情的咏叹之外,还会穿插叙事性语言——也就是穿插讲故事或者剧场情景,来"抓住"读者,营造出"一张一弛"的阅读情境。余秋雨是一名戏剧学专家,营造剧场情景是他的专长,在议论性文字当中穿插镜头感极强的叙事性语言自然能够做得出神入化、恰到好处。例如在写范钦搜集书籍时,作者写道:

> 一天公务,也许是审理了一宗大案,也许是弹劾了一名贪官,也许是调停了几处官场恩怨,也许是理顺了几项财政关系,衙堂威仪,朝野声誉,不一而足。然而他知道,这一切的重量加在一起也比不过傍晚时分差役递上的那个薄薄的蓝布包袱,那里边几册按他的意思搜集来的旧书,又要汇入行箧。他那小心翼翼翻动书页的声音,比开道的鸣锣和吆喝都要响亮。

这里的叙事语言极其简练,但却生动地勾勒出了一幕幕镜头感极强的画面。再如写黄宗羲登天一阁时作者写道:"黄宗羲先生长衣布鞋,悄然登楼了。铜锁一具具打开,1673年成为天一阁历史上特别有光彩的一年。"这同样是镜头感极强的画面,读者读到此处,会有一幕幕电影镜头在脑海中闪过,具有极强的剧场效果。在写天一阁遭窃时作者有这样的描写:"一架架书橱空了。钱绣芸小姐哀怨地仰望终身而未能上的楼板,黄宗羲先生小心翼翼地踏过的楼板,现在只留下偷儿吐出的一大堆枣核在上面。"——这是电影镜头的语言,也是小说的笔法。而在这之前作者写的却是"……但是,这正像范钦想象不到会有一个近代降临,想象不到近代市场上那些商人在资本的原始积累时期会采取什么手段"这种议论性的文字。

文中的其他一些小故事,如范钦的遗产分配、范大澈的较劲、为读天一阁藏书而嫁入范家的钱绣芸等等也都是穿插在议论性的文字之后。所以从整体上看来,这篇散文议论、叙事、抒情交错展开,有机地融为一体,使得文章虽是长篇大论却不觉枯燥生涩,因为每当预感读者觉得枯燥的时候作者就会适时加入一段深情的咏叹,或是穿插一两个小故事,又或是加入一段镜头感很强的叙事性语言。

周作人在《美文》中写道:"外国文学里有一种所谓论文,其中大约可以分作两类。一批评的,是学术性的。二记述的,是艺术性的,又称作美文,这里面又可以分出叙事与抒情,但也很多两者夹杂的。"①显然,以《风雨天一阁》等为代表的余秋雨"文化散文"打破了"学术性的"和"艺术性的"两类散文的界限,将批评、叙事、抒情融为一体,创造了一种新的"美文"范式——"大散文"。他自己对此有过解说:"我很赞成把大散文这个概念或者把美文这个概念作比较宽泛的理解。美文不再停留在唯美主义的层面上,不再停留在外部文笔上的过于诗化、过于离开生活的滥情溢美的东西。不要这样,大散文也不是非谈历史不可,或者非要达到五千字的篇幅不可,大和美往往是连在一起的……"②这种"大散文"或许不是自余秋雨始,但是却在余秋雨的笔下达到了成熟、甚至到了类型化批量生产的地步,所以同时得到颂扬与尖锐批评也就不是意外了。

第四节 戏剧经典解读

《雷雨》

《雷雨》是中国现代著名剧作家曹禺的处女作,也是他的成名作、代表作。曹禺(1900—1996),原名万家宝,祖籍湖北潜江,出生于天津一个军人家庭,年幼丧母。在南开中学学习期间,曾扮演易卜生《玩偶之家》等剧的主角,1929年入南开大学政治系学习,1930年转入清华大学西洋文学系,1933年完成四幕话剧《雷雨》的写作,次年发表。1936、1937年又创作了《日出》和《原野》;1940年创作《北京人》,1942年根据巴金小说改编了话剧《家》。1949年以后,先后创作了《胆剑篇》和《王昭君》等。

《雷雨》的结构具有经典意义。《雷雨》是较为典型的"三一律"结构形式,"三一律"(three unities)是西方戏剧结构理论之一,亦称"三整一律",是一种关于戏剧结构的规则,先由文艺复兴意大利戏剧理论家提出,后由法国古典主义戏剧家确定和推行。"三一律"要求戏剧创作在时间、地点和情节三者之间保持一致性,即一出戏所叙述的故事发生在一天(一昼夜)之内,地点在一个场景,情节服从于一个主题。法国古典主义戏剧理论家布瓦洛把它解释为要用一地、一天内完成的一个故事从开头直到末尾维持着舞台。

---

① 周作人:《美文》,见《中国新文学大系·散文二集》(影印本),上海文艺出版社2003年,190页。

② 余秋雨:《面对历史的困惑》,见贾平凹主编《散文研究》,河北大学出版社2001年,171页。

说"较为典型"是指《雷雨》在时间与情节上是标准的,而在地点上与"三一律"的要求稍有出入:一、二、四幕在周朴园的客厅,而第三幕却在四凤的家中。正因为有三个非常苛刻的要求,所以,"回溯法"就是普遍的创作方法。《雷雨》将现在发生的事件与过去发生的事件交织在一起呈现在观众面前,现在是:周朴园从矿上回家了,对繁漪专横冷酷(逼迫吃药、看病)、对周冲动辄训斥(限制说话和行动的自由);而周萍为了摆脱与继母的不正当关系,准备与四凤远走高飞;四凤的母亲侍萍计划带四凤离开这里;四凤的同母异父哥哥鲁大海因在周朴园的矿上带头罢工,到周家讨要说法,被周朴园开除。最后各种矛盾集中爆发,在雷雨之夜发生了大悲剧。过去是:30年前,周朴园爱上了女佣梅妈的女儿侍萍,生有二子,周家为了使儿子娶上一位有钱有门第人家的小姐,逼侍萍投河自尽。那位有钱人家的小姐过世后,周朴园又与繁漪结合,由于寂寞,更由于对周朴园封建专制统治的不满,繁漪与周萍发生了不伦之恋。侍萍抱着小儿子(即剧中的鲁大海)投河自尽被好心人救起,嫁给鲁贵,生下了四凤,鲁贵在周府当差,介绍四凤也到了周府,并让鲁大海到周朴园的矿上做工。

  这种结构形式能够在较短的时间内在舞台上展现丰富的情节容量。曹禺的成功之处在于,他使过去与现在有机地交融在一起,二者互相补充、互相推进,并能做到天衣无缝。譬如繁漪的出轨,虽然观众看不到以前周朴园是怎样对待妻子的,但从第一幕和第二幕的"吃药"和"看病",就可以窥见周朴园对繁漪的冷酷、专横;从人物的对话中,也可知晓周朴园两年多才回家一次,因而,繁漪精神上的痛苦、煎熬,生理上的渴求、压抑,便在所难免。周萍呢?因为生母被驱逐,从小没有得到母爱的温暖,内心深处也深深地痛恨父亲。二人"闹鬼"既不突兀,又易于理解。再如侍萍反对女儿在大户人家做佣人,也是因为自己有切肤之痛,是为了让女儿避免重蹈覆辙。过去推动、强化现在,现在回溯、补充过去。

  《雷雨》的戏剧冲突紧张而复杂。作者安排了三条冲突线索:周朴园与繁漪的冲突、周朴园与侍萍的冲突、周朴园与鲁大海的冲突。第一条线索凸显了周朴园作为一个封建性资本家对待妻子的冷酷和专横、深受五四个性解放思想影响的繁漪的抗议与追求。作为丈夫,周朴园对妻子动辄训斥,态度粗暴,"喝药"一场典型地暴露了他作为封建家长的专制与威压,繁漪不愿意喝苦苦的中药汤,周朴园始则命令,继而让周冲相劝,最后逼迫周萍亲自给继母下跪;想到与周萍的特殊关系,繁漪含泪喝下。这里,对周朴园来说,"喝药"与否并无多大实质性意义,关键的是"喝药"背后所隐藏的警示性意义:作为母亲,就是自己不愿意喝药,在孩子们面前也要"做一个服从的榜样"——服从他的专制统治。在作品中,繁漪既是周朴园专制统治的受害者,又是反抗专制的强有力者。如果说第一幕"喝药"主要是因周萍的原因以周朴园的胜利而告终的话,那么,随着繁漪与周萍关系的渐趋紧张,她对周朴园的专制始而顶撞(如第二幕请克大夫给繁漪看病),继而嘲弄(如繁漪拿着侍萍年轻时的照片逗弄周朴园),最后爆发为反抗与报复(如第四幕她对周朴园无情的揭露)。繁漪精神上的主要对立面是周朴园,她与周萍的冲突实则反映了她与周朴园的深刻矛盾。表面上看,繁漪与周萍的戏剧冲突是结构全剧冲突的主线,实际上,这只是她与周朴园冲突的延续和补充。她不顾一切追求周萍的爱情,不顾一切地反抗与报复,对生活与爱情热切向往,根本的原因即在于周朴园对她的冷酷与专制。她是《雷雨》中最富有活力和激情的人物形象,诚然,她的精神觉醒和反封建的力量,在"最残酷的爱和最不忍的恨"的性格交织中,有些变态:爱变成恨、倔强变成疯狂。但是,绝望中的反抗,使剧作的悲剧性更加深入而独特:被压迫女性的血泪控诉、对封建专制主义无情的揭露与抗争。封建势力和伦理观念企图禁锢繁漪的身体,她却能勇敢冲破精神桎梏,表现出对封建势力及其道德观念的蔑视与反叛。她反驳周萍:"我不反悔","我的良心不叫我这样看",作者肯定的不是乱伦的行为,而是由此所折射的个性解放要求与反叛封建道德的勇气。

与这条冲突线索相关联的人物是周萍。在繁漪悲剧的形成过程中,周萍是重要的因素,但造成他人悲剧的周萍,自己也是一个悲剧人物,尽管他的悲剧不同于繁漪,也不同于鲁妈、四凤。封建家长总是要按照自己的意志用软硬兼施的手段控制与铸造自己子弟的灵魂。周萍空虚、忧郁、卑怯、矛盾的灵魂始终笼罩在周朴园精神统治威压的阴影中。这是一个在封建专制环境里,人的灵魂被压抑、毒化、吞噬的悲剧。

如果说与繁漪的冲突是从现实的角度暴露了周朴园的冷酷与专横,那么,与侍萍的冲突,则从历史的角度揭露了他对妇女的凌辱。爱上女佣的女儿本身说明年轻时的周朴园并没有封建的等级观念,然而,当家长硬要赶走侍萍时,他却毫无作为,不肯为自己所爱的女人争取正常的做人的权利,这就有些懦弱和卑怯了。正是他的不敢、不肯抗争而导致的遗弃,给侍萍带来了终生的不幸:生活异常艰辛,婚姻有名无实。她唯一的希望是自己的悲剧千万不要在女儿身上重演,得知女儿在周家做女佣,便不惜违背四凤的意愿强行要带她离开。然而,不幸的是,悲剧还是发生了。四凤不但重蹈母亲的覆辙爱上了周家的大少爷,并且周萍还是她的同母异父哥哥,最令人惊讶的是二人居然有了乱伦的结晶。侍萍最后的精神崩溃,在一定程度上也是周朴园直接或间接制造的罪恶的结果。

周朴园和鲁大海的矛盾则是典型的劳资冲突,二人之间的血亲关系也避免不了站在各自的利益或所属的阶级群体的立场上展开搏杀,这给《雷雨》的反封建主题添加了鲜明的时代气息。当然,由于阅历和生活环境的制约,作者所塑造的鲁大海这一产业工人的形象比较单薄,甚至粗鲁、蛮横,但他的出场毕竟使作品透露出了时代的曙光。

《雷雨》的语言成就非凡,在中国话剧史上具有划时代的意义。《雷雨》诞生以前,中国话剧语言大多是标准的书面语,或欧化倾向严重,或在白话中掺杂着文言词汇,知识分子腔调很浓,人物语言缺乏个性和动作性。毫不夸张地说,在戏剧语言的锤炼上,《雷雨》是中国话剧史上第一个获得巨大成功的作品。这主要体现在三个方面:

一是简洁易懂,避免了五四话剧中过于欧化的倾向,没有西方话剧中经常出现的长篇台词,文化水平较低甚至没有文化的观众也能听得明白真切。作家很注意口语与书面语的区别,语言结构不是书面语常用的,大部分是日常生活中约定俗成的句式。《雷雨》语言的口语化,不仅通俗,并且上口,演员读得顺、读得响,观众听起来动听有味。曹禺是一位诗人剧作家,剧作充满诗意,但这种诗意,并非单纯由美丽的词句产生,而是取决于剧作家饱满的激情和所创造的诗的意境达到的,看似平常的散文句式,却能取得诗意的效果,朴素自然,真挚优美,抒情性强。

二是充分的个性化,每个出场人物的语言都极其符合自己的身份、地位、教养和生活阅历。要做到性格化,对话就必须是发自人物内心深处的呼唤,具有强烈的动作性,是被感情所充塞的不吐不快的肺腑之言,是真情实感的流露。所谓动作性,是指对话既能推动剧情的进展,又能揭示人物的内心活动。譬如第一幕"训子"一场,周朴园父子的对话就具有强烈的动作性,他本想让儿子在自己"最圆满,最有秩序的家庭"里,成为"健全的子弟",不让别人"说他们一点闲话",所以才苦口婆心地教训儿子们。但他不知道这个所谓最有秩序的家庭,早已乱了套,儿子和后母发生了乱伦关系;周萍则以为自己见不得人的勾当已被父亲发觉,胆战心惊,这就造成了一种十分紧张的戏剧情境。虽然虚惊一场,但却展示了父子二人的内心世界和情感意向,矛盾冲突深刻而尖锐。与性格化相联系,《雷雨》的语言具有准确逼真的语气,这是因为,语言的性格化不仅要求一般的相似,还要求准确和逼真,真正写出人物的个性特征。人是在与他人的关系中、在复杂的社会环境中生活的,因而他的语言也必然会在不同的场合表现出不同的特点。曹禺充分考虑到了人物应该说什么和怎么说。第一幕中,繁漪和周萍相遇,但周冲在场,这种场合对于他们该说些什么,该怎样说就十分重要。说错了话,或者说了不该说的话,抑或是说话的方式不得体,就会失真,令观众不以为然。这里是否恰到好处,是否合乎分寸,已经成了是否真实的问题。我们看曹禺是怎样处理的:

周萍:您好一点了么?

繁漪:谢谢您,我刚刚下楼。

周萍:对了,我预备明天离开家里到矿上去。

繁漪:哦,好得很。——什么时候回来呢?

周萍:不一定,也许两年,也许三年。哦,这屋子怎么闷气得很。

周冲:窗户已经打开了。——我想,大概是大雨要来了。

繁漪:(停一停)你在矿上做什么呢?

周冲:妈,您忘了,哥哥是专门学矿科的。

繁漪:这是理由么,萍?

周萍;(拿起报纸)说不出来,象是在家里住得太久了,烦得慌。

繁漪:(笑)我怕你是胆小吧?

周萍:怎么讲?

繁漪:这屋子曾经闹过鬼,你忘了。

周萍:没有忘。但是这儿我住厌了。

这是他们幕启之后的初次见面,如果周冲不在,他们的对话决不会这样。繁漪知道周萍要到矿上去,关系到她是否遭到遗弃的问题,是不能不问的,既然必须要问,周冲又在场,该怎么问呢?"我怕你是胆小吧?"这种表达方式,既是特定场合决定的,也是繁漪性格决定的。这种暗示性的反问语气,既有着不能明说的隐秘,又有着失去爱情的怨愤,可以说,没有比这句话再好的表达方式了。周冲在听到"我怕你是胆小吧?"也许会产生疑问,但紧接着的一句"这屋子曾经闹过鬼"一语双关,既打消了不知情的周冲的怀疑,又击中了知情的周萍的个人打算。

三是曹禺戏剧语言的含蓄,潜台词极其丰富。戏剧语言要具有艺术性和诗意,就不能过于直露,含蓄可以增强语言的容量和艺术表现力,收到意在言外的效果。优美的戏剧语言常常是超出字面上的意义,具有更为深广的内容,也即我们通常所说的潜台词。它是构成含蓄的一个重要方面,潜台词丰富的剧作,往往内容比较深刻,戏剧性也较强。譬如第一幕中,繁漪和四凤关于周萍的那段对话就是如此。严格来说,周家大少爷本不该成为主仆二人谈话的中心,但她们二人都同周萍有着暧昧关系,名为主仆,实则情敌。繁漪极力想证实四凤同周萍的关系,四凤则试图瞒住真相。对话过程中,繁漪始终处于进攻姿态和审讯者的地位,她从"怎么这两天没见着大少爷"起,到"他又喝醉了吗"止,变换花样,一连提出七个问题,有询问,有试探,甚至是诓诈,试图从中找出破绽,抓住把柄,制服四凤。从中观众可以窥见繁漪极不平静的内心世界,爱和嫉妒煎熬着她,以至于让她说了作为主人对仆人不该说的话,或一个女人不该说的关于男人的话。但她毕竟是主人,是女人,不能不顾及身份,不得不把自我隐藏起来,以半真半假的面目出现,所以她的语言或者言不由衷,或者话中有话,潜台词极其丰富。"你父亲在干什么呢?"这决不是她所关心的问题,她所关心的只是"周萍在做什么";"他倒是惦记着我"也决不是字面上的意思——鲁贵在惦记着她,这句话的潜台词是"周萍倒不惦记着我",她脑子里想的是周萍而不是那个龌龊不堪的鲁贵;接下来的一句"他现在还没起来么?"的"他"显然指周萍,由谈鲁贵忽然转到周萍,令人莫名其妙,所以四凤问一句"谁?",才使繁漪清醒过来,自觉失言。表面上看,繁漪尽量装着与周萍没有什么关系,但谈话时却时时离不开大少爷,情爱使她失去了自我控制的能力,情不自禁地想到周萍、谈到周萍。繁漪的种种询问,四凤非常清楚,所以她的回答也都是"大概"、"不知道"、"不清楚"等,极力掩盖与周萍的关系。当然也并非没有漏洞,譬如,刚说出"他总是两三点钟回家",便马上补充道"我早晨象是听见父亲叨叨"。这说明她在繁漪的审问面前并不总是从容不迫的。这段对话真真假假、虚虚实实,使观众能够了解到比字面意思复杂得多的含义。

另外,《雷雨》的"舞台指示"比其他剧作写得详细具体,尤其是对人物从外貌到内心、从性格到环境,都能做出总体的介绍或深得要领的描绘,文笔优美、情文并茂,一方面可以帮助读者理解剧情和人物,一方面也增强了剧本的可读性和吸引力。

《上海屋檐下》

夏衍(1900—1995),原名沈乃熙,字端先,浙江杭州人。1920 年浙江甲种工业学校毕业后赴日本留学,加入日本进步学生组织"社会科学研究会",接受了马克思主义思想。1924 年在孙中山的引荐下加入中国国民党,开始职业革命家的生涯。第一次国共合作破裂后,回到上海加入中国共产党,从事工人运动。受太阳社和后期创造社作家的影响,夏衍开始在业余时间从事文学工作。

夏衍一开始进行戏剧创作就表现出强烈的干预现实的勇气,但由于还没有充分掌握戏剧的艺术规律,未能很好地处理艺术与政治的关系,简单地把艺术看做宣传的手段,出现了形象性不足、政治宣传色彩过于浓厚的缺点。夏衍很快意识到这一缺陷,在《赛金花》后,就在写作上有了"痛切的反省,我要改变那种'戏作'的态度,而更沉潜地学习更写实的方法"。为此,他潜心研读了曹禺的《雷雨》、《原野》等名剧,"认识到戏要感染人……必须写人物、性格、环境……","开始了现实主义创作方法的摸索"。三幕话剧《上海屋檐下》,就是夏衍话剧创作美学风格发生转变的标志性成果。从此,他找到了政治意图与艺术表达间的契合点——"从小人物的生活中反映了这个大的时代,让当时的观众听到些将要到来的时代的脚步声音"。在此意义上,虽然《上海屋檐下》是夏衍的第四个剧本,作者却认为:"但也可以说这是我写的第一个剧本。"

《上海屋檐下》创作于西安事变之后不久的1937年,当时抗日民族统一战线正在酝酿之中,国民党政府被迫有条件地释放一批长期关押的共产党人和其他政治犯,一些革命者经营救陆续出狱,他们中一些人悲欢离合的故事触动了作者,使他写出了这部一度名为《重逢》的剧作——《上海屋檐下》。

剧作把目光聚焦于夏衍非常熟悉的都市小人物的生活,向观众展示了一套上海习见的"弄堂房子"的横断面,将小市民的日常生活细节真实而又细腻地展示在舞台上。观众看到了灶披间、自来水龙头、水门汀砌成的水斗以及亭子间的窗口和用马口铁做成的倾斜的雨庇,还看到了窗口挂着的淘箩、蒸架和已洗未干的小孩尿布,看到了客堂间的写字台和已经改作衣橱的一只玻璃书橱,以及天井里胡乱堆着的破旧家具、小煤炉、饭桌等等,强烈的生活气息扑面而来。正是在这种充满现实感的环境里,剧本巧妙地截取了在一天的时间里,背景不同、性格各异的五家住户的生活经历,生动地刻画了一群生活在半殖民地半封建社会都市的小市民和小资产阶级知识分子的形象。处于同一屋檐下的这五户人家是林志成家、黄家楣家、李陵碑家、施小宝家和赵振宇家。五户之间,既无血缘联系,又无历史恩怨,他们的故事,时而齐头并进,时而交叉进行,在时断时续中有条不紊地展开着。但它们之间又并非毫无主次。情节基本以林志成一家为主,以匡复、杨彩玉和林志成三人之间复杂的经历和爱情纠葛贯串全剧,将失业的大学毕业生黄家楣、痛失爱子的孤老头李陵碑、被迫卖身的施小宝三家的苦难命运交织其间,并以乐天派中学教师赵振宇夫妇的苦中作乐的生活为穿插转换的交叉点,使丰富多彩、悲喜交集的剧情,在严密的布局中,井然有序、波澜起伏地走向高潮。剧中虽然没有写政治性的事件,甚至连"国民党的压迫"、"日寇的侵略"之类的词句都没有出现,但却于平凡的生活中表现出强烈的时代气息和鲜明的政治倾向。主人公匡复的入狱,点出了国民党反动派对革命者的镇压。他的出狱归家,则暗示了形势的变化。林志成所在工厂的工人闹事,从侧面展现了大波大浪的时代风云。老报贩李陵碑的独生儿子的牺牲,使人联想到"一·二八"战火给中国人民带来的苦难。小姑娘葆珍反复教唱的儿歌:"强盗来,打不打?""打打打,打打打! 一个不够有大家!""我们都是勇敢的小娃娃! 大家联合起来救国家。"更是显露了全民奋起抗日救亡的时代气息。全剧宛如一幅自然和谐的社会风俗画,显示了作者现实主义的独特风格。

作者描绘了一群生活在社会底层的小人物,日复一日的讨价还价、夫妻拌嘴、打情骂俏、怨怼牢骚、平凡、庸俗、琐屑而无意义的生活。这是一群生活的弱者,不能支配生活反而被生活所支配,无法改造生活却被生活所改造。沦落风尘的施小宝,被流氓逼迫去卖淫,她想挣扎,然而四顾无援,最终跳不出邪恶势力的魔掌。老报贩李陵碑孑然一身,他的独生子在"一·二八"战事中参军牺牲,使他孤苦无依,精神错乱,成天哼着"盼娇儿,不由人,珠泪双流……"酗酒解愁。失业的洋行职员黄家楣,正陷于贫病交困中,偏巧这时辛辛苦苦培植他到大学毕业的老父亲从乡下来了。老父亲满以为这个自幼就被看做"天才"的儿子,早在上海有了"出息",实际上"天才在亭子间里面"。儿子儿媳企图用借债、典当把窘状隐瞒过去,强颜欢笑,谁知老父亲耳聋心不聋,私下发觉了实情,立刻托故回乡,临走还把自己最后一点血汗钱,偷偷留给了小孙子。小学教师赵振宇安贫乐命,与世无争,可他的妻子却愁穷哭苦,唠唠叨叨,为讨菜贩的一点小便宜竟至连蒙带唬,关门抵拒:"回身摸袋,故意迟疑,好容易将两个铜板交给卖菜的,当卖菜的挑起箩正要走的时候,她就很快地从他的箩里面拿了一支茭白。"

住在客堂间的二房东林志成一家,日子过得还算安稳,可谁知他们正承受着一场比其他房客更痛苦的精神地震。十年前,革命者匡复入狱,把妻子女儿托付好友林志成照顾,林志成在与杨彩玉长期接触中产生了感情,组成了家庭,而匡复的归来,使他们三人都陷入了尴尬的境地。匡复出狱时强烈的团聚热望,被阻隔在妻子已属他人的现实面前;当妻子想要回到他的身边时,他疑虑已如"残兵败卒"的自己能否给她幸福;当他知道妻子和好友志成的同居不单是"为了生活",他再也不忍把痛苦加在别人身上,终于决定丢开私人的恩怨,告别一切,再次投奔革命为更多的受难者奋斗。与受自己照顾的好友之妻同居使林志成始终背负心灵的责难,他没有一日不觉得愧疚和负罪。匡复出现后,他慌乱、无措,却也感到解脱;尽管他还留恋着家庭的温暖和幸福,但更多的良知和自责,使他也选择了出走的路。屡屡遭遇变故的杨彩玉更是去留两难,生活的逼迫,命运的无常,使她个性中被激发出来的勇气退却了,她渐渐地安于妇职,而匡复的归来又搅乱她的心,何去何从成为一个繁难的问题。她既眷恋着匡复,渴望破镜重圆,又不忍伤害在困难时给予她救助的林志成,不忍看见他的痛苦和不幸,她的心给这两份同样真诚炽烈的感情牵扯着,她的痛苦是这样的震撼人心。最后,女儿欢快的歌声使匡复重新恢复战士的激情,他毅然离开了。戏剧结尾葆珍与阿牛领着大家唱"我们都是勇敢的小娃娃,大家联合起来救国家!救国家!"的声音压倒了李陵碑悲哀的曲调,激发人们从压抑、沉闷的氛围中走出来,隐约地表达了剧作者的理想。

夏衍笔下的人物都具有淡化的特点。作者并没有对人物进行刀砍斧削以追求一种强烈的理想色彩,而是还人物以生活中的本来面目,就如把人物直接从生活中拉进剧本一般。因此,《上海屋檐下》一剧中的人物都没有人为的理想色彩,在人物个性方面也不具有强烈的外倾的性格特征,甚至连早年充满革命热情的匡复和杨彩玉,当他们登场的时候,他们性格中曾有的那一份热烈也被岁月抹去了。

夏衍笔下人物性格的淡化,主要体现在他们性格系统的封闭性。这种封闭性使剧中的大部分人物辗转于个人的小圈子,既洁身自好,又只沉湎于个人的悲欢,缺乏宏阔的眼光。他们往往平淡而质朴,虽不免染有生活中的一丝俗气,却又安守人的本分。黄家楣老实耿直,"什么事情也不肯将就";赵振宇"做人但求问心无愧";林志成则以"做事凭良心"为生活信条。但自我封闭性也使他们仅仅止于恪守本分而已,他们往往居于社会圈之外,自怨自艾而又无所作为,连立志要成为像黛莎那样的女革命家的杨彩玉,在丈夫入狱之后,出于生活所迫,和丈夫的朋友同居,在生活的重压下也变成了一个只会操持家务的家庭主妇。沉闷压抑的"上海屋檐下",人们只能在个人的生活中挣扎残喘。

另一方面,这种性格的封闭性使他们缺少强烈的理想追求。拿黄家楣来说，父母"卖了田，卖了地，典了房产，借了榨得出血来的高利钱，把一个儿子培植出来"，等他念完了大学成了洋行职员，却又失了业，只得靠借钱过日子，甚至连妻子唯一的一件出客的衣服也当了。面对冷酷的现实，他十分无奈，甚至和贤惠的妻子发生龃龉，只有在他父亲面前才不得不装出一点笑容来。又如匡复，他原是个革命者，充满了革命的激情，可长期的监禁使他身心俱惫，当得知妻子和自己的朋友同居时，他感到震惊，对人生感到怀疑，甚至当杨彩玉向他提出"重新再来过"的建议时，他也悲观失望，不敢去面对新的生活。这些人物性格系统的封闭性决定了他们只是在现实中挣扎沉浮，缺少实际行动来追求生活的理想。

夏衍笔下的人物性格系统的封闭性，并不意味着人物形象的苍白无力，相反，却有着一种特殊的、复杂的魅力。

在夏衍笔下，人物形象不像其他剧作家的人物那样，浓墨重彩却往往失之单纯，而是在淡墨渲染下展现出复杂的立体感。如林志成这一人物，夏衍并没有简单地把他处理成一个破坏革命家庭的坏人，而是把他作为在现实的罗网中挣扎沉浮的受害者来写。在现实的社会关系中，他只是一个二房东和普通的纱厂职员一样，被迫过着"上面的将你看成一条牛，下面的将你看做一条狗"的生活，这种夹缝中不被人理解的生活使他走向自我封闭，"冷冰冰的好像欠了他的多，还了他的少，跟他打招呼，老是喉咙口转气，'唔'，连小孩子都怕他……"这种自我封闭正揭示了被现实扭曲变形了的内心。同时，这一封闭的自我又孕育着强烈的改变现状的愿望，他一直秉持着"做事凭良心"的信条，他和杨彩玉同居只是为了生活，当他因为不肯收买流氓打工人而遭到工务课长的训斥时，那深藏于人格深处的自我终于迸发出来，他毅然辞去了工场管理的职务，显现出他人性的闪光之处。

夏衍笔下淡化的自我封闭的人物从两方面展示了人格立体的复杂性——一方面他们在现实的重压下扭曲变形，另一方面这一封闭的自我又孕育着改变现实的渴望，正是这两方面使作品中的人物系统指向剧本的整体功能——呼唤改变沉闷的现实。

与人物性格的淡化相一致的，是戏剧对情节上的外部冲突的淡化。夏衍有意学习契诃夫社会心理剧的艺术风格，将剧中人的外部矛盾转化为各自的内心冲突，不去渲染不寻常的气氛、演绎离奇的故事情节，而把笔触伸到人物的内心深处，以人的内心生活作为主要的审美观照对象，力图使戏剧创作成为对人进行心理分析的艺术手段，从而使其作品充满了人情味，具有类似契诃夫的"含泪的微笑"的艺术风格。

作者有意避开浓烈的场面,使情节淡化。匡复、杨彩玉和林志成三人的婚姻纠葛,如果是佳构剧或情节剧,非得大肆渲染不可,而夏衍却尽量避免三方同时相聚,而分别在两人之间展开戏剧场面。第一幕中,出狱后的匡复来寻妻女,作者让杨彩玉提着菜篮子出去买菜,只安排匡复和林志成两人碰面,而当杨彩玉回来的时候,林志成又被人叫走了。本来,读者关注的焦点是匡复、杨彩玉、林志成三人见面时如何处理那一层微妙的关系,但当来叫林志成的青年人张皇地说"厂里出了事","闹得很厉害"时,却让观众把注意的焦点转到林志成的工厂里究竟发生了什么事情上,这一焦点转移就把三人那种复杂的关系冲淡了。另一方面,杨彩玉与匡复这一对经历了生离死别的夫妻十年后好不容易见了面,本来应该是非常难得的戏剧场面,可剧作却在杨彩玉推门的那一瞬间落下帷幕,将他们重逢的情景留给读者去想象,使相对平静的剧情深处,奔腾着激流。第二幕时,杨彩玉的怨尤变成了对匡复的体贴与安慰,使匡复陷入过去两人相爱的回忆,"充满了蕴积着的爱情"爆发起来,两人依偎在一起,仿佛过去的美好夫妻生活就要重新继续下去的时候,前门突然响起了猛烈的敲门声,林志成厂里的青年职员带着工头满头大汗地来找林志成了,当得知林志成还没有回来时,青年做出"差不多要闯进来搜寻似的姿势",并告诉杨彩玉"工务课长已经在发脾气啦",使观众又一次把注意力转移到林志成为什么没回来这件事上。第三幕,三个人终于聚在一起,但没有争吵,没有怨愤,只有和解和友谊。一个想借"醉了"而悄悄退出,一个偏偏又听见了离别前林志成与彩玉一直压抑着的八年患难与共的深情厚谊的刹那爆发——这种爆发不是高声地哭叫,而是克制地低泣。情节于是急转直下,将欲出走的林志成还未起步,而相别十年一心要找到妻女的匡复却已决然出走。没有拥抱,没有握手,只留下一纸便笺:"……我永远地爱着你们……"全剧中最高声的一句台词,大概就是彩玉在"狂乱"中的一声呼唤:"复生!"然而回答她的只是变大了的雨声。这种激烈冲突的淡化处理,产生了沁人心脾的魅力。

同时,日常生活细节的汇入,也起到了缓冲作用,把戏剧冲突的紧张疏散了。当林志成决心告诉匡复,他与杨彩玉已经同居的消息时:

[匡复的话未完,突然的前门叩门声,林志成狼狈,站起来,不去开,好容易打定决心。]

林志成:(对匡复)她……(还要说下去。)

内声:(从门外)"老板娘,洋瓶申报纸有吗?"

林志成:(紧张消失了,怒冲冲地)没有!

这样,剧中的冲突得到暂时的缓解,使情节与全剧那种轻淡的抒情氛围保持了一致。

也正是从《上海屋檐下》开始,夏衍扬弃了对戏剧性、戏剧结构的传统理解,超越了把戏剧美等同于情节的紧张曲折的片面戏剧观,充分表现了自己的创作个性,形成和确立了深沉、凝重、清馨、淡远的散文化艺术风格,标志着中国现代话剧的走向成熟。

《茶馆》

虽然老舍在抗战后期创作了《残雾》、《张自忠》、《归去来兮》等话剧,但他这一时期的主要艺术成就仍体现在《四世同堂》等小说创作上,话剧创作真正产生重大影响并走向艺术的成熟,是在新中国建立后。这位擅长于各种艺术形式的"人民艺术家"后半生主要从事话剧创作,直至"文革"初含冤离世,共创作了《方珍珠》、《龙须沟》、《茶馆》等二十多部话剧作品,为当代话剧艺术作出了不可磨灭的历史贡献。

1957年发表的《茶馆》代表了老舍剧作的最高成就,实现了创作个性和鲜明政治倾向的有机统一,具有高度的艺术价值和思想意义,不但在国内引起强烈反响,而且以浓郁的民族特色在国际上赢得了极大声誉。1980年,《茶馆》在西德、法国、瑞士等国演出时,轰动了欧洲,称它是"带着中国民族风味的艺术",是远东的戏剧奇迹。1983年又东渡日本演出,也是盛况空前,连走道上都卖了站票。

相对于小说的写作而言,话剧创作是一种带着镣铐的舞蹈,这个镣铐就是受时空限制的舞台。传统话剧为了克服舞台的极端有限性,需要一个相对集中的时间、一个相对整一的极富冲突性的情节,以完成人物性格的塑造。《茶馆》基本放弃了这一追求,它囊括了从清末戊戌变法失败到抗战胜利长达半个世纪的历史,戏中出场人物共有七十多个,不存在推动情节发展的具体戏剧逻辑联系。为了将这些纷繁复杂的社会现象、各具特色的人物性格统一于"埋葬三个时代"的主题,老舍采用了四个办法:一、把三幕戏的场景,都设定在一个不变的空间范围——裕泰茶馆的正堂之上,这能让观众摆脱因各幕时间相距遥远带来的前后脱节感,大的时代变迁所包容的这座茶馆及其主人的命运,像一条潜在的线索,使三个时代若离而实即,若断而实连。二、在人物设计方面,剧中的几个主要人物,比如王利发、常四爷、秦仲义,从第一幕到第三幕贯穿始终(秦仲义第二幕虽然没上场,他在这个时期的作为,却被场上人物述及),剧情再怎么铺张,也还有不变的核心角色在拉动和约束着全局;松二爷、康顺子和李三等较次要人物,时隐时现,也起到了维系剧情整体流动方向的辅助作用;还有一些剧中人物,虽不能做到幕幕出现,作者也通过父子相承的表现手法,为他们找寻了一种个性面目的延续,像刘麻子父子、唐铁嘴父子、宋恩子父子、二德子父子……都是老少两代传承不辍的剧中形象,这些人物的两两组合,既加强了作品的连贯性,也体现了老舍对"国民性"问题的持续思考。三、在"用这些小人物怎么活着和怎么死的,来说明那些年代的啼笑皆非的形形色色","侧面地透露出一些政治信息"这一明确创作意图规范下,老舍采撷的所有人物活动和戏剧片断,无一不是经过了认真选择的,任何一帧瞬间的人物剪影,任何一处只有三五句台词、一两个动作的情节安排,都要具备服务于全剧创作目的的典型性,众多人物看似各说各的话,各做各的事,但却都与时代发生着这样或那样的联系;比如,能包办"满汉全席"的厨师明师傅后来倒霉到卖掉家什、去大牢里蒸窝窝头,顺口便说:"现而今就是狱里人多呀!"一个说书人抱怨生意不好,随口便是:"这年头就是邪年头,正经东西全得连根儿烂。"虽然只是片言只语,却透露出了时代的面影。四、无关紧要的人物招之即来,挥之即去。旧中国的茶馆是个五方杂处的地方,各色人等都可以在这里自由出入。这里既可以有达官贵人,也可以有流民乞丐,甚至还可以有黑社会的流氓打手。让这些三教九流的人物同时聚集在一起,除了茶馆,在中国任何一个地方都是不可能的。老舍选择这样一个地方作为戏剧展开的环境,不仅可以把中国社会各阶层的人按他的意愿集合起来,让他们各自亮相,而且丝毫没有生硬、勉强之嫌。《茶馆》中狠毒奸诈的庞太监、吃洋教摆威风的马五爷、旧军阀的官兵和警察,以及那些从清朝一直混到国民党统治时代的侦探、打手、流氓、人贩子、相面的等种种社会渣滓,经受着生活熬煎的旧艺人、小摊贩、厨师、小学教员等下层市民,被卖给太监为妻的康顺子等众多人物构成了一个完整的社会层次,成为叫人窒息、激人愤怒的黑暗社会的缩影,增强了戏剧的涵盖力。老舍以一个杰出小说家的大胆探索,突破了话剧艺术的传统结构,扩大了话剧作为一种艺术样式的"边界",使《茶馆》成为一部人物众多、事件庞杂,而又浑然一体、完满自足的"图卷戏",其形散而神聚,意阔而气凝的艺术特质,显示了老舍在话剧民族化方面的尝试所取得的成功。

剧作的语言艺术,是体现作品民族气派的又一个重要支点。《茶馆》的台词,大雅大俗,雅俗共赏,不但满载着古都北京街巷语境中的"精气神儿",具备市井口语的灵动、脆生劲儿,也带有古今诗歌作品的含蓄气质。

每个人的谈吐,全都是性格化的心音,仅凭各自的声口,以及与之相对应的动作,就可以将有着不同身份和情感的人物,从人群中间分辨出来。作为贯穿全剧的人物,王利发的台词不但符合其茶馆老板的身份,而且表现了他性格的发展变化。第一幕,王利发正当青年时期,雄心勃勃,精明干练,一心要使祖传的大茶馆发达兴旺起来。他真真假假,虚虚实实,上下应酬,左右逢源。这时他语言的特点是由精明带来的风趣圆滑。秦仲义到茶馆里来说要涨房租,王利发推托、应付说:"二爷,您说得对,太对了!可是,这点小事用不着您分心,您派管事的来一趟,我跟他商量,该长多少租钱,我一定照办是喽!"秦仲义吓唬他:"你这小子,比你爸爸还滑!哼,等着吧,早晚我把房子收回去!"王利发立即回应:"您甭吓唬着我玩,我知道您多么照应我,心疼我,决不会叫我挑着大茶壶,到街上卖热茶去!"人们听到这些圆熟风趣、油嘴滑舌的对话,无不发出会心的笑声。第二幕是王利发的中年时期,由于军阀混战,民不聊生,裕泰茶馆风雨飘摇,王利发苦心改良,惨淡经营,此时他语言的特点是由苦闷彷徨带来的满腹牢骚。幕启时,茶馆正准备重新开张,而他却说:"我要是会干别的,可是还开茶馆,我是孙子!"当听见远处有隐隐的炮声,他就冲着妻子王淑芬嚷嚷:"听听,又他妈的开炮了!你闹,闹!明天开得了张才怪!"王淑芬反驳道:"明白人别说糊涂话,开炮是我闹的?"其实王利发并非糊涂,而是因为心烦意乱、怨天尤人,才发牢骚讲怪话。第三幕是王利发的老年时期,大茶馆已经完全衰落并面临被霸占的危险,王利发彻底泄了气。此时他语言的特点是由绝望而带来的愤世嫉俗的嘲讽和反抗。小丁宝向他问候:"老掌柜,你硬朗啊?"他不说身体好坏,而是说:"要有炸酱面的话,我还能吃三大碗呢,可惜没有!"小唐铁嘴奉庞四奶奶之命前来威逼他交出康顺子:"王掌柜,我晚上还来,听你的回话!"王利发根本不正面回答,而是话中带刺、愤然反抗说:"万一我下半天就死了呢?"随着三幕戏的发展,王利发的语言色彩发生了有层次的变化:从风趣圆滑,到牢骚不平,最后变为冷嘲热骂。老舍通过王利发语言的变化,揭示了他性格、命运的变化,折射出时代的变化,并显现出浓厚的京味特征。其他人物也是如此,当二德子气焰嚣张地要打常四爷时,在不惹人注意的角落里独自坐着喝茶的马五爷一句"二德子,你威风啊!"就把这个吃洋教的人物傲慢而又不可一世的嘴脸刻画得入木三分。沈处长自始至终的台词只有一个"好(蒿)"字,这简单的一句台词,就将其盛气凌人、专横跋扈的丑恶面目活画出来。

更能够在美学意义上体现出强烈民族性的,是《茶馆》突出的民俗文化特征,这类特征是作品之所以具有艺术价值,能被世界接受、承认的重要原因。老舍是在满汉文化背景中长大的,这一文化背景必然要在作品中反映出来。反映在《茶馆》中的民俗文化内容大致可以归纳为两个方面:其一,各种各样的京华文化,比如茶馆旧俗以及棋道、玩鸟、玩洋表、玩鼻烟壶、相面、说媒拉纤、说和事、丧葬礼仪、"洋缎大衫"与"川绸"的冲突、灰大褂与前清的关系、"老字号"与"女招待"的融合……所有这些,都反映了人们的精神面貌和社会关系,具有一定的文化价值和认识价值。老舍还在《茶馆》中,继续运用自己擅长的借助民间曲艺手法强化戏剧艺术效果的本领。为了对三幕戏各自的时代背景有所交代,也考虑到在演出过程中各幕之间台上换景、演员改妆需要一定的时间,他填写了三大段朗朗上口、妙趣横生的"莲花落"(又称"数来宝",北方曲艺快板书的一种),让一个跟剧情没有太多瓜葛的角色——乞丐"大傻杨",在各幕开始之前登台说唱。这种一新观众耳目的舞台形式,纯属从民族传统曲艺艺术脱胎而来,它活跃了场上气氛,加强了三幕戏的整体感,突出了戏剧特有的文化氛围。其二,"满汉全席"的各色人物本身所具有的民俗文化性质,包括穿戴、嗜好、礼俗、精神状态、处世哲学等,如松二爷"我饿着,也不能叫鸟儿饿着"的话语所反映出来的部分旗人游手好闲、懒散无能、不愿自食其力的腐朽生活方式,这些都构成了作品内容上的整体文化氛围,使人在这种氛围中不自觉地感受到戏剧深刻的历史内涵。应当注意的是,《茶馆》写礼仪,写民俗文化,不是单纯为了猎奇,不是为了习俗而习俗,而是用它来描绘历史的演进轨迹,向观众展示不同历史阶段的生活情状,用它反映民族的经济、政治状况、文化形态,揭示生活的本质——中国大地非爆发一场大革命不可!这些才是剧作民俗文化特征的终极意义。

另外,在艺术表现手段上,《茶馆》是富含机趣的。"机趣"就是"生气"、"精神",即由作品的语言营构和传达出来的,体现在具体场景、特定画面、人物言行及作者议论、状绘、抒情等方面的一种独具神采、生动隽永的艺术趣味。正是这类创作机趣具体传达了《茶馆》的北京风味与幽默气息,使剧作的民族性特征得以强化。

具体说来,《茶馆》的机趣首先表现在各种修辞手法的巧妙运用。如宋恩子要向王利发索贿,他要求:"每月一号,按阳历算,你把那点……"他多少有些说不出口了,吴祥子马上替他找寻到了合适的表达方式:"那点意思!"宋恩子正中下怀:"对,那点意思送到,你省事,我们也省事!"王利发抗不过他们,只好用小商人的算计法,叮问了一句:"那点意思得多少呢?"狡诈油滑的吴祥子毫不示弱:"多年的交情,你看着办!你聪明,还能把那点意思闹成不好意思吗?"这段对话,圆熟地运用了汉语词汇常有的双关含义:这些特务们既要把坏事做绝,又想少留口实,把对方被迫缴纳的贿赂,说成是自愿奉送的礼物("意思"),又把对方如果缴不上贿赂,说成是人家该感到害羞难为情("不好意思"),从而活画了他们的丑恶嘴脸。再如第二幕李三的抱怨"改良!改良!越改越凉,冰凉!"既非常符合在茶馆已干了二十多年的老伙计的身份,也通过同音字的转换表现出一种语言上的机智。

其次在人物描写方面,老舍写东西从无虚华或故作惊人之笔,然而那种从生活中提炼出来的精粹语句,却常常含有惊人之处,令人拍案叫绝。作为一个杰出的小说作家,他在话剧创作中充分发挥了塑造人物的超凡水准,一两笔就勾勒出一个人物,也能入木三分地刻画出人物的灵魂。他用不多的笔墨,就把唐铁嘴这个江湖骗子的油滑、无耻和满身的奴性,描绘得淋漓尽致。唐铁嘴是个大烟鬼,第二幕出场时,王利发谈起他这个嗜好,他说:"我已经不吃大烟了!""我改抽'白面儿'啦,你看……大英帝国的烟,日本的'白面儿',两大强国侍候着我一个人,这点福气还小吗?"几句对话,一个油嘴滑舌的江湖骗子,就活脱脱勾画出来了。当人们听他说"我已经不吃大烟了",以为他改邪归正了,然而他出人意料地接一句"我改抽'白面儿'了",人们不禁轰然大笑。在同一幕,从庞宅逃出来的康顺子及其养子,无处安身,到裕泰茶馆恳求收留,王利发从自身的小生意经出发,不愿留下她们娘儿俩,却被内掌柜的一句话给留下了,王利发只好悻悻自语:"好家伙,一添就是两张嘴!太监取消了,可把太监的家眷交到这里来了!"王利发心间的牢骚、无奈,转化成了这么一句灰色幽默式的俏皮话,把茶馆掌柜这个饱经世故、惨淡经营而又不无自私心理的小商人的心底感受,勾画得准确到位。观众听到王利发的"怪话",会有哂笑也会有怜悯,也许还会有酸咸苦辣一齐被搅起的感慨。

《茶馆》的机趣还表现在人物所发的精彩议论。像第一幕中卖牙签、胡梳、耳挖勺的老人,他进茶馆既想卖货,也想讨碗茶喝。当茶客们议论有两个阔宅为一只鸽子拿刀动杖的来茶馆内洽谈和解时,有个茶客随便问他:"老大爷,您高寿啦?"他喝完了剩茶,道了谢,然后发表议论地回答:"八十二了,没人管!这年月呀!人还不如一只鸽子呢!"一句话,说出了乱世之中,人不如鸟。同样,第三幕秦仲义的感慨:"我从二十多岁起,就主张实业救国。到而今……抢去我的工厂,好,我的势力小,干不过他们!可倒好好地办啊,那是富国裕民的事业呀!结果,拆了,机器都当碎铜烂铁卖了!全世界,全世界找得到这样的政府找不到？我问你！"一波三折、鞭辟入里,体现了对时代的洞见。

《茶馆》是当代话剧的一个里程碑。它以别具一格的艺术结构、富于个性的人物语言和接近生活本色的戏剧冲突,以及深厚的历史感、独特的东方文化韵味和巨大的艺术概括力,把中国话剧艺术推向了一个高峰,创造了一种具有中国作风和中国气派的现代话剧,在中国乃至世界范围内产生了重要的艺术影响。

《关汉卿》

田汉(1898—1968),字寿昌,湖南长沙人。早年留学日本,1920年代开始戏剧活动,写过多部著名话剧,成功地改编、创作数十部传统戏曲,是中国话剧运动的创始人和奠基者之一,中国现代革命戏剧运动的主要组织者和领导者之一。

田汉的戏剧创作大致可以分为三个时期:前期(1920—1929)创作了《咖啡店之夜》、《获虎之夜》、《名优之死》等大量风格各异的剧作;中期(1930—1949)创作了《回春之曲》、《秋声赋》、《丽人行》等许多密切配合现实斗争的作品;后期(1949—1968)创作了《十三陵水库畅想曲》和《关汉卿》、《文成公主》等历史剧。《关汉卿》代表了田汉话剧创作的最高成就,也是当代话剧的经典之作。

1958年,世界和平大会把关汉卿定为世界文化名人,决定于当年6月举行创作活动700周年纪念会。身为剧协主席的田汉听到这个消息后非常激动,因为关汉卿是他景仰的作家,而这正是中华民族的光荣,也是戏剧界的骄傲。从这年的1月份起,田汉集中阅读了《元史》、《新元史》、《元曲选》、《马可·波罗行纪》、《录鬼簿》、《中国通史》、《关汉卿戏曲集》等资料,认真研究了关汉卿的剧作,开始着手创作话剧《关汉卿》。

关汉卿虽然是元代的大戏剧家,但有关他的史料却很少。田汉只能根据有限的历史记载,努力还原元代特有的社会环境、文化氛围,并主要从关汉卿流传下来的剧作和散曲中去寻找、体察他的性格,挖掘他的内在精神,设想他的生平和为人。《窦娥冤》是关汉卿的代表作,是他心血的结晶,田汉便从关汉卿对窦娥形象的刻画,体味出一个剧作家同情人民疾苦、不怕触犯权贵的正义感和对一切贪赃枉法、草菅人命的贪官污吏的切齿痛恨。从为窦娥鸣冤叫屈、报仇雪恨的血泪之词中,田汉也体味出关汉卿"为民请命"的崇高精神。从关汉卿的《金钱池》、《救风尘》、《望江亭》等剧中,田汉体味出关汉卿对妇女命运的深切同情和对妇女反抗的衷心赞美,从而舍弃了认为关汉卿是"郎君领袖"、"浪子班头"、"风流荡子"等的流行理解。事实上,由于和主人公的身份、性格的相似(如都是颇负盛誉的剧坛领袖、与艺人都有许多的交往),田汉自觉不自觉地按照当时主流意识形态所许可的自我想象来虚构关汉卿的故事,难怪曹禺在谈到这个剧本时说:"我感到这个剧作凝聚了田汉同志一生的经验和感情。"

作为一位以自己的戏剧创作服务于革命政治的诗人剧作家,田汉有过很多被统治者禁戏和争取戏剧创作、演出自由的经历。结合元代将"妄撰词曲,犯上恶言"作为死罪的律条,以及当时废除科举,汉族知识分子失去进身之阶,社会地位日益低下,有"八娼、九儒、十丐"的说法这一历史事实,田汉很容易在情感上与他所描写的人物达成共鸣。在他看来,"在关汉卿留下的许多杂剧中,不管是悲剧也好,喜剧也好,无例外地可以听到他和当时黑暗势力兵铁相击的声音。关汉卿总是站在被压迫的人民一边,向压迫人民的统治者开火……"①换言之,和其他许多转向历史题材的剧作家一样,田汉写作《关汉卿》并不仅是为了画出传统的影像,同时也是为了间接地提出现实中的问题。正是对于"艺术家及其艺术如何在社会上发挥作用和影响"这一问题的不断思考,使田汉把"为民请命"作为《关汉卿》的主题,并认为"为民请命"的精神不仅在关汉卿生活的年代具有进步意义,即使在今天也有一定的积极作用。剧中"为民请命"的主题是以对关汉卿"响当当的铜豌豆"精神的描写来体现的。"铜豌豆"一词出自关汉卿的散曲《不伏老》(《南吕·一枝花》),是关氏的自况,颇有玩世不恭、揶揄自嘲、极尽风流的意味。对此,田汉采取了"六经注我"的办法,将他自己的个人经历和情感体验融入其中,对原始材料进行加工改造甚至翻转重铸,给"铜豌豆"这一意象以全新的意义,将其改造成描写关汉卿与恶势力斗争决不妥协的铁汉子性格的象征,并紧紧围绕《窦娥冤》的创作、演出和修改所引起的一系列冲突,完成关汉卿这一形象的塑造。

大幕启开,关汉卿就被剧作家推向了正义与邪恶斗争的第一线。单纯善良的少女朱小兰被恶徒诬陷,赃官不问情由、屈打成招,判她死罪。关汉卿满腔义愤,决定创作《窦娥冤》。这一过程中,流言向他袭来,他毫不理会;无耻文人对他进行警告规劝,他毫不畏惧。《窦娥冤》上演后,冲突进一步激化,当权贵们下达了"不改不演,要你们的脑袋"的最后通牒时,他泰然

---

① 田汉:《伟大的元代戏剧战士关汉卿》,《中国戏剧》1958年第12期。

自若,置生死于度外:"宁可不演,断然不改。"表现了临危不惧的英雄本色。锒铛入狱后,叶和甫对他威逼利诱,"只要你在大臣问你的时候,供出王著刺杀阿合马大人是想除掉捍卫大元朝的忠臣,联合各地金汉愚民图谋不轨。只要你肯这样招供,不只你的案子可以减轻,忽辛大人为了酬劳你,还预备送你中统钞一百万。"面对死的威胁,他依旧矢志不移,"重重的一记耳光,竟把叶和甫打倒在地下",并痛斥叶和甫"狗东西,你是有眼无珠,认错了人了","你想替忽辛那贼官来收买我?我们中间竟然出了你这样无耻的禽兽,我恨不能吃你的肉!"戏剧冲突达到了白热化的程度。这样,剧作始终围绕着写不写、演不演、改不改以及此后关汉卿走不走、降不降设置情节和场面,让戏剧冲突一波未平,一波又起,充分展现了关汉卿"蒸不烂、煮不熟、捶不扁、炒不爆",威武不屈、贫贱不移的"铜豌豆"精神。当然,关汉卿形象的魅力除了他的正义与顽强之外,也来自他富有才情的艺术家风度。由于拥有相似的气质,田汉写来格外深切。关汉卿与刘大娘一家、众艺人之间情深义重,他所救治过的病人家属(有官有民)对他也是十分敬重。他和朱帘秀之间彼此心意相通、肝胆相照的爱情更是光彩照人。过人的才华、崇高的人格、倜傥的气质和几分侠义之气……形形色色的观众们都能感受到关汉卿的人格魅力,同时又为渐进的紧张剧情所吸引。

正是经过这样一番发掘、翻转和重铸,田汉终于将一个史料极少、言行复杂的关汉卿,匠心独运地塑造成了一个形象丰满、具有浩然正气的艺术家形象,把这位历来被人们认为是可上可下的风流浪子,写成为人民而战斗的剧作家,可以说是运用现代观念重新审视古人的成功之作。

田汉将关汉卿塑造为反抗黑暗势力的压迫、自觉为人民代言的英雄。剧本是否符合历史上关汉卿的形象——历史上关汉卿到底是一个怎样的人物,因为史料的贫乏,可能是一个永远也无法确知的悬案,事实上这一点也并不重要,重要的是,田汉塑造的关汉卿这个人物,是应该当做身为剧作家、作家乃至知识分子的田汉的一个理想化的自我描绘、自我认定来看待的。扩而言之,借助历史人物塑造这样一个理想化的英雄形象,实际上寄托了老左翼知识分子心目中的一种自我形象、自我认同与自我定位。这个形象显然与当时以"反右"斗争为终极表现的主流意识形态话语塑造的知识分子形象不太一致,可以说是文学作品中知识分子的精英意识的最后表露,而这一表露只有通过历史题材才得以实现。在这个意义上,关汉卿不是一个现实的人物,而是一个象征性的人物,他象征的是知识分子的理想人格。

田汉从一个初窥剧苑的习作者到中国剧坛的盟主,他的胸中始终贯穿着一条红线——"Violin and Rose(即艺术与爱情)"情结。"这个情结的内核是对自由、民主、光明的追求,是'人道主义'之火的燃烧。"这个情结在不同的时期有不同的具体内容,在《关汉卿》中表现在"那种强烈的正义感,那种不可征服的是非之心,那种'为民请命'的斗争精神,最后都要在'Violin and Rose'的情结中被赋予一种'情'的力量,被升华为撞击灵魂的东西,否则就难以与普通的公案戏区分开来。"①这种情的力量主要体现在关汉卿与朱帘秀为正义而抗争的爱情上,更体现在关汉卿从朱帘秀爱的支持和鼓励中所获得的信心和力量上。田汉并不是把关汉卿作为一个完美无缺、一成不变英雄来塑造的。他的性格是在朱帘秀的推动下逐步发展的,从而体现出感情如何升华为一种撞击人灵魂的精神力量。因此,歌妓朱帘秀是《关汉卿》中一个非常重要的人物。剧作家运用丰富的想象,将她塑造成豪爽尚义、勇于担当、善良多情、具有自我牺牲精神的女艺人形象,并让她与关汉卿相互映衬,相得益彰,从中显示出各自的英雄性格。

剧中朱帘秀的形象是光彩照人的。她身上充分体现了中国下层穷苦妇女的优秀品质。在第二场里,关汉卿为朱小兰的冤死而义愤填膺。他想拔刀相助,但无刀可拔。朱帘秀便道:"笔不就是你的刀吗?杂剧不就是你的刀吗?"关汉卿想写《窦娥冤》来"把这些滥官污吏的嘴脸摆在光天化日之下示众","替那些负屈衔冤的好心女子鸣鸣冤,吐吐气",但又担心没人敢演。朱帘秀就大胆地说:"你敢写我就敢演!"《窦娥冤》演出时,她从容登台,无视阿合马的淫威,不改台词,不畏权贵。为了保护关汉卿,她又主动承担责任:"关先生原是改了的,因为只有半天工夫对词,新词儿我一时背不上来,没法子只好全照旧词儿唱了。"在狱中,她视死如归,向关汉卿表示了自己的爱情:"跟关大爷这样的人一道死,我还有什么不足呢!我修不到跟你生活在一块儿,就让我们俩死在一块儿吧。"关汉卿和朱帘秀不但是情投意合的尘世知己,而且是志同道合的战友。他们追求正义、尊重艺术,即使一起被投入大狱,面对杀身之祸,也都视死如归。一曲《双飞蝶》,将《关汉卿》中的爱情描写引向一个净化人生、升华人格、感人至深、催人泪下的悲壮境界,显示了田汉的独特爱情与艺术观念。

此外,剧本还栩栩如生地描写了赛帘秀的磊落坚毅、王和卿的诙谐风趣、王著的大丈夫气概、叶和甫的无节无耻,他们或正面衬托或反面对比,都更突出了关汉卿这一中心人物的形象,体现了田汉作品的一贯特色:炽热的

---

① 董健:《田汉传》,十月文艺出版社1996年,798页。

诗情,执著的正义感和震撼人心的道德力量。

田汉是以抒情诗人、积极的浪漫主义作家开始戏剧创作的,他的剧作大都具有浓郁的诗意和强烈的抒情色彩。《关汉卿》通过人物心理的深层把握,集中体现了其抒情个性的复归,流泻着诗意之美,既抒发了剧中人物的胸中块垒,又充分表达了剧作家奔放的诗情,剧作家与剧中人物达到了心理与精神的契合。尤其是《双飞蝶》一曲,乃是田汉根据剧情需要突破了宫调格律,吸取元杂剧与散曲的语言特点的自创:"将碧血,写忠烈,作厉鬼,除逆贼,这血儿啊,化作黄河扬子浪千叠,长与英雄共魂魄! 强似写佳人绣户描花叶;学士锦袍趋殿阙;浪子朱窗弄风月;虽留得绮词丽语满江湖,怎及得傲千奇枝斗霜雪? 念我汉卿啊,读诗书,破万册,写杂剧,过半百,这些年风云改变山河色! 珠帘卷处人愁绝,都只为一曲《窦娥冤》,俺与她双沥苌弘血;差胜那孤月自圆缺,孤灯自明灭;坐时节共对半窗云,行时节相应一身铁;各有这气比长虹壮,哪有那泪似寒波咽! 提什么黄泉无店宿忠魂,争说道青山有幸埋芳洁。俺与你发不同青心同热,生不同床死同穴;待来年遍地杜鹃红,看风前汉卿四姐双飞蝶。相永好,不言别!"这些充满诗意的语言,既深刻地揭示了人物崇高的心灵美,使人物的精神境界升华到新的高度,令人回肠荡气,回味无穷,又增强了戏剧效果和艺术感染力,将关汉卿的英雄气概与关朱二人真挚纯洁的感情尽数表达于其中,形成了剧作熔壮美与优美于一炉的美学风格,堪称全剧的点睛之笔。

在话剧结构上,《关汉卿》进行了大胆的革新。田汉采用了中国戏曲传统分场的方法。《关汉卿》最初发表的时候是九场,后来扩大为十二场,最后出单行本时收缩为十一场。同时,在《关汉卿》中,剧作家安排了一条主线和一条副线。主线是关汉卿和朱帘秀创作并演出《窦娥冤》的过程;副线是关汉卿和刘大娘、二妞以及百姓们的关系。关汉卿在主线中是以杂剧家的身份出现的,在副线中是以"太医院尹"的身份出现的。两条线索在场次上交叉迭进,相辅相成,既增加了情节的起伏多变,又丰富了关汉卿的性格。这种场次和情节的安排,使话剧的时空转换更灵活,所反映的生活画面也更广阔,在形式上使《关汉卿》更具有民族性的特点。在情节结构上,《关汉卿》采取了戏中戏的巧妙构思。整个剧写关汉卿,而又涉及了杂剧《窦娥冤》的主要情节和精彩段落。《窦娥冤》的酝酿、构思、排练、上演成为各种势力、各种人物集散分合的焦点,既有关汉卿、朱帘秀等艺术家和人民群众跟以阿合马为代表的反动统治者的激烈斗争,又有与混在当时杂剧界的败类叶和甫的尖锐冲突。这样的安排使全剧集中凝练、虚实结合、收放自如,既提高了剧作的思想性,同时也丰富了剧作的艺术性,使戏剧更富传奇意味。

话剧加唱,是田汉的一贯做法,也是他的拿手好戏。从 20 年代的《南归》开始,田汉就经常运用诗歌和音乐作为抒情的艺术手段,《关汉卿》更是结合剧情安排了不少富有意境的歌唱性曲词,如《双飞蝶》。在第十一场里,关汉卿被判"驱逐出境,押往杭州,不许逗留",朱帘秀则被"交行院严加看管",一对有情人终究劳燕分飞。在强烈的离愁别绪中,朱帘秀吟唱《沉醉东风》:"咫尺的天南地北,霎时间月缺花飞。手执着饯行杯,眼搁着别离泪。刚道得声'保重将息',痛煞煞教人舍不得,好去者,望前程万里!"变伤感情绪为战斗豪情。这不仅是关、朱二人精神世界的剖白,也增强了戏剧的诗意和抒情性。话剧加唱的做法,是田汉对传统戏曲的继承,是话剧民族化的一种尝试。

《关汉卿》是田汉创作的高峰,关汉卿的艺术形象,概括了中国历史上一切进步文人的斗争品格,也体现了田汉一生为我国戏剧事业奋斗的亲身体验。作品在历史真实的基础上,运用大胆的想象,将炽热的诗情和作者一贯的历史责任感合而为一,博得了极高的声誉。全剧结构完整,语言精炼、通俗,描写细腻,无论从思想深度或艺术高度来看,都堪称戏剧创作中的瑰宝,为当代历史剧的创作提供了不少有益的启示。

《狗儿爷涅槃》

锦云(1938—),本名刘锦云,河北雄县人。1963 年毕业于北京大学中文系。多年从事话剧创作,代表作有《山乡女儿行》(合作)、《狗儿爷涅槃》、《背碑人》、《阮玲玉》、《风月无边》等。

《狗儿爷涅槃》发表于 1986 年,同年秋由北京人艺上演后,在戏剧界引起了强烈的反响,1988 年获第四届全国优秀戏剧奖。剧作从主人公狗儿爷 76 岁时的回忆入手,通过独白、旁白、心理外化等手段表现人物的意识流动,将过去与现在、外部生活与内心活动结合在一起,展现了从解放前夕到改革开放近 40 年间中国农村的社会变迁史、中国农民的命运、心灵变迁史。

《狗儿爷涅槃》反映的是农民与土地生死相依的关系。编剧锦云自小生活在河北农村老家,大学毕业后分配到北京郊区的昌平县(现昌平区),一待就是整整 16 年,农村的景象已经深深烙在了他的脑海里,对农村人物更有着深刻的印象。正是基于对这些人物悲剧命运的巨大同情和深入思考,锦云把自己的剧作定名为"涅槃"——旧的农民意识如果无法融入现代文明,迎接它们的结局只会是"涅槃"。"以狗儿爷为代表的老一代农民需要也必定'涅槃',我们的社会、我们的民族需要也必定'涅槃'。涅槃,我取它弃旧图新、获得新生的意思。"

作品告别旧的生活方式与生活理念的主题,主要借助狗儿爷这个背负着中国封建经济及传统文化沉重包袱的普通农民形象来实现。狗儿爷的悲剧性格是中国几千年封建意识历史积淀的结果,是旧式农民僵化的"小农意识"在民族性格上的集中体现。在剧中狗儿爷的性格由始至终都是稳定和停滞的,没有一般作品中人物性格的形成发展演进的过程。狗儿爷被囚于几千年不断积累的封建意识的历史牢笼里,失去了吸收新鲜血液的机会,他也拒绝吐故纳新,更显示了这一民族性格的根深蒂固。

不可否认,狗儿爷身上具备了传统农民所有的善良品质。他勤俭艰苦,秉持"庄稼人只有闲死的,没累死的"、"过日子就得抽筋扒骨"等诸多生存哲学,为了土地为了生存可以牺牲一切,也会因失去土地的痛苦而陷入迷狂状态。他为了收芝麻可以不管妻儿死活,他发疯了却依然记得牲口"菊花清"而不认得自己的老婆,土地一回到他手里他就立即恢复清醒,为了保存地主荣耀的象征——门楼,他最终选择亲自烧掉它……种种不可理喻的行为正说明他"舍命不舍财"的观念已经不单是一种经济意识,更成为一种狭隘板滞的伦理道德深入到他的内心世界,使他一定程度上变成一个冷酷无情的人。

狗儿爷恩怨分明。在受了"特别优待"要上风水坡时,他要陈大虎和祁小梦都跪在门楼前,牢记"不忘新社会的好,不忘大救星的恩","看好家,护好院,守住门楼儿,替下老砖,揭换残瓦,看见门楼如见爹妈","记住祁家仇,不见祁家人"。三句话惊心动魄,使原本无可厚非的恩怨意识、行为,因为狗儿爷的顽固而趋于复杂化。这种世代相传的以德报德、以仇报仇意识,一旦失去了具体的恩怨对象,就变成了一种狭隘。狭隘的恩怨意识恶化了农民的生存环境,使人情世故成为一种不可承受之重,一代又一代的中国农民就在这种恶性循环中艰难生存。

狗儿爷身上还体现着其他诸多具有强烈中国民族色彩的性格特征:安分、孝顺、仁义……这些传统道德观念具有异乎寻常的顽强生命力,并在时间的流逝中渐渐向它们的对立面转化——陈腐、板滞、狭隘、虚荣……陈大虎要娶祁永年的女儿祁小梦,狗儿爷的最初反应是:"要说咱陈、祁两家,前半辈儿没有人情也有水情,让孩子离开你这块臭地,找个吃饭安身的地方,也不为过。"但随即利益考虑占了上风:"不行,说出大天来也不行!这闺女——就算她是水葱儿似的——要是你们祁家人,进了陈家,这门楼怎么算?"偏激狭隘的性格使狗儿爷所有的善良本性都变成了愚昧,所有的不懈努力都成了徒劳,他已经无法跟上时代前进的脚步了。发生在狗儿爷父子之间的冲突,因此也反映了新、旧生产方式之间的矛盾,体现了现代意识必将取代传统的小农观念这一不可逆转的历史规律,显示了作者对于国民性的深刻反省。

在《狗儿爷涅槃》中,与狗儿爷形成对照的是地主祁永年的形象。他是狗儿爷的人生理想范式,他的可信度与现实性在于他不过是一个成功了的"狗儿爷"。他祖上的发家史十分简单:光绪年间发大水,洪水退去,灾区寸草不生,他爹先前用香菜籽拌糠麸抹房顶的泥皮里长出了二尺长的香菜,卖到大饭庄里一角钱一根,就此发家了,一直到他这一代。但是,身为地主的祁永年,与身为雇农的陈贺祥的见地却惊人的一致:"舍不得吃,舍不得花,光知道攒钱置地,一辈子没吃过一条直溜黄瓜……"这种发家史与奋斗精神,在狗儿爷看来是十分亲切的,那种成功也是可望可及的。因此,狗儿爷一生都拿祁永年的成功来跟自己较劲。情感上他仇恨剥削过他、吊打过他的祁永年,理想中,他又不能自已地拿精明善算、发家有方的祁永年当楷模。他口口声声与祁永年势不两立,时时处处又都要与祁永年比肩而立、一比高低,表现出他对于祁永年所代表的生活方式的内在认同。祁永年因此成为揭示狗儿爷内心世界的一扇窗户,更成为传统中国人"地主梦"历史性终结的一个象征。祁永年与狗儿爷这一对"你中有我,我中有你"的冤家加亲家是极富象征意味的,农民的"地主梦"与地主的农民经历,概括了农业中国黄土地上祖祖辈辈务农的普通人相通的心理秘密与生活的共同特征。《狗儿爷涅槃》不仅是狗儿爷自己的悲剧,也是中国农民集体的悲剧,在某种程度上,更是中国社会历史的悲剧。狗儿爷发家梦想的涅槃,也是整个中国农民的梦想的涅槃。《狗儿爷涅槃》由此不但是对一个过去时代的总结,是中国人旧梦的终结,更标志着中国人新梦的诞生,真正体现了作家意识到的历史内容与较大思想深度的结合,真正表现了一个国家、一个民族前进的历史步伐。

在这个意义上,《狗儿爷涅槃》既是写实的,又是超现实的。作品中的狗儿爷的遭遇,凡经历过建国后农村经济变革的人,都会有似曾相识之感,它是真实的,是现实主义的。但狗儿爷所象征的中国农民几千年的文化心理积淀,他的遭遇所象征的当代农民命运,他的疯癫与清醒所象征的当代历史中不同时代人们的精神状貌等,又极具超现实的象征意蕴,体现了现实主义与现代主义创作手法的有机融合。

20世纪80年代以来,西方各种现代、后现代文艺理论被相继介绍到国内,出现了以《野人》、《一个死者对生者的访问》、《魔方》、《WM(我们)》等为代表的具有突出写意特征的探索戏剧。另一方面,各种现代戏剧观念和手法的引入,也促进了现实主义创作理念的发展、丰富和拓展,实现了对现实主义传统表现手法的超越。《狗儿爷涅槃》就是在现实主义的创作开始从主要重视社会本质转向同时注重人的本质、人的命运以及整体民族文化心理的时代背景下,出现的一部融入了现代主义合理因素、集大成式的现实主义探索剧。

在心理指向上由戏剧本体向观众群体的"迁徙",是现代戏剧创作的一大走向。传统的再现主义戏剧以情节段落划分场幕,考虑悬念的构置和戏剧行为的开启,带有较强的理性成分。而戏剧创作"无场次"结构的出现,是对戏剧思维中理性、有序倾向的反拨,有利于在情绪自然的流动中引发观众的创造性思维。《狗儿爷涅槃》把人物放在整个历史和社会的因果关系中来考察,它用以承载这种情绪流程的也是"无场次"格式。《狗儿爷涅槃》是一部"多场现代悲喜剧"。所谓"多场",是指它共分十六场而不分幕。没有连贯统一的情节,也没有按时间序列展开的戏剧动作。剧作采取了一种开放式的叙述体制,它以主人公狗儿爷为叙述主体,从揭示人物的内心世界和思想性格出发,或与人对话,或与鬼魂纠缠,在这个过程中,剧本涉及的人与事,招之即来,挥之即去。狗儿爷的回忆与幻觉视像,通过主人公的自叙、回溯等视觉化为具体场面和现实动作呈现在观众面前,成为主人公"心理化了的现实",其目的直接指向与观众的交流。同时,剧作的叙述方式是第一人称和第三人称交叠出现的,以狗儿爷为叙述主体的戏剧行为超越了传统写实戏剧对人物性格的再现层面,使话剧对人本体的观照获得了极大的表现自由。第三人称叙述的插入则使观众从特定的戏剧幻觉中"间离",为观众提供了审查人物灵魂波动历程的可能。在第二场中,舞台同时分割为三个演区,狗儿爷在兴致勃勃地叙说他割芝麻的事,祁永年的鬼魂则幽幽地暗示着"狼肉贴不到狗身上!"在另一演区,陈大虎的神情不无讽刺:"这大概是我爹一生最得意的时刻。这点事,怀里抱着我的时候他就说,手里领着我的时候他还说,现在,你们有工夫,就听他说。我想,听一回也就够了。风吹票子满地滚的时候,咱各打各的主意。"这些出于不同立场的叙述的并存,更有利于观众深入把握狗儿爷的心路历程,思考狗儿爷的心态与时代变迁关系。

《狗儿爷涅槃》夹杂了很多北京地方土语,散发出鲜活、清新的泥土芳香。狗儿爷一上场就展现了其性格流变的依据:"说咱狗儿爷上炕认得媳妇,下炕认得鞋,出门认得地——不对！这地可不像媳妇,它不吵闹,不赶集不上庙,不闹脾气。小媳妇子要不待见你,就蹑手蹑脚,扭扭拉拉,小脸儿一调,给你个后脊梁。地呢,又随和又绵软,谁都能种,谁都能收。大炮一响,媳妇抱着孩子,火燎屁股似地随人群儿跑了。穷的跑了,富的也跑了。地不跑,它陪着我,我陪着它……"闻其声如见其人,狗儿爷特殊的性格,随着话语自然地流露了出来,又使观众感受到其蕴涵丰富的时代文化背景。

剧本以狗儿爷为叙述主体使剧作经常出现一些独白式的长篇叙述。如陈述"割芝麻"有四百多字,"护门楼"有五百多字,最长的一段是在财产归公后狗儿爷的"月夜哭坟",有九百来字。作家在这些段落十分注意叙述节奏、色彩的变化,如"风一阵,雨一阵,雷公电母耍一阵。刮风下黄土,满地铺金子,必是好年成。下雨天上掉鲤鱼,一尺长的大鱼,尾巴挨着眼的小鱼。不好,鱼是驮米的驴,吃鱼费粮食,阎王爷不答应。阎王爷厉害,说一不二。地动山摇,花子摔瓢,摔了瓢不要饭,有吃的。吃饱饭,耍浑蛋。浑的怕横的,横的怕不要命的。"既自成段落、表现出清晰的层次感,又富含对仗、朗朗上口,具有鲜明的动作感。

剧作还大量使用潜台词,在语言自然的流动中透出精辟深刻的哲理性内涵。如狗儿爷与祁永年关于印章匣匣的争执：

  狗儿爷 我什么也没听见,行啦吧？咱说旁的……你看呢,这眼下——(指门楼、院落)反正你也是用不着啦,你就把那……
     (比划)小匣匣,还有那小方块块儿,倒给我吧,兴许我能用上它。怎么样？祁……掌柜。
  祁永年 (似乎懂了)这个,你不能用……
  狗儿爷 胡说！我怎么就不能用？就许你能用？
  祁永年 这上边儿刻的是我的名字——祁永年。
  狗儿爷 咱把它磨磨,把"你"磨了去,重新刻上"我"——陈贺祥。

印章作为舞台符号从所指到能指的转化,其语义功能也在不知不觉间扩大了。台词背后的象征性意蕴在不知不觉中泛逸出来,深深地穿透进了人物的灵魂。

《狗儿爷涅槃》在中国新时期的舞台上,是一出引人瞩目、久演不衰的剧目,有人称赞它是北京人艺探索剧目中最优秀的"看家戏"。剧作结构形散而神不散,语言通俗、精炼、幽默而富于哲理,文学性极强,不仅形象地表现了中国社会一定时期的政策给中国农民乃至全体中国人生活带来的极大影响，而且生动地揭示了中国农民显在的对土地的狂热情感和千百年来沉淀在这种情感内容里的中国人的集体无意识，在纵深的历史背景中开掘出深刻的思想主题，代表了新时期话剧创作的新高度。

《天下第一楼》

何冀平，就读于中央戏剧学院戏剧文学系，毕业后专职从事戏剧创作，曾任北京人艺编剧。1988 年，《天下第一楼》演出后轰动京城，演出场次仅次于《茶馆》。次年她移居香港，创作话剧《德龄与慈禧》、《还魂香》、《明月何曾是两乡》、《开市大吉》等。

《天下第一楼》继承了传统戏曲的表现形式，作品围绕主人公卢孟实因老东家的临终之托而对"天下第一楼"实行的种种改良举措，以及这一过程中他与周围人发生的利害关系以至产生的冲突来推动情节的发展。幕与幕之间有密切的联系，上一幕情节会直接影响下一幕的内容，上一幕发生的尚未解决的矛盾冲突必定在下一幕中提及或解决。尽管时间跨越了十多年，但有一个完整的故事情节。

卢孟实是带着老父被辱身死的惨痛记忆，怀着难以施展抱负的满腔苦闷，来到福聚德的。他精明能干，志向远大，要成就"一世的功德"，"给天下人留下一个福聚德"。他千方百计地争权要权，不断创造出人头地的机会。从接手福聚德以来，他兢兢业业，殚精竭虑，细查店情，对症下药，采取了一系列行之有效的措施：为了振兴店铺，他有意支开"绊脚石"——唐家的两个少爷；为了扩大客源，他礼贤下士、广揽人才，敬重堂头、安抚大厨，美化店堂、改良菜品，甚至为吃饭的客人提供抓彩的娱乐；为了提高服务质量，他不许别人看不起"五子行"，更不许"五子行"的人自轻自贱，努力使店员自尊自爱、增强他们工作的责任心；他一边标榜信义，一边敢冒风险，用装着黄土的洋面口袋和银包吓退了逼债大军；他会笼络人，更不怕得罪人……他从内到外、从对自己到对他人进行的全方位的"改良"一开始便被赋予了实质性与彻底性。在他的苦心经营下，福聚德烤鸭店的买卖蒸蒸日上，十年之间，名噪京城，成为"天下第一楼"。

然而，心高气傲的卢孟实最终也难逃"一个人干、八个人拆"的酸苦结局。他的悲剧表面看起来发生得毫无预兆，但仔细分析却早已经是危机重重：卢孟实虽然获得了经营自主权，但是僵死的制度使他必须听命于唐家二兄弟，一旦卢孟实不能满足他俩的欲求，一纸契约便如同废纸，事业的被迫中止也在意料之中。卢孟实个人奋斗、创造事业的梦想的破灭还离不开周围的环境。王子西的油滑与中庸，罗大头的自私自傲、不求上进，他不惜用拆自己店的台的方式去排挤对手的卑鄙手段，造成了一个又一个经营难题。福聚德外，社会环境愈加混乱险恶，克五的好吃与无赖使他不断胡搅蛮缠、巧取豪夺，警察也是想方设法借机敲诈，侦缉队的特务更是不惜余力地扰民生事，福聚德成了众人眼中的一块肥肉，人人欲得而食之。内外交困、重重打压，凭借卢孟实个人的力量建立事业无异于痴人说梦。罗大头甩手不干时，当众说出卢孟实的父亲受辱屈死的真相，无异于宣布了社会力量对一个来自于下层的穷小子向上奋斗的全部否定。个人的力量始终无法超越社会阶级和习俗的制约。

正是通过对和当代改革者有着相似气质与遭遇的卢孟实失败命运的展示，《天下第一楼》承载了作者有关改革问题的深入思考。卢孟实这个顺应时代潮流、锐意改革的历史人物的命运沉浮，因此有了不容忽视的现实意义。它促使人们认真思考有关改革的制度、环境等问题，从而体现出作家强烈的现实意识和责任承担，实现了作品与时代精神的积极呼应。

另一方面，文化的熏陶以及深植于传统文化的民族心理沉淀，深深影响了一代又一代中国人的行为方式及思维模式。时代的变迁，社会的巨变，又使以人为载体的中国传统文化日益显出了其荒谬、腐朽的部分本质。在儒家文化中，忠义孝悌的观念占有很大的比重。剧中关于"孝"的观念体现在唐茂盛身上。他一方面肆无忌惮地败坏父亲视若性命的家业、对父亲的命令置若罔闻，一方面却又恪守"割股疗亲"的"老理儿"，在可笑的矛盾中煞有其事，显示了传统文化对人思想的浸润之深和它的腐朽与没落。克五更是腐朽文化的牺牲品。克五的父母为了避免他染上嫖的恶习，只能培养他沾上抽鸦片的恶习，而这正是封建教育的必然逻辑。修鼎新的吃嘴有方、谋生无力也是封建教育的必然结果。卢孟实的人生悲剧更与传统文化有着密不可分的关系。唐家兄弟最终撵走卢孟实，很大的原因是因为卢孟实的外姓人身份而导致的对他所作所为的毫不信任。尽管福聚德的一个算珠盘子，一个草棍儿都是卢孟实一手经营，但唐家猜疑他排挤他，他就无计可施。这种排外和封闭的文化态度最终造成了民族的停滞与落后。第二幕中常贵的调侃"这么说吧，您看见一堆人在那儿抢球，那准是美国人；一堆人在一块儿洗澡，那就是日本人；您要是瞅见一堆人在一块儿抢着付账给钱，那准是中国人"，就显示了作家对于民族文化、民族性格的深入反思。

此外，何冀平虽然是以历史剧的创作而声名鹊起，但她真正关注的却不是历史事件的跌宕起伏,而是历史中的人、人与人之间的命运纠缠。《天下第一楼》同样是"以楼写人",该剧生动地再现了那个时代的人物关系,对进出这个楼的形形色色的人物,都有活灵活现的描写。

堂头常贵一辈子兢兢业业,善良宽厚,在人面前他赔尽笑脸,骨子里却争强好胜,是个打掉牙往肚子里咽的主儿。为了养家,他上不能得罪东家,下不能得罪伙计,既不能亏待顾客,又不能让买卖吃亏,所以他必须上下支应,左右逢源,有一张能把死鸭子说活的嘴。戏剧第一幕就显示了他的机智与世故:

克 五 （吃得高兴,满面红光）常巴儿,刚才我上台阶的时候,你怎么说来着?

常 贵 （马上想起来）我说您是步步登高。

克 五 嗯,皇上刚坐龙廷就赐我们老爷子顶戴花翎、绿呢大轿。

常 贵 给您贺喜,老太爷保驾有功还得高升!

克 五 那我现在下台阶呢?

常 贵 （全凭脑子快）您这叫后辈老比前辈高,五爷您赶明儿得超过老爷子!

虽然他不喜欢"常巴儿"的蔑称,但依然小心应付。他表面麻木,会说好听话,本质上却内心敏感,在善解人意的背后有一颗待人真诚、容易受伤的心。因为他是"五子行",所以无论如何费尽心机也无法实现让儿子到瑞蚨祥做学徒的梦想,这对他是个严重的打击。当洋人骂他是狗的时候,他就突然爆发了:"我是堂子,是伺候人的,可我是人,您不能瞅不起人!"他的反抗换来了洋人的一巴掌,他对人生的希望信仰也被这一巴掌全部打走。最后他忽患中风,生死未卜。但在中风时他还依然惦记着客人的吩咐,告诉伙计:"白,白酒五两",更显示了命运对他的不公。

剧中卢孟实的红颜知己玉雏儿,既不刚烈,也没有传统女性的温顺贤良,以八面玲珑的谋生原则在那个混乱的世道中求得生存。她的身份颇有几分尴尬,她是"八大胡同"——娼妓之地"窑子菜"的厨师。"宫里头的大阿哥吃了都叫绝,所以才送了她这个诨名叫玉雏儿,那意思是比宫里的御厨儿不在以下",这从侧面点出了玉雏儿的高超厨技,但"八大胡同"的出身注定了她的爱情悲剧的必然。在卢孟实还是玉升楼的账房时,两人的感情甚笃。在福聚德的管理上,她亲力亲为,在卢孟实无暇顾及的细节之处,监督处理一些琐屑之事。为了笼络贵客,饭店开张抓彩,玉雏儿把自己手上戴的金戒指褪下来当做奖品送给总统府侍卫处的军官。福聚德修葺完毕,玉雏儿出谋划策,使卢孟实痛下决心,巧施妙计,做上了福聚德的大掌柜。玉雏儿尽了自己的全部心力来帮助卢孟实,是卢事业上的得力助手。但成就爱情仅靠志同道合是不够的,两人由聚到分的爱情悲剧有其必然性:卢孟实在山东老家已经娶妻,并育有一子。对于中国人来说,有了子嗣,这比爱情要重要得多。玉、卢爱情悲剧的根源还在于玉雏儿的八大胡同出身。这种出身把一个女人终生定在了耻辱柱上,周围恶毒的言论就像一张无形的大网,代表了社会的价值审判。卢孟实尽管声称"不论写书的司马迁,画画的唐伯虎,还是打马蹄掌的铁匠刘,只要有一绝,就是人里头的尖子",但他对玉雏儿的出身始终无法释怀,这是两人爱情悲剧的根本所在。玉雏儿明知毫无希望却无怨无悔地付出,只能以无言的行动为自己对爱情的忠贞和执著作解,更加显示了她人生悲剧的深刻动人。

卢孟实离开福聚德时留下的对联:"好一座危楼,谁是主人谁是客;只三间老屋,时宜明月时宜风。横批——没有不散的宴席",是何冀平在创作过程中的偶然发现。她认为此联说出了人生的真谛:"首先是'楼',福聚德从没有楼到盖起楼到这座楼金碧辉煌,突出的是以楼象征的事业。'危',有高和危的意思,正符合剧中兴败的故事。更打动我的是'谁是主人谁是客',戏中主人公卢孟实、常贵……自以为是事业的主人,其实'梦里不知身是客',能体现此种人生况味的,何止一个呕心沥血壮志难酬的卢孟实、一个含泪带笑一辈子终于含悲而死的常贵、一个看透世事愤世嫉俗的修鼎新?这副对联突破表意,直取人生,历经沧桑的人可为感喟,不甘于此之人可做呐喊,人生的苍凉、命运的拨弄,尽在一个问号之中。"①人人自以为是主宰,但实际上人人都是生命的过客,事业的过客,这种对于人的悲剧意识使《天下第一楼》写尽了人生的短暂与虚无,生命的脆弱与坚忍,从而传达出一种浓重的苍凉情调,促使人们认真思考人生的意义和价值。

《天下第一楼》的一个鲜明的特色,就是近乎完美地展示了独特的老北京的"吃文化",也可以说是中华民族"美食文化"的精髓之一。这里面有具体细节,如蒸螃蟹要垫紫苏叶子,片烤鸭要片片带皮、一共片成一百零三片,"佛跳墙"做好后先要埋在地下,甚至连厨师也分两派:"一是大帝派,讲究色、香、味、形,文火细烧,原汁原味;一是菩萨派,讲究小打小

---

① 何冀平:《〈天下第一楼〉写作札记》,《〈天下第一楼〉的舞台艺术》,文化艺术出版社2008年,6页。

敲,急火短炒,油重味浓,实惠造福。"有烹饪的原理:"北以羊为鲜,南以鱼为鲜,广和居有道名菜叫'潘鱼',是当今秀才潘祖荫以鱼羊为鲜的道理,用羊肉汤汆鱼片。买鲜活的鲫鱼烧好汤,以它做底汤涮羊肉,那才成全一个'鲜'字。"有繁复的做法:"这'鳗面'是梁武帝的长公子昭明太子从扬州学来的点心。用鲜活大鳗鱼一条,蒸烂去骨和入面中,清鸡汤轻轻揉好,擀成纸一样薄的面片,用小刀划成韭菜叶宽窄的细条,清水煮到八分熟,加鸡汁、火腿汁、蘑菇汁,烧一个滚,宽汤,重青,重浇,带过桥,吃到嘴里,汤是清的,面是滑的。"连吃饭的过程也有讲究:如何报菜名,热菜要按照炸、炒、烹、煎、烩的次序,付账过程中应遵循的礼仪等等。作家不惮其烦地复现的这些文化习俗,其目的是为了将其上升到哲理的高度:

修鼎新　你手里的炒勺,就是鼎;面前放着酸甜苦辣五味作料,你把它们调和在一起,做成一种从未有过的美味佳肴,你就有生成之恩,和合之妙,鼎新之功。

李小辫　您太高抬我们了。

修鼎新　不,不,古人称宰相为"鼎辅",说白了,就是掌勺的厨子。

成　顺　他喝多了。

修鼎新　(又喝了一口)大到一国,小至一室,都要有人执掌,古诗云"盐梅金鼎美调和",就是比喻宰相用朝廷这个大炒勺做菜。

成　顺　(奇怪地望着修)他没喝几口呀。

李小辫　赶紧给他调碗醒酒汤,千万别让掌柜的知道。

修鼎新　掌柜的也是个掌勺的,你我就是他的"作料",你是咸的,我是苦的,罗大头是辣的。福聚德是他的炒勺,我看他到底能做出个什么菜来,什么也做不出来……

用饮食文化反映世态风貌、讲述人生哲理,表现出一种浓厚的思辨色彩。

《天下第一楼》曾获得中国文化部戏剧最高奖"文华奖"、中央戏剧学院首届学院奖"文学奖"、中国戏剧文学"曹禺奖"、北京市优秀剧作奖、十月文学奖等,并收入"中国建国五十周年文学精品集"。它借一家烤鸭店,聚集了清末民初北京城里的各色人等,掌柜的、烤炉的、跑堂的、玩票的、跟包的、警察、妓女、宫里包哈局的执事、风水先生、总统府的侍卫,形象地勾勒出了那个时代的一幅"清明上河图",增加了当代戏剧的文化内涵。

第五节　电影经典解读

《马路天使》

导演:袁牧之

编剧:袁牧之

主演:赵丹、周璇、赵慧琛、魏鹤龄

上映时间:1937年

片长:92分钟

制片:明星影片公司

1937年的卢沟桥事变标志着抗日战争的全面爆发,也让1930年代蓬勃发展的左翼电影正式转向以号召抗战为职志的"国防电影",而于同年7月上映的《马路天使》上某种意义上可以视为左翼电影运动的终篇之作,也是压轴之作。电影放映后,曾引起这样的赞誉:"关于导演方面,在看惯了中国影片中那样冗长松弛的手法的现在,《马路天使》确实给了我们一种新的感觉。无论在画面的组接以及气氛的蕴造上都有着十分的成功处。"[1]20年后,法国电影史学家乔治·萨杜尔在他的《世界电影史》中则誉其为"风格极为独特,而且是典型的中国式"[2]的电影。

《马路天使》有一个茅盾小说《子夜》般的开头:在片头介绍主创人员的字幕部分,叠印在字幕之后的画面是上海霓虹闪烁的夜景、瑰丽堂皇的洋行、租界高等社区优雅的男女、外国银行大楼外张着大口的石狮、各式各样的教堂以及夜总会里舞女翻飞的裙摆……电影正式开始的第一个画面则是一个摇镜,从高耸入云的摩天大楼的顶端一直摇下来,摇到昏暗的地面之下,几个大字映在画面上"一九三五年秋,上海地下层",这些爱森斯坦式的蒙太奇画面的组接所欲传递的题旨是明确的,即上海是造在地狱之上的天堂,帝国主义的经济倾轧造成了上海畸形的繁荣,而构筑起这座城市基座的那个庞大的底层则被掩映在它的光鲜之外。袁牧之的这种镜头运用似乎是要为电影的左翼叙事定下一个基调,观众在这些镜头的提示之下自然也会被导入到看大时代里被倾轧的小人物的悲剧命运的期待中。不过,紧接着

---

[1] 黎明:《评〈马路天使〉》,上海《大公报》1937年7月25日。

[2] 乔治·萨杜尔:《世界电影史》,中国电影出版社1986年,547页。

一阵急促的鼓点声,画面突然转到了一支中西结合的迎亲队伍上,由赵丹扮演的号手小陈即在其列。这场戏时长四分多钟,共用了五十多个镜头,不但清楚交代了主要人物的基本关系,小陈夸张诙谐的表演和迎亲队伍不土不洋的混搭还成功地营造出戏谑的喜剧效果。而接下来,这种喜剧场面更是时时搬演,导演甚至冒着与整个故事的叙述脉络并不协调的风险,插进小陈和老王去"天堂"见律师以及二人吹喇叭打鼓给理发店做广告、理发店师傅强行给人理发这两段明显模仿美国喜剧电影大师劳莱和哈台的片段,"就是为了产生笑料"①。虽然,电影结尾小云的惨死还是让故事回到了影片开始时的预设轨道,但整部影片悲喜交织、以喜写悲的风格还是让人耳目一新。如时人所论:"袁牧之编导的《马路天使》的风格与他前在电通编导的《都市风光》迥然不同。内容全是写大都市下层社会生活形态,是一个悲喜剧,发噱处使人笑破肚皮,哀痛处使人哭出眼泪。"②

电影在叙事结构上采取了当时市民电影常用的"姊妹花"式的双线叙事,歌女小红这条线串联起影片发噱的场景,为生活所迫沦落风尘的姐姐小云则承担哀痛的叙事功能。先来看后者。在左翼电影运动中,有相当多的影片对下层女性命运的观照和对都市的想象都是通过妓女的形象来完成的,如孙瑜《天明》、吴永刚《神女》、沈西苓《船家女》等,这些女性被侮辱与被损害的命运体现出叙事者一种意识形态化的阐释意图,即以她们的被迫沉沦来投射阶级分化的时代和都市倾轧人性的罪恶,如贺萧所说:"妓女在20世纪的城市舞台上并不处于边缘位置,相反,她们是由男人讲述的关于愉悦、危险、社会性别与国家的故事中的要件,故事里面男人和女人之间权力的转换更迭,有时被用来表示家庭与国家或国家与外部世界之间同样不稳定的权力关系。妓女以'嵌入'的方式被带进历史记载:她们嵌入了塑造她们的故事的人的历史,嵌入了他们的权力争斗之中。"③显然,《马路天使》对小云的塑造延续了这种意识形态化的阐释思路。她在影片中说话很少,尤其是在她还处于卖身的困境中时。电影中有一幕,小红听到自己要被养父母卖给流氓的消息,找小云诉苦,小云建议她求助于小陈,这段对话中,只有小红应答,小云居然是无声的。直到小红确定要跟小陈他们逃走,小云才

---

① 赵丹:《〈十字街头〉和〈马路天使〉》,《电影艺术》1979 年第 6 期。
② 《明星》第 8 卷第 5 期,1937 年 6 月。
③ 贺萧:《危险的愉悦——20 世纪上海的娼妓问题与现代性》,江苏人民出版社 2003 年,12 页。

开始出声说话。临终前,她在昏迷中表达了对老王的惦念和对警察的愤怒。据赵丹回忆:"选择赵慧琛来演妓女,这是导演看了她在话剧《雷雨》中繁漪演得低沉而抑郁,于是干脆把妓女的台词一律删去,让她更为深邃而内涵。"[1]不过这种处理无意中关涉到一个在新文学史上和电影史上都始终悬而未决的话题:作为"沉默的大多数"的底层,他们的命运沉浮固然构成左翼作者关怀的重要面向,但是也正因为其"沉默"的特质,对其表述有时难免会造成一种遮蔽,即他们自己的声音是缺失或者不完整的。在《马路天使》里,小云开始的噤声和惨死前的控诉深深溢露出编导者将其"嵌入"左翼叙事范式的意图,属于她自己内心的声音如对小陈的无望之爱等也全是哀痛的一面,她人生快乐的一面是缺失的。

从这个角度而言,小红身上那种娇憨单纯、民间气十足的快乐让她成为小云的另一镜像,或者说,在小云身上有意设置的缺失被投之于小红身上。同样经历身世飘零,她的活泼与幸福感与小云的沉默无言构成了鲜明的对照。尤其是小红和小陈之间的恋情,这对穷苦的恋人以歌曲诉衷肠,因误会起风波,又在误会消除后大秀甜蜜恩爱,并没有因为生活的困窘而减损爱情的喜悦。流氓古成龙对小红的觊觎让她的生活蒙了一层阴影,但是在跟着小陈他们逃走并与小陈喜结良缘之后,快乐很快就得以接续。在上世纪60年代强调阶级论的时代氛围里出版的电影史中对此有这样的评价:"作者只用了几个流氓人物如古成龙和琴师来代表当时社会的黑暗的势力,从而还不能从根本上揭出当时社会最恶毒的根源。"[2]这实际说明,在小红这条线索上,导演并没有谨守左翼电影的叙事规范,诸如帝国侵略、阶级压迫、经济掠夺等习见的情节构筑方式被置换为一种民间叙事里常见的恶霸对弱女的欺凌。而小陈等穷哥们救助小红的最终方式也不过是逃跑而已,并没有想过反抗。电影虽也借讨论"难"字的写法、"白银出口"等场景来点出时局危难的大背景,但具体到交代小红、小陈和他们朋友们的命运时,并未生硬地导入民族革命的诉求。换言之,在《马路天使》里只有"恋爱"而无"革命",就像演员赵丹认为的,电影真正的主题乃是"描写城市贫民阶层中那种人与人之间善良可贵的""涸辙之鲋,相濡以沫"[3]的情感,这主题并不宏大,但却涵容进更有市井气息和人性情味的内容,现实对应性弱了,而别具

---

[1] 赵丹:《〈十字街头〉和〈马路天使〉》,《电影艺术》1979年第6期。
[2] 程季华:《中国电影发展史》第1卷,中国电影出版社1963年,444页。
[3] 赵丹:《〈十字街头〉和〈马路天使〉》,《电影艺术》1979年第6期。

隽永的艺术力量。研究底层的学者查特吉说过:"底层历史是碎片化的、不连续的、不完整的,底层意识的内部是分裂的,它是由来自支配和从属阶级双方经验的元素建构起来的。"①《马路天使》则尝试把底层分裂的经验借由一对姊妹互为镜像的关系相对全面地表现出来。

  导演袁牧之是我国有声电影最早的实践者之一,1934年由他编剧并主演的《桃李劫》被认为是中国电影史上第一部真正意义上的有声片。1935年他又自编自导了中国第一部音乐喜剧故事片《都市风光》,这都为他探索声画结合的艺术手法积累了宝贵的经验,并在《马路天使》中做了精彩的呈现。影片对音乐和歌曲的使用非常讲究,其中周璇扮演的小红唱的《四季歌》和《天涯歌》,更成为被人们代代传唱的经典。这两首歌均由作曲家贺绿汀据姑苏的民歌小调改编,由田汉重新填词。小红唱《四季歌》是在影片的开始部分,随着婉转的歌声,电影画面闪回切换,清晰交代出了小红因为故乡饱受战火侵袭而无奈飘零的身世,这种声画叠用、拓展时空的叙事在当时是非常新颖的,而且歌词如"血肉筑出长城长,侬愿做当年小孟姜"等也隐约呼应铿锵的时代主调,可谓一举多得。另外一首《天涯歌》,旋律更悠扬流畅,小红前后唱了两次:第一次是和小陈隔街合唱,此时两人浓情蜜意,唯唱到"家山北望泪沾襟"一句时,画面切到小云独自饮泣,在男女的情爱之上又烙上时代的印记。第二次是因为古成龙送布引发误会,小陈借酒浇愁,见小红在酒楼卖唱,便出钱强要她唱。小红满腹委屈,声音喑哑,欢快的旋律似变得愁肠百结,画面也闪回到第一次唱歌的欢愉场景,两相对照,愈显心潮起伏。影片还多处使用蒙太奇技巧,如小红唱歌时拾掇的鸟笼,喻其和小云困在琴师那里的不自由;又如古成龙垂涎小红,去琴师家下定,告辞时手握一只鲜花,边走边一一把花瓣扯下碾碎,喻示对少女身体的摧残。这样的表现就像文字修辞里的明喻,因为喻义显豁而不免直露,但导演试图用镜头语言赋意的苦心还是历历可见的。

  袁牧之做演员时有"千面人"的美誉,也长于对演员的发掘和使用。当时的周璇尚不够出名,但因为她那"小可怜"的形象,又因她"身世飘零,恰恰与小红相似,同时还因为她有着单纯到透明体一样的气质"②,被袁牧之看中,她本色活泼的表演确为影片增色不少。赵丹"热情、洒脱、富于激情

---

① 查特吉:《关注底层》,《读书》2001年第8期。
② 赵丹:《〈十字街头〉和〈马路天使〉》,《电影艺术》1979年第6期。

并略带诙谐幽默的表演风格"①也发挥得淋漓尽致。再加上戏份不多,但拿捏老到的魏鹤龄和赵慧琛,这些演员不同的表演风格,代表了这个时期电影表演的最高水平。

《小城之春》

导演:费穆

编剧:李天济

主演:李纬、韦伟、石羽、张鸿眉、崔超明

上映日期:1948

片长:93分钟

制片:上海文华影业公司

1948年问世的《小城之春》可谓生不逢时,在硝烟遍地、巨变即将到来的时刻,这部带有导演费穆鲜明个人风格而把时代的烟尘放逐在外的影片,虽也收获一些揄扬之词,但却惨创文华公司票房收入最低的纪录,更被一些时评者讥为"那么苍白、那么病态","根本忘了时代"(慕云)。一直到几十年后的1980年代,它的经典意义才因为香港和海外电影人士的率先发掘而慢慢被整个华语影坛所确认,并被允为是践行东方电影美学的典范。台湾电影评论家黄建业这样说过:"《小城之春》在中国电影史的际遇,有几分似普鲁斯特的《追忆逝水年华》,拨开了自身所处的时代迷雾,超前了当时的主流关注,让观众耳聆阵阵既压抑又华丽的感性独语,如此真实地透露出一位知识分子的彷徨和苦闷。独特的艺术形式和沉淀的文化省思,凌越超拔的艺术信念使它自足地构成一个极具韵致的小宇宙,数十年之后在历史尘封中,破茧而出,扬眉吐气,启迪了新的世代。"②2005年中国电影诞辰百周年之际,香港电影金像奖协会、香港电影评论学会组织101位导演、影评人及文化工作者遴选出100部最具代表性的中国电影,《小城之春》以最高分数荣登榜首。

影片描写的是战后江南小城一对平常夫妻,丈夫戴礼言体弱多病,妻子周玉纹每日在买菜、煎药、绣花中打发着沉闷无趣的光阴。某日,礼言旧时同窗章志忱来访,而他恰恰又是玉纹当年的初恋情人。志忱的到来让玉纹

---

① 刘诗兵:《中国电影表演百年史话》,中国电影出版社2005年,33页。

② 黄建业:《重睹末代风华——试说〈小城之春〉》,《〈小城之春〉的电影美学——向费穆致敬》,台湾国电馆1996年。

本已心如止水的生活泛起微澜,她渴望志忱能重新给她在凡庸的生活里被消耗殆尽的爱情。而志忱也一直对玉纹未曾忘怀。洞悉了真相的礼言欲服药自尽成全二人,令志忱、玉纹悔恨不已。志忱选择离开,一切复又如旧。玉纹和礼言带着不能平复的隐痛登上小城的断壁残垣,极目远望,不免思绪万千。

据电影的编剧李天济回忆,费穆在约见他谈论剧本时特意提到东坡词《蝶恋花》中的"笑渐不闻声渐消,多情却被无情恼"一句,词中的这种怅然之绪大抵是触动创作者情怀的根本,整部电影所传递出的正是一种"发乎情,止乎礼"的道德与欲望的微妙博弈,一种"求近之心,反成疏远之意"的无奈况味和一种"疏离而又痴缠,悖谬而又抒情"的心理体验。正像曾重拍此片以示致敬的第五代导演田壮壮所言:"费穆这部影片不是讲述纯粹的男女之情,而是讲述一个大的时代背景下,作为最渺小的分子的人的心理,那是一种未知的东西,糅合着苦闷、惶惑,甚至颓废。然后在没有出口的情况下,转入个人细小的情感涡流,但影片同时又不强调大背景怎样作用于人。"①

电影自诞生以来,就常被拿来与文学一较短长,一种流行的观点是,文学可以凭借细腻入微的心理描写和连绵运思的意识流来呈现人幽秘的内心和精神世界,而这恰恰是以影像作为基本语言的电影的短处所在。如著名的叙事学家华莱士·马丁就认为相比于小说而言,电影和戏剧是丧失了叙事优势的文体,证据之一就是叙事的显著特征之一便是可以自由进入人物的内心和思想。② 不过,痴迷于影像表现的电影艺术家并不这么认为,在他们看来,电影自由的时空组接可以更好地为塑造人物心理服务,比如借助强大的隐喻或者用独白等形式都能把人特定的心理状态用视听语言凝定摹写出来,许多电影史上的大师如伯格曼、塔尔科夫斯基、戈达尔、小津安二郎、基斯洛夫斯基等都作出了卓有成效的探索。那么,作为一部以呈现"人的心理"为核心题旨的电影,《小城之春》是如何进入内心的呢?

首先,电影建立起了极具传统风神的意向系统,大到城阙旧宅,小到花草水木,都以契合诗境的意蕴指示出人物在特定环境里的特定心态。费穆说过这样的话:"电影要抓住观众,必须使观众与剧中人的环境同化。为达

---

① 《〈小城之春〉:站在废墟上眺望远方》,《新京报》2004年8月13日。
② 华莱士·马丁:《当代叙事学》,北京大学出版社1990年,第128页。

到这种目的,我以为创造剧中的空气是必要的。"①这里的"空气",是指一种心理氛围。他还曾说过:"所谓人生,也有一种麻痹的恐怖——就是不知,不觉,无意和无用的生存。生活形态影响着意识形态;生活常带着一种麻痹作用……"②在《小城之春》里,"剧中的空气"便是那弥散在礼言和玉纹夫妇之间的"生活的麻痹"。电影名为"小城之春",但"小城"更多是虚化的存在,地理意义并不显豁,观众能看到的不过是一道城墙,玉纹在城墙里"过着没有变化的日子",少女戴秀说:"沿着城墙走,有走不完的路。"戴秀羡慕城墙外的世界,而玉纹虽日日到城墙上散步,却终没有跨出城墙之外,这都说明,城墙虽然破败倾颓,但依然构成一个封闭的空间,它既是传统礼防的征象,亦构成对戴周二人婚姻的围城之喻。与之相比,礼言厮守的旧宅就更显衰败和腐朽,电影开始时,佣人老黄是在废墟之上找到的礼言,这一幕便建立起了礼言内心的颓丧与破败的祖业之间的关联。又如志忱来到当晚,玉纹让老黄送去一盆兰花,并给了兰花一个特写的镜头,一束强光从上方直打下来,照在静静开放的兰花之上。此处的用光与前后画面在逻辑上是不符的,但一则烘托出女主借花问情之意;二则亦是玉纹以花自喻,在古典诗词中,"幽兰"暗香,常喻佳人芳华被误,如鲍照《幽兰》诗之三:"结佩徒分明,抱梁辄乖忤。华落不知终,空坐愁泪误。"此处兰花似也在诉说这些年痴心被负的感伤。类似细节,电影中还有多处,足见费穆"以心接物,藉物写心"的功力。

　　整部电影是以玉纹独白的方式来推动叙事进程的,片中所有的事件和情感都经过了她的心理折射,具有可触可感的亲切,非常像叙事学意义上的"内焦点叙事"。但是在影片中,我们也不难发现,导演并没有把视点维持在玉纹的限制主观视角上,而是时时出现视角的越界,甚至以全知的口吻展开叙说,最典型的是志忱到来的那一段。玉纹的独白是这样的:"谁知道会有一个人来,他从火车站来。他完全认识礼言的家……老黄第一次来告诉我,我还想不到是他……我不知道礼言也是他的朋友……我心里有点慌,我保持着镇静,我想不会是他……他毫不知道我跟礼言结了婚。你为什么来?你何必来?叫我怎么见你?"这段画外音暗示了志忱和玉纹此前的情感纠葛,但显然已经逾出了画面之中玉纹的视点所能掌握的范围。又如后面志忱借借药之机悄悄地把礼言药瓶里的安眠药换成了维他命片,交代这幕的

---

① 费穆:《略谈"空气"》,《时代电影》第6期,1934年11月。
② 费穆:《〈人生〉导演者言》,《联华画报》第3卷第4期,1934年1月。

同样是当时并不应知情的玉纹的独白画外音。

有学者认为,这种叙事的僭越或者说视点的混沌是因为电影采取了一个大倒叙的结构,片中的一切是玉纹在志忱走后的回叙。但这样的解说有点简约化了费穆"读心术"的苦衷,费穆在这里表现出了一种对声音与电影的叙事时间之关联的天赋般的颖悟。热奈特曾引用电影符号学家麦茨的一段话,来指证时间对于叙事的意义:"叙事是一组有两个时间的序列……:被讲述的事情的时间和叙事的时间('所指'时间和'能指'时间)。这种双重性不仅使一切时间畸变成为可能,挑出叙事中的这些畸变是不足为奇的(主人公三年的生活用小说中的两句话或电影蒙太奇的几个镜头来概括等等);更为根本的是,还要求我们确认叙事的功能之一是把一种时间兑换为另一种时间。"[1]每部电影都可以分为"本事时间"和"本文时间",前者是指影片中故事发生展开的时间,它是线性向前的,不可逆的;后者指的是"影片所构筑的'情节'时间,是叙事主体重新安排的时间",它的特征在于它具有近乎无限的自由转换性,"它虽然源于'本事'时间,但它却可以自由地扩展或省略'本事'时间,而且可以回顾或展望'本事'时间之外的'往事'(譬如营构一种心理时间)和'未来'时间(一种不以本事时间为依托的'幻觉型'时间)"[2]。在《小城之春》中,"本事时间"就是从志忱来到戴家到离开的十数天,而"本文时间"前可溯至志忱和玉纹甜蜜而无果的初恋,往后更是指向了一个没有明确终结的遥遥的未来。玉纹的独白时而与电影画面保持高度同步,诸如"推开自己的房门,坐在自己的床上……拿起绣花绷子,到妹妹屋里去吧,仿佛这间屋子里,阳光也特别好些"等更是在重复画面语言,这种声画叠用明显是常规电影叙事的大忌;时而又用知晓全局的全知口吻把过往的情绪与事后的感受共时化地呈示出来,其目的即是用"本文时间"兑换或者说扩充"本事时间",以达到延缓稍纵即逝的细微情绪,更加深入地勾画人物内心波动的效果。所以,影片一方面有清晰的"本事时间"指示,比如"第二天早晨"、"第三天早晨"、"又一个礼拜天,他到了第九天了"等,但另一方面,在一幕幕的场景流转中,时间的进展被处理得非常缓慢,甚至是淤滞的,而把空间里微妙的情绪做了放大与把玩,无论情人间眼波的流转、肢体有意又无意的触碰,还是青年哈萨克的情歌、泛舟湖上时的各守心事,抑或是月下的脚步、酒宴中的行令,都有一种欲说还休的撩人况味和暧

---

[1] 热奈特:《叙事话语·新叙事话语》,中国社会科学出版社 1990 年,12 页。
[2] 李显杰:《电影叙事学:理论和实例》,中国电影出版社 2000 年,70 页。

昧到感伤的气氛,浑浑噩噩,又郁郁深深,且在每一个现实的节点上似乎都叠印了不忍回顾的往昔与茫然未知的将来。尤其值得注意的是,《小城之春》没有采用一般艺术电影为了扩充"本文时间"而普遍会用到的闪回、前叙等叙事手段,因为这样的跳跃叙事往往需要"切"来作剪辑。《小城之春》的画面过渡基本是用溶镜和影黑,让主要人物情感累积、递进、克制的逻辑流程具有浑然不可分割的完整性。

　　费穆在1942年发表的文章中曾谈起自己的遗憾:"我屡想在电影构图上,构成中国画之风格,而每次都失败,可见其难。"①不过,在《小城之春》里,费穆这种意图得到了某种实现。众所周知,国画与西方画的一大差别在于透视方式的不同。西洋画一般是焦点透视,视角是固定的,画面符合人的视觉真实。而国画讲究散点透视,画者的观察点不固定,亦不受视域的限制,如宗白华先生所论:"中国人画兰竹,不像西洋人写静物,须站在固定地位,依据透视法画出。他是临空地从四面八方抽取那迎风映日偃仰婀娜的姿态,舍弃一切背景,甚至于捐弃色相,参考月下映窗的影子,融会于心,胸有成竹,然后拿点线的纵横,写字的笔法,描出它的生命神韵。"②借用这个概念,我们可以说《小城之春》中的玉纹独白也是一种"散点透视",费穆时而由内而外,以她观人,让她将心事和盘托出;时而又由外而内,以人观她,用镜语捕捉最能呈现其内心蠢动、躁动与悸动的画面。在镜头调度上,费穆同样是如此,他说:"我为了传达古老中国的灰色情绪,用'长镜头'和'慢动作'构成了我的戏(无技巧的),做了一个狂妄而大胆的尝试。"③不过,《小城之春》里的长镜头与在电影史上意义深远的为巴赞所推崇的意大利新现实主义式的长镜头美学特征是非常不同的,后者强调的是用景深镜头把画面原封不动地还原给观众,保持对真实时间和空间的尊重,而费穆则借长镜头来维持一种情绪的流动,影片里用于交代事件的蒙太奇组合剪辑很少,基本规避了人物对话时的正反打镜头,也很少用主观镜头,而是在较长的单镜头中利用缓慢而有变化的景深传递出一种完全东方式的人文意蕴与艺术情思。

　　且以志忱初到那晚的镜头运用为例。这段镜头长约1分20秒,以中、全景为主。玉纹始终处于场面调度的中心。开始时,她在最前面给礼言准

---

① 费穆:《关于旧剧电影化的问题》,北京《电影报》1942年4月4日。
② 宗白华:《中西画法所表现的空间意识》,见《美学散步》,上海人民出版社1998年,140页。
③ 费穆:《导演,剧作者——写给杨纪》,《大公报》1948年10月9日。

备药,却明显心不在焉,然后她向左后走,镜头横移至坐在床头的礼言。后景是位置固定的戴秀和志忱,志忱根本没把心思放在听戴秀甜美的歌声上,而是时时注视着玉纹,直到戴秀大声歌唱向他示意时,他才回头轻轻鼓掌,但迅速又回过头来去寻找玉纹。然后,左侧画外的礼言从床边走进志忱,而玉纹则回到礼言的床边有些多余地去收拾床铺。最后,礼言又慢慢回到床边,而玉纹则走到礼言方才的位置。这一个长镜头其实包含的信息很多,玉纹和志忱的百转千回之意,戴秀的情窦初开,礼言的落落寡欢尽在其中,但又是含而不露,避实就虚的。更妙的是,礼言、玉纹和志忱始终都没有在同一个画面中出现,由此暗示出三人微妙的关系;而玉纹和志忱的私情又始终在一个家庭的空间中兜转,更凸显情理之冲突的中国化困境,因为中国式隐忍的伦理观,是把个体归置到社会及家庭群体的关系之下的,多以个体情感的压抑来换取一种秩序的稳固。费穆运用镜头的多种命意由此可见一斑。

  费穆在辞世前一年强调,现代艺术并"不是为了使用现代工具之故,而是因为通过了现代艺术的创作思想之故",由此他发问:"处于现代,处于现代的中国,我们要仔细想一想,怎么把握中国电影的民族风格。"① 终其一生,他念兹在兹的都是电影的民族风范问题,而《小城之春》所展示出的创新美学意识和植根传统获得的启悟无疑是今天的我们应予珍视的财富。

《早春二月》

导演:谢铁骊

编剧:谢铁骊

主演:孙道临、上官云珠、谢芳

上映时间:1963 年

片长:108 分钟

制片:北京电影制品厂

  从题材上来看,以小资产阶级知识分子为主人公的《早春二月》无疑是"十七年"电影中的一个异类。导演谢铁骊在执导此片之前拍摄的《无名岛》和《暴风骤雨》都和时代的大叙事构成紧密的呼应关系,而敢于在自己的第三部电影中处理那么敏感的素材,与筹备期相对宽松的文化环境有关。三年灾害后的 1961 年 6 月,文化部在北京召开全国故事片创作会议,周恩

---

① 费穆:《风格漫谈》,香港《大公报·电影圈》1950 年 5 月 6 日。

来发表了重要讲话,提出电影界要解放思想,而夏衍等也批评了此前电影创作"直"、"露"、"多"、"粗"的弊病。谢铁骊即受此次民主气氛浓厚的会议的鼓舞,决定将柔石的《二月》搬上银幕,并得到上至文化部、下至北影厂的重视和支持,夏衍更是亲自过问,片名中的"早春"二字即是他建议添加的。不过在影片拍摄过程中,大讲阶级斗争的风气又再度收紧。影片于1963年10月拍竣,11月送审时即遭到周扬的严厉批评,他认为萧涧秋要和文嫂结婚,这"是一种武训精神",不值得表扬,电影所表现的那种"妥斯托也夫斯基的小资产阶级自我牺牲、自我摧残的悲剧,今天的青年人不能理解,完全是一种人道主义精神",并指出柔石的原作"是19世纪俄国文学的再版,而19世纪的俄国文学是应该批判的"。[①] 就在主创们抓紧制定修改方案时,电影局又下达新的指示,要求电影一个镜头也不许改,等着批判。自此,《早春二月》厄运连连,先是被定为"大毒草",而在毛泽东对中宣部《关于公开放映和批判影片〈北国江南〉、〈早春二月〉的请示报告》做出批示之后,电影先后在全国57个城市放映,文艺界以及大专院校对之展开了为期近一年的集中批判,所有主创及主管部门负责人,乃至电影局和文化部的领导都被牵扯在内。"文革"爆发后,片中扮演文嫂的著名演员上官云珠被残酷批斗,罪名之一即是出演《早春二月》"放毒",后来她不堪忍受毒打而自杀。一直到了1970年代末,这部电影才获得平反,其价值也得到越来越多的专家和观众的认可,并被推举为"十七年"电影中艺术气质浓郁的一部佳作。

《早春二月》在"十七年"和"文革"中所遭受的批判说明这部电影无论是主题、叙事还是影片的镜语与修辞都难与时代主流意识形态相合,因而成为那一时段电影政治文化逻辑的一个反证。小说原作者柔石是"左联五烈士"中文学成就最高的一位,这与他独立于左翼文学的美学范式有直接的关联,尤其代表作《二月》和《为奴隶的母亲》因深广忧患的人性关怀卓然不群于左翼"革命的浪漫谛克"风潮。谢铁骊选择改编《二月》,显然源于某种同气相求的吸引,但是他所忽略的是,在柔石那里,《二月》故事发生的时代虽然与他讲述故事的时代不能完全叠合,但两者间依然有同质性的关联,可谢铁骊重述这一故事时,却已经置身在一个完全不同于故事发生的时代语境里。就像《人民日报》的按语指出的:"在改编过去的文艺作品的时候,是用无产阶级观点批判旧人物旧思想,帮助观众和读者正确地认识过去的时代呢,还是用资产阶级观点美化旧人物旧思想,引导人们去留恋旧时代呢?

---

① 谢铁骊口述、付晓红整理:《乍暖还寒的"早春二月"》,《大众电影》2006年第1期。

这就是《早春二月》所提出的问题,也是关系到作家、艺术家的世界观和立场的根本问题。"①可见,在"十七年"中,题材和对题材的处理绝非只是要讲述的故事和素材那么简单,而被认为是关系到对社会生活、对历史本质认识的真实程度,这决定了工农兵题材是有价值的优先性的,而反映小知识分子生活的题材不是不可以创作,但是一定要符合权威的表述才具有合法性,这个表述就是毛泽东很早就指出的:"知识分子和青年学生并不是一个阶级或阶层。但是从他们的家庭出身看,从他们的生活条件看,从他们的政治立场看,现代中国知识分子和青年学生的多数是可以归入小资产阶级范畴的。……这些小资产阶级是革命的动力之一,是无产阶级的可靠的同盟者。这些小资产阶级也只有在无产阶级的领导下,才能得到解放。"②"知识分子如果不和工农民众相结合,则将一事无成。革命的或不革命的或反革命的知识分子的最后的分界,看其是否愿意并且实行和工农民众相结合。"③这意味着表现小资产阶级知识分子题材的作品要遵循与工农兵结合的路线,人物要不断克服自己的阶级弱点,并在工农兵的领导之下,获取革命的动力。所以,这一类的作品往往会有一个类似于"成长小说"的叙事外壳,在主人公成长的人生经历中,不断得到来自工农力量的引领和支撑,最终让自己的人生之旅与获得工农认同的革命之旅合而为一。比如,杨沫的《青春之歌》即可被视为这一权威表述的体现。而以此反观《早春二月》,萧涧秋在芙蓉镇里想要通过自己扎实的工作来获取"成长"的经验,但是结果却惨淡收场,这意味着他"成长"的延宕,甚而可以说是一种"负的成长"。

  谢铁骊显然在拍摄时也顾虑到这一点,所以他在影片里特意添加了王福生这个农民儿子的形象,来为萧涧秋靠拢工农提供更多的机缘。同时,萧涧秋指引陶岚看《新青年》等刊物的细节也在试图强化他身上心向革命的基因。但是因为整体情节上对原著的忠实,萧涧秋的形象也就还在鲁迅所概括的"极想有为,怀着热爱,而有所顾惜,过于矜持,终于连安住几年之处,也不可得"④的尴尬境遇里。影片的开头是在一个拥挤的船舱,置身在农民大众中的萧涧秋感觉并不舒服,当一个打瞌睡的旅客把头靠在他肩上时,他皱起眉头露出厌恶的表情,并推开那人站起来走了出去。在船舱外,

---

① 《人民日报》1964年9月15日。
② 《毛泽东选集》第2卷,人民出版社1991年,640页。
③ 同上书,559页。
④ 鲁迅:《柔石作〈二月〉小引》,《鲁迅全集》第4卷,人民文学出版社1981年,149页。

他看到了抱着孩子独坐一隅的文嫂,电影在这里用一个俯视的镜头交代出二人的身份差异,也暗示了来到芙蓉镇的萧涧秋将以一个启蒙者和拯救者的角色出现在文嫂面前。从电影的第一幕开始,本应被无产阶级领导的小资产阶级就显露出与无产阶级之间的隔膜和自我定位的颠倒。

在芙蓉镇,萧涧秋主要致力于三件事情:救助文嫂、启蒙陶岚和教育实践。在做这三件事情时,萧涧秋越努力就离革命的正途越远。在文嫂那里,他不自觉地把自己放在父亲的位置上来对待她的一双儿女。影片在拍摄他在文嫂家里的场景时,很少把萧涧秋和文嫂放在同一水平线上,两人的对话也少用正面镜头,而多用侧向镜头,且始终保持一个相当的距离,借以显示横亘在两人之间的巨大心理距离。而他安慰文嫂的语言,从当时的时代立场来看,不管是"天无绝人之路"还是"好人终究不会受委屈的",也都因缺乏革命的动能而显得荏弱自欺。出于一种人道的热情,萧涧秋决定要娶文嫂,然而这种与农民结合的特殊方式在陶岚的质问之下立即暴露了它的脆弱,并导致了文嫂的自杀。在与陶岚的相处中,萧涧秋启蒙者的身份似乎更为确实。在萧家第一次喝酒时,萧涧秋是毫无疑问的中心,陶岚在同桌几位男性的注视下走进屋子,但是她的视线却只被萧一人牵引;又如接到《新青年》杂志的那一幕,电影用了一个巧妙的剪影,陶岚仰头聆听,而萧涧秋则站在她身前滔滔不绝。可是陶岚在影片里表现出的果敢又常常放大了启蒙者萧涧秋的犹疑和无力:在萧涧秋第一次弹琴时,陶岚忽然记起几年前在杭州湖边徘徊的他,她因为担心他跳湖而一直观望;在收到匿名信后,萧坐在床头长吁短叹,而陶岚则站在床边大方表示就要和他好;萧被钱正兴算计,发现上课的教室空无一人,而陶岚却一个个地把孩子们从家里领到教室;在陶家第二次喝酒时,"陶岚的调度虽然还是围着萧转,却获得了高机位:她站着劝坐着的萧喝酒,并先喝了一杯下去,大有壮士风范……"①在这些场景里,启蒙者和被启蒙者的身份产生了逆转。萧涧秋的教育实践也是不成功的,这不但体现于他试图帮助的学生王福生被迫辍学,而且他所讲述的内容也都是陈旧的古文,没有体现出贴服时代的敏感来。这三桩事情代表着三条道路,而无一例外地都让萧涧秋体会到了一种挫败感,他在向陶岚许诺"我们会有长长的未来"后决定离开。在经典"成长小说"那里,"未来"对人的成长起着"十分巨大"的"组织作用",但前提是主人公已经成长为"新人":"在这类小说中,人的成长带有另一种性质。这已不是他的私事。他

---

① 潘若简:《〈早春二月〉:逆转的叙事》,《电影艺术》1992 年第 5 期。

与世界一同成长,他自身反映着世界本身的历史成长。他已不在一个时代的内部,而处在两个时代的交叉处,处在一个时代向另一个时代的转折点上。这一转折寓于他身上,通过他完成的。他不得不成为前所未有的新型的人。这里所谈的正是新人的成长问题。所以,未来在这里所起的组织作用是十分巨大的,而且这个未来当然不是私人传记中的未来,而是历史的未来。发生变化的恰恰是世界的基石,于是人就不能不跟着一起变化。"[①]但是萧涧秋在芙蓉镇遭遇的挫败没能让他克服社会性的隔阂,作为一个拯救者,文嫂的死、陶岚的果敢和王福生的家庭悲剧都证明了他的衰颓;作为一个被拯救者,因为文嫂与王福生的无力,也无法指引他追随工农大众完成身份的递变。这意味着电影成了一个关于启蒙与革命双重溃败的隐喻,也意味着萧涧秋许诺的"未来"只能是空幻的想往而已。

除却主题和人物形象气质上对当时主流政治意识形态的疏离,《早春二月》特别强调用环境、气氛、色彩、光线来烘托人物的情绪,造型、用光、音乐等尤其显示了其试图汇入中国文人电影借景抒情式的影像美学传统的努力,无论是拱桥、流水、亭台、塔影、黄花遍地营造出的江南景致,还是偏于清淡疏阔的色调,抑或是以情绪来决定用光的方式,都与以崇高、英武、壮美、豪迈、黑白分明、大开大合、淋漓尽致作为主要造型风格的时代拉开了距离。如摄影教育家郑国恩所言,《早春二月》"打破常规,摆脱了刻板化的摄影手法,其摄影造型处理,突破了消极工具论的束缚,成为影片叙事、表情、达意的重要语言。摄影不再是客观冷漠地描绘演员表演,刻画人物性格,叙述事件进程,展现活动背景,而是充分利用各种视觉因素的组合来挖掘和延伸影片的内涵。"[②]以影片开头部分的一幕为例:

  近景 萧涧秋向妇女(文嫂)望去
  中近 那妇人发髻上系着戴孝的白头绳,呆呆地望着水面,脸上呈现出痛苦的表情。
  近景 萧涧秋注视她一会儿,转望水面
  特写 水面为船身拥起一道水梗,水梗后面一片波纹
  全景 岸边浅滩上,一叶孤舟在拥来的浪中荡漾

这里,水波荡漾是暗指萧涧秋内心的波澜起伏,也表示前途并不平稳,

---

① 《巴赫金全集》第3卷,河北教育出版社1998年,232页。
② 转引自崔畅整理《早春桃李茂,二月杨柳新——〈早春二月〉摄影师李文华访谈录》,《北京电影学院学报》2005年第5期。

而搁浅的孤舟既指他不愿随波逐流的品性,也寓指他孤独人生的困局。同时,船与水的画面又不免让人想起鲁迅的那个"弄潮儿"的比喻:"浊浪在拍岸,站在山冈上者和飞沫不相干,弄潮儿则于涛头且不在意,惟有衣履尚整,徘徊海滨的人,一溅水花,便觉得有所沾湿,狼狈起来。"①此处,没有一句对白,而心情、感想、寓意、人物命运皆已点出。又如,萧涧秋在影片里的两次弹琴、三次饮酒、七过拱桥,每一次的处理都与人物的心灵悸动细密地融合在一起,在画面的复沓里渲染出微妙的情绪变化。惜乎编导费劲心力营造出的诗意空间却被当时的批判者解读为是逃避革命、逃避现实"的世外桃源,指责芙蓉镇"有水有桥,有树有花,有书有斋,有钢琴,有美女,有酒有肉,但是,这里唯一没有的却是阶级和阶级之间的矛盾和斗争"②。《早春二月》从"毒草"到"香花"的命运流转,依然是值得我们深思的话题。

《芙蓉镇》

导演:谢晋

编剧:谢晋、阿城

主演:姜文、刘晓庆、徐松子

上映时间:1986 年

片长:164 分钟

制片:上海电影制片厂

对于新时期电影而言,谢晋代表着一个时代,"他的名字不仅意味着四十年新中国影坛的盟主地位,一种大获成功、'喜闻乐见'的叙事法及修辞学,而且意味着新中国历史上的一次次文化革命(取弗·杰姆逊之义,文化革命——重新安置现实中的人,而绝非十年浩劫的同义词)内涵,意味着新中国电影史上的叙事中的历史与历史的叙事,意味着一系列意识形态铭文与实践,意味着一种真正的主旋律式的艺术。那不是题材的宏大与权力话语的直露,而是一种植根于中国传统文化、影戏文化的叙事方式,一段循循善诱、娓娓动人的故事,一段历史中的人的命运,一个完整而锁闭的叙境"③。作为新时期以来最受大众关注和欢迎的导演,他的《牧马人》《天云山传奇》《高山下的花环》等片的观影人数甚至都是以亿人次来计算的。

---

① 鲁迅:《柔石作〈二月〉小引》,《鲁迅全集》第 4 卷,人民文学出版社 1981 年,149 页。
② 景文师:《〈早春二月〉要把人们引到哪儿去?》,《人民日报》1964 年 9 月 15 日。
③ 戴锦华:《历史与叙事——谢晋电影艺术管见》,《电影艺术》1990 年第 2 期。

1986年,谢晋根据古华获得第一届茅盾文学奖的同名小说改编的电影《芙蓉镇》公映,因对"四清"至"文革"这段敏感历史的首次正面涉及而再度引发热烈的社会反响。

不过,为他本人所始料未及的是,一场质疑的风暴也同时袭来。同年7月18日,上海《文汇报》发表了青年批评家朱大可的文章《谢晋电影模式的缺陷》。文章认为,谢晋电影普遍存在的"情感扩张主义"其实是"以煽情性为最高目标的陈旧美学意识",并将其电影的"道德情感密码"概括为"好人蒙冤"、"价值发现"、"道德感化"和"善必胜恶"等套路,其实质是一种相比于五四精神"大步后撤"的具有心理惰性的"电影儒学"。这篇声讨的檄文迅速从电影界波及整个思想文化界,一场历时数年的关于"谢晋模式"的大讨论就此展开。作为对讨论的回应,谢晋有近三年的时间暂停拍片,直到1989年才又执导了根据白先勇小说《谪仙记》改编的《最后的贵族》。现在回头来重看这场讨论,批评的一方倾向于认为谢晋用道德情感置换了对政治和历史的批判,他高超的叙事与修辞技巧提供给观众好莱坞式的观影体验,即在一种借助角色的情绪转嫁和代偿中,获取圆满的心理抚慰,但也因此让其影片的反思力度和悲剧意蕴大打折扣,且从根本上缺乏富有洞见的现代主体意识,从而不免成为主流意识形态的声援。而支持方则认为,作为继郑正秋和蔡楚生之后的领军者,谢晋结合时代特定的政治反思氛围将中国电影伦理情节剧的传统发扬光大,他所秉持的人情、人性、人道主义的电影关怀,虽然回避了直陈政治死结的尖锐,但这是时代的局限,而非他个人的退缩,况且谢晋总能触及中国老百姓感受最深、最痛切的社会记忆和矛盾,这已充分证明了其对"人"这个五四式命题最大的诚意。其实将两方的观点综合,才是认知"谢晋模式"及其代表的第三代电影美学的意义与局限相对公允的方式。接下来,我们就把《芙蓉镇》纳入到这一模式语义下来加以分析。

古华的原著小说发表于1981年,作为反思文学的代表作,它没有停留在裸露伤痕的层面,而是通过胡玉音、秦书田、李国香、王秋赦、黎满庚、谷燕山等几个核心人物政治命运的沉浮,力图在一个较长的历史纵深中爬梳酿成"文革"极左狂飙的线索。但由于反思文学本身是在"拨乱反正"的时代逻辑下呼应主流意识形态的叙事行为,对悲剧历史反省的指向必然是强化对新时期政权纠错能力的积极与正当的认知。《芙蓉镇》即以十一届三中全会带来的人物命运的又一次反转作结,虽然留下了李国香这种人依然得势的伏笔,但整体上依然落入了一种简单乐观的对问题一劳永逸的解决模式。另一面,小说对湘西小镇乡俗民风的渲染,对人物偏重人性与人情角度的刻画,以及语言的俗白鲜活,让它在相对枯槁板滞的反思作品中流溢着难得的风情之美。在"文革"结束十周年之际,谢晋选择改编这部小说,他认为:"《芙蓉镇》是一个特殊的悲剧。全世界都没有发生过的悲剧,为什么会在我们国家发生?这是我们拍这部电影时首先要思考的一个问题,是一个很重要的反思。"不过,在对未来影片的"样式和风格"的阐释中,谢晋在强调了"震撼人心、严峻深沉"、"现实主义、象征主义结合"等美学思路外,最后将影片归结为"一部歌颂人性,歌颂人道主义,歌颂美好心灵,歌颂生命搏斗的抒情悲剧",同时指出"人物的深度决定着影片的深度"。① 这说明,谢晋确实是带着强烈的自觉反省精神来处理这一文本的,但对这部内涵丰富的小说,他最看重的还是人物"极为丰富复杂的内心世界",期望能从对人物内心细腻的呈现里带出巨大的信息量,而不至于让电影成为对政治事件教条化的罗列与控诉。他的出发点当然是好的,但也和之前的《天云山传奇》等一样,把善恶之争框限在人性的正邪中,而对善恶之源的反思也就被偷换成一种道德思考,这其实就是所谓"谢晋模式"的体现。整部影片可以说是毫厘不爽地按照谢晋这个预设的轨道行进的。

影片中胡玉音、桂桂和秦书田固然是"极左"政治首当其冲的受害者,而趁着"极左"风潮兴风作浪的李国香和王秋赦其实也都是受害者。电影以后两人对前三人的打压为主线,在刻画两位肆虐者的形象时,谢晋调用了政治伦理与民间伦理两套话语体系,并且暗示是后者假借前者之名来行使暴力的。许多学者的研究表明,在"十七年"和"文革"中,"民间伦理逻辑乃是政治主题合法化的基础、批准者和权威"②,比如陈顺馨在其《当代文学叙事与性别》中观察到"十七年"文学中一个非常有意思的现象:只有坏人才有自然性征,正面人物则很少有对情欲的耽溺。这种现象的产生正是由民间伦理的优先性决定的。谢晋当然超逾了这样僵化的符号式表现,《芙蓉镇》坦荡地表现了胡玉音和秦书田不无欲望的爱情,但倘仔细分析,也不难见出在对"坏人"形象的塑造中谢晋延续了一种"道德归罪"的惯性做法。

电影开始的画面是在第四代和第五代导演那里经常看到的封闭构图,在一方小小的天井中,胡玉音点燃油灯推动石磨做豆腐,她的勤劳与石磨的沉重在浓重的夜色里烘托出未来艰难的气氛。随着片头的显出,画面切换

---

① 谢晋:《影片〈芙蓉镇〉导演阐述》,《电影新作》1986 年第 5 期。
② 孟悦:《白毛女演变的启示》,见王晓明编《20 世纪中国文学史论》第 3 卷,东方出版中心 1997 年,195 页。

到赶圩日热闹的芙蓉镇街景上,米豆腐摊生意兴隆,众多男食客以调笑的口吻跟胡玉音搭讪,显示出这个女人的风情和丰饶的生命活力。正是这一点激起了时为国营食品店经理的李国香的不满,这种不满因为她对谷燕山的献媚遭到拒绝而谷燕山却在胡玉音那里谈笑风生而被放大,于是,李国香先是用"那些男人都像馋猫围着鱼腥似的"这样的话表示鄙夷,进而更以"国家"的身份直接刁难豆腐摊。在接下来的情节中,李国香便总是操持两种话语,时而是沉痛的:"富的富,穷的穷,这就是农村的两极分化";时而是感慨的:"天下哪只猫不吃腥啊?"时而是严肃的:"你们这帮人党内党外互相勾结,左右了芙蓉镇的政治经济,是一个社会存在,实际上就是一个小集体";时而是狭邪的:"脖子没有洗……"而后者那些关联欲望的表述总是被前者的庄严掩盖起来。更有意思的是,李国香在影片里构陷于人的方式恰恰是谢晋塑造她的方式:在把当县委书记的舅舅请到芙蓉镇给自己撑腰做主的那幕戏中,李国香除了指责米豆腐摊的经营有经济问题外,更给了舅舅一张纸条,标明胡玉音与镇里众多男干部的"奸情"关系;在质问谷燕山的一幕中,她认为"一个单身男人总该有单身男人的收益",并一再揣测胡与他和黎满庚等有私情。这种"欲加之罪,必纵其欲"的逻辑所体现的正是政治伦理对民间伦理的挪用,似乎一个道德败坏的女人比犯了经营错误的女人更具有"坏"的内在性。而电影里,李国香"坏女人"形象的最终建立也是同一逻辑,她和"运动根子"王秋赦有了不可告人的私情。谢晋以巧妙而有效的手法暗示了李国香的放荡,她在自己的住所外面晾晒了很多内衣,可视为卖弄风情的一种隐晦表达。她已经借"文革"把当年围着胡玉音转而冷落自己的男人一一排挤打倒,但却没想到秦书田和胡玉音又走在一起,这是她所不能容忍的。允许自己偷鸡摸狗,却不许别人光明正大地结婚,就更见出其为人品性的虚伪与低劣。谢晋对李国香形象的塑造显现出他对观众观影心理的充分尊重,这种对比强烈的伦理情节会获取观众极大的共鸣,这在中国电影史上得到了一再的验证。

影片里对其余人物的塑造也是如此,如黎满庚这个角色,胡玉音在把1500块钱交给他代存的时候,对他的信任首先是基于"他在党,又是个复员军人"。但是这个男人在之前面对"要么保住党籍,要么去娶一个开小黑店老板的小姐"的选择时已经伤害了一次玉音,所以在李国香的威逼利诱之下,他又一次出卖了玉音并导致了桂桂的自杀。显然,导演要传递给观众的理解是,一个道德上有瑕疵的人也不可能获得真正过硬的党性。而与他构成对比的是谷燕山。整部影片基本是线性的叙事,只用了两段闪回,一段是胡玉音回想和桂桂的幸福生活,另一段即给了谷燕山。胡要剖腹产被送往医院,谷燕山在等待的过程中陷入到对自己战争岁月里光荣负伤的追怀中。谢晋在导演阐述中对这段闪回做了交代,有意将"谷燕山在战争年代为新中国流过血"和"胡玉音分娩的血"这两组镜头组接在一起,是想启示观众思考谷燕山他们流血的意义。但从道德的寓意上来理解,谢晋的这个处理是在追求一种对个人品性的升华,作为影片里唯一富有正义感的干部形象,谷燕山因其坚贞如一的道德操守而代表了从战争年代延伸到"极左"岁月里的未曾中断的那条正确路线。值得注意的是,谷燕山因负伤而失去性能力,所以对胡玉音的照顾完全是一种不掺杂欲望的纯粹情感,这一"无欲则刚"的处理无意中更强化了那种对欲念的道德归罪。谢晋说:"谷燕山这个人物的内心世界告诉观众,不是芙蓉镇由于出了李国香,也不仅是李国香的个人品质问题,而是我们的土壤造成了这一场历史悲剧。胡玉音出身于妓女,而谷燕山就是查三代也是很好的,他怎么也没逃脱这样一个政治旋涡呢?这对观众是很有启迪的。"①但显然,对道德编码的倚重还是不可避免地把运动的原因更多地归结到人的道德品质上,比如,我们可以这样反问,如果李国香的位置是谷燕山这种性格的人,那芙蓉镇是不是就会另有一番天地呢?事实上,对于《芙蓉镇》的批判性评价正是来自这一点,如一位美国学者就认为:"在技巧上,谢晋同好莱坞导演一样细心周到,《芙蓉镇》绝对够得上国际标准,甚至许多方面超过国际标准。但骨子里,它仍是一部1949年前具有左翼、非左翼倾向的(通俗剧)。……这种形式能对观众有吸引力,是因为它把善恶的斗争以人化的方式表现出来了。使观众看到了坏人的阴谋诡计,也看到好人的受苦受难。但它除了激起观众的义愤之外就没有别的了。《芙蓉镇》没能揭示恶的动机是什么,或邪恶是怎么形成的。"②

同样值得我们注意的是,谢晋在电影开拍之前一再提醒自己和剧组开掘要深,但终于不免回到自己熟悉的叙述轨道中,这固然与他的思想境界有关,也在相当大的程度上受制于时代。在当时的社会语境和种种苛严的审查制度下,敢于直面"文革"这段历史,以情感化的表述参与对政治民主进程的反思与讨论,这本身已是充沛责任感的体现。把"反思的一代"共有的

---

① 谢晋:《影片〈芙蓉镇〉导演阐述》,《电影新作》1986年第5期。
② 毕克伟:《"通俗剧"、五四传统与中国电影》,见郑树森主编《文化批评与华语电影》,广西师范大学出版社2003年,38—39页。

问题都指向他一人,显然并不公允。另外,谢晋在拍摄《芙蓉镇》时强调要有"巨片气魄",这种高标准的艺术追求也决定了影片在艺术上的高妙和成熟。单是为了选景,剧组就跑遍湘西,这份谨严也是他留给后辈们的宝贵财富。而把他引人入胜的叙事技巧简单比附为好莱坞,也容易失察其境语表达的东方气度,谢晋的"镜语系统鲜明地保留了中国电影传统镜语模式的原则,又作出了具有个人特色的创新。这就是:既保留了双人镜头以中景为主的传统语式,又以适度对切和有机场面调度的灵活配合,来完成第三者叙述和剧中人交融的视点综合"[1],这在《芙蓉镇》里有精彩的呈现,值得我们细细品味。

《红高粱》

导演:张艺谋
编剧:陈剑雨、朱伟、莫言
主演:姜文、巩俐、滕汝俊、刘继
上映时间:1987 年
片长:91 分钟
制片:西安电影制片厂

毫无疑问,无论对于张艺谋本人还是对中国电影史来说,《红高粱》都有着纪念碑般重要的意义。这部获得 1988 年柏林电影节金熊奖的影片,不但吹响了中国电影走向世界的号角,由获奖引发的国内热映与聚讼纷纭也成为那个时代的标志性文化事件,甚至迄未消歇。二十多年来,它忽而是民族特质的风旗,忽而是第三世界的"文化寓言",忽而是"东方主义"的"伪民俗"迷信,忽而是"新历史主义"的叙事宣言……似乎"红高粱"三个字成了一个可以不断增殖的神话,一个被不停添砖加瓦的能指,而这已经证明了电影本身的巨大的艺术魅力。倒是张艺谋本人在获奖后对拍摄影片的初衷给了一个并不复杂似也缺少深度的解释:"高粱这东西天性喜水,一场雨下过了,你就在地里听,四周围全是乱七八糟的动静,根根高粱都跟生孩子似的,嘴里哼哼着,浑身的骨节全发脆响,眼瞅着一节一节往上蹿。人淹在高粱棵子里,直觉得仿佛置身于一个生育大广场,满世界都是绿,满耳朵都是响,满眼睛都是活脱脱的生灵。我当初看莫言的小说,就跟在这高粱地里的感觉

---

[1] 倪震:《谢晋——20 世纪中国主流电影的杰出代表》,《杭州师范大学学报》(社会科学版) 2009 年第 1 期。

一样,觉着小说里的这片高粱地、这些神事儿、这些男人女人,豪爽开朗,旷达豁然,生生死死狂放出浑身的热气和活力,随心所欲地透出做人的自在和欢乐。……我把《红高粱》,搞成今天这副浓浓烈烈、张张扬扬的样子,充其量也就是说了'人活一口气'这么一个拙直浅显意思。"①

虽然影片向观众讲述的都是"我们家乡那块高粱地发生的神奇事儿",但实际上它是由两个相对独立的叙事片段组成,一个是"我爷爷跟我奶奶的那段事",一个是他们带领酿酒作坊的伙计们打鬼子的故事;而把两段统领在一起的即是张艺谋形容的高粱地里长成的那蛮野不驯的强悍生命力。

在片头部分"我奶奶"出嫁的那个场景中,那些黄尘滚滚的土地不难让人想起由张艺谋担任摄像的《黄土地》里的八百里秦川,但不同的是,在《红高粱》里,人不再是被土地挤压到边缘的微渺尘芥,而是洋溢着泼辣原欲的生命本体。由"我爷爷"唱着酸曲主导的"颠轿"看起来是粗鄙的乡村汉子针对新嫁娘的恶作剧,实则是身强体壮的男人们由年轻的异性所触动的情欲欢娱与隐喻式的疏泄。连新嫁娘本人也被这充满阳刚之气的力的舞蹈迷住,电影给了好几个她的主观镜头:从轿帘的缝隙里,"我奶奶"清晰看到了"我爷爷"裸着的脊背,散发着雄性光泽的肌肤既是危险,又是诱惑。"我奶奶"的"看"同时是对过去那种几已定型的女性"被看"属性的深刻扭转,这也为后来她身上体现出的那种不让须眉的生命力打下了伏笔。由此可知,"颠轿"除了人们常说的张扬雄性气质的仪式化意义之外,更重要的还在于它有类似"拆一所万难轰毁的铁屋子"那样的人本诉求——从某种意义上说,新娘的红衣红裤红盖头和严严实实的红轿子构成对女性身体的一种闭锁,就像影片最开头时诫令新娘的那句古训:"盖头不能掀,盖头一掀,即生事端。"而狂野的"颠轿"让封闭的空间产生了罅隙,被拘束的身体即由这罅隙里透入的生命气息唤醒。在打死那个戴着面具的假强盗的过程中,"我爷爷"的粗莽强悍再一次打动了"我奶奶",她没有拒绝他伸进轿子中握住她的脚的手,至此,轿子那封建堡垒式的卫护功能已经丧失殆尽。二人随后在高粱地里的"野合"被展现得庄严而富有诗意,"我爷爷"穿过高粱的青纱帐,向"我奶奶"亮明身份,又在高粱地里用脚踏出一块圆形的空地,仿若一个神圣的祭坛,"我奶奶"一身红衣仰躺在地,而"我爷爷"则跪下抬头向天,高视角的鸟瞰镜头赋予这一幕一种不可抗拒之力,而接下来随着高亢的唢呐声,画面转向一片随风摇摆如浪涛起伏的高粱,用的是逆光拍摄,色彩斑

---

① 张艺谋:《我拍〈红高粱〉》,《电影艺术》1988 年第 4 期。

斓中又夹带刺眼的阳光,这无疑象征着情欲的勃兴与生命的呐喊:"这一场景也许是被着意表现成一个庄重的时刻:一个神圣化的时刻,一个将人性回归到其自然元素中去的时刻,以及一个原始的'身体',带着它所有的暴力和生命力,压倒了中国父系社会那压抑传统的胜利时刻。"①

高粱地再一次被踏平是日本人来了之后,十八里坡的村民们被迫为鬼子修路,那一大片被踏倒的高粱地在视觉上呈现出一个环形的巨大空缺,展现了鬼子对生命残暴的虐杀,却在心理上蓄积了更强大的反弹力。果然,在目睹了秃三炮和罗汉大哥的惨死之后,"我奶奶"和"我爷爷"决定带领酿酒作坊的老少爷们在高粱地里伏击鬼子的汽车。如果说在前一个段落里"我爷爷"和"我奶奶"是用一种反道德的原始欲望僭越了传统礼法秩序加之于身体和生命的桎梏,那在第二个段落里,虽然叙述者"我"试图告诉观众:"据我老家的人说,我罗汉爷爷是当了共产党,受指派收编各路地方武装一同抗日",但显然这种表述逾出了影片中"我爷爷"他们的理解力,他们的抗争与反帝爱国的阶级和民族话语干系都不大,而是始自于与第一段落同出一源的生命热力,电影对抗日历史的表述实际上是去政治化的:"叙述者这种知识的缺乏同时突出了他在一个充分政治化了的现在所具有的一个有限的视角,也激起了人们越来越渴望去找到那种原始生活的'遗失了的'意义。"②这一人类学视野对社会学历史观的取代瓦解了既有的对抗战历史的一元化表述,那不驯良的民间匪气在拆掉伦理礼法的铁屋之后,又拆解了对革命史唯一合法表述的铁律。《红高粱》的这一叙事策略深深烙刻下第五代导演的印迹,也呈现出1980年代中期文化寻根氛围的熏染之下,于规范的文化与历史之外寻找真正的民族精神源泉的努力。

在两段故事中,酒都是支撑生命原力的关键元素。影片一再渲染人与酒的亲缘:"我奶奶"被嫁到酿酒作坊,她"九月初九"出生,小名"九儿",九月九有祭酒神、酿新酒的仪式,而在影片最后,酒又成了投向敌人汽车的炸药。高粱酒成了诗一般升腾、勃发的生命本体的象征,红高粱地里的人的品格就等同于那热辣的高粱酒的品格。高扬酒神精神的尼采认为醉的本质是"力的过剩",是"力的提高和充溢之感",是一种"通过事物来反映自身的充

---

① 张英进:《影像中国——当代中国电影的批评重构与跨国想象》,上海三联书店2008年,239页。

② 同上书,244—245页。

实和完满的内在冲动"。① 醉即日常生活中的酒神状态,而酒神状态便是情绪的总激发和总释放,这在"我爷爷"和"我奶奶"身上体现得确乎无疑。"我爷爷"第一次醉后去酿酒作坊因为提到了跟"我奶奶"在高粱地里的隐私而被赶出了院子,但已经凭他的蛮劲和力感震慑了诸人。而新酒酿成那日,他卷土重来,先是把一缸缸的新酒排成一行,然后以亵渎性的向缸里撒尿的方式宣示自己的强力,紧接着又一个人以地动山摇的气势向"我奶奶"演示如何出甑,他健硕的肌肉再一次镇住了其他伙计,尤其使罗汉相形见绌。镜头转向"我奶奶",她的神情变得陶醉,就在这恍惚中,"我爷爷"把她夹在腋下,堂而皇之地走向卧房。从身体的醉到"一种积聚的、高涨的意志的醉"②,"我爷爷"充分扩张的生命力让他自己升华成了一个被酿酒作坊伙计们膜拜的酒神图腾。在第二段故事里,罗汉大哥被剥皮之后,"我奶奶"一身素衣在酒庄里打开一缸"十八里红"老酒,带领伙计们祭奠罗汉,"我爷爷"则与伙计们喝酒盟誓并又一次唱起《酒神曲》,只是领唱者从当年的罗汉大哥变成了"我爷爷"。这次唱响的《酒神曲》分明是一个赴死的前奏,却比上一回的歌声增添了更多沉雄之力,正如代表罗汉的那碗熊熊燃烧的高粱酒,有生生不息的骨气。他们第二天扛着高粱酒"出征"就像"我爷爷"在酿酒那天赤裸脊背的出甑一样,是生命之原"醉""完满"的体现,从"一人敢走青杀口"到"见了皇帝不磕头","完满是本能的强力感的异常扩展,是丰富,是冲决一切堤防的必然泛滥"③。对酒神精神的沉醉意即对奔涌不尽的生命热力的沉醉,正如尼采所说:"肯定生命,哪怕是在最异样最艰难的问题上;生命意志在其最高类型的牺牲中,为自身的不可穷竭而欢欣鼓舞我称这为酒神精神,我把这看作通往悲剧诗人心理的桥梁,不是为了摆脱恐惧和怜悯,不是为了通过猛烈的宣泄而从一种危险的激情中净化自己(亚里士多德如此误解);而是为了超越恐惧和怜悯,为了成为生命之永恒喜悦本身——这种喜悦在自身中也包含着毁灭的喜悦。"④

《红高粱》在艺术造型上的探索是影片成功的另一关键,摄影出身的张艺谋在他这部导演处女作里将第五代导演秉持的影像美学观做了一次典范式的发挥,"影片义无反顾地直奔电影造型力度的终极点,它用光、

---

① 尼采:《悲剧的诞生》,三联书店 1988 年,319、349 页。
② 同上书,319 页。
③ 同上书,351 页。
④ 同上书,345 页。

色、动势、声画的交叠等种种手段所创造的一部气势强悍的视听交响效应,在对情怀、心绪、气势和力量的表现上,达到了与原小说异曲同工的境地"①。

莫言的原作对于"红高粱"的描写——"八月深秋,无边无际的高粱红成一片汪洋的血海。高粱高密辉煌,高粱凄婉可人,高粱爱情激荡"——已经点出"红色"的非同凡响。康定斯基认为红色有"内在的坚定和有力的强度"②,这恰恰与故事的主旨相吻合。电影亦紧扣这一点,从片头"我奶奶"一身的红衣,到酿酒作坊里殷红的"十八里红"好酒,以及片尾如血的天空,张艺谋用红色作为主色调,不止为渲染一派热烈狂放的氛围,更着意于把红色的内在精神疏泄出来,所以有时他会像安东尼奥尼那样,用"瞬间的现实"替代"通常的现实",赋予色彩以超强的表现力。以片尾部分为例,整个画面空间都沐浴在血与太阳的色彩里,"我爷爷"和"我爸爸"兀自立在如火的高粱地里,仿佛眼睛被蒙上了红布,这其实是在诱导观众远离经验中的现象世界而进入人物的内心世界。刚刚发生的死亡与牺牲因为这样的光色并不给人哀痛的感伤,而是保持在"一种壮烈恢弘与远逝不再的分寸之间","红色的扩张力和信心感调节了迅速趋于收缩下落的情绪,从而获得了一种凝固的近于永恒的艺术效果。而日蚀辉光中的红色高粱舒展流动充满整个空间,极为辉煌、华美壮丽的造型处理将死亡升华到了一种美好的不可企及的令人感动的体验状态"③。色彩之外,电影中那些被表现为仪式化情景的段落如颠轿、野合、酿酒、祭酒、复仇等也都有强烈的造型意图,如两次祭酒一字排开的作坊伙计们即投射出一种群雕式的体量感来。而荒僻的酿酒作坊、冷月下的十八里铺和高粱地除了空间意义的标示,本身也是蕴含有巨大冲击力的视觉符号,尤其是占据了影片绝大部分空镜头的高粱,其摇曳多姿的造型散发出股股坦荡磅礴倔强的情绪,与"一个伟丈夫"和"一个奇女子"一起担当起对身体意识形态的形塑。

《悲情城市》

导演:侯孝贤

---

① 张暖忻:《红了高粱》,《当代电影》1988 年第 2 期。
② 康定斯基:《论艺术的精神》,中国社会科学出版社 1987 年,52 页。
③ 刘树勇:《〈红高粱〉的造型艺术》,《当代电影》1988 年第 4 期。

编剧:吴念真、朱天文
主演:陈松勇、李天禄、梁朝伟、辛树芬、高捷、吴义芳
上映日期:1989年
片长:158分钟
制片:台湾年代影视事业股份有限公司

  作为台湾新电影运动最重要的代表,侯孝贤一向致力于"为台湾人的生活、历史及心境塑像"(焦雄屏语),他独树一帜的高旷美学风格,深深投射出中国传统的人文情味和内省凝练的艺术精神。确立其导演风格的《风柜来的人》和其后的《冬冬的假期》、《童年往事》、《恋恋风尘》等皆取材于他这一代人的成长体验和青春记忆,是其创作的第一阶段;被称为"悲情三部曲"的《悲情城市》、《戏梦人生》与《好男好女》则展开与台湾近现代史的对话,呈现政治神话之下族群与个人生活的真实样貌,此为其创作的第二期;他第三阶段的作品《南国再见,南国》、《千禧曼波》等则将镜头对准了物质膨胀、人情疏隔的都市丛林,在对人伦脱序蜕变的问题反思中,检视乡土式微后台湾社会秩序的异动。这其中,《悲情城市》对于侯孝贤又有特别的意义,这不但因为这部影片获得了第46届威尼斯电影节金狮奖,开创了华语电影首获此奖的先例,奠定了侯孝贤在国际影坛的声誉,更因为其细腻宽宏的历史视野、敏感的题材以及问世的特定时代,佐证了电影不但是一种艺术形式,"甚至可以是带着反省和历史感的民族文化活动"的"宣言"[①]。影片在全台湾连映两月,引起轰动的效果和颇大争议,创下"国片"之最,堪称新电影运动的总其大成之作。
  1947年2月27日因台湾缉私队员打死贫苦卖烟妇女而引爆了次日蔓延全台北的示威游行,这一民众自发的抗议活动后来遭致国民党当局血腥镇压,史称"二二八事件"。在国民党统治台湾时期,这一事件一直是痛在台湾人民心底的一道伤口,直至1980年代后期,台湾社会剧烈转型,经开放党禁、"解严"、蒋经国逝世等一系列变动,国民党的威权统治宣布终结,"二二八"事件方得以浮出历史的地表。一直紧密关注台湾社会变迁的侯孝贤敏锐地捕捉到这一变化,并以《悲情城市》率先开启了对这一段历史的打捞与触摸。电影以裕仁天皇的投降诏书开篇,以"大陆易守"作结,通过基隆林家四兄弟各自的人生变故,以多重叙述的观点,全面呈现了1945年至

---

① 《台湾电影宣言》,《中国时报·人间副刊》1987年1月24日。

1949年台湾脱离日本殖民统治、国民政府接收和确立在台湾的统治这一转型期的历史。电影开篇把妇人生产的一幕与台湾光复的大背景勾连,无疑是在建立一种人与时代共振的关系,孩子取名为"林光明",又借停电来电的象征,包括此后少女宽美满怀憧憬的旁白("想到日后能够每天看到这么美的景色,心里有一种幸福的感觉。")和青年知识分子指点江山的热情,凡此种种,似乎都在喻示一片新生气象。然而这种对光明的期待不久就被纷至沓来的死亡和癫狂一一抹消,流光转换里,林家子弟或亡或疯的零落牵扯起的正是历史的隐衷与隐痛。

影片以家族悲情投射时代悲情的构思乍看起来似乎是在延续中国电影叙事惯用的套路,如谢晋的政治伦理剧往往也是透过几个人的命运浮沉来辐射一段广阔的历史。但是侯孝贤对"二二八事件"回溯式反省的本意并不在声讨与控诉,虽然林文清在狱中与革命志士的交往及志士"你们要尊严的活,父亲无罪"的遗言等确也闪现一丝谢晋式的道德主义光晕,但就其大处而言,侯孝贤遵从"自然法则"来看历史,其所关注的既非对历史的重估与评判,也非对生活的道德评价,而是大时代中小人物的生命与生活本身,正如阿城所言:"《悲情城市》是伐大树倒,令你看断面,却又不是让你数年轮以明其大,只是使你触摸这断面的质感,以悟其根系绵延,风霜雨雪,皆有影响,不免伤残,又皆渡得过,滋生新鲜。"①《悲情城市》所展示的这种对生命感的敬畏与关切与沈从文的滋养密不可分,侯孝贤曾多次谈起沈从文的作品对于他艺术观念的启悟,1985年《童年往事》参加金马奖评选,他在香港的杂志上撰文自述:"……读完《沈从文自传》我很感动。书中客观而不夸大的叙述观点让人感觉,阳光底下再悲伤、再恐怖的事情,都能够以人的胸襟和对生命的热爱而把它包容。世间并没有那么多阴暗跟颓废,在整个变动的大时代里,生离死别变得那么天经地义不可选择,像河水涓涓而流。我因此决定用这个观点来拍摄下一部片子。"②我们知道,沈从文惯于对"人生远景凝眸",他的叙事与语言绝少喧嚣,对一切多取"安详的注意",在《我的教育》中他追忆自己少年时有一次"怀了莫名其妙的心情"到前一日军阀杀头的地点去看,"见到的仍然是四具死尸。人头是已被兵士们抛到田中泥土里去了,一具尸骸附近不知是谁悄悄的在大清早烧了一些纸钱,

---

① 阿城:《且说侯孝贤》,《今天》1992年第2期。
② 转引自林文淇、沈晓茵、李振亚编:《戏梦人生:侯孝贤电影研究》,台湾,麦田出版社2000年,33页。

剩下的纸灰似乎是平常所见路旁的蓝色野花,作灰蓝颜色,很凄凉的与已凝结成为黑色浆块的血迹相对照"。一切宁静如常,他无言而退。在暴虐的杀戮里,沈从文看到的是湘西人固执顽韧的生存主义,免于屠杀的人"就是这样子活下来"。而《悲情城市》也正是采取了这样一种其实包含着"最大的宽容与深沉的悲伤"的"冷眼看生死"①的态度,在仿若无意的平淡里,书写横暴年代生命的庄严与尊严。

虽然电影也钩沉史实,运用了诸如天皇诏书、陈仪讲话这样具有历史现场感的素材,但在剪裁的取舍上却有违于一般影片的思路,即避繁就简,不求核心而取片段,比如作为主背景的"二二八事件",影片没有给血雨腥风的台北一个镜头,而是用宽容所见、文清所历和阿雪所述几个段落点出族群内斗的紧张与白色恐怖的暴戾。大量日常性的与主情节无紧密关联的场景则占据了相当的篇幅。整部影片中吃饭的场景有八场之多,及至结尾,林家成年男人几乎凋零殆尽,老祖父与孙子辈仍然是在吃饭,侯孝贤似是想借"民以食为天"式的素朴观念来呈示普通人如何把政治异变横加的残酷消化成一种家常的能力。另外,在剪裁上,侯孝贤不重事件线性的因果链,也规避激烈戏剧冲突的营造,甚至是有意破除叙事明显的方向感。如老大林文雄被杀的一幕,在他中弹倒地之后经过一个空镜的过渡,画面即转入他的葬礼,没有交代任何其死后林家上下如何应对、如何报仇,上海帮又是如何善后等等;然后又用一个空镜过渡,画面随即又转为文清的婚礼;之后画面又一转,宽美已经怀孕。从葬礼到新生,从白事到喜事,这种无因果逻辑的剪辑一来照应人们婚丧嫁娶的日常生命流程,再悲伤的人生也要繁衍继续;二者也突出了情绪的完整与浑然,影片的剪辑师廖庆松称此种剪辑方式为"气韵剪辑法":"即没有过去、现在、未来的清楚界限。你所看到的也许都是现在,但这个'现在'里包含了过去与未来,我们的观念是把时空全模糊掉了,因它的'情绪'而去转换,我觉得那种感觉也许最接近感情本身,而我让观众看到的也是情感本身,而不是用所谓电影的解说形式、中景、近景、特写等去酿造一个戏剧空间的张力。"②又如片中反映宽容兄妹与日本青年静子兄妹友情的一段:静子向宽美话别,在日本童谣声中,画面闪回,弹琴的静子和宽容一起给小孩子上课;下个镜头是一身和服打扮的静子安静地插花,画面向左,宽荣和小川,一人研墨,一人写诗,字幕闪出日语的诗

---

① 张靓蓓:《〈悲情城市〉前与侯孝贤一席谈》,《北京电影学院学报》1990 年第 2 期。
② 廖庆松:《〈悲情城市〉创作谈》,《北京电影学院学报》1990 年第 2 期。

句;再一镜头,画面转回,宽荣向宽美解说日本人的樱花情结;画面渐隐声渐消,宽美声音接续宽荣给文清讲解明治时代女孩跳瀑布自杀的掌故,二人目光相接,随后字幕再次映出"同运的樱花"的汉语诗句。这一片段里有离别的哀愁,有对逝者的回忆,多种苍凉又美好的人生意绪,借助讲述、转述、画外音、字幕等多种方式,流转在静子、宽美、宽荣与文清之间,婉转斐然,同时樱花之"物哀悲艳"的诗学气质与自杀少女不求久长、唯慕绚烂的生命信念也隐然喻示了宽容和文清此后的人生之路,堪称是整部影片里的华彩段落。

  侯孝贤酿造情绪的张力或者说物化情绪的手段并不是通过人物表情的起伏或肢体语言的夸张,他甚至认为梁朝伟在片中开始的表演有些"过熟"。出于对于中国传统诗学之"静"与"空"的境界的体悟,他拍《悲情城市》所依赖的依然是其标志性的空镜头、长镜头和远镜头。如朱天文所言,他的影片骨干枝叶都不是由情节构成的,而是由气氛生长出来的画面。这些画面组合出的清旷幽深之境以及"人物与环境融在一起的感觉"①不但赋予影像以纪录片般真实的质地,亦维持了时空的整全,且与他"向人生远景凝眸"的生命观建立起了内在的美学关联。在《悲情城市》中,五次出现了对金瓜石矿工医院门廊的刻画,摄影机的位置都是固定的,镜头也始终保持静止,这让门廊那方狭小的空间仿佛变成了一个舞台,静子为了道别来过,文清与宽美去台北前来过,"二二八"冲突扩大时本省人追打外省人乱纷纷地来过,无论背景画面是安静还是躁动,镜头的语言都淡然如水般始终保持克制和沉静,正所谓"身所盘桓,目所绸缪",这种凝视如同在一幅画面上叠印出四季的景致,从而把门廊与门外延伸的道路这一视觉空间上的纵深转换为历史与人生的纵深,去奇观而取静观,寄托遥远。影片里的空镜头运用既有功能意义,它往往是由外景转入内景的区分,更是情绪延伸的必然,所以即使人物已经出镜,画面也不改镜头。电影的外景构图多取阔大雄浑,基隆山海景与九份的山色都反复出现,景色壮美如画,复沓如歌,只是人在此山海壮阔之中却如蝼蚁一般渺小,俯视的大远景,似乎把关切拉远,却又分明在人与天地的对照里诉说生命永恒的悲情。影片的室内场面也是以远取象,多用中景,且构图时不避门廊窗棂,以凸显逼仄禁锢之感。文清在狱中一幕尤其显明:在监狱里时,摄影机是通过装着铁栅栏的窗口和窄窄的门槛来取监狱内的场景;文清被释放回家后,坐在靠近门框的地板上久久无语,

---

① 焦雄屏整理:《侯孝贤——我觉得民间是最有力气的》,《400击》1986年第8期。

门虽然敞开,但他的人生却依旧被这趟监狱之行给牢牢地框限住。同时,这种空间的层次感,也延展开观众与银幕的距离,让观众得以旁观者的身份去冷静地观察和思考。《悲情城市》里的"静"与"空"可谓深得传统诗学之灵韵,让人不由想起苏轼在《送参廖师》一诗中言:"欲令诗语妙,无厌空且静。静故了群动,空故纳万境。"

电影的声音运用也非常有特色。首先对白有多种语言的混杂,最突出的一幕是林文雄找上海帮派交涉,请求他们疏通释放文良,他的闽南话要先转成粤语再转成上海话,这里语言的隔阂显然强化了影片对族群意识、身份认同、中国属性等问题的思考,直接裸露出在那个特定时段"台湾与'祖国'间的文化鸿沟"[①]。梁朝伟扮演的文清被处理成一个聋哑者,虽然起因是梁朝伟不会讲闽南话,但这一处理却无疑凸显了台湾这个"亚细亚孤儿"的"失语"困境,闽南话—日语—国语,台湾的每一次政治变动连带的语言更迭都会导致很多人被迫的喑哑。文清同时又是一个见证者,他无言的悲怆放大了岛人"哑昧于无法明证、诬枉之伤痛",但也意外地给电影本身带来了无言之美,他与宽美的对话多用字幕和画外音处理,如前述关于樱花的华彩段落,又如关于德国古典名曲《罗蕾莱》的交流及对"二二八"志士的追怀都默默谨记为历史所湮没的美丽与牺牲,"不仅没有损折一种凄怆,反而拓悲情之幅,更予一种泅血之隐痛"[②]。宽美不疾不徐、娓娓道来的画外音是加强电影抒情品格的重要手段,她第一段独白是开篇部分,文清去接她,她描述九份山间"好天,有云"的美景,此处声画对位,以景寄情;最后一段独白则借给阿雪的信展开,文清已经被抓,她又一次说起九份山色:"九份开始转凉了,芒花开了,满山白蒙蒙,像雪。"此处声画分离,物是人非。这种表现,完全是中国诗式的,"诗的方式,不是以冲突,而是以反映与参差对照。既不能用戏剧性的冲突来表现苦痛,结果也就不能用悲剧最后的'救赎'来化解。诗是以反映无限时间空间的流变,对照出人在其中存在的事实却也是稍纵即逝的事实,终于是人的世界和大化自然的世界这个事实啊。对之,诗不以救赎化解,而是终生无止的绵绵咏叹,沉思,与默念"[③]。

---

① 林文淇:《回归、祖国与"二二八":〈悲情城市〉中的台湾历史与国家属性》,《当代》第106期,1995年2月。
② 殷鲁茜:《〈悲情城市〉:朱弦疏越、淡极知艳》,《文化研究月报》第51期,2005年10月。
③ 朱天文:《〈悲情城市〉十三问》,《最好的时光》,山东画报出版社2006年,274页。

《阿飞正传》

导演:王家卫
编剧:王家卫
主演:张国荣、张曼玉、刘嘉玲、刘德华、张学友
上映时间:1990 年
片长:94 分钟
制片:影之杰制作有限公司

1958 年出生的王家卫其生也晚,没有赶上 20 世纪 70 年代末 80 年代初香港电影的"新浪潮",评论界一般把他与关锦鹏、罗卓瑶等归入"后浪潮"(又称"第二浪潮")。然而新浪潮前辈对香港类型电影开拓性的发展恰为王家卫的登场做了美学尤其是形式风格上的预热。1988 年,他凭借《旺角卡门》崭露头角,两年后又拍摄了大放异彩的《阿飞正传》,进而推出的《重庆森林》、《春光乍泄》、《堕落天使》、《东邪西毒》、《花样年华》、《2046》等,莫不引起华语乃至世界影坛的惊叹,他不仅获得戛纳电影节最佳导演奖,后又担任该电影节的评委会主席,更被英国影评人推举为与马丁·斯科塞斯和基斯洛夫斯基等并列的过去 25 年的"十大导演"。这个总是戴着墨镜、被称为"时间的诗人"的男人"实践了所有香港电影在艺术方面努力的梦想,在形式上作无限自由的实验之同时,又反映着各种情爱关系的哀伤喜乐","成就了当年新浪潮达不到,甚至想也想不到的任务,将港产片像法国或德国电影那样,带进了电影艺术的殿堂,尽管他曾说自己只是个'不很成功的商业导演'"。[①]

《阿飞正传》对于王家卫有特别的意义,正是这部电影奠定了其独特的镜头语言和抒情风格,尤其是其标志性的那种"周旋于商业建制与个人化电影之间,却能发展出作者的视野,如人际疏离、时间与记忆、追求与失落等母题"[②]已皆有体现。对类型电影的谙熟,对香港人心态的敏锐感知,让王家卫的电影处处港腔港调,然而他的电影却又每每构成对类型电影叙事成规的挑战。《阿飞正传》在类型上近似于香港电影中的"飞仔片"。"飞仔"是粤语,本是长辈指责晚辈游手好闲、不务正业的话,即"有毛有翼就想飞"

---

① 何思颖:《舞动的影像风格——〈阿飞正传〉的镜头赏析》,《王家卫的映画世界》,百花文艺出版社 2005 年,66、76 页。

② 潘国灵:《为何要写一本王家卫专论》,《王家卫的映画世界》,8—9 页。

的青年。"飞仔片"多表现游走在罪与罚边缘的社会边缘青年的爱恨情仇与江湖世界,1950年代由詹姆斯·迪恩主演的美国电影《无因的反叛》在香港上映时的译名便是"阿飞正传"。王家卫片中由张国荣饰演的旭仔一角即具有飞仔的特质,尤其是在菲律宾与当地黑帮冲突送命的结局与"飞仔片"的叙述套路非常相像。但是就整体而言,电影的情节破碎,而且缺乏明确的叙事动力,包裹在这个飞仔类型外壳里的与其说是一个故事,毋宁说是一种情绪,阿"飞"的"飞"更多的不是对旭仔"飞仔"的身份设定,而更是在隐射电影里他所讲起的那只生下来便没有脚的飞鸟。整部电影可以归纳为寻找、沟通与记忆三个关键词。

　　片中的旭仔耽溺在创伤性的个人经验里,对任何安稳与长远的生活企慕都抱有怀疑并进而坚拒,他试图寻找自己的生母来救赎自己,因为寻找生母意即找寻本源,也是他确证自我身份归属的必须。旭仔的身份迷局很容易让人联想起人物所生活的香港这方"借来的时空"的主体建构与身份政治问题。王家卫自己说过:"《阿飞正传》的重心在关于离开或留在香港的各种感受,现在这比较不是个议题了,因为我们现在是如此接近'九七'。"①这里显现出,"九七回归"作为詹姆逊意义上"缺席的在场"对包括王家卫在内的八九十年代香港电影人想象与叙述本土的宰制性影响。王家卫自幼跟随父母从上海移民香港,在香港的上海社区度过了在香港历史上意义重大的1960年代。电影中旭仔的养母即被处理成上海来港移民,故事发生的背景也正是1960年代。其时香港经济开始起飞,但另一面"失父"的一代长大成人,席卷全球的嬉皮士运动和大陆即将涌现的红卫兵浪潮声势已隐然可闻,让本已处于文化断层的叛逆一代在寻根与自由、故土与殖民、中原心态与港人意识的两端陷入热切的焦虑。旭仔甫一出生便被生母送给养母,从知道自己是"弃子"的真相那一刻,他便开始了对生母固执的找寻。王家卫创造性地借用了他尊敬的法国新浪潮导演戈达尔在《法外之徒》里"无腿鸟"的比喻,把他变为旭仔的独白——"我听别人说这世界上有一种鸟是没有脚的,它只能够一直地飞呀飞呀,飞累了就在风里面睡觉,这种鸟一辈子只能下地一次,那一次就是它死的时候"——所投射出来的正是一种"失乡"的症候。更值玩味的是,旭仔的寻母之旅以被生母的拒绝接见作结,这也彻底宣告了旭仔自我救赎的失败。无法与养母融洽相处,而生母又回避相认,突然放大明朗化的"孤儿体验"让他把疲倦与颓唐都化为赴死的决

---

① 杨远婴主编:《华语电影十导演》,浙江摄影出版社2000年,338页。

绝,临终前的喃喃自语更将自己"无腿鸟"的人生自况指向了一种原罪般的宿命:"以前我以为有一种鸟从一开始飞就可以飞到死的一天才落地,其实他什么地方都没有去过,这只鸟从一开始就已经死了。"在电影中,"失乡"的症候并不是旭仔所独有,从澳门来港讨生活的苏丽珍和舞女咪咪对家与安稳的渴望,养母对未来归属的挂牵,刘德华扮演的警察阿超在母亲去世后还是做了他一直想做的水手,甘心横流四海的漂泊,这些也都是由"失乡"而触发的找寻,及找寻未果的离散。从某种意义上说,他们也都是"孤儿"。香港出身的学者周蕾在她的《写在家国以外》中曾有如此论断:"香港最独特的,正是一种处于夹缝的特性,以及对不纯粹的根源或对根源本身不纯粹性的一种自觉。……这个后殖民城市知道自己是个杂种和孤儿。"又谓:"香港的现代史从一开始,就被写成为一部对中国身份追寻的不可能的历史。尤其因为香港本身不可抹掉的殖民地污点,这种追寻注定胎死腹中。香港对中国的追寻,只会是徒劳的;香港愈努力去尝试,就愈显出本身'中国特性'的缺乏,亦愈偏离中国民族的常规。这段历史紧随着香港,像一道挥之不去的咒语,令香港无法摆脱'自卑感'。"①这段对香港夹缝处境与国族认同的表述不无偏激,也不尽符合事实,却在一定程度上道出了港人在1990年代初面对所谓"九七大限"与世纪交替这交织在一起的"末世体验"。

王家卫说过:"我所有的作品都围绕一个主题:人与人之间的沟通。"②有人说王家卫式的人物"每个都是孤岛"③,有自我隔阂、自我封闭的取向,但其实在《阿飞正传》里,每个人都渴望沟通,只是每个人的沟通都不顺畅,从而让所有的情感都被悬置起来,成为一种疏离的状态。作为弃儿的旭仔体现得尤其明显,他很想摆脱孤独,所以才会借一切机会和场合认识不同的女人,在一场场的身体狂欢里摆脱或者说暂忘因失父而衍生的匮乏感;他又享受自恋式的孤独,经常在情人走后,揽镜自照或独舞。他希望把沟通维持在他可控的范围内,除了朋友歪仔之外,他与其他人的关系都陷入若即若离的状态:他与养母明明很难分开,却一定用互相伤害的口吻作为基本的交流方式。当苏丽珍希望和他长久相处时,他的回答是:"我这一生不知道还会喜欢多少个女人,不到最后我也不知道最喜欢哪一个。"他对咪咪选择不告

---

① 周蕾:《写在家国以外》,香港牛津大学出版社1995年,101、109页。
② 粟米编著:《花样年华王家卫》,中国文学出版社2001年,180页。
③ 李照兴:《王家卫:cool的美学》,《王家卫的映画世界》,百花文艺出版社2005年,83页。

而别去异国寻找生母,在寻见未果时,他选择背对生母离开:"我终于来到亲生母亲的家了,但是她不肯见我,佣人说她已经不住这里了。当我离开这房子的时候,我知道身后有一双眼睛盯着我,但我是一定不会回头的。我只不过想见见她,看看她的样子,既然她不给我机会,我也一定不会给她机会。"在他的另一部影片《东邪西毒》中,欧阳锋说过这样的话:"从小我就懂得保护自己,我知道要想不被人拒绝,最好的方法是先拒绝别人。"这和旭仔的沟通方式几乎是一样的。在影片中,几乎所有的情感,包括养母对旭仔、旭仔对生母、咪咪和苏丽珍对旭仔、歪仔对咪咪等,都是单向度的,一方热情施与,而一方拒绝接收,只有警察阿超和苏丽珍似乎是双向的,但是片尾那个街角电话亭响起的铃声却注定无人接听。这里的电话不惟不是增加沟通的工具,反而更凸显人与人心理距离及情感距离的加大,正如张英进指出的,王家卫的电影似在印证阿帕都莱的理念:"我们所居住的这个世界现在似乎成了'根居型的',甚至是精神分裂性的,它在一方面呼唤关于无根、异化以及个体与群体之间心理疏离的理论,又在另一方面索求对于电子形式的亲密接近的幻想(或者是梦魇)。"①

置身于一种普遍存在的沟通困境中,记忆往往会成为永续的时间之流里留驻生命情感的基本方式,如本雅明形容普鲁斯特的,他"并非按照生活本来的样子去描绘生活,而是把它作为经历过它的人的回忆描绘出来"②。普鲁斯特把记忆分为"意愿记忆"与"非意愿记忆",本雅明认为后者更接近遗忘而非通常的回忆,因而也更珍视其意义,因为"非意愿记忆"可以让人们在不经意之中打开连绵不断的过往,从而瓦解线性时间那种编年体般的整然秩序,给人以丰厚繁复的时间体验。从某种意义上说,王家卫像普鲁斯特一样,也是一个勤劳的记忆编织者,不过他对于"意愿记忆"和"非意愿记忆"是等量齐观的。《阿飞正传》开端旭仔搭讪苏丽珍的那段话是常被影迷提及的"经典":"1960年4月16号下午三点之前的一分钟,你和我在一起,因为你,我会记住这一分钟。从现在开始我们就是一分钟的朋友,这是事实,你改变不了,因为已经过去了。"由这一分钟的记忆,苏丽珍爱上了旭仔,当日后旭仔明确表示无法给她长久和安稳的允诺时,这一分钟还是支撑她试图挽回,在又一次被旭仔冷漠拒绝后,她才表示要努力遗忘:"我以前

---

① 张英进:《影像中国——当代中国电影的批评重构与跨国想象》,上海三联书店2008年,307页。

② 本雅明:《普鲁斯特的形象》,《启迪:本雅明文选》,三联书店2008年,216页。

以为一分钟会很快过去,其实也可以很长的。有一天有个人指着手表跟我说。他说会因为那一分钟而永远记得我。那时候我觉得很好听啊,但现在我看着时钟,我就告诉自己:我要由这一分钟开始忘记这个人。"但实际上,这遗忘是新的"一分钟记忆"的开始,因为苏丽珍在两年后打给警察阿超的那个电话即由这"为了忘却的记忆"所驱使。在影片的结尾处,阿超向旭仔提起了这"一分钟",他们也都牢牢铭记,旭仔告诉阿超:"要记住的我永远会记住……你告诉她我什么都忘记了,这样大家也好过一点。"阿超回答:"我也不知道我可有机会再遇上她,也许再见到她她已忘了我。"流光中消逝的爱情在"意愿记忆"里重获坚贞。电影中多次出现钟表的画面,以及那些被明确标明的时间刻度,都提醒人们在时间这个庞然大物之前,瞬间的生命感觉如果不被记忆珍藏,就会被轻易湮没。"非意愿回忆"则体现于电影对1960年代氛围的营造上,其诉求也更多指向观众,片中的老建筑、老服饰、老街道都像启发普鲁斯特的"马德莱那的小点心",寄望观众能在一种对旧物的感怀中借以打开自己被封存或蔽抑的回忆,这种怀旧不仅仅是简单唤起伤怀,它还"深深地牵扯到对我们是谁、我们要干什么,以及……我们要去哪里的认识。简而言之,怀旧是一种我们在永无止境的建构、维护和重构身份的过程中所采用的一种方法——或者更好的说法是,一种更容易使用的心理镜头"①。

王家卫率性的、超常规的镜语在《阿飞正传》里已初露端倪,尤其让人难忘的,是电影中那种被称为"多重移动长拍镜头"的运用,"多重移动长拍镜头"即在单镜中通过轻微或剧烈的变焦以及演员复杂的走位来表现人物特定心理的镜头语言。苏丽珍和警察阿超谈及"一分钟"记忆的那段就是用用时恰好一分钟的一个单镜交代的,"镜头以警察背向摄影机而面对苏丽珍的中景开始,其后两人像置身歌舞剧一样,展开了两次'你追我赶'的舞步,转身、扭腰、转面,其间彼此又改变位置,一时她向着镜头,一时他对着摄像机。最后,对背向我们的她说:'做人要么要,要么就不要,不然,从这分钟起……'她猛地扭转身,将画面变成一个两人同向的特写,近乎歇斯底里地说:'你别提这分钟!'"②在这一分钟完结的时刻,钟声响起,镜头蓦地

---

① 弗莱德·戴维斯:《渴念昨日:怀旧的社会学》,转引自张英进《影像中国——当代中国电影的批评重构与跨国想象》,上海三联书店2008年,323页。

② 何思颖:《舞动的影像风格——〈阿飞正传〉的镜头赏析》,《王家卫的映画世界》,百花文艺出版社2005年,66—68页。

跳切到一面大钟的特写,然后是一道栅门突然关上,画面上苏丽珍在铁栅栏外,形成一个人仿佛被时光囚禁的构图,遗忘与记忆的辩证在这一瞬达到顶峰。

《阿飞正传》的声画蒙太奇运用得也非常巧妙。片名出现时画面是绿色的热带丛林,慢慢的横移镜头,背景音乐是"always in my heart"的吉他曲。苏丽珍在旭仔离开后睡着了,耳边传来同一乐曲,旭仔再次出现后,他们成了一分钟的朋友。电影后半段,旭仔去菲律宾寻母未果,他背对母亲离去,翠绿的椰林再次出现,镜头由快转慢,而那段旋律再次浮现。旋律最后一次响起是在结尾,画面与片头一模一样,一脉绿色的丛林。观众这时会明白,开篇的一幕原来是旭仔在火车上临终前看到的窗外掠过的风景。这种打破线性叙事的剪辑方式无疑赋予影片寻找、交流、铭记、遗忘等主题一种更绵延的质感,也更能呈现人物的心理状态。

最后值得一提的是电影那个让人费解的开放式片尾:旭仔们的故事讲过之后,电影的最后一个镜头是一个由梁朝伟扮演的像旭仔一样颇有风度的男人在昏暗的阁楼上照镜梳理,拿好钱物后灭灯离去。原来影片在拍摄时预想有续集,而影片的投资方也要求必须有梁朝伟的出演,于是这段游离于主干之外的镜头放在最末算是一个预告,但却兀的赋予电影一股魅惑之力,似乎兜兜转转间,旭仔的故事要由新人再去践行或改写。《阿飞正传》的故事始于1960年,终于1962年,《花样年华》的故事始于1962年,终于1966年。两片中由张曼玉扮演的女主角分享同一姓名,梁朝伟在前者中魅影式的出场竟是遥指《花样年华》。

《霸王别姬》

导演:陈凯歌

编剧:李碧华、芦苇

主演:张国荣、张丰毅、巩俐、葛优

上映时间:1993年

片长:171分钟

制片:汤臣电影事业有限公司、北京电影制品厂、中国电影合作制片公司、美国 Maverick Picture Company 联合出品

据陈凯歌自己的阐述,《霸王别姬》"并不是要表现中国50年历史的演进,而是以此作背景,表现人性的两个主题——迷恋与背叛。由张国荣扮演的青衣演员程蝶衣,所表现的是迷恋的主题。他是个在现实生活中做梦的

人。在他的个人世界里,理想与现实、舞台与人生、男与女、真与幻、生与死的界限,统统被模糊了,他与戏剧已经无分彼此地融为一体。……而张丰毅扮演的花脸演员段小楼,则演出了背叛的角色。他是个把生活与梦想分得很清楚的人。他在少年时代侠肝义胆,但后来在凡俗生活中逐渐被社会和时间所消磨。就像他自己所说:'演戏得疯魔,没错。但如果活着也疯魔,咱在这凡人堆里怎么活?'他的故事,是一个背叛的故事,先是背叛了自己的戏剧理想,后来又背叛了妻子菊仙,背叛了程蝶衣"[1]。其实从某种意义上说,这部电影亦不妨视为陈凯歌本人的"迷恋与背叛":对具有强大造型能力的东方文化符号的迷恋,对民族历史、命运与前景的人文关怀的迷恋,依然可以让观众从此片中找到为他们熟悉的陈凯歌式的表达,比如由京剧晕染出的写意空间,又如全片接近三分之一的场景为夜景,自由的布光为其表现主义的用光方式提供了最大的便利。与此同时,影片通俗史诗剧的叙事外壳、全明星的演出阵容、同性恋与"文革"的看点都让其一反陈凯歌此前坚持的高蹈晦涩的电影品格,显现出对中国市场与西方观众的积极投合,导演本人也宣称这是他真正"大众电影"实践的开始,而之前的《黄土地》、《大阅兵》、《边走边唱》和《孩子王》"个人的,直接的,简单的"[2]艺术探索即是为此的准备。这种"背叛"虽然也引起一些质疑,但以摘取1993年第46届戛纳电影节金棕榈大奖为标志,这部电影终成为陈凯歌导演生涯中一部有着决定性意义的影片。在有的学者看来,陈凯歌"因陷落而获救,因屈服而终得加冕"的际遇也正式宣告了"第五代文化英雄主义的沉沦与终结"[3]。

《霸王别姬》讲的是两个男人和一个女人或者说是两个"女人"和一个男人的故事,此中关键在于程蝶衣在影片里暧昧的性别属性。我们知道,在女性主义者看来,不管是男性还是女性,性别都不只是生理性别那么简单,其背后有着复杂的长期的历史文化建构。波伏娃在她著名的《第二性》一书中所表达的核心观点即是,女人弱于男性的"第二"性别的地位并非天生,"使女人处境变得特别引人注目的一个原因是,她这个和大家一样的既自由又自主的人,仍然发现自己生活在男人强迫她接受他者地位的世界当中。男人打算把她固定在客体地位上,使她永远是内在的……"[4]后来的女

---

[1] 罗雪莹:《银幕上的寻梦人——陈凯歌访谈录》,《敞开你的心扉——影坛名人访谈录》,知识出版社1993年,294页。
[2] 见香港《电影双周刊》第359期,1993年2月。
[3] 戴锦华:《电影批评》,北京大学出版社2004年,270、273页。
[4] 波伏娃:《第二性》,中国书籍出版社1998年,25页。

性主义者在波伏娃的立场上做了更深入的思考,如后结构女性主义的代表人物朱迪斯·巴特勒提出一种"性别表演"的理论:"性别并非是被行动、姿态或者言论所'表达'出来的,而是性别的表演回过头来生产了有一个内在的性别核心的幻想。也就是说,性别的表演回过头来生产了某些真实的或持久的女性本质和倾向的效果……性别是被作为一种习俗的仪式化的重复而生产出来。"①以这些理论为借镜来观照程蝶衣的性别归属,我们可以看到一条清晰的从"男儿郎"到"女娇娥"的身份嬗变的脉络,以及暴力在这个嬗变过程中的主导作用。

小豆子是被当妓女的母亲送到剧班学戏的,但因为天生枝指而初被拒绝,母亲亲手用刀将他的枝指剁掉。这暴露出一种对"菲勒斯中心主义"的迷信,如弗洛伊德对女性的定义即是"雄性器官缺失"的非男性,由这类似"阉割"的行为起头,开始了对他身体的漫长规训。在学唱《思凡》时,小豆子对"女娇娥"与"男儿郎"唱词的混淆说明了其对建构性别的确认没有因为身体的缺失而骤然完成,甚至一次次的毒打也没能促其改变。直到小石头抄起师傅的烟锅袋在他嘴里一阵乱捣——无论是影片画面呈现的视觉效果,还是在弗洛伊德式的隐喻体系里——这一幕都鲜活无比地意指一场对身体的强暴。作为象征意义上占有他身体的第一人,小石头用征服式的暴力为小豆子的性别转换添上了关键的一笔。在暴力行为结束后,他的嘴角虽然还流着血却带着陶醉的神情款款起身,展示出柔媚的女性身段,仪态万方唱出那一句:"我本是女娇娥,又不是男儿郎……"这说明对他的身份建构已成效初显。

接下来的一幕是小豆子和小石头被邀请至张公公那里唱堂会,这也是二人在影片中第一次公开合演《霸王别姬》(除去电影片头中倒叙的那一场)。这一幕的安排是饶有深意的。作为京剧名段的《霸王别姬》,其演出台本是由齐如山执笔、梅兰芳校订形成的,剧中的虞姬是一个完全取消了自己的生命而成全霸王的传统女性形象,如她的几段唱词:"妾身西楚霸王帐下虞姬。生长深闺,幼娴书剑;自从随定大王,东征西战,艰难辛苦;不知何日方得太平也!""大王慷慨悲歌,使人泪下。待妾歌舞一回,聊以解忧如何!""大王啊,妾身岂肯牵累大王!此番出兵,倘有不利,且退江东,再图后举。愿以大王腰间宝剑,自刎君前,免得挂念妾身哪!"这都表明,虞姬的意义是通过无保留地奉献霸王而获得实现的,从"随定大王"到"自刎君前",

---

① 朱迪丝斯·巴特勒:《权力的精神生活:服从的理论》,江苏人民出版社2009年,140页。

她的从一而终凸显了中国传统的文化语义场里女性依附性的从属位置。而小豆子在现实中经小石头粗暴的训诫方获取的女性意识经扮演虞姬这一仪式化的表演得以巩固,同时小石头现实中对其身体第一次占有的经验与剧中他扮演的霸王代表的君权与父权的叠合,强化了小豆子对小石头从一而终的心理倾向。接下来发生的事情是小豆子所始料未及的,演出结束后,他被背到张公公妖气森森的卧房并在那里遭受了真正身体上的第一次凌辱。这次凌辱之于他而言是悖论性的,一方面,他从戏里延伸到戏外的"从一而终"的心志在一开始即遭遇挫败;另一方面,一个身体失势的太监对他的强暴放大了他弱势的心理体验,更激发其弱女子式的身份认同,也就更乞求戏中霸王那雄性气质的怜悯和庇护。换言之,张公公的淫威促使了小豆子女性身份认同的最终内在化,此后他痴迷于舞台小世界,因为只有在舞台上,他方能免于痛楚的现实记忆,并把身体的伤痛升华为艺术式的"女人"的楚楚可怜,就像福柯所指出的那样,一个人只有通过服从于一种权力,一种意味着根本的依赖的服从,才可占据这种自主权的形象。长大后的小豆子艺名为"程蝶衣",这很容易让人想起庄子那个梦蝶的著名比喻,是他扮演了女人,还是他本来就是女人呢?

程蝶衣"人戏不分、雌雄同在"的状态让影片的后半部分形成一种有趣又痛苦的三角关系,即他和菊仙对段小楼男人身份的争夺。电影在处理三人在同一场景的画面时,程蝶衣往往是戏妆在身,作"虞姬"装扮。这暗示出,他是将舞台上的表演身份挪用到现实中使用,也意味着他凭靠的更多的是自己被建构起来的性别在与菊仙这个真女人较量。"真女人菊仙通过积极活动做出有利可图的安排以保障并改善小楼的物质生活,使他免受政治争斗的伤害。假女人通过督促同一个男人小楼去做那些真女人反对的事,把他留在艺术灵感虚幻的世界中。两者的进取心都在于要把自己的理念强加于这个男人,由此达到了一个在中国电影中并不少见的统领点。表面上是以两位'女性'为代表的二元对立,其实两人与男人的结构关系是相同的。两人都念念不忘改善那个男人的生活。两人都认为如果没有了男人,自己的女性特征便是不完整的,甚至是不存在的,因而自己的生活也是不完整的,甚至是不存在的了。既然都不能得到那个男人,那么只好结束自己的生命。"[1]在李碧华的小说原作中,并无蝶衣自杀的结

---

[1] 珍·席瓦劳:《〈霸王别姬〉——当代中国电影中的历史、情节和观念》,《世界电影》1996年第4期。

局,"文革"后的小楼偷渡到香港,蝶衣滞留大陆,后蝶衣的京剧团访港,两人再度相见又各自别过。电影的处理则将人生如戏的况味传达到高潮,在生命的垂暮之年,"虞姬"终于又等来了肯相依舞台的霸王,仿佛是为证明"就让我跟你好好唱一辈子戏"的允诺,蝶衣拔剑自刎,"她"终于以死洗脱现实里身体的污秽,成全自己作了霸王圣洁的献祭。这里对原作的改写暴露出,陈凯歌虽然力图提醒观众注意性别建构背后的沉痛与屈辱,但依然不自觉地持守着固执的男权观念——"背叛"的男性最终还是收获了两个"女人"的忠贞。

影片对"文革"混乱历史的表现是触目惊心的。事实上,作为与第五代导演的成长期密不可分的那段时空,"文革"曾以"缺席在场"的形式出现在众多第五代影片中,而在1990年代,对"文革"的影像化呈现又成为他们不约而同的追求,如大体同一时段的张艺谋的《活着》和田壮壮的《蓝风筝》也都有对"文革"的表述。这其中,陈凯歌的"文革"情结又是最重的,他曾在《少年凯歌》等一系列回顾性的文章中表达出真挚的忏悔,并对经历过"文革"的人逃避个人责任的态度表示了不满。就像影片里程蝶衣说的:"你当今儿是小人作乱,祸从天降,不对,不是,是咱们自个儿一步步走到这步田地来的。"在陈凯歌看来,"文革""就是以恐惧为前提的群氓运动"①,每个人既是肆虐者,也是受虐者,靠以暴力对待他人的方式来赦免自己的恐惧,其结局就是整个社会落入暴力的渊薮。

在影片中,电影实际上展现了两种暴力:"权威的暴力和反权威的暴力。"②在程蝶衣和段小楼学戏的过程中,权威的暴力始终相伴,但是因为班主的"因父之名",以及"吃得苦中苦,方为人上人"的古训让他俩默认了这些暴力的合法性,甚至小癞子的死都没动摇他们对暴力的承负。但当他们试图把这种权威的暴力贯彻到下一代身上时,却遭到了小四剧烈的反弹。小四不但在舞台上褫夺了蝶衣虞姬的身份,给予已经在现实中失去小楼的他重重一击,更借"文革"爆发恐怖的气氛,从心理上诱发出小楼、蝶衣和菊仙的暴力来,让他们相互揭发,最终摧垮他们的尊严。但由于"反权威"的暴力是一种失控的暴力,所以犯上作乱的小四自己也随即陷入了更激进的红卫兵小将们的包围之中。饶有意味的是,电影还借蝶衣与小楼的双向视角

---

① 陈凯歌:《我们都经历过的日子——少年凯歌》,《中国作家》1993年第5期。
② 旷新年:《暴力的记忆与历史的沉思——以电影〈悲情城市〉和〈霸王别姬〉为中心》,《海南师范学院学报》2006年第3期。

呈现出他们在日本人、国民党和共产党统治三段历史时空里对不同政治暴力的感受：对于日本人，小楼表现出一个中国人最起码的民族良知，而蝶衣则因为青木的懂戏，对之有知己之感。同时日本兵抓人、放人时的阴森和青木率领一干日本军官出神听戏的画面形成了猝然的对照。国民党士兵拿手电筒照演员的流氓行径和胡乱打人的嚣张，以及其后在法庭上军人直接干涉法庭审判的场景，折射了这个政权暴力施与的随意。而给解放军演出时，虽然蝶衣因为抽鸦片伤了嗓子，但台下热烈的掌声显示出这个政权极强的组织力，紧接着公审袁四爷的大会再次证明了这一点，小四就是被这种组织严密、善于动员的体制化政权暴力所震慑而决心投靠的。但无论哪一种政治暴力都让个人的暴力相形见绌，先是小楼、后是蝶衣，最后是蝶衣和小楼，在愈演愈烈的暴力逻辑下，每个人都在劫难逃。

在电影前半部分，小楼对蝶衣说："我是假霸王，你是真虞姬。"而菊仙赎身出花满楼的时候，老鸨恨恨地说："窑姐永远是窑姐。"这三句话如同咒语一般于人物身上一一应验，在舞台与人生、男与女、真与幻、生与死、情与欲的多重纠结里，在迷恋与背叛、暴力与蹂躏的多番搬演中，"不疯魔不成活"变成了一句喟叹，小豆子/程蝶衣/虞姬的身份已被预订在他/她的身份编码里，"虞兮虞兮奈若何"？小楼、菊仙奈若何？

《站台》

导演：贾樟柯

编剧：贾樟柯

主演：王宏伟、赵涛、梁景东、杨天乙、韩三明

上映时间：2000年

片长：154分钟、193分钟（Venice Film Festival）、185分钟（Tokyo FILMX 2000）

制片：香港胡同制作与日本T-Mark Inc联合出品

与合称为"故乡三部曲"的另两部电影《小武》和《任逍遥》相比，《站台》跨度最长，记录了从1970年代末期到1990年代初期中国变化最迅猛的十余年。导演贾樟柯在接受采访时曾这样阐述创作《站台》的动机："在中国，官方制作了大量的历史片，而在这些官方的制作中，历史作为官方的记忆被书写。我想从《站台》开始将个人的记忆书写于银幕，而记忆历史不再是官方的特权，作为一个普通知识分子，我坚信我们的文化中应该充满着民

间的记忆。"①在另一个访谈里,他明确了自己的"后现代主义身份":"从一个大的方向来说,我觉得我自己是一个后现代主义者,因为我的电影从来没有现代主义的东西,虽然也有这点情怀,但最重要的特点并不在于现代主义所强调的中心含义和中心主题。解构对我来说是很重要的工作,它可以让我重新建构对这个世界的新认识。"②贾樟柯的表述清晰地表明了其对中国电影宏大叙事传统的排拒。在第三代和第四代导演那里,人们都不难看到在纵深时空关系里有着一以贯之的主旨和强调宏观与普遍的大叙事,虽然第五代导演是以断裂的姿态浮出水面,但他们的民族寓言式的故事和影像依旧体现出不无野心的文化思考。贾樟柯的小叙事与早于他几年出道的第六代同道也不一样,后者的聚焦点多在都市的边缘人群,描述的也多是一种小众化的偏执私人经验,有鲜明的反意识形态的意图。而"故乡三部曲"则始终把目光放在贾樟柯熟悉的"有农业社会背景"的县城,更能表征中国大多数人的日常生活现实。《站台》即力图通过个人经验和民间记忆来询唤出有小城镇生活经历的同一文化共同体中的人对于时代之变的共同感受。《站台》屡被称为"平民史诗",就电影所关注的群体对象来说,这个称谓是成立的,不过贾樟柯的"史诗"并不是整全的、条理的、目的明确的,而恰恰是碎片的、细节的和充满迷茫的,正如有学者指出的:"《站台》最关注的似乎不是事件之中而是历史事件之间的过渡时刻,那些不仅经常被历史也被电影所忽略的日常事件。作为对转变中的历史和生活的描绘,《站台》复原了这种日常时刻和体验,探索了个体在历史变化的阵痛中所面对的困境。"③

  影片的第一个画面是一群兴高采烈地谈着花边新闻、等待文工团演出开始的观众,后景是一面画着"新农村建设规划图"的照壁,照壁的左侧印着鲜明的毛体字"只要肯登攀"。演出开始了,第一个节目《火车向着韶山跑》:"一列南下的火车,正奔驰在洒满阳光的土地上,正奔向韶山,奔向我们伟大领袖毛主席的故乡……"随着朗诵,根本没有见过火车的文工团团员们用木板凳模仿着火车开上了舞台。在摄影机静静的注视之下,木凳火车的滑稽效果、演员们夸张的肢体语言和观众粗拉拉的噪声与政治指向强

---

① 程青松、黄鸥:《我的摄影机不撒谎》,山东画报出版社 2010 年,第 330 页。
② 《不可能所有的真实都出现在你的摄影机前——贾樟柯、杜海滨访谈录》,《现代中文学刊》2011 年第 1 期。
③ 白睿文:《乡关何处》,广西师范大学出版社 2010 年,88 页。

烈的红色节目组接在一起,产生了一种微妙的戏谑感,也暗示出电影开始于革命神圣逐渐解纽的时代,一个一切坚固的东西都行将烟消云散的时刻。果然,演出结束后,当崔明亮因为迟到而遭到团长"没有集体主义精神"的呵斥时,他居然反唇相讥,透露出"集体主义"话语的制约力正在失效。当然,这只是青年崔明亮小小的叛逆,对于未来他并不明确,接下来他与为他缝制时髦的喇叭裤的母亲的对话证明了这一点,当母亲说让他"到社会上混去吧"时,他说:"你不养我,还有共产党养我哩。"这表明了他对于自己体制内身份的自得,然而崔明亮没有预料到的是,他连同文工团这一为战时宣传鼓动而设的综合性文艺团体甚至是他所置身的这个时代都即将被纳入一个急遽袭来的变革洪流,在被现代化的等待和焦虑里作别青春。

由《站台》的片名,观众自然会联想到火车,事实上火车也构成了整部电影的核心意象,它是崔明亮等县城青年渴望外面世界的寄托。在影片开始的那一个段落里,演出结束的团员们坐在汽车里行进在黢黑的暗夜,他们用嘴巴模仿火车的声音,发出了渴望突围生活的呐喊。在影片中段,四处走穴的演员们在旷野休整时突然看到远处大桥上一列正行驶过来的火车,他们兴奋地狂喊着奔上大桥,火车却吼叫着穿越重山而去,只留下他们满是渴望和落寞的眼神。而到了影片的结尾,一个长镜头里,已经结婚生子的崔明亮和尹瑞娟,尹瑞娟逗弄着孩子,并打开炉灶烧水,崔明亮蜷缩在沙发里昏然睡去。水开了,水壶居然发出像火车汽笛一样尖锐的鸣叫,仿佛在试图唤回主人公们内心遥遥的回响,然而崔明亮不过是换了个姿势继续昏昏睡着,尹瑞娟无动于衷,只有怀抱里的孩子对奇怪的声响抱有好奇。所有那些由火车带来的关于生活的梦想和期望都已被琐屑平庸的时光钝化,这也正式宣示了崔明亮们青春的消逝,他们长达十年的青春半衰期不过是一场从"心在等待"到"心死的等待"。由此,"站台"的寓意也昭然若揭:"站台不是一个实体场所,而是一个象征性的变化空间,停留在过往和现在、乡村和城市、传统和现代之间,在那儿,时间受制于等待。"①

但从另一面理解,这时的他们其实已经坐上了另一列车,就如张爱玲在《烬余录》结尾里那个著名的比喻:"时代的车轰轰地往前开。我们坐在车上,经过的也许不过是几条熟悉的街道,可是在漫天的火光中也自惊心动魄。就可惜我们只顾忙着在一瞥即逝的店铺的橱窗里找寻我们自己的影子——我们只看见自己的脸,苍白,渺小;我们的自私与空虚,我们恬不知耻

---

① 白睿文:《乡关何处》,广西师范大学出版社 2010 年,111 页。

的愚蠢——谁都像我们一样,然而我们每人都是孤独的。"文工团被承包后,崔明亮、张军等人四处演出,从一个小城到另一个小城,最后还是回到了出发的地点。而在影片的前半部分中有一个片段,二勇问乌兰巴托的位置在哪里,张军说一直往北,过了内蒙往北是外蒙,再往北是"苏修",再往北是"海",那再往北呢?崔明亮没好气地回答:"再往北就是汾阳了。"这里已经预示出他们将会回到出发点,回到他们"带着出发的爱"上车的"站台",他们将发现站台没有改变,而别的一切却都变得杳不可寻或面目全非。

"变化"是贾樟柯电影最重要的主题,"渗透在所有的生活领域和感情方式之中"①。《站台》将拍摄地点放在了平遥古城,那些硕大厚重的城墙所透射出来的沉默与压抑似乎有一种顽抗的力量,但现代化的能量还是不可避免地穿透了它。最醒目的是那些眼睛可以观察到的外在生活方式细节的变化:喇叭裤、烫发、邓丽君、双卡收录机、迪斯科、爆炸头,文工团的年轻人试图用追寻时髦的方式来达成与飞速变革的时代之间的默契,拉近身处内陆的他们和时代最前沿的距离。还有一些变化并不是外在的,而是内在于人的情感和价值观念,它们悄然发生但却比前一种变化更根本地改变人们对生活的感受及判断。崔明亮的父亲在电影开始时还可以用"小资产阶级"这种父辈的语言来维持自己的权威,但随后却因为婚外情反过来受到儿子"谁反了教了"的质疑。崔明亮的表弟韩三明为生活所迫与矿主签下"生死有命、富贵在天"的包身合同。这些副线情节的穿插让观众深陷一种无力又无解的状态,随着县城那种原本稳定的、由礼俗与信义维系的伦理结构的瓦解和政治乌托邦与计划经济的塌陷,利益分化与阶层分化日渐加剧,崔明亮在前一种变化中获得的解放般的新鲜感迅速被一种无法确立归属感的失落所取代,或者用法国评论家迪得·布鲁诺的话,《站台》展现的是"完全被历史发展超越的懵懂人群"②。吉登斯曾这样描述在"现代性的剥夺之下"的个人"无力感":"被当做是一种心理现象来看待的无力的体验自然总是与个体的目标、设想或抱负以及与现象世界的组合联系在一起。个体关系中所体验到的无力,较之于包容性更大的社会中所感受到的无力,可能在心理上更会受到损伤和留下后患。……当一个个体在他的现象世界的主要领域感到受一种无力感重压时,我们可以说这是一种吞噬的过程。个体感受到外在的侵蚀力的支配,而这是他所不能反抗或超越的。他常常感受到

---

① 汪晖等:《〈三峡好人〉故里、变迁与贾樟柯的现实主义》,《读书》2007年第2期。
② 林旭东、张亚璇、顾峥:《贾樟柯电影:〈小武〉》,中国盲文出版社2003年,197页。

要么是受夺去他所有的自主性的强制力所缠绕,要么是处在一种大动荡中为一种无助所缠绕。"①不只是崔明亮,影片中的所有角色都被这种无力感盘踞着,张军在影片最后剪去了一头长发;而他的爱人钟萍在韩三明家的院子里面对浩荡的群山想要放声呐喊,末了却只是蹲下来用衣服捂住嘴巴来隐忍压抑自己的情绪;双胞胎阿娟、阿娥姐妹为了招徕观众在街边的卡车上伴着音乐狂舞,却唤不回一个肯驻足观赏的路人。导演通过对这些群像的刻画,细腻地记录下了在时代变迁里普通人所付出的情感代价,也寄寓了其对正在消逝的前现代之物的一种乡愁式的眷怀。

长镜头是贾樟柯基本的电影语言,也构成了他洞察变迁中的时代的一种方式或者说是美学态度,如他自言:"我希望我的电影不是一种强加给别人的东西,我希望每一种语言里面都有一种民主性,有一种自由的和对对方的尊敬,有一种民主色彩。它不是民主本身,而是民主的态度,它不单单包括不要把一种语言强加给观众的态度,也包括不去打断人的活动和距离感等等。对我来说,这些东西之所以重要,并不单单是气氛这些情绪层面的东西,而是我希望它会带来一种民主的感觉。"②《站台》每个镜头的平均长度超过70秒,节奏缓慢近乎僵持,大量的大景别镜头,固定的摄影机位,让画面很难有机会显示清楚演员细致的面庞,却把更多的人所在的环境的信息呈现出来,以期让观众和摄影机一样成为一个观察者。除此之外,贾樟柯又从他最喜欢的导演之一德西卡那里学会了如何"在朴素中寻找诗意"③。《站台》中,钟萍一身红舞衣跳西班牙斗牛舞,婉拒搭车邀请的韩三明走上狭窄的山道,在深夜的旷野里崔明亮点起了火堆,做了税务员的尹瑞娟在办公室里和着苏芮《是否》的歌声独舞,这几个片段都在素朴的影像里营造出强烈的抒情况味,它们显现了认同现实生活逻辑的主人公内心单纯的执拗或对人生理想的卑微的守望。

在《站台》里,声音构成了与影像平行的另一条叙事线索,时间的演进即是由特定的声音来做注解的,尤其是广播、电视里传递的官方的声音,诸如为刘少奇平反、建国三十五周年的阅兵仪式、电视剧《河殇》的解说词、1989年动乱之后的通缉令,不但清晰交代出故事的时代背景,更表明大叙

---

① 吉登斯:《现代性与自我认同》,三联书店1998年,227—228页。
② 《不可能所有的真实都出现在你的摄影机前——贾樟柯、杜海滨访谈录》,《现代中文学刊》2011年第1期。
③ 简宁:《寻找摄影机的角色——贾樟柯访谈录》,《北京文学》1999年第1期。

事对于个人生活的强制性笼罩——"'声音'表明其拥有自己的世界和自我的历史意识。反之,则表明世界和意识对他的'外在化'。无言状态或失语状态说明演说者的缺席或被另一种力量强行置之于'盲点'之中"①。个人为了确证自己的存在就必须找到自己发声的方式。文工团承包之前,崔明亮把《年轻的朋友来相会》改唱为"再过二十年,我们来相会,老婆七八个,孩子一大堆",结果遭到团长的训斥,团长的理由是再过二十年是国家的四个现代化全面实现的时候。在这一幕里,宏大的时代之声又一次压制了个人的声音,但是后者却借由更多的流行歌曲——从邓丽君到张帝,从《阿里巴巴》到《是否》,从《拉兹之歌》到《路灯下的小女孩》,再加上被主人公一再吟唱的、可视作主题曲的《站台》——在官方的时间刻度外保留了民间的时代记忆:"最早是来自港台的流行音乐,是流行音乐打破了革命文艺的专制,使文化出现了多元的状态,流行音乐在中国的产生意味着中国人挣脱了集体的束缚,获得了个人生活。"②电影里钟萍和张军因为堕胎而在医院发生争吵,这时背景声音是建国 35 周年阅兵式的直播,民族记忆里的盛大狂欢成为遥遥的远景,而钟萍即将面临的身体之痛无比鲜活地提醒观众,每个普通人都要面对并处置那些无法被收编到民族时代叙事里的个人症候。贾樟柯所体现于其中的平民视角与底层关怀在新世纪的《三峡好人》等片中得到了更显成熟的延续。

---

① 朱立元:《当代西方文艺理论》,华东师范大学出版社 2001 年,426 页。
② 程青松、黄鸥:《我的摄影机不撒谎》,山东画报出版社 2010 年,330 页。

后　记

　　本书是作为山东大学核心通识课教材,由山东大学中国现当代文学研究所集体撰写的。课程的内容是充分利用20世纪中国文学与电影的经典性资源提高学生人文修养;通过理论和经典文本互相验证的分析与讨论,既向学生提供足够的审美感受资源,丰富学生的相关文学史与艺术史知识,在文学与电影的交叉体验中提高学生的审美感知力,又注重"经典解码"方法与能力的培养,有效提高学生解读经典的能力,传承五四以来民族文化的精华。相信这些课程对于一般读者也是有益有用的。

　　全书的执笔分工如下:

　　黄万华:第一章,第二章第二节的"通俗文学",第四章第一节《边城》、《金锁记》、《酒徒》、《游园惊梦》,第三节《水心》、《雅舍》。

　　张学军:第四章第一节《棋王》。

　　孙基林:第四章第二节《相信未来》、《回答》、《会唱歌的鸢尾花》、《山民》、《面朝大海,春暖花开》。

　　刘方政:第四章第四节。

　　贺仲明:第四章第一节《竹林的故事》、《小城三月》、《迟桂花》,第四章第三节《故乡的野菜》。

　　叶诚生:第四章第一节《阿Q正传》,第四章第三节《秋夜》。

　　丛新强:第四章第一节《啼笑因缘》,第四章第三节《我与地坛》。

　　马兵:第三章,第四章第五节。

　　周新顺:第四章第二节《死水》、《雨巷》、《再别康桥》、《我爱这土地》、《金黄的稻束》。

　　程鸿彬:第二章,第四章第三节《钓台的春昼》、《清洁的精神》。

　　史建国:第四章第一节《白鹿原》、《长恨歌》、《平凡的世界》、《铁木前传》、《现实一种》,第四章第三节《论西装》、《爱尔克的灯光》、《风雨天一阁》。

温儒敏教授在序言中谈及的有关通识课的思考,也是我们想在教学实践中努力的,他对我们的帮助非常切实有力。北京大学出版社的张雅秋博士为本书的出版付出了热情、辛勤的劳动。本书的撰写者在此表示衷心的感谢。